黄淳耀全集

下

上海市嘉定區地方志辦公室 編
陶繼明 點校

上海古籍出版社

陶菴集卷十一

自監録三 三十七則

日間無所用心之時太多，則不當用而用者有矣！今卻立定課程，早起看時義數篇，粥後看時義經義十數篇，飯後看史記十葉，文論二十葉，餘功臨舊帖一紙，或靜坐。凡事間斷總不好。

記誦欲精不欲博。此向日誤用功夫，今猶不能驅好博之病。

李習之曰：「六經創意造言，皆不相師，故其讀春秋也，如未嘗有詩也；其讀詩也，如未嘗有易也；其讀易也，如未嘗有書也；其讀屈原、莊周也，如未嘗有六經也。如山有岱、華、嵩、衡焉，其同者高也，其草木之榮不必均也。如瀆有濟、淮、江、河焉，其同者出源到海也，其曲直淺深不必均也。」論文有至理。

山谷與李仲幾帖云：「諸經史何者最熟？學者喜博而常患不精，泛濫百家不若精於一也。有餘力然後及諸書，則涉獵亦得其精。」蓋以我觀書，則處處得益。以書博我，則釋卷而茫然。朱子深喜之，以爲有補於學者，誨門人曰：「讀書理會一件便須精此一件。此件看得精，其他文字亦易看，山谷讀書法甚好。」又曰：「人做功課若不專一，此心先散漫，何由看得道理出，須是看此一書只在此一書；讀此一章更不看後章，讀此一句更不看後句，此一字理會未得，更不看下字。如此則專一而功可成。」一循序，一無欲速。

或問學書之法，對曰：「今人非不欲字好，只是潦草處多。吾生平雖作一小柬，亦不苟且。」程子謂：「即此是學。」

王荆石先生與林秀才書曰：「射策取名，一禀於氣。氣者，受於冥冥不可爲也，不可言也。然機在得失之際，足下試揣之胸中，能老至不憂否？能人不知不悔否？能獨弦哀歌不落漠否？有一於此，皆足折傷壯夫之氣，故思將抽而若斷，辭欲前而且卻，不得不出於脂韋輭熟，以幸無敗。而不知騏驥之敝策，不如覂駕之得路也。」荆石此言，真文章家妙訣，不獨爲制舉業而已。

春前看二程書，發學道之志，遂將舉業看得輕了。不知父母之心如何望汝？汝卻悠忽如此，即此一念便不可以學道。

張文定公幼時讀書限定課程，惟節日稍寬以息其力。今我亦限定做去，早起看周易一卦，隨筆録主意，看經文選四書文，文限閲五十篇，看史記、蘇文三六九，作文兩篇。此今歲課程，來歲尚欲精密。憶謝象三謂：「三六九作文。」必宜三題兩篇，亦不濟事。向來所以不熟者，只坐少作之故爾。今當次第益之，限定不完者，罰抄時文十五首，勤則不匱。

呂東萊曰：「今人讀書全不作有用看，且如人一二十年讀聖賢書，及一旦遇事，與閭巷人無異，或有一聞老成人之語，便能終身服行。」豈其語過六經哉？只緣讀書不作有用看故也。此言切中末學之病，可謂深錐痛劄矣。予嘗謂今人於六經、四子之書，童而習之，究其所用，則止以應科第而已，而於釋氏書則尊之曰「内典」。嗚乎！六經、四子，外典云乎哉？經學之不明自不務實始也。近見人有舉於鄉者，聞座主澹泊寧靜語，刻以遺人。予爲之一嘆。彼平日所讀何書，豈無一句可行者？必至是而始聞此語耶？東萊所謂讀書不作有用看者，益深有感於俗學之弊矣。

朱子曰：「這一件理會未得，又理會第二件；第二件理會未得，又理會第三件，恁地終身不長進。」

先儒論格物義云：「一事上窮盡，他可類推，此貫通覺悟之機也。」吾謂讀書法亦然。又云：「今日既格得一物，明日又格一物，工夫更不住地。如左腳進得一步，右腳又進一步；右腳進得一步，左腳又進，接續不已，自然貫通。」

顔之推家訓云：「吾七歲時誦魯靈光殿賦，至於今十年，一理猶不遺忘。二十年之外所誦經書，一月廢置便至荒蕪矣。」某四歲誦周興嗣千字文，今猶記憶。十歲以往爲俗學所困，經史大意皆未通曉。今欲稍從學問，而轉眼便成三十許人矣。記曰：「時過然後學，則勤苦而難成。」追誦顔公之言，可爲嘆息。

方正學曰：「日坐靜室，未嘗樂人談，有相過問者，可語語之，不可語辭謝而已。」又云：「自少唯嗜讀書，年十餘歲，輒日坐一室不出門。當理趣會心，神融意暢，雖户外鐘鼓鳴而風雨作，不復覺也。」又云：「習靜既久，不能效時俗往復語言文飾之事，不復能脅肩羔膝，卑聲詭笑，曲身俯首稱誦人美而求其喜悦，居則直情任意，簡默而已。」此二則語深得習靜讀書之趣。吾與人交，既疏節不能委蛇，或目爲傲，而語言任拙，又多脱失，眼前諸人，又鮮與吾同志尚者。規過砭疾，既無其人，而時俗之文又不足多論，論亦不解，止應閉户讀書耳。覽方先生語，嘆息久之，讀書至鐘鼓風雨不復覺，始爲得趣。予自覺心雜，所以向來少益。葉熙時讀書，雖呼之不覺，其精專亦不可及。

讀書作文，既無果鋭精强之力，又無優游漸漬之功，所以日就荒落。

今日偶取舊日時藝觀之，大抵氣多不貫，意多深棘，詞多冗長，此吾向來病也。疏通以養氣，條達以命意，鮮榮以措詞，此吾今日治病之藥也。

用心於帖括，誠可謂作無益之事，耗有涯之生。然今日進退無據，勢不得不濡首於此，且莫當作閑事，莫看作難事。

吾少時爲文，頗不至底滯，惜此時師友不得力，年馳歲流，加以人事牽率，今遂忽忽無所成就，念之可懼。自今以往，宜刻刻儆醒，勿嬉戲過日。

爲文於未握筆，先横一畏難之念於胸中，困苦堙鬱，精采氣勢皆消鑠矣，安得有文？曩日婁子柔先生謂予曰：「子文太精緻，不如放縱爲之，使氣昌詞流則必勝矣。」此予良藥也。

「高山無窮，太華削成。鸞鳳一鳴，蜩螗革音。」「涵古茹今，無有端倪。鯨鏗春麗，驚耀天下。粟密窈眇，章妥句適。精能之至，鬼入神出。」「長江秋注，千里一道。」「詭然而蛟龍翔，蔚然而虎鳳躍，鏘然而韶鈞鳴。日光玉潔，周情孔思，千態萬貌，平澤於道德仁義，炳如也。」此劉夢得、李習之、皇甫持正、李漢稱誦昌黎之文也。握筆時當作此想，不可自安凡陋。

爲文固不可以易心掉之，若凝斂太過，則巙崪而乏氣象。

文章小道耳，然以氣爲主，氣弱者雖爲之不至也。試看古人擺落萬物，高蹈獨往，文章安得不妙？

張文潛曰：「學文之端，急於明理，如知文而不務理，求文之工，世未之有也。夫決水於江、河、淮、海也，順道而行，滔滔汩汩，日夜不止，衝砥柱，絶呂梁，放於江湖而納之海，其舒爲淪漣，鼓爲波濤，激之爲風飈，怒之爲雷霆，蛟龍、魚鱉噴薄出没，是水之奇變也。水之初，豈若是哉？順道而決之，因其所遇而變生焉。溝瀆東決而西竭，下滿而上虚，日夜激之，欲見其奇。彼其所至者，蛙蛭之玩耳。江、河、淮、海之水，理達之文也，不求奇而奇至矣。激溝瀆而求水之奇，此無見於理，而欲以言語句讀爲奇，反覆咀嚼，卒亦無有，此最文之陋也。」

世俗之學，雖鄙陋可厭，然今日既未能決去，便須於此汩没沉浸一番，庶幾有自拔之日。若只如此悠悠過去，恐進退失據，徒自苦也。

韓子曰：「氣盛，則言之短長與聲之高下皆宜。」言氣得所養，則律度自我出，文斯妙矣！柳子亦曰：「文以氣爲主。」

文字從肺腑中流出，自然峻拔不群。

老泉與歐陽子書曰：「孟子之文語約而意盡，不爲巉刻斬絶之言，而其鋒不可犯。韓子之文如長江大河，渾灝流轉，魚鱉蛟龍，萬怪惶惑，而抑遏蔽掩，不使自露，而人望見其淵然之光，蒼然之色，亦自畏避不敢逼視。執事之文，紆餘委佩，往復百折，而條達疏暢，無所間斷，氣盡語極，急言竭論，而容與閑易，無艱難勞苦之態。」評三子皆精當，讀之亦可得文訣。

「經之以杼軸緯之，以情思發之，以議論鼓之，以氣勢和之，以節奏人人之所同也。出於口而書於紙，而巧拙見焉。巧者有見於中，而能使了然於口與手，猶善工之工於染也；

拙者中雖有見而詞則不能達，猶不善工之不工於染也。」蘇伯衡論文。

予歸見友人作時藝，有刻意趨時者，句摹字仿，讀之厭憎，蓋爲其義理不明，掩題便不知何物也。噫！士君子有義有命，時藝小道，勿使至背時可矣，何至效顰學步如此？充此一念，何所不至？

杜牧之序兵法謂：「盤中走丸，丸之走盤，横斜圜直，繫於臨時，不可盡知。其必可知者，丸不出盤也。」蘇子瞻論文：「如萬斛泉源，不擇地皆可出，於平地滔滔汩汩，一日千里，及與山石曲折，隨物賦形，而不可知也。所可知者，常行於所當行，常止於所不可不止，如是而已矣。」二公所論，事不同而比擬之意甚似，知用兵之法則知行文之法矣。吾人拘拘爲時俗之文，觸地罣礙，如著敗絮行荆棘中，其故安在？當思之。

燈下閱東野集中有讀張碧集，詩曰：「天寶太白殁，六義已消歇。大哉國風本，喪而王澤竭。先生今復生，斯文信難缺。下筆證興亡，陳詞備風骨。」碧詩固皎皎者邪！今其集未見行世，當時苦心，吟諷安在，不同鳥獸好音之過耳也？因思唐人能詩而不傳者甚多。昔人以德、言、功爲「三不朽」。夫言固有因其人而不朽者矣，言何足以不朽其人哉！昔宋末王氏遭虜，嚙指題詩清風嶺，投嶺下死，後每遇陰雨，則血書墳起。後人立祠嶺下，李孝光爲文，泰不華書之，今其詩傳矣。然固王氏傳之也，若夫張睢陽之聞笛一篇，文宋瑞之正氣諸首，今皆炳炳在人耳目，然使二公無詩，其人不傳邪？傳不傳何足深論，吾悲夫蹋壁苦吟之士，其意本欲有聞於後，而名湮没不彰者，比比也。士固有志，奈何以小道自處耶？

「空色不映水，秋聲多在山。」昔友人徵上句於予，予未有以應也。偶思此句，不過言空水如一耳。從來作者卻無如此虛妙，覺映地爲天色，遠不逮矣。

謝康樂「池塘生春草」得之夢中，評詩者或以爲尋常，或以爲淡妙，皆就句中求之耳。單拈此句亦何淡妙之有？此句之根在四句之前。其云：「卧痾對空林，衾枕昧節候。」乃其根也。「褰開暫窺臨」下歷言所見之景，而至於「池塘草生」，則「卧痾」前所未見者，其時流節換可知矣。此等處皆淺淺易曉然，其妙在章而不在句，不識讀詩者何必就句中求之也。

昔人謂韓退之因學文而見道。予謂學詩亦何不可以見道？古聖人之論詩曰：「詩言志。」又曰：「詩(思)無邪。」此萬世言詩者之根本準則也。詩人各言其志，而一本於仁義忠孝和平淡泊之旨，則無論世代之升降，體裁之奇正，而均之乎追古之作也。彼規摹聲調，寸步不失，如優孟之學叔敖，而自命曰古。既非言志之義，乃若蔑棄規矩，一憑胸臆其流，至於爲險、爲怪、爲誕、爲纖、爲鑿、爲俚，又安所稱無邪也？善夫元次山之論詩曰：「拘限聲病，喜尚形似，且以流易爲詞，不知喪於雅正。」彼則指咏時物會，諧絲竹與歌兒舞女，生汚惑之聲於私室可矣。若今方正之士，大雅君子，取而誦之，則未見其可近之爲詩者。承李何七子之弊，或變而之郊島，或變而之宋元，險怪誕纖，無所不至。而竟陵二子起而矯之，學之者復將至於爲鑿、爲俚，蓋其所斤斤自得者，不離乎句字之間。昔人之所謂激而求奇者，非真奇也。嗚呼！力矯時習，一歸雅正，如唐之沈千運、孟雲卿其人者，已不可得，況進而之李杜耶？又況進而爲漢魏、三百篇耶？

讀唐詩至賞心處，欣然忘食，乃知此道最易没溺人。近鍾伯敬云：「平生精力，什九盡於詩歸一書。」此僅賢於飽食終日者耳。

作詩文摹畫兒女情態，爲後生狂藥，其罪不細，吾今生戒之。

陶菴集卷十二

自監録四 四十二則

陶石簣云：「世間唯道德朋友是真，餘皆假僞。」

未嘗讀程、朱諸先生書，與讀而不能精究者，其輕毀謾詆，固無足怪。

朱子四書集注中未嘗無病，要之後學不可輕議。今人讀李、杜、韓、歐諸集，其中詩文佳者，固不勝舉，然而字句之瑕，與文義之累理者，亦未嘗無之。終不以此掩其大美也。況朱子爲千聖發微，使盲者得視，聾者得聽，其功固不在孟子下，縱有偏滯不融處，功過獨不可相準耶？

會有無益者五：文會無益，鬪巧矜長，易涉毁譽；酒會無益，選伎徵歌，易涉荒淫；遊會無益，賞月吟風，易涉流蕩；談會無益，論人長短，易涉輕薄；交會無益，懷刺漫投，易涉奔兢。今人非此五者不會，就中文會似屬正業，然於進德修業略無毫髮之助，而或假此以爲下四會之資。予深見其無益，自後立戒不得輕入。

習靜是第一義，讀書是第二義，作文是第三義，求友是第四義。今人奔走徵逐，多云篤於友誼，吾實耻之。

揚子雲云：「雕蟲小技，壯夫不爲也。」杜子美云：「文章一小道，於技未爲尊。」彼所謂文，大者鑽窺微密，小者推敲風騷，此後世學文之徒所嘔心不能到者也，二公猶輕之若此。今人所業者，不過應舉時義耳，以視二公之文，奚啻爝火之於日月，乃至窮年累月，疲耗心力於此中，可謂不知務矣。

陳恒弑君章集注胡氏曰：「仲尼此舉，先發後聞可也。」雲峰解云：「先發後聞，謂魯也，非謂夫子也。」近聞子將云：「渠自有全篇，晦翁節取四句大略，往往動後人之疑。今未見全文，若何？」自當依雲峰説，不可使文定有非聖之罪。

予前閲二程書，友人從案頭見之，語有韓云：「渠何故閲此書？」有韓對以此書宜閲。友人摇手不然。意今人讀種種非聖書，見者不之怪，讀二程書，輒怪；作種種累理事，聞者不之怪，學二程爲人，必怪矣。

雲間周萊峰先生之爲人，吾所不知也。讀其學道紀言，篤實謹密，古好修君子也。有韓云雲間人甚稱其惡。噫！豈有篤實好修如萊峰其人而猶惡者？因思先正云：「要人感悦，怕人怪，此私心也。」又云：「天下事大患，只是畏人非笑。」如萊峰者，豈不怕人怪，不畏人非笑者耶？讀其書，不知其人，不可也。

或問蓮池禪師在家人修行，恐不及出家者，答曰：「在家人能於五慾中證得，如火中之蓮，後遇水則愈長；若水中生者，後遇火恐焦耳。」此語與予今日所見同，非實歷不知。〔一〕

無樂而豫者，淵明也；無挾而恃者，退之也。〔二〕

列子曰：「心凝形釋，骨肉都融，不覺形之所倚，足之所履，隨風東西，猶木葉幹殼，竟不知風乘我耶？我乘風乎？」噫！此所謂御風者也。此亦列子從心所欲，從容中道之日也。然畢竟與孔子不相似，爲他走入，爲我窠臼中。

昌黎曰：「今世之爲士者，一凡人譽之，則自以爲有餘；一凡人沮之，則自以爲不足。」

呂温〔廣陵〕陳先生墓表曰：「先生行不學之道，據不仕之貴，負不稱之名，達人觀焉，斯極矣！」

孟東野詩曰：「道險不在廣，十步能摧輪。心憂不在多，一夕能傷神。」

古之高士，飢不可得而食，寒不可得而衣。予遊於友朋間，人數得而飲食之，能無愧乎？

人説非理語不能救正，則當以不答銷之。

向讀雲間周萊峰先生紀言，實心儀之，有韓誤信雲間人，云此大惡人，予斷謂不然。今早與一友談及書畫，此友云：「萊峰書畫極佳。」予問其人，曰：「古君子也。」不覺色喜。萊峰爲人，雖不以此友之言而定，然而一念之好善有不能已者，唯恐萊峰不得一助耳。傳曰：「不知言，無以知人也。」君子與人交，聞流言而不信，況前輩乎？又況古人乎？

因在舟中聞雷，悟得天地間總是一氣。

餘冬録云：「韓退之贈崔斯立詩有『可憐無補費精神』之句，王介甫遂用以譏公云：『力去陳言誇末俗，可憐無補費精神。』然則介甫之新學又何如哉？荆公選唐百家詩成序云：『廢日力於此，良可悔也。』而不知新學之當悔，何也？」枕上讀至此，不覺蹶然驚起。嗚呼！斯立學詩而退之惜之，退之學文而介甫惜之，介甫志不爲世俗之學，乃不免誤用而後人惜之。今我飽食終日，一無所用，而猶不自惜，竟亦無有惜之者矣。宜猛勇自勵。

吾嘗見一鄙夫，本慳財也，而與人書曰：「生平最惡重財輕義。」今日見一薄夫，本以謗書詆訐人也，而曰：「生平最不喜談人隱慝。」嗚呼！小人之肺腸口頰如此，此等人何足道？鄙薄二字，究竟我何曾脱得，乃説人耶？

嘗讀王伯安、羅近溪、王龍溪一流語録，怪其高遠之過也。後一變，而爲任俠顔山農、何心隱之流，種種迂怪，世或指爲大盜而流弊極矣。然伯安之學實祖象山，象山之學固從孟子入者也。學非不正，而流弊至此，立教者可不慎乎？程子曰：「墨子之德至矣，而君子弗學也。」謂其舍正道而之他也。至言哉。

精神力量如此，決知非用世之具。然境界遭遇，逼人入萬斛蟣虱中。歲不我與，分陰可惜，豈堪閑愁閑悶，耗其血氣耶？

萬事不須間著意，只應隨分閲年華。

大人凝然不動，不小家相。

羅一峰與人書曰：「近世大儒有下第者，其言曰：『今秋幸不爲考官所取，得與弟侄研磨義理，猶舍荆棘而達康莊，猶去野店而居安宅。』修道崇德之君子，固如是也。今乃汲汲科舉之得，而以家貧爲憂，則其念慮之害，與世之醉夢富貴者又何異？若以家貧親老，未免此途，以階禄仕，固聖賢之所不禁，但不可緣以得失置胸中耳。」又曰：「若不以得失置胸中，則應舉也未甚害。」

看書貪多，作事要快，皆當戒之。貪多則不精要，快則多誤。此予大病也。

「鐵劍利則倡優拙」。此語出韓非子，而程子語録、象山語皆有之，蓋喻爲學有實得，則外飾不足也。

正學與人書曰：「處塵埃中，不慣與流俗往還，厭其喧鬧，每欲縛一椽於萬山絶頂，人迹所不至處，從一二友生讀書嘯歌以自樂。」伐木誅茅，非有力者不能。非唯古之富貴人不可效，欲效畸人靜者，巖棲谷飲以自快，亦莫之遂。吾之貧困過古人遠矣。噫！清福豈易得哉。

取友難哉。泛泛而識之，泛泛而交之，不待臨利而操戈，臨害而下石也。

吾嘗欲爲不愧屋漏之人，而未能也。遍觀諸同人，無一人以此存心者。

予嘗與一先輩論及程朱先輩，極訾伊川爲執拗，紫陽集注爲頗謬，予時亦附和之。近讀二程書，始知伊川不可輕議。紫陽注雖有未盡合處，然爲前輩表章，功在後學，夫豈淺鮮？昔有著書摘歐陽公五代史之失者，東坡極訶責之。況聞聖人遺經於千載之下，其難易較作史何如？豈能一一合符乎？蓋此先輩究心禪學，與宋儒氣味不合，予當時妄言，至今悔之。

學韓文者始於宋初柳開仲塗，柳公倜儻負奇氣，其文能變五代之習，今其集未見行世。元郝經伯常文章節義，時人比之東坡。歸震川集有跋伯常堯帝碑文云：「先友吴純甫家有陵川集，今亦不存。」兩公之文皆足以傳，其人猶泯泯如此，豈顯晦有數耶？抑尚有所待耶？

劉寬羹污衣，韓稺圭玉杯碎，不怒其婢，若吏出於無心也，若上下嘻嘻，雖兩公何以齊家乎？近聞陸君履常之子爲人誤傷其目，置而不校；舟赴金陵，爲來舟觸其僕墜水死，亦不校，蓋皆出於無心也。此兩事，較劉、韓兩公所處更難，孰謂今人中無古人乎？

昔賢有聞父叱耕牛聲而泣者，曰：「自傷不能致榮華，而使老父未免勤苦。」吾父雖不業農，然一家之事萃焉，其勞甚於爲農。吾讀書本求顯親，今反貽親以憂，是尚得爲人子乎？屈指來歲，距秋闈一載有半，揣摹之業足以成矣，徼天之靈，使痾癢得脱於躬，雜務不撓於外，濡首帖括必有當焉。若藝成而復屈，便當捐棄陳言，供爲子職，雖求田問舍，烈士所譏，而學者治生，先儒不鄙，未能濟世，豈可累親。昔吾邑張伯常先生二十歲時與父約，三科不中，即絶意進取，代父理家，後至第三科得售，蓋二十九歲也。予來科亦當其年，利鈍決矣。崇禎辛未孟冬廿九日，我與我約。

看人詩文，不宜違心過譽以求感悦，此處害亦不細。待人不誠，亦是心過，非但口過也。

陸象山之教，只收得中上人耳。收得中下人纔是廣大〔三〕。

韓子原道極於正心誠意，而不曰致知格物。蘇氏古史舉中庸，不獲乎上，卻不説明善誠身。歐陽子謂：「聖人教人，性非所先。」皆朱子所謂無頭學問也。

借書不還，大過也，而人每忽之，借書遲還亦不可。噫！楊萬里集中有謂：「生平未嘗借人書不還，而人借之者多不還。」噫！此亦寧人負我，無我負人之一事也。今後借書當記年月日，最遲不得過一年。借書不還，與借財物不還者何異？白晝攫金，人謂之盜；昏夜胠篋，人謂之賊。借書無盜賊之名而享其實，不大得計乎？予向借友朋書，委積未還，今逐一開列於後，次第還之，唯借聞初上人書三四種，今已成故物，益以重吾過，可嘆也。

董思白論畫云：「畫之道，所謂宇宙在乎手者，眼前無非生機，故其人浩浩多壽。至如刻畫細巧，爲造物忌者，乃能損壽，蓋無生機也。」此言似謾而有實理，推之作文臨事亦然。文太工，則困而不活；事太密，則滯而不通〔四〕。

早起梳頭，每落二三莖白髮，年未三十，血氣如此！昔人所謂蒲柳之姿者，非耶？歲月逝矣，而學業不進，可爲浩嘆。

朋友聚會是好事，然説十句話中少一句合理，是以聚則滋過。

【校勘】

〔一〕此則乾隆辛巳本、四庫全書本有，光緒己卯本删，今據乾隆辛巳本恢復。

〔二〕此則乾隆辛巳本、四庫全書本有，光緒己卯本删，今據乾隆辛巳本恢復。

〔三〕此則乾隆辛巳本、四庫全書本有，光緒己卯本删，今據乾隆辛巳本恢復。

〔四〕「文太工，則困而不活；事太密，則滯而不通」：光緒己卯本删，今據乾隆辛巳本恢復。

陶菴集卷十三

甲申日記

崇禎十七年甲申

正月

一日。晨起，謁宣廟、關廟、城隍廟。歸，拜家慶畢，閱程子遺書二十頁，心境稍清。午後，閱韋蘇州詩札，與聖舉有答札。記原、研德來覲歲，因留夜坐，往而復來，仍約智含同來。先是智含送所和鹽字韻詩來看，甚佳。

若說到本分上事，直是說一句閑話不得。憶三十時所作和蘇送歲詩有云：「微吟杜陵句，可怕暮景斜。勖哉今夕心，十年豈蹉跎？」今竟十年矣，蹉跎若此，良可憫痛。

二日。閲二程書廿頁，赴聖舉約，扶鸞見警。是夕，同仲華、研德、智含、眉聲集。

三日。晏起，是一過。管幼安自訟曰：「吾嘗一朝科頭，三晨晏起，過必在此。」今豈可習以爲常耶。

聖人亦人也，四十而不惑。今我尚未到立境界，一可懼也。顏子不貳過，今有過皆復犯，二可懼也。朝聞道，夕死可矣，今此身可以死乎？三可懼也。古人蒙養時，便有天下國家之具；今時過而後學，從前歲月皆棄擲於無用之地，四可懼也。

與人説一句話，便有成物作用在内，若謔浪笑敖，及順口應人，便是不誠無物。已前覺得歲月易過，只是工夫未曾積累。

晚赴熙孟飲，心境在半清半濁之間。古人每夜必焚香告天，使略有穢滓，便不堪告天矣。

人之生也直，直者率性之謂，閑話多是一大病，中間逗漏不覺。

燈下，讀記事本二十八頁。

四日。讀二程書十餘頁。

出答帖至雍瞻齋，見彈琴、鎖諫二圖，爲之悵然。午約雍瞻、熙孟、令融小酌。令融寫南還詩見示，稍爲箴砭。義扶來，即去赴介庵約。

心雖無大病，卻不免雜，又語言尚多信口。

是日，札與義扶論乩語，且暮刻，義扶領予意。札與智含寄銀往嘉禾，請經十三種，智含先以傳燈録、大慧語録二種來。

五日。妙喜云：「須是行也提撕。喜怒哀樂時，應用酬酢時，總是提撕時節。提撕來，提撕去，没滋味，心頭恰如頓一團熱鐵相似，那時便是好處不得放舍，忽然心華發明照十方刹，便能於一毛端現寶王刹座微塵裏。」轉大法輪又云：「無常迅速生死事，大彈指便是來生。到來生，但虛卻心，仔細推窮，窮來窮去，善念既相續，惡念自然不生。但如實修行時節，因緣到來，自然悟去。若不悟，説到彌勒佛下生，只是説底。」又説偈云：「惡念既不生，善念常相續，諸波羅蜜門，一切自具足。」又云：「既學此道，十二時中遇物應緣處，不得令惡念相續，或照顧不著，起一惡念，當急著精彩，拽轉頭來。若一向隨他去，相續不斷，非獨障道，亦謂之無智慧人。」昔溈山問懶安：「汝十二時中，當何所務？」安云：「牧牛。」山云：「汝作生麽牧？」安云：「一回入草去，驀鼻拽將回。」山云：「子真牧牛也。」學道人制惡念，當如懶安之牧牛，則久久自純熟矣。

舍己從人之妙，只在集衆思耳。權衡只自己出，若未經别擇而從之，則其病與自用一般。此病驗過。

與人分别義理，亦是成物作用。若持之太固，務使理之。是者必出於我，則祇是勝心而已。此病驗過。

以文章膏潤自身，亦不礙道。但主賓二位不可倒轉，倒賓爲主，亦只是志昏。此病驗過。

妙喜云：「他弓莫把，他馬莫騎，他人之事莫知。」此雖常言，亦可爲入道之資糧。但常自檢察，從旦至暮，有甚利人自利之事，稍覺偏枯，當須自警，不可忽也。

張進卿來送大觀帖一册、繡二幅。薄暮，過雍瞻同集。

心雜而語輕，没干繫處，不免侈口辨論，大不是。

六日。五祖云：「世人似發疟一般，寒一上，熱一上，不覺過了一生矣。」此語最警切。畢竟用工夫時，如古德所云：「將生死二字，貼在額上，剋期證悟，然後有少分相應。」

雍瞻作札，導後進六人來面。招張進卿暨其侄謙錫、牧之小酌。進卿本率其侄以晚進禮見，談話久之，忽令其僕易門生刺以來見，其意切，黽勉受之。智含又寫雪詩四首來，并送楞伽經看。

偶談卻及人短，大過也。德以積而厚，如此則日薄矣。地厚故能載物，能載物，故地體久而不壞，思之。

躬自厚而薄責於人，非兩截事。躬自厚，則無暇責人矣。

向來對客稍久，則急欲其去，惟恐不靜。近日覺無此病，頗有進處。

恭而安最難學，然勿學他安處，只學恭處。到得「恭」字成就，則自安矣。張進卿云：「前後左右，皆敗我者。」此語亦可味。

七日。飲食啓處，皆所以養氣。厚味醲酒，重茵累褥，皆足以昏氣也，昏則志動。存心以應事，然既存其心矣，又須考之於事。

門人汪長士遂、汪進之立同來，開尹、子翼來。午後，過義扶，同介庵集。談笑時，有一種作意拘捉之病，原來拘捉太過，便致放越。

八日。午，過掄生，同内三、爾支、開尹、熙孟集。旋過，令融同雍瞻、義扶、眉聲、進卿諸子集，暨昆山柴集勛、葛瑞五同集。

酒食相徵逐笑談，皆無義無味，此等處蹉了許多好事。此後居家當立一出飲之約，庶不至玩歲愒月。

是日，得大鴻所寄書，此兩日畢竟以徵逐廢事，心境亦稍雜。

九日。午，過子灝飲，同啓霖談頗暢。是日午前，陳静夫來。復過雍瞻，同柴、葛諸子集。燈下因憧憧鹿鹿，頗有浪過時日之恨，遂覺舉體不安。憶在京師見館閣諸公終日拜客，甚笑之，甚耻之。今若隨波逐流，把玩時日，與彼何異？本在閑處住，卻與忙處不異，更可笑也。此後當立戒不與燕集矣。

是日，得廣成先生書，饋金八兩。晚集，見孟先生與雍兄書，爲此悵然。并聞沈兩元之死，人命真如朝露耳。此輩臘月三十日，皆所謂懡㦬一場者，竟爲人所料定，亦可痛也。

心氣不定，細看卻本無動我之物。

十日。早，作答廣成札。午前，過眉聲，爲直言社諸子各質所見，皆有警策。翼王懺居喪之過，聖舉懺演乩之過，皆聖學種子所賴以不絶也。公羊見約，欲辭之，不果。與義扶同赴，飲至夜分，而散席間亦無心病，與昨集有異。

晝質諸所爲，夜驗諸夢寐，二項工夫不可闕。夢寐者，所爲之券也。人與禽獸不遠，只在分界處要認清。

十一日。早，辭德符酒。隨大人偕五弟舟往方泰，祭告先大父靈前，二伯父偕諸弟家燕。過午，即入舟，薄暮抵家。是日，心中不甚定疊，但無大過耳。歸後，僕子有小迕意事，亦不發慳，但分付過即已，即此類漸漸充之。劉寬之羹爛汝手，韓琦之汝誤非故，不難到也。

刻下造詣，終不免境靜亦靜，境動亦動，要得動靜一如，須絕後再甦始得。

吾友義扶氣象比舊覺進益，但識地尚多罣礙耳。朝來每思孫真人語云：「智欲圓而行欲方，最妙。智圓則內能透脱，行方則不逗漏。」義扶於知見多生分別，是智不圓也，論處事則云如此也得，不如此也得，是行不方也。惜昨晤時，未曾以此進之，聊書此以俟他日相質，且以自儆。聖舉氣象大好，内猛利而外輕安。昔人見黄叔度時，服深遠去疵吝，想大都如此耳。

諸葛謂其下云：「諸生但勤攻吾缺。」此真聖賢學術也。昨會但能直言攻人，卻不委曲求人攻己，悔之，悔之。

夜夢在山林叢薄之間，又見人物往來，蓋動静交相戰之象也。

十二日。名根輕矣，然尚有些子在。只與人閑話時，要人知我好處，便是名根。卻聞人有背後説我不好處，及錯會我意處，只是恬然，此則名根輕處也。究竟一須之星火，在終須爆著，必須盡數掃去始得。

動容周旋中禮者，盛德之至也。中禮極難，經禮三百，曲禮三千，纔放心便不中也。然硬板子做去，又仍是不中。

只覺人有過失處，便是己之過失。若刻刻防己過失，則無暇見人之過失矣。

憶聖舉有札云：「某年已四十，自今以後約計不過三十年。今日血肉之軀，乃三十年後之塵土也。某雖至愚，其不爲塵土爭名也必矣。」此語最警切。

須知臨到臘月三十日時，要遲一刻，亦是難得，則今日之一刻，斷斷不可放過。

午前，克勤來晤，談嵊縣宰事可謂不昧心矣。其罷官歸，正是塞翁之馬。

偶翻舊日記云：「戒談人過，又戒助人談過。」二句最好，助人談過最易犯。

昔人云：「士別三日，當刮目相待。」予自廿二三時，即知有此事。今十五六年，比昔無大相遠。再二十年，便成六十老翁矣。如此終不免懡㦬一場也。今乘色力强健時，日日提撕，刻刻提撕，鍛煉成就，作世間一了事丈夫，亦不枉堂堂地做個男子。如再作一番閑話過去，上負父母生育，下慚人世供養。雖三世佛出，亦救不得矣。龍天爲鑒，食此言者，必殛無赦。

午後，與五弟坐香一炷，坐香時，乃覺昔人牧牛之喻最妙，又「不患念起，惟患覺遲」語最妙。

薄暮，赴蔚生、汝馨、招同、掄生、雍瞻集。席間，不無心雜然，亦不爲累。歸後與偉恭燈下戲謔，閉眼作飛白字，亦復然。

飲酒昏性，廢時傷神，此後斷不復出。

夢稍惡，不甚記憶。

十三日。程子云：「王隨以德量稱，名望甚重。及爲相，有一人求作轉運使，王薄之，出鄙言。時人皆驚怪。到這裏便動了，人之量只如此。」予自審亦是量不足者，且如京師走一遍，胸中感憤甚多，因而數數有輕視時人之言。

午前，與五弟坐香一炷，甫及半，而陳世祥來。送婁字一卷、韓文一部、珠燈一盞。婁字是與松圓柬牘，其中有「不似南宋拾餘唾之餘」云云，蓋指朱也。婁最好詆程、朱，予親見其晚年昏忘，所得禪悦何在？可嘆也。

今日坐香時，比昨心氣便覺輕安，乃知人貴習耳。昔人居圍城中，聞金鼓聲，初時蒙被而卧，明日强起，又明日遂能乘城，乃云勇可習也。夫勇，自患鑠猶以習能，况又本爲我有之物耶？但於習中有不習，於不習中有習。習久而安，則隮乎其中道矣。

日知其所無，月無忘其所能。若不聞道時如此，既聞道時亦只如此；初聞道時如此，聞道既久亦只如此，便是鈍根漢也。真學道人，日異而月不同。

兩日與偉恭講：「日間做工夫，必要危坐，必不容跛倚欹側。蓋志正則體直，如體不直時，志先已不正了也。」今夕閱聖舉所節朱子語録有云：「小南和尚少年從師參禪，一日偶靠倚而坐，其師叱之曰：『德恁地無脊梁！』小南悚然，自終身不靠倚而坐。」因憶他書載，一人見前輩，方坐足小交，前輩正色曰：「小交則小不敬，大交則不敬。」

是夕，夢登一舟，潮至舟動。

十四日。爲學求效驗固不可，然無效驗則學又不進。只逐日考校，應事接物時，覺有省力處，便是效驗。

與人相對時，作意持心則誠意不接，誠意不接則生厭怠，厭怠便是不誠。但閑話少説幾句也好。偉恭以此見箴最是。

午前，看二程書二十頁，編客目訖，到南門拜客。

坐香將完一炷，大人至遂罷。

偶思孔子云：「自吾得由，惡言不入於耳。」此不獨子路氣質剛棱，能禦外侮。子見南子，子路不悅。子欲應公山之召，子路請勿往。由此言之，聖人形迹之間略涉嫌疑，皆爲子路所匡拂。此惡言所不以不入也，取友之道亦當如此。

「靜體圓，動體方」，此程子語，與孫思邈「智圓行方」語參看。

啓霖曰：「管寧之揮鋤不視，可謂不貪矣，其視黄金與瓦礫無異也；展禽之坐懷不亂，可謂不淫矣，其視女子與木石無異也；婁師德之唾面自乾，可謂不瞋矣，其視面之唾猶不唾也；孟敏之破甑不顧，可謂不癡矣，其視甑之破猶不破也。若此者心能不動故也，不動則一矣，一則誠矣。」

是夕，第一覺無夢，第二覺有雜夢。

十五日。早，偕偉恭過聖舉，本以元夕爲祖師降期，故往。聖舉以前者予兄弟止其演乩爲是，當并此止之，予深以爲然。遲坐小談而歸，儉化來，爾勉來。爾勉論及時文，予以諧語勸其稍談。午後不出。

兩日放縱時少，收斂時多，但有著意把捉之病。看二程書，竟。

薄暮，與偉恭步橋西。燈下，看紀事本末中曹操篡漢本末，竟。

坐香非根本之計，又易犯坐長，姑已之。又看孫氏據江東本末，竟。

齊桓一矜其功，而叛者九國；曹操暫自矜伐，而天下三分。人之不可以自滿自足也如此。

午後，心稍雜亂，燈下酒食過多。是夕，夢境不清。

十六日。妙喜謂：「張横浦云：『入得，佛境界；入不得，魔境界。』」此言極妙。今只勘一日之間，靜坐澄觀，是佛境界；急遽倥偬，是魔境界。無譽無咎，是佛境界；贊毁稱譏，是魔境界。要得魔佛兩入，心境一如，必也於相而離相，單靠離相不可也；於念而無念，單靠無念不可也。如蓮花在水而不著，如利劍吹毛而即斷，纔謂之解脱繫縛，證般若、智若，只以卻念爲主宰，觀空爲要訣。縱使枯木寒灰，亦是落空亡底外道了也。

細思境界，元無魔佛，但我敵不過處，即是魔境界。若直下無事，即千軍萬馬，死活不得處，皆佛境界也。尚有一絲挂搭，即深山獨坐，亦魔境界也。

六祖云：「住心觀靜，是病非禪。長坐拘身，於理何益？」可照兩日坐香之過。然切忌誤認，誤認便入散亂境界。

看紀事本末完第九卷，又看第十卷之半。

是日，多雜念。然只如水泡，纔起即滅，總無成就者。

此夕，夢謁孔林，四顧庭廡，雲木蒼然。思欲厠弟子之末而不可得，泫然垂涕。覺後，涕猶承睫也。

十七日。粥前，聖舉、啓霖來言，學宫構臺演劇，大褻宣聖之靈，予因作書劉廣文屬其禁戢。午時，廣文復書言，臺已拆矣。午後，讀紀事本末第十卷，竟。

是日，心不清，夜夢亦雜。縱任之過，由拘束來。

十八日。傅大士日常傭作，夜則行道。須知傭作時，亦無別物。

傅大士示衆曰：「此身甚可厭惡，衆苦所集，須慎三業，精勤六度。若墜地獄，卒難得脱，常須懺悔。」

是日，多心散時節。又與偉恭思前算後，惹起無明種子，卻是自入坑塹也。午後，聖舉札來，索二程抄釋。永思先生札來，付疊山秘笈看。子翼來，飯訖去。讀紀事本末了十一卷。夜夢雜甚，夢入圜牆中。此啓霖所云執心所爲也。又夢見令融浮舟而來，袙頭縛袴。又夢見聖舉家覃阿師後身趺坐説法。

十九日。力學不進，如撑急水篙相似，進寸退尺，殆可憐憫。昔人有云：「性從偏處克將去。」吾偏在好勝，吾偏在畏難，吾偏在不專，吾偏在不毅。知其偏而克之，如程子所云：「目畏尖物即偏，空中置尖物久之，自能不畏也。」近思録云：「古人此個學是終身事，果能造次顛沛必於是，豈有不得道理。」做工夫惟有勿忘勿助，予數日來或助或忘，相循環。伊川曰：「學須敬守，此心不可急迫。當栽培深厚，涵泳於其間，然後能自得。」自察動靜語默之間，不當處多，當處少，畢竟心有病。午後，鱗長來饋銅盥器一枚、墨一函。晚約至齋中小談。夢雜。

二十日。早，往西北二路謝客歸，雍瞻來。

午後，偉恭述一家庭之言，大爲心累。

夜幾無夢，而復現幻境。

二十一日。早，卧未起，鱗長來。亟著衣冠延入，與談良久，寫春聯一紙而去。午得智淵書。程孝吉來送墨四匣。

午後，讀紀事本末。連日甚廢工夫，非爲人事所累，乃心累也。六祖風幡義，真了義也。

夜夢雜。

二十二日。蔡忠惠云：「張乖崖鎮蜀，當還時，士女環左右。終三年未嘗回顧。此君殊厚，可以爲薄夫之檢押。」予謂不惟厚重而已。陳圖南深賞乖崖，以爲無情於物，當在此處。其將終時，異人傳霖來報死日，亦以平生打掃潔淨故也。

爲程翁糾壽分寄大鴻書。午前，看紀事本末。午後，往東南拜客歸。

王氏妹歸。

夢雜。

二十三日。寄孟衍書。兩日以偉恭娶親事，家間不靜，未免與之俱動，覺得心氣蕪漫不治。此非境能牽之，蓋自己怠惰，不策勵之罪也。

夢雜惡。

二十四日。三日以來，非但志怠也，氣亦昏矣。元來志氣兩物相連，必無有志受病，而氣能獨清之理。益信孟子所云「志至氣次」、「持志無暴氣」之説，真良方聖藥也。

予向自評云「志强而氣弱」，此語大謬。凡氣弱者，正坐志不强耳。將帥身先士卒，則士卒作氣，人百其勇矣。士卒不能致死，皆將怯之故也。曾見孫吳之兵有敗衄時否？

此心一刻在即人也，此心一刻不在即禽也。日用動靜間，一提撕則去者可還也，一不提撕則存者立亡也。「矛頭淅米劍頭炊」，不足喻其險。

一飲一食，苟須營求而得者，即非天所命我之物，即謂之衡命。近來於此等處煞看得破，今日偶讀劉靜修集，見所載古方先生事云：「有田數十畝，食其所穫，如菽熟，惟食菽，鄉人好事者欲以米易之，不聽。曰：天所食者不可易也。」此意甚妙，會得此便帖帖無事。

「意當極快處，心有不平時。少忍容無害，欲言當再思。」此劉靜修詩，亦妙。從麤處體貼，則細處功夫亦不走作。

向來看得「信道」二字容易，萬仞崖頭，劄腳不轉，纔謂之信。易卦之所謂「頻復」，論語之所謂「日月至焉」者，皆信道不真之故也。所以宣聖教人「主忠信」，又云「篤信好學」，又云「忠信所以進德」。只要煉得一個「信」字成就，則誠在其中。「如惡惡臭，如好好色」，「殀壽不貳，修身以俟之」，「國無道，至死不變」，「遁世不見知而不悔」，皆是個「信」到十分底地位。要知有九分信，仍有一分不信，則亦不得謂之信矣。此項人即顓孫所譏，焉能爲有、焉能爲無者也。

此心纔覺與境界不相入，便是心量間斷，間斷即不純，不純即與天行不相似，覺得意思好，亦是不純之故，總是平常便合道。

是日，偉恭娶婦。午前，夏啓羽以執伐來，陪之小坐。

一日内覺有和平意思，與昨不同，馴此以往，或可進於輕安也。然切須仔細，偶有愛玩物件已失而追思之，即與華子魚捉而擲之之意相同，即與孟敏墮甑不顧之意不同。昔李文靖藥欄壞，如不聞見，左右請葺之，曰：「安可以此動我一念。」此意要想。有以硯饋孫之翰者，之翰不受。饋者曰：「此硯呵之，則水流。」之翰曰：「一擔水止值一文錢。」此意要想。以言語悟人，未必能悟，且亦安見吾言之爲是也。莫如躬行而人自悟，行處有力，言語亦自不同。

一出便收回，既歸須放下，要於放下處得手，無妄之藥，不可試也。寫此段訖，讀大慧語有云：「佛有衆生藥，衆生病除，則佛藥無用。」凡看經教及古德，因緣當如是學。要知放下處，便是收回處；纔有不放下處，便不是。覺得向來搬弄底盡是覺知聞見，都敵不得生死，直下承當便可。懸崖撒手，亦無奇特，亦無平常。

是夕，第一覺無夢，第二覺夢將成而覺。

自初十日赴眉聲。直言社至是日，凡半月，總計口過或少，然細檢著，亦未必能免也。身過，則連晨晏起，多怠惰之氣，又遇食飲時多不撙節；心過，則慾念共起四次，雖起而旋忍，然心已不淨矣。其他細數流注，不勝其數，惟惡念不生耳。善狀無一可舉，但自省矜心將盡，識障稍輕，則或者近日寸進在此也。

二十五日。處物待朋友之際，一以平等心還之，則人之憎愛乎我者，皆聽之矣。然又無儱侗一視之理，惟等殺處不過其節，謂之平等。親之過，而翕翕以熱；疏之過，而漠若行路；尊之過，而齪齪苛謹；卑之過，而頤指氣使，乃至一稱呼之際，一拜揖之間，稍失其平，便非天理人情之則矣。然又不可逐事檢點，如此即與世俗人無異。要之心正，則百物皆正，所謂動容周旋中禮也。

斯須不莊不敬，斯須不和不樂，切須照管。要知莊敬則自然和樂，所以禮先於樂，深以暴氣爲戒。氣壹動志，靜觀自能見之。

繫戀之根輕矣，細察則有毫毛宿留於其間者，此最礙事。要如真誥所云：「視金玉如瓦礫，視綺紈如敝帚，視諸侯之位如過客。」

自省今日赴社時，與前番無大相遠，而屈指已旬有五日矣。此權禪師之所以涕流也。

午餘祀先，偉恭偕新婦行家人禮訖，同偉恭赴義扶社集。同社諸君各有精進意，互傳日記，看訖，小酌而歸。

是夕，夢拈「策其馬」題，豈神明儆我，欲使之見影而馳耶。

二十六日。今日天景澄明，几閣暇豫，因讀白沙先生集，録其警語云：「嘆迷途其未遠，覺今是而昨非，取向所汨没而支離者，洗之以長風，蕩之以大波，惴惴焉，惟恐其苗之復長也。坐小盧山，履迹不踰於國。俛焉孳孳以求少進於古人，如七十子之徒於孔子，蓋未始須臾忘也。」先生是時年未三十。

又云：「舍彼之繁，求吾之約，惟在靜坐，久之然後見吾此心之體，隱然呈露，常若有物，日用間種種應酬，隨吾所欲，如馬之御銜勒也。體認物理，稽諸聖訓，各有頭緒來歷，如水之有源委也。於是涣然自信曰：作聖之功其在兹乎？」

又云：「前輩謂學貴知疑，小疑則小進，大疑則大進，疑者覺悟之幾也。一番覺悟，一番長進。」

又云：「學無難易，在人自覺耳。才覺退便是進也，才覺病便是藥也。」

又云：「宇宙内更有何事，天自信天，地自信地，吾自信吾，自動、自静、自闔、自闢、自舒、自卷，甲不問乙供，乙不待甲賜，牛自爲牛，馬自爲馬。感於此，應於彼，發乎邇，見乎遠，故得之者天地與順，日月與明，鬼神與福，萬民與誠，百世與明，而無一物奸於其間。烏乎大哉！」以上白沙所云，足不踰閾，要知事來，亦須承當。故又云：「日用間種種應酬，隨其力量而處之，無一毫私意與乎其間，便能合理。若等待學力既成而應之，則終不成關門獨坐，與事物判作兩橛耶？」

是日，意思不佳，適有饋書苑一部者，因取翻閲。

有夢，不能憶。

二十七日。是日，雜客沓至，半日不得閑。飢劬傷氣，神亦不清。午後，聖舉兄來，因留之小談，燈下別去。談中甚多發明。

夜有夢，不記。

二十八日。早起，寫南旋諸詩與紀原，并借紀事本末，對訛字「僧筏」來。粥後，冠服詣王峻伯，致拜以五弟畢姻也。歸後，智含、研德來，各出日記付看，用功甚嚴密。義扶來商作札與玄非和尚。義扶屬草甚妥，因命五弟書之。寫一小楷於五弟扇，寫時意甚閑樂，勝昨日。寫訖偶取陳超宗、嚴式如寄懷詩閱之，因和四律云：「天畔雙魚至，春風緑滿川。獨吟悲舊雨，對聳憶詩肩。雪片飛千里，行囊剩一錢。離歌如昨日，彈指已經年。」「溪翁來栗里，鷗鳥識斜川。丈室饒容膝，低垣甫及肩。無文仍學豹，有口不言錢。嚴鄭知吾意，相思坐隔年。」「一昨長安酒，如鯨吸百川。揖人爭迮指，爾輩肯摩肩。世事如談虎，行藏等意錢。山中漏茅屋，小住足經年。」「燕地風吹雪，黄河冰塞川。雲山一蒿目，朋友兩隨肩。待詔應長餓，吟詩好賣錢。天涯懷二子，吾道屬寒年。」

是夕，大人邀峻伯至。同起羽集。

夜，夢雜。

二十九日。粥後，同偉恭過義扶，拉之同到唐園看梅。義扶令童子取飯至。飯訖，吾家取酒至，因遲坐至下午而歸。閑談頗有近道處，然亦流連光景而已。

偶談絶慾事，義扶云：「吾與子皆境界好，能成吾慾之淡。」此語亦佳。蓋使生於紈袴之家，爲閥閲之子，姬姜夾侍，蠻素弄姿，使人移情蕩心，或難自制。今則娶阿承之女，使玉川之婢，身非登徒，何難窒欲，此真所謂境界好也。推而言之，手無二錢，是境界好，故我能不奢也。口食粗糲，是境界好，故我能不貪也。不如意事常八九，是境界好，故我能堅忍也。眼前多少不平事，是境界好，故我能平心也。使境界反是，則世俗所謂境界好也，而其中打失者何限。然則一切違順，皆當歡喜受，應緣無心，勿作揀擇想，勿生分别心，皆所以摧伏驕慢幢，栽培般若種也。

此心纔動，便著一物，但有善惡兩端之分耳。逐節去病，病終不能盡去。縱令去盡，有時復來，須與剗去根子。

「知及之，仁能守之」，守如守城之守，須是能戰方能守。

如何是内日用？曰：刻刻提撕，如如不動。如何是外日用？曰：拈起便用，撇下便休。

不離一切，不入一切。

義扶曰：「甚矣，聖人之詳細也。」予曰：「惟大故能詳。」義扶曰：「然。」予曰：「未也。惟虚故能大。」

夜夢自誦南還血詩中「藍田煙去惟存玉，滄海潮枯盡煮鹽」，對人此比體也。又夢中作時藝數行，蓋是習氣未洗之驗。

三十日。午前，看紀事本末。出拜客。午後，偉恭約蔚生、德持輩小飲。因與蔚生較弈數局，至夜分，客去。是日，午前心頗清。弈時，偶因偉恭説一家庭之言，不免心動。遂借弈自遣而神氣不佳。

是夕，第一覺無夢，第二覺夢雜。

二月

一日。是日，心怏怏不樂，蓋正月來所未有也。午，出東門拜外大父墓，歸聞一語。是夕，心氣極不樂，至燈下稍平。坐至夜分而寐。無夢。

二日。心境稍和。

是夕，盧端生遺寂史一部。薄暮，欲以書帙遣意，因取唐書讀之，置一册，作小論四段。夜間論一家庭雜事，未免葛藤語，刺刺不休，而心累亦生矣。

無夢。

三日。心境復如初。一日午後，又作小論三段。太倉同年徐君來訪。

夢雜。

四日。早，復因理論一家庭，語動氣，雖於事理有不得不然者，而動氣則大差矣。

上午，眉聲來，同到吴門童君舟答訪，復到舍。飯訖，同看殘梅於南城，至德符園亭少憩，而歸意甚適也。然此四日全是魔氣，雖無念時亦魔，幾化此身爲魔民矣。闕於提撕之故，遂使一縱不還，如失碇之舟，大可恨，大可恨。燈下紀此時，覺病已去體，仍是一無事人也。

得徐石客書。

提撕處要不費力。昔人以爲如轉户樞，真善喻也。

大慧云：「生處放教熟。」吾病處只是一生。

辛巳和陶有云：「猛虎行山林，獨往無怖懼。至人如孩提，不學兼不慮。」只如此行得也索輕省。

火可焚林，林盡而火於何有？風能簸水，水平而風又何存？當空體之見前，悟識情之流浪。必也冰融萬慮，并此求融之意而亦融；劍決重圍，并此能決之根而亦決。是則石人能語，肉團放光。仁遠乎哉？在我而已。

五日。看唐書元宗本紀竟，作小論一段。又看紀事本末卷，心氣平平。夜微有夢，不記。

六日。二程書云：「人之於患難，只有一個處置，盡人謀之後，卻須泰然處之。有人遇一事，則心心念念不肯舍，畢竟何益？若不會處置了放下，便是無義無命也。」碧兄云：「『義命』二字極好。不處置是無義也，不肯舍是無命也。但『盡人謀』三字詞病不少，妄庸人念念不肯舍者，亦只爲要盡人謀耳，不若先之以忠信好。」程語妙，碧兄注「義命」尤好。但「盡人謀」三字本無病，盡人謀正指合義處。如易云人謀鬼謀，若不肯舍者衡命也，非人謀之謂也。

積善在身，如長日加益，而人不知也。如驟見有得處，不妨不要看。承他作好處要是日計不足，月計有餘。

讀書亦所以夾輔此心，惟讀書時貪多務博，與穿鑿求解之心，與道背馳，此以我觀書，以書博我辨。勝國安熙先生曰：「隨分讀書，小作程課，玩心觀理，更於應事接物間體驗警省，亦略有效。」

張九奏於洞庭之野，觴白雲於瑶池之上，廓然陶然，此顔子之樂也。有夢不記。

七日。早，出西關，候廣成，因留朱子浹齋中，同義扶竟日棋酒。薄暮歸，醉甚，氣昏心亂。

夢雜。

八日。竟日不出，心稍清。午後，進卿、子翼來閑談久之。

此兩日怠惰之極。

有夢不記。

九日。心亦平平，但有一層蒙氣未脱，無天晶日明之象。集雍瞻齋。無夢。

十日。晏起。午前，光景如昨，看小止觀、黄蘗心要各數頁。又看幾道詩。是夕，又集雍瞻齋。無夢。

十一日。德持遣使來候，至南里上岸，即會江生進之。午後，集德持齋觀優，心氣不甚静。此五日大都有昏沉之病，浪過時日，可嘆也。無夢。

十二日，晏起，晤南里諸君。門人吴亶、王起潛來。起潛文甚秀。午留張爾鉉齋小飲，復歸德持齋，同克勤、子石集。微有夢。

兩日無他惡心，但駁雜爾。

十三日。謝客訖。午餘，赴子石、克勤之招。又赴李方建之招。夜分入舟。有夢不記。

自前月二十六日至今月十三日，學力不進。初一二三爲激心所累，是後平平，至初旬，則又爲昏沉所累，兀兀過日。總記雖無大過惡，而亦可謂之荒怠矣。書此以告直言社諸兄，并以刻責將來爲墮落之戒。

十四日。早，從南里還，得孫石義書，以程翁訃璧還所醵壽儀，仍以送之。午前，廣成來。午後，過眉聲，同往令融處祝壽。仍到南訪答莊君，即至直言社。集德符齋，談對久之。薄暮，赴令融席觀優。心氣在得失之間，較三四日則大佳矣。無夢。

自元旦至此，凡四十又四日，春光半矣。比元旦時無異也，比元旦以前又無異也。然則學問之道，其終於此而已乎？抑尚思進求，如先正所云「尋向上去」者乎？可以痛心切骨計不返顧矣。

已前所記不嚴，過失多有放過處，此後務期密之又密。

十五日。口。午前，與偉恭談，有小過，其言未嘗不是，而可與家人談，不可與外人談者，是即過也。與兄弟妻子談，當如通國聽之者。

身。接二客，爲沈玉汝、王峻伯。午後，赴王内三飲，略檢著亦無大差。

心。無惡念，但多不風之波，皆不定之故耳。持戒嚴則定矣，刻刻提撕即戒也。心似蛛絲游碧落，皆識神所爲。

讀書。是日廢，燈下略涉唐書代宗紀，并舊所節通鑒中事迹。

夜夢。初雜亂，後即夢日間事。

對静境而静，對動境而動，遇道友而簡束，遇常人而放意，此大病也。纔縱即亡，纔著意即助長。如御馬於九折之坂，銜轡一失，而傾跌隨之，是以貴主敬也。

十六日。口。僧雲渡來，與之言，頗盡道理。又作一書，爲徐康侯致朱掄生轉説添價事，此亦不得已而應之，度亦無甚差處力辭門生者。

身。是日不出，無事。

心。午前覺爲宴集所累，氣耗而心亦無力，此氣動志也。燈下覺心中豁然，甚樂，更無甚牽帶處，快哉，快哉。

讀書。是日本擬讀書，恐費心神，遂闕之，優游而已。

夜夢見錢生孺飴。又自篆一圖章曰「江夏鄙生」。

與人言以直爲妙，直則厲矣，聽其言也，厲非氣勁之謂也。或借他事埋伏而應於別處，或虛裝一頭，而欲人暗會，皆子輿所謂「以言餂之」也。然則人有必不可言者，奈何？曰：韓魏公知永叔以繫辭爲非孔子書，政府相會未嘗言及。此一法也。

偶與大人論關壯繆所以爲神之故，予曰：「直與誠而已。」當曹公之厚禮壯繆也，疑有去志，遣張遼探之。壯繆知遼之爲曹公來也，又知曹公之知其去志、之可以殺我而無難也。使他人處此，委蛇其辭以對，姑爲後圖，其亦可以爲忠臣矣。壯繆則不然，直告以劉主之不可負，與己之立效，而後去。寧使曹公知己之有去志，而已之言，固未始以或欺也。此其所以爲誠也。先儒有言立誠當自不妄語，始知壯繆之於不妄語，可謂充類至義之盡者也。充不妄語之類，以至於盡，則誠矣。誠則無息，無息則久，久則神矣。然而壯繆之於此，豈嘗如後世儒生、學士，講貫而行之，討論而出之哉。蓋其天姿之高，不待學習而無不利，庶幾乎得聖人之一體。宜其炳炳乎、磊磊乎，與日月爭光也。若溫太真之於王敦，出閤復入，涕泗橫流，蓋惟恐敦之疑己，而以權譎自售，以巧慧自脱。雖其事濟功立之後，卓然爲晉室宗臣，而誠與直則有所不逮矣。使壯繆當之，吾知其不屑也。是故誠而直者神道，僞而曲者鬼道也。以權濟經小德出人者，雜乎誠僞之間者也。行一不義，殺一不幸而得天下，不爲也。此誠至而天者也，神又不足言也。大人曰：「善！」

十七日。口。對客閑話有之，卻無惡言。偶欲説一人過，覺而止之。與開若閲文頗宜。

身。午前後，有數客來，應之不倦。午後，集令融齋，陪劉廣文。心謂之無物，不可謂之有物，亦不可何時得囪地一聲。

讀書，觀唐書代宗紀，不甚入頭，便休去。

夜夢，有而不記。

集令融齋，偶與思修談不妄語一節，因及「誠」字之義。思修曰：「恐是天然如此便好，學問如此便不好，慮有矯强存其間耳。」予曰：「今人理路不明，只爲避一『矯』字。見人清節則曰『矯廉』，見人寡慾則曰『矯情』。毋論彼人非矯，縱令矯而爲善，亦是他變化氣質。譬諸爲將有攻堅穴險之功，但當問其矯之之意何如耳。如爲名而矯，則純是機械變詐，不足道也。如爲變化氣質而矯，則正是復其天然，而非有礙於天然。顔子大賢，夫子猶教之以克己，孟子亦云『思誠者，人之道也』。曰克，曰思，皆矯之善者也。若今世所謂學問，不過掩耳竊鐘，藏頭露尾，全無一點實心。爲己之意，皆坐不學問耳。豈有真學問人而反爲無忌憚之小人開一捷徑哉？今若避矯之名，而以自然爲貴，則好色者自然好色，好財者自然好財。吾不知其可也。」令融曰：「三代以下，惟恐不好名，縱是矯而好名，當亦不妨。」予曰：「此又不然。好名之論可以策勵中下人，爲其不肖之念已生，姑借名之一途鈎引之，使出於善。爾若立心便從此起，則振矜於小節，而敗露於大事；砥礪於始途，而狼狽於晚節。古人如此類者，正復不少。何異病衰之人，服烏附諸藥以益其强，藥力一去，百病皆作矣。孟子曰『好名之人，能讓千乘之國』云云，蘇子曰『人能碎千金之璧，而不能不失聲於破釜』，正謂此也。不好名之人，如真金不怕火；好名之人，如鉛錫入火即變，是在揀擇而已。」

十八日。口。無過。

身。無過。

心。雜念如幻泡起而即消。

讀書雜看不一。

夜夢，夢至京師，蓋習念起滅之故。

十九日。口。是日，同傅、蘇兩兄入舟，多雜言。
身。無過。
心。浮游。
讀書，看記事本末半卷。
夜夢雜。

二十日。口。雜。
身。無過。
心。發一慾念，可恨之極。
讀書，看紀事本末一卷。
夜夢有無之間。

二十一日。口。雜，無大過。
身。無過。
心。雜，無大過。

讀書廢。

夜夢，夢有人欲予致拜。予曰：爾何人斯，乃欲吾拜？其人似自謂「有道者」。予曰：使吾真見爾有道，雖百拜亦可。今實未見其然，雖欲一折腰不能也。言已而覺此蓋生平崛强之氣，久而成魔也。

二十二日。口。雜，無大過。

身。無過。

心。雜，無大過。

讀書雜看不一。

夜夢無。

二十三日。口。無過，但閑話太多，謔浪笑傲積而久之，雖謂大過亦可。

身。無過。怠傲之氣細檢著不能無也。是日，與倪司理別。

心。多雜，蓋與境相牽之故。又發一慾念。慾根久而不斷，縱有絶慾之事，與不絶等也，戒之，戒之。然不可從此處加功。

讀書廢。
夜夢不記。
二十四日。口。粗檢無過，只是過在閑話。閑話之根由心力放縱而生，此是心過也。
身。平平。
心。浮泛，無刻勵之氣。
讀書廢。
夜夢無。
二十五日。口。無過。
身。無過。
是夕抵家。
心。只是尋常。病處亦在此，蓋非真正尋常耳。
讀書。晏起，復上岸閑行。午後倦甚，遂廢。
夜無。夢。

二十六日。口。與曹父母酬對，并接友朋、門人數人，粗檢著無甚大繆，恐亦只是閑語多，不緊要耳。修詞立其誠，多閑話便不誠。

身。無過。

心。憧憧，然因應接而生厭倦，此不長進之驗也。

讀書。是日無暇。午後看門人文數篇及他人以文請正者，盡心以評之，即以此爲讀書。

二十七日。口。詭辭一俗僧，不可云過，然多雜言。

身。無過。與陳、蘇諸兄遊步看花。

心。有樂意，然終是放浪。

讀書。午前午後俱出，遂廢。

夜夢。衣冠南面立，足下有穢。

爵禄可辭也，此吾去歲所造境界。白刃可蹈也，吾今日已饒辦之。但此二事亦未造其極。若説到辭爵禄、蹈白刃，而無些子矜氣，我未之能也。總是一徹盡徹，今只爲總綱處未了當，故病處是病，好處亦是病耳。

二十八日。口。無過。

身。晏起，有怠惰之過。

過沈鷺生小飲，赴峻伯會親席。

心。無惡念。

讀書。廢。

夜夢。拈「和順於道德而理於義」題。

黄忠節公甲申日記，民國十四年留餘草堂刻本

陶菴集卷十四

繇己録

崇禎十七年甲申

小引

吾病何在？在不一也。静時惺然，動即厭離，是謂不一。動時縱任，静即黏縛，是謂不一。有心與無心不一。觀心與息心不一。在行事時不一，在讀書時不一，在一切顛倒夢想中不一，在一中又有不一。作麽生有許多不一？曰「此我自不一，本不一」。夫道一而已矣，又多乎哉？然則何者是一，曰不一者是一，急急領取。

三月。

十五日。南泉語趙州云：「道不屬知不知，知是妄覺，不知是無記。若真達不疑之道，猶如太虛廓然蕩豁，豈可强是非也。」師於言下頓悟元旨，心如朗月。

且看趙州諸根猛利，一聞千悟，所以燕、趙間觀氣者謂之「聖人」。今吾輩如著絮行荊棘中，觸地罣礙，從此日進月進，止成一個困而學之。若稍墮，便是困而不學，民斯爲下矣。可不猛地警醒。一回入草去，驀鼻拽將來。此處毫不費力，拽之又拽，自然水牯牛放亦不去。此個消息不遠矣。

昨見雲俱，説參話不得手，嘆其自家就縛，今我何故亦自縛也。先儒有言：如轉磐石，如斡户樞，在我而已，何難之有。此真善喻。

早。晏起，在床上不無游思。

粥後。閉門静參，覺本來無物，瞥然念起，旋覺旋消，此關最易打過，不足怖。

午後。一静坐便覺耽空守寂之爲非，因未離此境，故覺其非耳。

偉恭云：「早會見啓霖，其警策語甚多，且云某只一個知耻爾，此言大可感動。」孟子曰：「耻之於人大矣」，「不耻不若人，何若人有」。

此事未親，歲月易過，如燒眉之急。

向來只是玩歲愒月，可謂皮肉無血者也。姚公席來，周雲芝來，應客後，心氣稍浮，急收之。以大事未明，有淒然不樂之意。讀壇經分，忽然悟得本來無物之體，與百物不思、欲令念絶者，相去差别甚遠。向來用功只從絶念處下手，正是邊見法傳，所以毫不得力。辟如軍中東斬一級，西擒一虜，於大勢初無增損，到得大敗時，全不濟事。若能擒王射馬，取大將首於百萬軍中，則雖士馬如山，涣然土崩矣。悟到此，精彩忽生。燈下。氣象與午前後不同，如孤軍復振，旌旗變色，遂欲鼓行而前矣。但氣力尚弱，保住爲急。

看黄檗復問數則，覺心中無甚放不下處，便去睡。夜夢。極雜惡，又得二句云：「露桃叢樹重，仙仗九州寒。」

十六日。無念禪師曰：「若然會得一切佛法世法，自然明白。一切知見，自然泯息。」又曰：「學道人如鐵壁石山相似，霹靂無情，方能斷物。」已前受病，只因脊梁骨不曾豎起，所以境風一吹，便被放倒。今日用功先須求定，若只以卻物爲静，關門閉户，一事不接；臨目静對，一念不起，到得念生事到，便覺煩重不堪。此是求不定，非求定也。苗頭一差，如何得成正覺？今只認定本來無念之體，廓如太空，不拒一切，自然無累可纏，無魔可嬈，無垢可拭。譬如擔擔者，此一頭重，則彼一頭輕矣。説只如此，要須大勇猛，一往不顧。若也糊糊塗塗，終不濟事，已前斷送許多日月，是殷鑒也。

死水溝中不可入，長風大浪直濟滄海，不亦快乎！

早。閲壇經二分，雜念輕微。

粥後。到縣會曹父母，時侯廣喜、傅令融、張介兹、蘇眉聲、王公葑、吴得仝諸人皆在，爲倪公祖事也，歸後將午矣。談時心亦不甚走失，但諸君談河工、錢糧諸務，胸中不能了了，有一物不知之愧，然而所愧不在此也。

午後。彭子上持文一篇來看，張子翼來閑談久之。雖無倦怠之意，而亦微覺與靜坐時不同，即此便是不一。今於靜時用功，於動時體驗，但不費手不厭煩，即動時得靜時之力矣。於動時用功，於靜時體驗，但不沾帶不留滯，即靜時亦得動時之力矣。

令融、玉汝來。

薄暮。看完壇經，心地平平耳。

是日，有一言及人小過，痛戒之，痛戒之。細省此生來，談人過失不少。自今懺悔，永不復犯。戒談人過。最易且没交涉，今戒見人過。

燈下。覺心中只是一片白紙，元無字畫在上，但覺其如此便有樂意，與本來稍離矣。

根性本亦在利鈍之間，向來不肯承當，自誣自屈，真枉事也。

夢。第一覺無，第二覺見松樹五株，甚奇。夢中題詩云「五松何磊砢，只在射堂東。黛色參天□，真濤入夜空」，尚有後四句，不記矣。

十七日。寶峰禪師云：「直須斷起滅念，向空劫已前掃除玄路，不涉正偏，盡卻今時，全身放下，放盡還放，方有自由分。」

「放盡還放」，四字要參。

六祖聞五祖開示，言下大悟。後來嗣六祖之法者，如行思、元覺、懷讓，亦是於言下大悟，今所參學者正法也。如此番不悟，則今生永不悟矣，且道此刻曾悟未？曰：「直甚臭皮襪。」

早。登厠時心氣忽浮，因自念曰：「急與放下。」又自念曰：「我原没有甚物可放。」遂覺輕安。

譬如當關而防盜賊，略容人情，舉國糜爛矣，須是水泄不通。

粥後。事有不妥而無可如何者，心爲之一動。既而即悔曰：「此又是名根也。」遂泯然如故。

王煙客來訪，即出答之。午前略看圓覺大意一遍。飯後。以徐康侯將北行，請來小飯，至未刻而去。王開若諸兄來候酌，即偕五弟赴之，歸時可更許矣。是日，酬酢頗多，而心中提撕，故不至失飲，已沉醉而氣亦不昏也。但自檢語言雖少，而所發多是閑話。閑話最害事。

正話不肯説，閑話便肯説。若云妙理不在正話，豈反在閑話耶？一句閑話逗漏不少。燈下。不復坐即寢。

夢。頭緒頗多，憶其一乃見靖難時忠臣，卓敬心有敬之之意，此亦是平時矜高自許之根所伏藏而偶現者。

十八日。黄蘗禪師心要云：「爲聞見覺知所覆，所以不睹精明本體。但直下無心，本體自現如大日輪，昇於空虛，遍照十方，更無障礙。」又云：「本心不屬見聞覺知，亦不離見聞覺知，但莫於見聞覺知上起見解，亦莫於見聞覺知上動念，亦莫離見聞覺知覓心，亦莫舍見聞覺知取法。不即不離，不住不著，縱横自在，無非道場。」一部壇經盡此數語。早，晏卧床上，心氣忽浮。因思古德語云：「心如牆壁，可以入道。」我今能直下心如牆壁否？只是縱容他一个入路，如兵家買放之類耳。

粥後。與大人論一小事，語多傷激。

呂子明云：「士別三日，當刮目相待。」古人變化之速如此。予自二十四五，即知有此道，在雲間所作日記，今覆閲之，意見亦非卑凡者，但稍隔耳。今十五六年，視前境，亦無大過之者，豈不愧心。退之云：「一日復一日，一朝復一朝。但見有不如，不見有所超。」犯此數語，何以對同學諸子乎？生慙大愧，發大勇猛，宜在此日矣。

午後，赴王以介招，至南郊别墅看花。旋歸，至春草堂，同雨瞻至唐園，赴陳、許四君之約，至更除歸。是日，席間多笑謔妄語。

心先走作，故笑謔妄語，非笑謔妄語，能使之走作也？

燈下。歸時已大醉，志氣昏沉，遂生滯礙之念，於四日竟爲墮落矣。亦由此日提撕之功不如昨日，故酒得而醉之也。

略睡即醒，枕上刻責自訟，不復成寐。擬爲文告天，以堅必往之志。是夕無夢。

十九日。黄檗云：「凡人多爲境礙心，事礙理，常欲逃境以安心，屏事以存理，不知乃是心礙境、理礙事。但令心空境自空，但令理寂事自寂，勿倒用心也。凡人多不肯空心，恐落於空，不知自心本空。愚人除事不除心，智者除心不除事。」

一春來多爲事礙，近始見得事理兩不相礙，而厭事逃空，的然無成就之理。但力量尚薄，内不足以勝外，所以動靜間終爲兩橛。欲求頭頭無取舍，事事勿乖張，固知不能也。今唯有認定準的，刻刻提撕，別無他法。

早。浮游。

粥後。坐床上調心久之。

飯後。户外新雨雜，賓不至。讀黄蘖心要半卷、宗門武庫一卷竟，心境在是否之間。

燈下。略坐即寢，雖少雜念，卻比兩日前爲退。

夜。夢有獸似人者，在前問之，曰：「猩猩也能言，不離禽獸。」若此生不了大事，糊涂過日，與猩猩何異？此神明警我也。

二十日。妙喜云：「若決定竪起脊梁骨，要出世，世間没量漢，須是個生鐵鑄就底方了得。若半明，半暗，半信，半不信，決定了不得。」

繫著一切者，必非心；遍滿一切者，心也。積久而得者，必非道；言下具足者，道也。漭漭蕩蕩者，必非體；不取不舍者，體也。舉心動念者，必非用；拈出便是者，用也。如磨磚作鏡，如蒸砂爲飯者，必非功夫；如箭筈離弦，直造棚的者，功夫也。

早。看大慧語録數則，此心復常。

粥後。此時有天清日明之象。

到偉恭室中，忽然有一絲游念，自相攀緣，妄想成就，而後覺大利害，大利害。偉恭云：「已前習氣太多，憂喜淫怒之根業已深重，必須拔去而後可。」予曰：「汝莫管以前，亦莫管習氣重不重，只要當下明了，自然一切截住如堵牆一般，有甚習氣障蔽得我。且汝説此話時，習氣又在那裏駐劄？若説真有習氣，都無是處。若習氣元無，則又何必稱斤稱兩，另將一物去壓倒此個習氣？此等見解，皆由自迷家寶，捨黄金而拈土塊，所以生許多顛倒妄想，於本分事無分毫相干也。老兄從來受病亦在此處。今幸天啓其聰，於此中覷得些蹤影，自分更不回頭三心兩意。大家珍重，閑話没幹。」「游念暫起時不妨，但要立刻搜去之不續耳。暫起是舊習未斷；暫起而復續之，是新習又生。新習又生，則舊習牢固矣。佛家以斷前過爲懺，斷後過爲悔。今人多是懺而不悔，故并不成懺，唯一念不生則具足懺悔。」

飯後。劉廣文來，以曹父母札致看。

閲王開若、朱兼兩二君文，曲直參用，而同歸於直。

要知辦道人如殺不眨眼，魔君相似，當之立碎，犯之立焦。又如一團烈火，乘風燒去，寸草不遺，纔是了達伶俐漢子。若也如三日新婦，遮遮掩掩，直是修到驢年也不濟事。

予向日皆空過，更無人説到此，即説到，想亦不信。今纔謂之始發信心者，人呼我爲「信人」，我亦自信得過，不復推讓矣。

心如一王，必不屈於臣僕之下；心如大將，必不死於匹夫之手；心如美玉，必不滅於劫火之中；心如鐵劍，必不刓於腐朽之木。只要識得心是何物，自然意氣增長，光輝日新。向來氣息奄奄如垂死人，正坐不識心耳。

切不可將心覓心。將心覓心，謂之騎驢覓驢。

半日中，亦對客，亦獨坐，亦讀書，亦與大人談世務，亦與五弟説道理，總覺起滅二相迥然不著後哉。

燈下。讀妙喜語録數則，直捷爽蕩，和盤托出，真如萬條雪瀑，當空直下，使人目眩耳聾。此自有壇經以來，第一部書，第一正法眼藏。

動時即是靜時的，語時即是默時的，向來只是厭事逃空，縱然常説事理不分，亦終没交涉到。今日始透此一關，乃知眼前無限勞擾，無限怨親，在我清淨海中，一波不起，從此撒手游行，如五祖所謂「輪刀上陣」，亦得見之。東坡所謂千軍萬馬中，有甚歇不得處，皆如語實語，不誑語也。堂堂之陣，正正之旗，攻城掠地，何往不克，豈似三家村中兒童戲劇，風吹草動，便生恐怖哉。

略卧復起，了一筆札。坐床上，久之方寐。

夜無夢。

二十一日。妙喜云：「頓舍外塵，時時向自己脚跟下推窮，推來推去，内不見有能推之心，外不見有所推之境。淨倮倮，赤灑灑，没可把，如水上放葫蘆，無人動著，常蕩蕩地，拘牽他不得，惹糾他不得。撥著便動，觸著便轉，如是自在，如是瞥脱，如是靈聖。不與千聖同途，不與衲僧借徑，直能號令佛祖，佛祖號令他不得。當人知是般事，便好猛著精彩，向百尺竿頭，更進一步。即今便要求進，既信得，便推諉不得，便等待不得。」

早。心略浮即刻歛之，此不熟之故也。

粥後。静坐做工夫，似今人窗下做舉業一般；動中做工夫，似今人舉場中考試一般。若實用舉業之功者，必不怕考，怕考的必是荒疏秀才也。喜静而惡動，避動而求静，向來只是荒疏之故，卻説事來礙我，做工夫不迭。然則人固有終身做舉業，臨考不到者耶？此等顛倒意見，可發一笑。

齋中不看書，心甚平常。覺種種識情，無棲泊處。

巳刻游思，潛動即消之。因誦論語云：「君子無終食之間違仁，造次必於是，顛沛必於是。」今日方覺此三句有味，又「不患念起，惟患覺遲，念起是病，不續是藥」，今日始得此四句之用。

飯後。有思維理路之病，旋即消訖。

赴陳熙孟看花之約。散逸、矜持二病，皆不能免，不熟故也。舉念亦有一端不是處，席間頗有發明處。瑟雖工，其如不好何。

席間與人談，皆自知有過，而姑恕之者，乃知聖賢種子，斷絶只是一個不辨肯心。

燈下。因作字時，知一筆不可苟且，作字且然，而況其他乎？

夜夢，在有無之間。

二十二日。妙喜云：「毫釐繫念，三途業固（因），瞥爾情生，萬劫羈鎖。」目今信得及底，豈亦不是繫念，然所謂以幻藥治幻，病也。此邊繫念得深，則彼邊繫念得淺，到得兩念俱忘，則性相如一。雖然，有甚麼忘不忘處，切須照破。」

早。床上稍雜，因昨日席間話，有觸著處耳。一覺之，便覺自心如牆壁。

粥後。與偉恭閑話，少時稍覺心散，急急收之。

生知之質，一得永得，毫不費手，譬如堯、舜端拱，萬國咸寧，自生知以下，理由頓悟，事以漸除。辟如唐定都於關中，而後世充、建德就擒。宋得位於汴京，而後劉鋹、孟昶俘執。要是個作得主定，心氣平平。

飯後。於駁雜中微生倦意，覺之即止。

寫數扇，作一送行詩，一寄遠詩，詩亦平平耳。而推敲頗費手，亦以久不作，故生也。

夜夢，在雅俗之間，雅者論一史事，俗者衣冠謁客，皆餘習未舍之故也。

二十三日。妙喜云：「苟能直下信得及，不向外馳求，亦不於心内取證，則二六時中，隨處解脱，何以故？既不向外馳求，則内心寂静。既不於心内取證，則外境幽閑。」故祖師云：「境緣無好醜，好醜起於心。心若不强名，妄情從何起。妄情既不起，顛心任遍知。當知内心外境，只是一事，切忌作兩般看。」

早。有游思，無滯念。

自粥後至午後申刻，作一序、一法場疏、三遠書，寫扇數握，又寫一小册，身則勞倦，心則用時即置此處，不及他起，然亦無自適之趣也。

酉刻至燈下，與偉恭談處事接物之法。云心入事内，而以全力應之，與心超事外，而以定力應之，此際大有不同。夜膳時閑話稍多。

夜夢見一冶女挑撓，不爲之動，而亦有强制之意，此偷心未絶之徵也。

二十四日。向惲圓覺經難了，不敢看，早起驟讀一過，大義皆了。粥後至午後，同王内三會，曹石霞投請帖。歸倦甚，晝寢，昏散之氣忽來。午後至夜，不無游思，以體倦故，時寢時起。眉聲、翼王來談，久留之夜話，小有發明，得不補失。

燈下。蘇、陸去後，與五弟閑談。床上看蘇子由集至二更，覺心氣不正，正坐調御，久之乃寐。

夢甚雜，夢有賊見劫，脅之以兵，予怒駡曰：「賊！賊！吾豈畏汝者。」俄而覺，噫，不怕外賊易，不怕内賊難。即今夢與覺不同，即是内賊牽制之故也。

日間，有兩個不好念頭。

二十五日。早。過令融。

粥後至午後，心亦平平，至午時有滯念。

午後至夜，能入佛而不能入魔。啓霖來談話久之，至薄暮別去。啓霖云：「未見性時宜勇猛，已見性後宜平常。」又曰：「德宜據。」又曰：「見性後別無甚，充拓用去即是。」

燈下，與五弟同禮佛室，頃之即寢。

夢有人語予曰：「餘因參不到，能了即忘機。」

二十六日。早至午後。此心不在內即在外，不在外即又落在昏沉夾裏，常要使之得其正位。

拈起即用，撇下即休。自昨午至今，氣勢消縮，有糊糊塗塗之意。只索放翻身軀，酣睡一覺，午後睡醒，始復平常。

午後至夜，游思雖有，不礙平常，燈下轉覺豁然。

夢雜。

二十七日。早。晏卧，忽生一滯念，乃知四威儀中不可不循軌則也，今當懺晏起之過。

粥後至午後，閲傳燈録。自一之五，此理觸著，磕著，總無别個，從上諸祖諸禪師，傾出萬斛明珠與人，人不肯領，春池拾礫，真可嘆也。

夜坐未久，即寢。心亦無累。

夢芍藥花開。

二十八日。早。應酬數客，旋至縣署，同内三下速帖。歸後看傳燈録半卷，心雖無恙，而覺得不進。

午後至夜，過内三，同完主局，至二鼓歸。

二十九日。早。得同年鄭超宗書，瞿然有動。

黄忠節公甲申日記，民國十四年留餘草堂刻本

陶菴集卷十五

擬古樂府〔一〕二十八首

【校勘】

〔一〕「擬古樂府」：康熙丙辰本、康熙癸未本、乾隆辛巳本、四庫全書本均爲「擬古樂府」，光緒己卯本改爲「咏史樂府」，今據上述諸本改回。

狡兔窟

責馮驩也。驩爲孟嘗君營三窟，以自固於齊。其後孟嘗君相魏，遂與燕共伐破齊。

長鋏歸來債畢收，一窟已鑿二窟留。長鋏歸來重結靷，齊王不寐君高枕。嗟汝窟成傷汝國，他年兔葬元無窟。君不見趙城有客賣漿徒，慷慨勸君歸舊都。古來狐死猶丘首，兔窟狺狺皆國狗。

易水行

誚荆軻也。軻欲生劫秦王，得約契以報太子，謬矣。

函谷關開五國走，督亢圖中一匕首。樂生久去丹金臺，縱殺秦王誰與守？危冠壯髮車中去，死灰之人見天意。劍光飛去白虹高，不敵咸陽祖龍氣。吁嗟乎！趙城楚地詐已多，餒虎反肉世有無。欲持約契歸燕都，惜哉豈止劍術疏。

曹相國

譏曹參也。參爲相國，不能興禮立樂。

相君暇豫何吾吾，後園吏舍聞歌呼。咄嗟吏人相曉無，相君亦是「高陽徒」。戚姬春，如意死，縣官宫中醉不起，老雉横飛十步裏。君聖武臣畫一兩，不如酣歌弄白日。相君刀筆未有奇，膠西長老稱宗師。兩生堂堂牖下死，相君空爾爲？

潁陰侯

美灌嬰也。嬰與齊襄王連兵於外，故産、禄之謀不成。

潁陰侯，爲吕亦爲劉，滎陽一出仍逗留。滎陽下，爲劉不爲吕，南北兩軍同有主。吕家寶玉摧爲屑，臣功得比清宫列。高廟神靈再悦康，九州未見炎精缺。數千年事屢膠轕，饑鷹在臂隨人掣。君不見關西男子稱雄傑，力埽義兵看國滅，唐亦有人誅敬業。韋孝寬破尉遲迥，而楊堅之簒成，魏元忠破徐敬業，而武曌之勢固。

刎頸交

責張耳也。耳、餘爲刎頸交，同立趙王歇，及耳、餘相惡，耳從韓信擊破趙，斬餘泜水上，追殺趙王襄國。

刎頸交生年，單賤稱雄豪。千金購老百金少，兩人心知各相笑。雲起龍驤愚者驚，爲陳爲趙皆縱横。監門憂一死，河北怨一生。將印爾何物？千秋破人情。泜水義兵誠失策，兵敗猶令廣武惜。信都趙後襄國俘，生者獨慙廝養卒。

平城苦

譏漢高帝也。帝自平城歸，始以宗室女爲單于閼氏；元封中，再以宗室女妻烏孫，皆從其國俗。

平城苦，平城苦，七日不食能彀弩。圍開一角幸有神，女嫁蠻中不猶愈。錦車千乘送蛾眉，玉顏羞殺胡〔一〕中姬。胡姬已羞漢未足，烏孫又聽歌黄鵠。

【校勘】

〔一〕「胡」：康熙丙辰本、康熙癸未本、四庫全書本等均因避違删去。

長沙嘆

譏絳侯也。絳侯讒賈誼而信袁盎。

仕宦去，無中人，不如車戲雜風塵。上書去，無相憐，不如嗇夫立圈邊。男兒有才耀奇世，誰識公卿是軍吏。蒙君讒，救君死，人告周勃謀反，逮繫長安獄治，卒無事。誼上書譏上，上深納其言，養臣下有節。君心乃在安陵子。噫吁嚱！古來樹人多樹棘，棗樹懷赤心，獻君君不食。

首鼠行

譏韓安國也。安國辨魏其、田蚡事，實陰左田蚡。

魏其是，丞相否，壯士何須問杯酒。丞相是，灌夫族，東朝正爾憐骨肉。當年鼠首何曾兩，丞相車中怒鞅鞅。五百遺金事已往，天下何人絶朋黨。

舞陽君

惡女謁也。何進異母女弟，爲靈帝后，母號舞陽君，進欲誅張讓等，舞陽君數受宦官賂遺，爲其障蔽，進遂遇害。

舞陽君，家屠羊，女入宮，暴貴强。出入金闥遊紫房，幸依省内安能忘。家有將軍雔段張，洪爐不鼓毛髮長。張氏子婦何氏殃，蚍分兩頭相齕傷。昔年文母爲妖祥，今由南陽國再亡。鈎弋之誅誠則剛，漢家英斷歸武皇。

哀趙郡

惜北齊趙郡王叡也。叡欲出和士開，爲士開所害，死於忠也。然叡嘗與士開譖殺河南王孝瑜。

兖州刺史即日發，領軍意氣何輕忽。珠簾美女聊相紿，入宮仍似握槊時。數行詔下誰相雪，昔何宿留今何決。餘珍肯受生者慙，死者無聲獨流血。華林園，良有以，死見先王誠已矣。冤魂莫恨劉桃枝，請問西華門外水。

秦王府

責房、杜也。秦王世民殺建成、元吉，房、杜輩成之。李靖、李勣皆不與。

秦王府中力士舞，君有父兄臣有主，金高南山視如土。拳毛騧馬來揚揚，昔年射賊餘大黄，一矢痛入慈父腸。地下宫中恨無極，房公杜公皆有力，千古獨誅亡賴賊。

袁氏嘆

譏劉表也。表貽書袁譚、袁尚，諫其兄弟閒事甚切至。然詒謀不永，後世卒與袁氏同轍。

帝昔有二子，閼伯與實沈。其居各參商，其釁日相尋。降生冀州野，厥名尚與譚。交臂仇蠻〔二〕邦，貿首戈戟林。百戰虧股肱，一朝並爲禽。明明劉荆州，憤踴進良箴。豈知高樓上，冢子已悲吟。

【校勘】

〔二〕「蠻」：康熙丙辰本、康熙癸未本删。

許氏客

美許貢客也。孫策殺吴郡太守許貢，貢客亡匿江邊，策單騎出，卒與客遇，客擊傷策，策遂卒。

江東猘兒勇如虎，身騎駿馬手擊鼓。朝衝强陣偃朱旗，暮奮雄譚摇白羽。許家奴客草中來，飛鶻猛射金甲開。一死爲酬吴郡守，九泉不避孫文臺。君不見橋邊豫子聳長劍，五起不成衣血濺。又不見河南小吏懷霜刀，閣中董卓怖欲逃。此劍此刀不常有，阿瞞老死紅顔手。

羊氏女

醜羊后也。后以高門之女，嘗母天下，乃至失身劉曜，極詆司馬家兒。其遺穢青史，視南風殆有甚焉。

南風吹塵塵暗天，洛城犁作黄沙田。宫女如花委道邊，金墉天人亦瓦全。姗笑司馬兒，輕薄時世賢。八字青蛾點新粉，半生博得新主憐。君不見龐娥親，報父寃，孫翊妻，殺戴員，健婦之名千萬年。

渡瀘篇

美諸葛武侯也。客有譏侯者曰：「何不徑伐魏，而與南人相持？」予曰：「蜀之南夷〔一〕，猶吴之山越也。山越不賓，則孫權不能不屈膝於魏；南蠻不服，則武侯不能不稽討於曹。出師表有云：思惟北征，宜先入南。然則渡瀘者，伐魏之始也。」

三分鼎立英雄爭，瓠壺夜縛成都驚。丞相渡瀘瀘水清，有蠶可市刀可耕。萬井燒鹽邛火赤，丞相自臨添火色。五丈原頭星化石，薄田十頃桑八百。

【校勘】

〔一〕「南夷」：乾隆辛巳本、四庫全書本、光緒己卯本均作「南蠻」，今據上述諸本改回。

別主嘆

美徐元直也。元直事劉先主，其母爲曹操所獲，因辭先主而詣曹。

報讎讎已亡，讀書書已精。結交天下士，仗劍求明君。天翻地覆龍戰野，疏巾落落輕中夏。同心但識鳳與龍，國士誰論陳共馬。俯首看心心未變，去住君親兩悽戀。君恩莫謂不如親，放歸母子重相見。古今忠孝全者誰，羔能跪乳烏能慈。願向邴公求上藥，莫令天水寄當歸。

海東操

美管幼安也。幼安居遼東，廬於山谷，晏然若將終焉。公孫度父子前後所資遺，皆不受。晚而西歸，魏氏屢下璽書徵之，皆上書固辭。

海水兮群飛，亂離斯瘼兮吾將疇依？夷叔高懟兮，柳季已卑。吾奉先人之烝嘗兮，吾不敢受人之食與衣。

惠風嘆

美愍懷太子妃王氏也。妃太尉衍女，字惠風，劉曜陷洛陽，以妃賜其將喬屬，妃義不受辱，遂死之。

天家婚絶哭未絶，離石兵來污宫闕。青宫元妃太尉息，齒劍如歸寧事賊。君不見清酒三升書一紙，天高漫漫白沙起。路人愁嘆金墉前，還聞勸進排牆年，此翁此女何天淵。

悲臺城

譏梁武帝也。帝雅好奉佛，其築淮堰以灌壽陽，死者蓋數十萬人。

王鸞罍罍夾路守，帝在講堂僧衆走。千緡足陌贖不回，幅幅詔書稱頓首。石頭城北火酣酣，歲在丙寅八十三。内料罷供春殿閉，鶯飛草長愁江南。古來南北本無別，不獨涅槃經内説。君不見長淮築堰時，壽春百萬爲魚鱉。

王公怨

責謝朓也。王敬則女爲朓妻，朓告敬則反。後朓爲江祏構害，嘆曰：「天道其不昧乎？我雖不殺王公，王公因我而死。」

拍張王公心不平，兒曹彈作懊儂聲。東床快婿文賦手，告變歸家慙見婦。婦欲復讎讎未復，罻羅高張廷尉獄。朓詩：「寄言罻羅者，寥廓已高翔。」吁嗟乎！三代史中君不遺，朓臨終語門賓曰：「寄語沈公，君方爲三代史，不得見遺。」三代史前君所知。生受交親死無負，欒布向雄皆我師。

胭脂井

吊陳後主也。後主起臨春、結綺、望仙三閣，日與張麗華、孔貴嬪等遊宴，及隋兵至，乃逃於井。

臨春閣高雲不流，仙女亭亭居上頭。挈壺掌事斷更點，凝情轉態無時休。百舌黄鸝嬌欲語，六宫詩學江郎體。鑾箋照映珊瑚鈎，玉樹陵臨文石陛。日旰隱囊停細腰，百司奏事紛牛毛。手披目覽隨所遺，回身拜謝君王勞。吁嗟長江古天險，齊兵周兵君莫管。隋家伐鼓轟如雷，不似後庭歌曲緩。緩歌曲，待兵來，胭脂井裏涴青苔。家亡國破不可道，故宮秋雨凋官槐。

石頭城

譏褚淵也。淵受宋明帝顧托，賣國與蕭道成。百姓謡曰：「可憐石頭城，寧爲袁粲死，不作褚淵生。」

石頭城，高百尺。黃纙干，付巾幗。露車行，逢七夕。司馬門，稱定策。保妻孥，輕竹帛。銀柱琵琶在誰席，山中何郎笑格格。美鬚髯，竟何益。

污貂行

譏齊明帝〔一〕也。武陵王曅〔二〕無寵於帝，嘗於御坐曲宴，醉伏地，貂抄肉柈。帝笑曰：「污貂。」對曰：「陛下愛其羽毛，而疏其骨肉。」

大官一柈肉，王子千金貂。貂污猶可易，忍疏骨肉愛羽毛。莫起後堂山，莫射東田鵠。剖心置地中，何異數斤肉。君不見蕭家挺藕與杯漿，不問典籤不得嘗。累葉洪枝皆自翦，臨湘別自有蕭郎。

【校勘】

〔二〕「齊明帝」：應爲齊武帝蕭賾，南史卷四三載：武陵昭王蕭曄於「建元二年，爲會稽太守，加都督。上遣儒士劉瓛往郡，爲曄講五經。武帝即位，歷中書令、祠部尚書。巫覡或言曄有非常之相，以此自負。武帝聞之，故無寵，未嘗處方岳。於御坐曲宴，醉伏地，貂抄肉柈。帝笑曰：『汚貂。』對曰：『陛下愛其羽毛，面疏其骨肉。』帝不悦。」

〔三〕「曄」：康熙丙辰本、康熙癸未本、乾隆辛巳本、四庫全書本因避諱改爲「暈」，光緒己卯本改爲「煜」，今據南史改回。

禹川人

哀張彪也。彪初在若邪山爲群盜，後奉表梁元帝。及陳文帝據震澤，將還據會稽，彪部將沈泰、申進等叛之。彪遂敗走，獨與妻楊氏及一犬黄蒼入若邪山中，陳文帝遣人殺之。欲迎其妻，其妻誓死不辱，遂許爲尼。彪友人陸山才嗟泰等背叛，刊詩吴昌門。

若邪壯士七尺身，生死爲梁不爲陳。雖然不及陳興國，亦是當時雄傑人。萬騎翻城多部曲，潛身獨上山巔宿。夜半火來爭斫頭，黄蒼驚叫青蛾哭。一哭田横命何短，再哭人心不如犬。

會稽隱

咏夏統也。統，會稽人。隱於海濱，晉史載賈充遇統其事甚奇。

會稽先生隱空谷，不笑不言心若木。褐來市藥洛城遊，城中衮衮多王侯。曹馬自爭儂自隱，濁河清濟不同流。水嬉未罷狂歌起，一合乾坤驚不已。晉朝太尉面如灰，載得旌旗愁落水。太尉魏臣還晉臣，子胥之曲聞不聞。

余氏婦

美節婦也。建州余洪敬妻鄭氏，爲南唐將王建封所略，不屈，以獻查文徽。文徽欲以薦床席，鄭氏以大義責之。文徽慙，乃還其夫。

烈烈建州婦，奇節天下驚。乍可充庖死，難爲薦枕生。將軍按劍光如水，欲殺蛾眉翻自耻。幾回齵齖無奈何，卻付藁砧歸故里。道傍愧殺無限人，辱身未得全其身。

念家山

吊李後主也。後主嘗演念家山舊曲。

家山破，家山破，宫中一唱還衆和。霓裳曲，霓裳曲，古時聲慢今時速。今時江水古時流，六朝不見令人愁。新音繁手椒房出，花翻葉落如清秋。樂工曹生空按譜，不比中官邀醉舞。舞殘金縷葬娥皇，玉環在臂留悲傷。民間傳得家山曲，處處歌塵繞畫梁。妖淫感召兵戈起，興亡只在聲音裏。吴苑荒涼走麋鹿，石頭蒙羃生荆杞。此時的的念家山，宫娥散盡無人彈。長江遍是黄花水，春夢悠悠只暫還。

蚵蚾磯

傷汪台符也。台符，歙人，有王佐材。以書干南唐烈祖，爲宋齊丘所忌，使人誘台符乘舟痛飲，推沉石城蚵蚾磯下。

蚵蚾磯，水瀰瀰，磯下醉翁呼不起。曾持箋上兩行書，寫出胸中萬卷餘。長揖陛前論管樂，立談當世比嚴徐。生平奴視九華叟，老語槎枒肯鉗口。屈原漁父兩冥冥，翻憐君醉人盡醒。君不來兮醉亦得，不見西山漁釣客。同時陳陶亦有台輔之器，以齊丘忌之，隱於西山，後仙去。

陶菴集卷十六

和陶詩 一百零三首

和飲酒二十首 并引

辛巳杪冬，客海虞榮木樓，賓朋不來，霰雪蕭然，唯蘇氏兄弟和陶詩一帙，連日吟諷，因舉酒自沃，次韻飲酒詩如左，蓋亦陶公所云「閑居寡懽，紙墨遂多」者也。

我生勞造化，如器陶埏之。一入圓方間，永離胚渾時。縱心觀虞唐，履運傷今兹。憂樂兩糾纏，孤胸積群疑。沃以一尊酒，形影相攜持。

平生麋鹿姿，結愛林與山。誤懷濟物心，汩没俗中言。一經如法律，亭疑三十年。彼哉曲學生，功名已流傳。

鍾期不常有，我自得我情。營道亦干禄，入世仍逃名。蕩蕩宋華子，莫知魯儒生。如醉被雷燒，此骨不受驚。清狂幸如初，巇嶬將何成。

飛鳥銜我髮，是夕亦夢飛。飛飛遭金丸，翼塌心中悲。車前有役夫，夢醒心依依。憶爲南面王，悔使魂魄歸。夢覺兩相羡，更迭爲盛衰。未辨覺非夢，飲矣休猗違。

朝光入山樓，樓鳥已驚喧。攬裘曝新陽，暖氣無頗偏。仰視天宇清，得我簷前山。山中出岫雲，變滅何時還。我心正惆悵，默與風鈴言。

聾明而瞽聰，尚存一者是。是非兩變易，乃復成譽毀。深居觀物態，至竟爾爲爾。蚊眉棲蟭螟，廁床幻錦綺。

挂書在牛角，仰面思豪英。虎爭一鴻溝，割棄父子情。舜禹安在哉，所持奪與傾。蕭條二千年，不見岐陽鳴。痛飲呼豎子，斯人豈狂生。

白雪豔清冬，流風送餘姿。梅花獨先覺，蓓蕾動高枝。巡簷一笑粲，所得乃經奇。草木有雕鐫，我心無思爲。一悟衆妙門，曝然脱馽羈。

吴趨百貨集，日中市門開。輕重各相得，龜貝俱滿懷。一夫操尺璧，堅卧與時乖。問子何高尚，又復非巖棲。什襲誠已勤，不如薦塗泥。答言萬乘寶，貴與連城諧。捉裾使爾觀，我寧懷寶迷。一市更俳笑，拂衣吾將回。

北山頗孱顔，陟自城之隅。風急毛髮寒，四顧多荒塗。一笑語山英，我至爾勿驅。逝汲清泠泉，浣此憂患餘。高棲斯可約，豈必神麗居。

戰伐揚兵塵，飢荒殣行道。懷哉漆室憂，髮白豈待老。酌此三雅杯，如雨灑枯槁。枯多雨未足，一溉色亦好。丹砂何時成？天地秘鴻寶。置我塵壒間，商歌望八表。

萬馬脱轡頭，豈有獨立時。舉世尚鞶帨，我亦繡其辭。顧念古人心，將無不在兹。微言較分寸，中蘊丘山疑。長嘯上東門，恐爲時俗欺。安得蓋世雄，障江使東之。

醉鄉無町畦，我亦踐斯境。陶令終日醉，次公終日醒。醒醉盡稱狂，醉者得要領。生年鈍如椎，觴至便脱穎。猶嫌醉鄉人，身後名炳炳。

我從瞜水來，新知喜我至。我從琴川歸，故友邀我醉。新故兩相於，何獨安即次。本追河汾遊，不慕主父貴。至言如醥醪，咽之有雋味。

逾壯添一丁，酒徒飲我宅。醉歌尚盈耳，殤去杳無迹。古來大聖人，乃衍螽斯百。豈無襄陵鄧，亦有香山白。此理茫昧然，而我何嘆惜。

我有小弱弟，授以田何經。經史略上口，羽毛新欲成。與作百里别，每嘆寒暑更。嗟我貧負米。嗟汝勤趨庭。祝汝勿學我，赤霄奮雄鳴。孤雲飛寒原，鶺鴒有深情。

至樂走馬獵，好之能發風。君看日月曜，自在金庭中。聖人守中規，塞極乃得通。所以苦縣言，天道猶張弓。

少小味義根，探珠云可得。歲月難把玩，冉冉向不惑。墜緒既微茫，賢關屢開塞。一室且蕪穢，況乃活邦國。逝將畊寸〔一〕田，稼穡在玄默。

我友兩三人，天枉皆未仕。覃思頗追古，苦節洵求己。彼貽君房言，我懷貢公耻。何知彈指間，相率赴蒿里。使我爲塗人，學問失綱紀。老驥疲欲休，修畛浩無止。俯仰百慮煎，耿耿或可恃。

我愛陶夫子，逸氣含清真。遺民耦柴桑，默語如飲醇。有時荷鋤歸，悦喜良苗新。薄醉便忘天，急觴欲椎秦。後此李謫仙，胸中亦無塵。王侯輕蟬翼，紀叟獨殷勤。以我學二子，頗覺風期親。有如桃花源，漁子能問津。傾壺就釣碣，漉酒裁疏巾。安用聖人爲，臣今中聖人。

【校勘】

〔一〕「寸」：康熙丙辰本、康熙癸未本均爲「寸」，乾隆辛巳本、四庫全書本、光緒己卯本改爲「守」，今據上述兩本改爲「寸」。

和形贈影

海鯤能化鵬，麥有爲蝶時。當其鵬與蝶，故我豈戀之。如何我與爾，百年拘係兹。雖非膠漆堅，坐卧如有期。不見爾去我，爾又無留思。日月兩跳丸，俯仰情悽洏。去去躡紫庭，徭室恐受疑。屋漏如可葺，爲我商一辭。

和影答形

一鏡持照君，盡見君妍拙。餘鏡復照我，鏡鏡皆肖絶。君我同鏡華，等無可喜悦。念居歷劫中，幾聚還幾别。君清我之明，君没我之滅。終無至人術，水火不濡熱。感此相因依，微分爲君竭。木葉將幹殼，一視無優劣。

和神釋

我在天地間，肖貌則斯著。刀亡利可滅，我獨無新故。譬造土偶者，泥水相依附。泥潰復歸土，曾聞昔人語。今我與二子，假合爲同處。我動爾豈知，爾行我仍住。生滅一曙間，那復由氣數。多君束縛我，遺作閒家具。冰炭成哀樂，波瀾生毁譽。如今棄不將，不待將不去。禪家有「死時將不去」之説。猛虎在山林，獨往無怖懼。至人如孩提，不學兼不慮。

和辛丑歲七月赴假還江陵夜行塗中口號昆陽舟中遇雪作

歲暮多烈風，同雲復冥冥。亶回百里間，亦似千里情。憶我寒梅花，兹晨笑柴荆。喧啾下鳥雀，剥啄來友生。豈知孤篷下，一笑雙眼明。泱泱文淛流，遥遥巘岫平。舟重既晨發，路迷且宵征。所欣豐歲祥，農扈可以耕。兼悲凍死骨，不見蔓草縈。一觴酹袁安，愧爾千秋名。

和與殷晉安别送天河令徐孟新

臨歧多淡然，别後心長勤。况兹萬里遊，隔我平生親。綵紟入膠庠，得子成芳鄰。俛仰二十年，不異夕與晨。循道豈有殊，眷此行藏分。我居子獻策，荏苒踰冬春。人歸笠盍簪，客去咏停雲。章縫及銅墨，笑談阻清因。所願酌貪泉，不改吴生貧。上言敬皇休，下言撫烝人。

和於王撫軍坐送客再送徐孟新

我昔遊西江，春盡花草腓。竹間墜猿狖，木杪聞催歸。子今行此道，我夢猶依依。夢中與子行，既覺乃乖違。交淡欲無言，事歡宜塞悲。群龍今滿朝，火辰揚其輝。羸糧兼策馬，尚恨功名遲。贈子青蘭花，以當瓊玖遺。

和答龐參軍三送徐孟新

宜陽蠻蜑國，頗習中州言。蒼山擁縣城，隱几如丘園。閑咀馬檳榔，靜咏春陵篇。喧喧銅鼓中，琴歌獨悠然。我欲往從之，奮飛無階緣。佇聞嘉政聲，憤懣當一宣。吾家老涪翁，清風滿江山。將子留妙染，餘事垂千年。

和乞食

方朔雖長身，侏儒頗笑之。貧欲去揚子，避席反遜辭。嗟予累口腹，此日貿貿來。堂下設麤食，筵前置殘杯。對之騂我顔，强咏衡門詩。事事遜淵明，獨如彼寡才。才拙性復剛，我窮真自貽。

和連雨獨飲

影與我爲雙，無解此煢然。孤斟勸我影，終勝監史間。缸花豔深杯，起舞聊蹁躚。欣感兩何爲？我上不有天。天豈讓一夫，久處安排先。乘流且安行，遇坎當徐還。庶幾風波中，養此草木年。不見桃李花，去去無多言。

和咏三良

忠臣死社稷，忽若鴻毛遺。不聞棄髮膚，下薦螻蟻微。堂堂百夫特，殺身奉恩私。清血沾便房，遊魂依繐帷。小節亦何有，君德良已虧。不見蹇叔徒，黄髮各有歸。蒼然墓木拱，死豈忘塞違。夷風既墋黷，容悦更相希。詐泣與佞哀，生作牛山悲。吾誠愛吾鼎，不願衣人衣。

和咏二疏

仕宦如飲酒，酒半當辭去。環坐式號呼，寧復有佳趣。二疏昔在漢，抗志黄鵠舉。天子重元寮，儲君惜賢傅。蜚遁竟超然，嘆息動行路。便便夸毗子，登隴左右顧。進慕鐘鼎羶，退邀朋黨譽。白首纓華簪，此豈真急務。陶公棄五斗，千載符風素。高車感傾覆，曠語發深悟。伊予老匹夫，無復羈絏慮。富貴倘不免，斯理久昭著。

和咏荆軻

六國本蚩蚩，弱姬而爲嬴。前鋒指督亢，太子呼荆卿。雪泣視日影，戴頭入咸京。金注豈再擲，不待彼客行。秦强資盜馬，楚霸用絶纓。取士以度外，能屈四海英。憶昨燕市上，劍歌有雄聲。狗屠與漸離，皆足托死生。拈掇苦不廣，自致匕鬯驚。丹誠昧大計，軻亦負虚名。客中有此奇，寄在何門庭。早進黄金臺，當值數十城。在燕非一昔，臨發乃經營。豈唯劍術疏，好謀不好成。千秋博浪椎，一擊非凡情。

和癸卯十二月中作與從弟敬遠偉恭初爲博士弟子作此示之

毛義非通人，意與當世絶。撫兹劬勞願，衡門未能閉。寄食漂母餐，養高袁安雪。進退欲如何，終然抱孤潔。今朝講肆開，俎豆爲爾設。躚躚媚學子，遊戲亦可悦。所願遵周行，前修有芳烈。既擷三春華，仍存貫霜節。吾衰甚矣夫，丘園將牧拙。不見同人爻，語默本無别。

和答龐參軍送侯生記原遊北雍

養真衡茅，我讀我書。瑶珠玉璇，斐然清娱。豈無雅曲，駭彼爰居。子非侯芭，載酒吾廬。子有群從，維席之珍。穆穆醇酒，不可疏親。草木同臭，矧伊喆人。一室邈然，天涯比鄰。嘉運遘會，撫情孜孜。天閶既開，將子謁之。策爾名驥，陳我佹詩。嗟老羞卑，亦匪我思。緩子旬日，終當離分。子遄行矣，謝感招欣。屹屹燕臺，亭亭吴雲。豈必風翮，嘉聲遥聞。八音綢繆，黄鐘獨鳴。臯盧先得，陋彼撩零。祈祈國胄，集於上京。鵲起爭高，龍盤靡寧。陶陶朱夏，颯來雄風。六翮既齊〔一〕，在盈宜沖。抗手一揖，鼓琴三終。爰贈爰處，各敬乃躬。

【校勘】

〔一〕「齊」：康熙丙辰本、康熙癸未本、乾隆辛巳本、四庫全書本均作「齊」，光緒己卯本作「有」，今據上述諸本改回。

和讀山海經十三首

陶詩多遊仙語，坡公讀抱朴子和之，予讀陶隱居真誥有感，聊仿兩公之意。

今日晝景清，雨翻蕉葉疏。真氣一回薄，虚白生我廬。緬懷千載人，授記得奇書。中苞仙五品，旁載鬼一車。華陽有高隱，靈筆勤記疏。開帙再三嘆，我豈火宅俱。願學張激子，闐然遇山圖。慧業有先後，精誠或相如。

隱居高蹈士，長揖賓龍顏。〔⿱雨弱〕風結遐想，駐彼無窮年。千秋征虜亭，不遠句曲山。吾欲劇醪醴，誰當餐至言。

我聞興寧中，龍書滿山丘。許君及楊羲，靈氣相與儔。真經有淵源，此書導其流。逝追長史轍，改字爲遠遊。

仙人紫清妃，偶景匹陰陽。假合夫婦名，二曜同久長。凡夫想搔背，終不見神光。咄哉張陵術，誤人赤與黄。

短世積悲愁，愆房生愛憐。舟車載人罪，送入羅酆山。高真發慷喟，嚾嚾有苦言。世智等蜉蝣，不思龜鶴年。

吾家子陽翁，服餌兼草木。頹齡九十餘，忍死卧空谷。朝剥桃皮食，暮赴黄水浴。丹成入霞門，玉晨光照燭。

阿映初得道，百鬼來太陰。周魴、嚴白虎，捕詰紛如林。人馬忽驚散，空中有佳音。火鈴是何物？旌此勤苦心。

荆棘滿人世，中藏火棗長。剪棘出火棗，啖之亦尋常。鸞音倡作曲，鳳腦剖爲糧。來去若飛鳥，遊戲天中央。

天地昔崩分，英雄競馳走。秦項與曹劉，百戰爭勝負。下視山澤臞，渺然亦何有？豈知賓四明，坐落此曹後。

琅花非一葉，丹爐滿山海。散形入空虛，無在無不在。十試一不過，退落俄成悔。風火誠可惜，日月不相待。

仙釋本一機，如月在摽指。因煩而領無，此事出生死。内欲存中黄，外不遺踐履。三官倘鈎考，虛皇信可恃。

青烏本凡材，朱犺實賤士。直以辛勤故，飈輪爲之止。高人體蕭蕭，視彼奴隸爾。有心如右英，得不許斧子。

浮世真肉人，前身忝仙才。清都有朋舊，聯袂望我來。岐塗與素絲，舉目堪疑猜。過此少味矣，我生豈徒哉。

和遊斜川 遊桃源澗觀水作

山行無前期，佳處輒小休。愛此巖壑名，慰我寂寞遊。沿緣一水曲，日運心自流。洄洑類修蛇，呀呷如鷩鷗。尋源忽而止，惆悵復經丘。丘中戴勝鳴，闗闗互相儔。農歌隔田水，此倡疑彼酬。丈人吾師乎，知有秦漢不？枕流雖未能，樂水且忘憂。顧慚濠濮趣，天機猶外求。

和癸卯歲始春懷古田舍二首并引

沈生隱居城南，有地數百弓。鑿渠通水，雜植珍木。予與唐、陳二三子，以春晴訪之，留飲海棠花下，遥望夾岸桃花，與平疇相映，悠然樂之。因取陶公語名其亭曰「懷新」，并題詩二首而去。

在昔聞桃源，漁人一來踐。躡尋久未得，愴恨豈能免。番番市南翁，迹邇心自緬。力穡同齊民，傳家師上善。手植千樹花，春至令人遠。我行流水上，心蕩不知返。游侶亦相忘，緣源弄清淺。

舊穀滿場圃，知子良非貧。糟床注春醪，酬汝四體勤。開軒一笑粲，莫適爲主人。荈芽花乳香，鱠縷銀絲新。咄嗟行酒炙，童僕皆欣欣。中原有格鬥，行子勞問津。不能濟時代，甘與農圃鄰。逝辭謝景夷，來就劉遺民。

和止酒

與偉恭共申戒殺之禁，因戲和陶公此詩，詩中有云「好味止園葵」，是公亦學佛作家。

昔和岐亭詩，見殺即勸止。欲將不見聞，攝入見聞裏。邇來縱鸞刀，老饕何氏子。譬彼剛制酒，觸酒復歡喜。默思喪亂來，冤魂呼不起。糟豬恣咀嚼，春磨無天理。（朱粲云：「醉人肉如糟豬。」黃巢有春磨寨。）是生皆惡死，何分物與己。己物既不分，微命亦同矣。斷殺有頓漸，（梵網頓制鹿苑以來，毗尼漸制。）悲力無涯涘。從嘲儒入墨，殺牛遜禴祀。

和停雲

黃文旦敬渝，楚產也。談理性之學，兼通世務，以計偕路阻紆軫過瞴，抵掌而談，有詩見贈。於其行也，和停雲詩答之。

密雲在郊，懵其思雨。瞻望金臺，道路修阻。傾蓋得朋，孤琴載撫。爾驂既停，我輈斯佇。

有晦者學，千禩冥濛。我障我疏，如彼河江。月出皎兮，談話西窗。抗懷古初，掉鞅以從。

春葩曜林，秋喪其榮。子落華芬，孔思周情。於古有言，斯邁斯征。尊聞行知，以勖鄙生。

水有澄陂，松無改柯。輿衛具矣，式鳴鸞和。嗸嗸蒼生，望子實多。我亦枕戈，如祖生何。

和示周椽祖謝夏鎮謁先聖廟作

此邦本尚武，弦誦亦可欣。投戈拜宣聖，感彼歌風人。地屬徐之沛縣，有漢高帝遺迹。我來訪遺黎，兵烽歲相因。膠鬻隔荆杞，狐兔競來臻。豪聖兩歇絶，英圖竟無聞。延頸待賊刃，拜跽良已勤。土人云：「今年流寇以三四騎穿土城而過，居人奔避不暇。其不及避者，皆長跽受刃，不復敢以一矢向。」吾聞古黔夫，牧守祭四鄰。淮海未云晏，浩嘆黄河濱。

和始作鎮軍參軍經曲阿并引

過武城泊甲馬營驛，村中秈米已熟，居民頗有樂生之意。偶至野老周渭南家，與之談，有足異者。因誦陶詩云：「目倦川塗異，心念山澤居。」次韻以贈渭南。

客行倦永久，晨夕無可書。此鄉風土佳，宛爾吴會如。青蘘繞場圃，皂槲垂交衢。中藏十畝園，溝塍自通疏。主人種瓜者，銀青莫肯紆。丁壯合二耜，兒童課三餘。我非賈大夫，思與季主居。冥飛學歸鴻，樂遊隨儵魚。不知誰迫我，心迹乃爾拘。驅驅黄金臺，愧爾南陽廬。

和九日閑居癸未九日寓京邸寄偉恭及諸親舊

羈心如秋草，方枯已旋生。良辰過我前，端憂乃無名。厲厲驚飈嚴，皚皚山雪明。朔雁流寒影，邊鞞動悲聲。古之豪俊人，感此多促齡。我獨胡爲爾？尊開且徐傾。平吟懷惠連，默對思公榮。知音不在側，何以訴中情。願爲雙飛鴻，羽翼不可成。

和己酉歲九月九日

晨風颭北林，好音時一交。聽之忽不樂，庭柯已秋彫。搔首望薊丘，策馬欲登高。終風卷蟲沙，萬里曀璇霄。沉嘆自騷屑，斗酒蠲煩勞。酒半生清悲，焚我腸胃焦。遥遥知此心，獨有五柳陶。浮名棄之去，千載同今朝。

和贈羊長史請假南還經樂毅墓，作貽同年二三子

七雄昔横鶩，君臣相詐虞。明明望諸君，丹青照遺書。金臺久摧塌，丘隴存舊都。孰云土一抔，峻巀不可踰。我來觀國光，艱難撫皇輿。寤思明義存，寐與精誠俱。南轅過良鄉，拔劍心躊躇。騎劫今在軍，巖疆定何如？乾坤日蕭索，江海多榛蕪。問誰列周行，翕習

乃多娱。壯士方虎步，廟謨慎勿疏。西當封崤函，南請懲荆舒。

和還舊居

俶裝已傷離，望門反愁歸。吾生如波瀾，流坎皆可悲。潛身學閉關，卷舌謝百非。玩思天地心，編刻古所遺。真交二三子，相見語依依。譚諧未及終，急景已相催。萬境如簷花，當盛便有衰。童子勿弄影，憂樂付一揮。

和歲暮和張常侍寒夜與所知小飲

朔風鳴枯桑，寒冰合井泉。萬物皆知時，夫我獨何言。翳翳掩蘭室，心思悁已繁。故人一來斯，音旨良未愆。問訊我無恙，單車度千山。笑指青鏡中，攜此白髮還。暮景來飛騰，儒墨兩徽纏。坐忘先師訓，無聞送華年。逝水昧還期，菁華知暗遷。一觴且盡醉，醉醒兩茫然。

和乙巳歲三月爲建威參軍使都經錢溪送侯生、智含看梅西山

西崦有佳花，首春煙霧積。良遊阻塵鞅，耿耿懷在昔。野寺流晨鐘，雲林矯風翮。湖

山光皎鏡，千里如不隔。之子天機深，平吟謝形役。一持金石韻，如與清賞易。幽悰方悁勤，況復暫離析。寄言山中人，參取庭前柏。山中有僧談臨、濟禪，智含將從參學。

和咏貧士七首

平生蹈丘軻，遇物心依依。孤燈倚空壁，思借寒女輝。力少意自多，如走不逐飛。盛夏賦行役，凌冬復來歸。崎嶇何所得，所得寒與飢。逝展丈夫雄，永釋兒女悲。

我與曠古懷，不見羲與軒。章軷豈不好，未能易丘園。疲馬愁路岐，破劍銷炎煙。曷以抗老飢，道書讀且研。南鄰不厭予，講德有微言。原憲蓬蒿人，誰謂賜也賢。

孫登彈一弦，陶有無弦琴。宮商雖巉嵯，千載流孤音。客有爲予言，枉尺蘄直尋。軒渠聊對客，酒貴吾不斟。亭亭山上松，高節爲衆欽。孰云異語默，而不同此心。

朝得故人書，緘題日在婁。鄭超宗同年寄書至。開緘爵十觴，天末遥獻酬。杞國憂天傾，嫠婦恤宗周。哀哉許汜輩，乃懷田舍憂。赤風蕩中原，飛鳥亡其儔。傾筐謀一醉，已矣慙苟求。

坎坎伐檀者，乃在河之干。山榛有深思，退隱於伶官。吾道若拱璧，豈以留盤飧。應知賢達人，亦迫飢與寒。清風灑空虛，永慕陋巷顔。豬肝累鄉邑，去去之河關。

落花墜茵席，其半隨飛蓬。繫豈賦命殊，無心成化工。絳灌排賈生，何侯薦兩龔。得失自在彼，屈伸將無同。默思塞翁旨，固窮有餘通。逃富豈情歟，執鞭未可從。好遊非蜀嚴，亦歷四五州。出處雲無心，頗與簾肆儔。滅釜燃孤炊，投錢酌清流。我生如百草，遑代春雨憂。客來仰屋梁，有諮多不酬。問我何苦心，居貧宜進修。

和雜詩十一首

劫風吹南山，化作海底塵。四大互騰轉，忽然有吾身。狂馳百年中，擾擾分怨親。豈知冰炭懷，靜與虛空鄰。有生會歸盡，有夜會嚮晨。星燈兩翳幻，吾將問化人。

精衛何其愚，填海欲成嶺。夸父持杖走，猛氣逐日景。彼爲不可成，至竟同灰冷。予持一寸膠，澄彼江漢永。大明抉陽烏，螢尾滅無影。儒門誠淡泊，分道貴同騁。身中草賊敗，信矣煙塵靜。

細物有蚍蜉，撼樹不自量。下士笑大道，如路擬諸房。翼然望觚棱，何者爲中央。河汾稱釋迦，龍門紀伯陽。信美未探本，多岐誤羊腸。

誇者爭榮名，幾人能至老。孔翠傷其尾，明膏不自保。中台星未坼，金谷酒將燥。此時褰裳去，豈非見幾蚤。咄哉彼蜣螂，丸糞死猶抱。相牽入禍門，嘆息復何道。

拔劍登高臺，曠望悲楚豫。誰爲虎傅翼，餧肉使騰翥。厚下有長策，兵食急可去。如何截足趾，而爲適屨慮。惟水載覆舟，民情兩相如。奔鯨挾駭浪，跌蕩安得住。平生湖海客，高卧恐無處。棟折將壓人，國僑能無懼。

醜者自云妍，言醜輒不喜。撫鏡百醜呈，何與言者事。刀蜜不可嘗，諫果有深意。古來苦硬人，我獨不相值。飛光轉簷宇，流暮何其駛。四十嗟無聞，百念都棄置。

正風何沖融，楚騷淺以迫。元封逮建安，祖述遞阡陌。波瀾漲庾鮑，酋帥雄甫白。崎嶇文章境，坐使堂奧窄。吾觀道與文，不啻分主客。永言思無邪，性情有真宅。

漢儒於六經，寢食猶農桑。千百存什一，踳駁米與糠。後人恣揀汰，適道資贏糧。回斡侔雲漢，條通儷陰陽。我耕君食之，此意勤可傷。側聞斫輪言，冥會神無方。林中日觀易，如舉瑶池觴。

昨預曲江遊，龍樓拜玄端。有詔推史才，慙愧丘明遷。貞女耻自衒，硜硜已華顛。我豈利齒哉，名可噉而飧。東方隱金門，龐蘊空世緣。季孟參處之，志在淵明篇。

高人夏仲御，木石隱會稽。兒撫賈太尉，拂衣歸蒼崖。阮公稱曠達，奇志寓咏懷。竟造九錫文，此穢天可彌。君子終日行，不使輜重離。應龍潛玄關，曷識翦與羈。窢乎飄風旋，不消還不虧。

鑠石始南薰，折綿始微涼。秋鴻隨陽來，春鷰定巢梁。喆人見未形，如矢來無鄉。風詩戒綢繆，周易謹履霜。此意久欲吐，復恐吾言長。

和歸田園居六首并引

予欲耕無田，欲觀無園。偶讀容城先生和陶詩云：「安得十畝宅，背山復臨淵。」是亦貧者之作也。因本其意和之，使偉恭諷於座隅，以爲嬉笑焉。

家無環堵宮，予隨家大人僦屋以居。所至思買山。何異俟河清，人壽期千年。安得如古人，采山復臨淵。敬受十賚文，賚以北阪田。巖棲高百層，老屋餘三間。湖江流東西，竹木縈後前。中心置講堂，文史浩如煙。歌風復蹈雅，樂死忘華顛。此意恐蹉跎，飛光去閑閑。畫餅不可食，詼諧聊復然。

櫪馬貪棧豆，至死困羈靮。涸魚縱老湫，豈復有還想。物性限通塞，喆人矢長往。逍遥漆園吏，簡潔彭澤長。顔延年陶徵君誄廉深簡潔。天全不求鑿，性褊聊自廣。脱略世教外，報我以鹵莽。

菊潭有甘泉，飲者壽古稀。華陽有真境，遊者憺忘歸。安得乘飛輪，靈風卷行衣。選麗盡所愜，研神永無違。

村甿不解事，妄意城市娛。豈知金閨彥，亦復懷村墟。超遥至人心，適我成安居。視世等塵露，視身同橛株。樂是蓬蒿間，中心常晏如。東鄰牙籌多，西鄰木石餘。雅俗更相誚，至竟皆空虛。爾有倘非有，吾無豈真無。

天道夷且簡，人情險而曲。乘雲招松喬，高屋翹吾足。蘇耽詩：「翹足高屋，下見群兒。」柴桑有深意，會者唯玉局。酣歌豈足恃，日月如轉燭。冥靈忘春秋，朝菌限昏旭。

吴山如好女，恣態浮綺陌。往買二頃田，飲河心易適。梅開玉雪眩，楓落霧雨夕。五湖白浩浩，攬取入簷隙。花鳥吾友于，文賦爾僕役。野老課耕牧，家人勤紡績。此意信悠哉，夢遊果何益。

和擬古九首

嚴雪秀松柏，勁秋彫蒲柳。貞脆各有終，金石獨堅久。鬱鬱復鬱鬱，起坐思親友。出門無所見，入室斟吾酒。山川多白雲，契闊兩愧負。非無千黄金，不敵寸心厚。寸心豈云多，市道乃無有。

朝見東日升，暮見西日終。咄哉宴安毒，懷之劇兵戎。大禹惜寸陰，卓爲大下雄。千秋長沙孫，榮木悲勁風。往古去不極，來今浩無窮。詎忍學草木，悠悠時序中。

亭亭采桑女，清光映城隅。羅衣形纖手，皎若春荑舒。芳風何飄飖，薄暮歸重廬。行子皆嘆息，願言與之居。空簾隔星漢，白露委蘼蕪。淵意不可道，蹇修定何如？

步上姑胥臺，悲風來大荒。古墳何嶕嶢，下有黄金堂。寶衣化寒灰，月露浩茫茫。前朝割據時，復作繁華場。侯王及廝役，聚斂歸北邙。感此拔劍舞，青山爲低昂。秉燭方視夜，欻忽明東方。我非好名人，亦起羊公傷。

秦王索趙璧，舉國莫能完。相如睨殿柱，猛氣衝危冠。歸逢廉將軍，煦嫗有好顔。兩虎不私鬥，丸泥封函關。奄奄曹李徒，竟死持兩端。如彼千歲狐，伏匿辭抨彈。道遠識良驥，鳥多知孤鸞。惻愴無衣子，誰爲共歲寒。

弱年見承平，自謂長如兹。一從更事來，世已非前時。雕虎横井陘，黄流混澠淄。仗劍出門去，行行復狐疑。路逢季主儔，問彼龜筴辭。龜筴不我告，黽勉自研思。仁義心所安，皇天吾不欺。瀉水置平地，東西任所之。撫琴操猗蘭，亂之以佹詩。

華月漾閨景，絲管含清和。美人如飛鸞，楚舞能吴歌。歌竟蘭膏滅，永夜歡情多。嚶嚶巧言鳥，榮榮朱槿華。華落鳥飛去，愉豔其如何？

萬物互膠轕，至人獨天遊。太倉含稊米，稊米含九州。心棲無何鄉，水定橋自流。纖塵點靈臺，蔽翳同山丘。堂奧開西竺，合轍推莊周。斯言有妙理，當以寂寞求。吾友夏子云：

「列子近仙，莊子近佛。」

崇蘭有遺芳，幽谷行采采。斯須落鮑肆，坐覺清芬改。脂車適昆丘，檥舟濟滄海。日短道路長，況復堪久待。潔清存靈神，矢之以靡悔。

和時運再遊城南沈氏園亭作

翩翩同人，藹藹芳朝。非駕非舟，即彼近郊。新荓泛沚，温煦凝霄。一雨如絲，溪卉皆苗。悠悠方塘，我纓既濯。膴膴清畛，載遊載矚。時節來斯，悵如未足。寓目成賞，式陶且樂。昔經魯邦，吟咏清沂。古人邈矣，浩嘆遄歸。菭香在懷，獨弦是揮。豈有榮名，投竿以追。班荊蔭松，指曰吾廬。雉雊登壟，鷗行烔如。弟子撰杖，先生提壺。物我欣欣，一歡在予。

和勸農

惟我海壖，雜居四民。兼貧擅富，滑其醇真。流庸失業，旱蝗相因。易子而食，幾如宋人。辛巳歲大荒，民相食。稽古農皇，爰及唐稷。無有舄鹵，而不播殖。吉貝麻麥，功比力穡。孰云療飢，必需鼎食。有滰春輿，膏此原陸。牛犁整齊，男婦悦穆。隻雞祭社，其至磨逐。坐賈行商，不如野宿。博戲誠樂，呰窳難久。居有僮指，出有鄰耦。古稱區種，十斛一畝。棄稷弗務，咄汝遊手。樂歲厚積，凶猶勤匱。有匱靡積，汝復奚冀。肥磽同疇，勞逸異至。驗役收穫，惰農斯愧。同是烝民，或生邊鄙。燋爛有期，鋒刃是履。此焉不思，禍災一軌。爾耕爾畬，一變俗美。

和移居二首移家寓邱氏鄉園作

我營瓜牛廬，君乃推大宅。暑借竹柏陰，寒庇風雨夕。一從懶惰來，事事避形役。不能理牆屋，幸許均茵席。身非漆園吏，蘧廬如夙昔。來此誠偶爾，去彼非蕩析。

鄰翁天機深，不讀書與詩。我爲道今古，耳學頗有之。日出長營營，日入無所思。青青舍北松，識彼年少時。見人無揖讓，親疏並如兹。祝爾勿入城，恐遭童子欺。

和和劉柴桑

我經山澤間，細行每躊躕。今兹荷天力，靜寄田園居。牆連友生家，竹映從弟廬。流水周屋下，雞鳴應遥墟。閑訪齊民術，精微在菑畬。井臼時一操，習氣通勞劬。賓階緑苔長，蕭散禮數無。去去久如兹，人代自相疏。默哂桃源人，衣食煩百須。彼居既不出，我往定焉如。

和庚戌歲九月於西田穫早稻并引

伯父正宇先生老於南畮，種樹穿池皆有深意。予移居相近，日盤桓場圃之間。因仿坡公意，取淵明詩有及草木蔬穀者，次韻五首以呈。

西郊青冥色，在此長林端。主人未梳頭，先報竹平安。風吹雨浥時，客來但遥觀。獨行籬落中，細斬惡竹還。今年驚蟄蚤，筍萌破春寒。烹煎雜羮臛，饋餉周貧難。我來吟空庭，高興不可干。横空一縞鶴，識此清癯顔。此君本蕭蕭，與世無相關。兩袖清泠風，相對亦可嘆。

和丙辰歲八月中於下潠田舍穫

旋桃結水濱，雀梅出牆隈。我涎如飢蛟，飽噉兼袖懷。園丁裁接時，巧與物性諧。澆培三四年，根高可棲雞。曾愛花萼好，提壺賞周回。再來見緑葉，節序迅可哀。舍南葡萄藤，滿架微花開。清香落巵酒，玉山自傾頽。野芳遞滋蔓，野情無張乖。尋玩草木性，甘從山澤棲。

和五月旦作和戴主簿

村居如修齋，瓶罍笑艱窮。有時思雞豚，往預社案中。獨有三畝園，霍靡無凶豐。新蕨養耆齒，老韭延温風。閉門種蕪菁，可禦一歲終。食肉智常昏，采山趣彌沖。堯禹真父老，未謝玉食隆。棄機從漢陰，礪齒懷碧嵩。

和酬劉柴桑

芝菌含雲氣，不屑生道周。紫蘭本孤芳，抽莖待素秋。獨有大宛麻，扶疏繞西疇。八穀性雖良，能復勝此不。服胡麻，能斷穀，陶弘景云：「八穀之中，唯此爲良。」服食嗤子房，赤松豈堪遊。

和和胡西曹示顧賊曹

芙蕖開方塘，晨朝倚輕飔。有如翠幕中，秦女卷紅衣。玄天一滴露，夜氣杳微微。浮榮笑朱槿，假色羞戎葵。鄭樵云：「女人以葵漬粉傅顔，爲假色。」我來高柳陰，默坐觀盛衰。畏此芳香散，卻扇不敢揮。魚鳥日親狎，怊悵歸田遲。蒲荒菱復少，池上含空悲。

陶菴集卷十七

四言古詩三首

題程孝直畫蘭

猗歟秋蘭，植彼中阿。有馥其花，有黄其葩。雖曰幽深，厥美彌嘉。之子之遠，我勞如何？

題葉石農聽田水圖

儒耶禪耶，波瀾莫二。絶澗斷潢，孰知其意。我嘗問之，石農之隈。笑而不答，彼何人哉。雲中一鶴，擺落華芬。浩然天放，置丘壑中。儒耶禪耶？糟粕已夫。吾師丈人，田水可娱。水流花開，水窮雲起。於傳有之：「知者樂水。」

補入

贈子翼兄

心有往來，如風蕩舟。爰從戒始，識浪安流。霹靂破山，鼓鐘交作。我窺道人，惟寂惟寞。時金昭安隱住處銘，似子翼兄政。金耀。

明黄忠節公行楷册頁，藏於嘉定博物館

陶菴集卷十八

五言古詩七十二首

咏史二十四首

鸞鷖常特棲，騕褭辭服箱。古來俊傑人，不在亡主堂。六國昔崩分，豈無賢與良。青蠅飛竿旌，讒妾踞瑶房。屈原既放逐，楚事以傂攘。信陵見猜疑，蛀黽遊大梁。悠悠狡童心，仁義愁我腸。逝言空國都，啖食恣虎狼。往車有折軸，後駕宜周防。願回目睫智，一爲辨圓方。

至治合柔德，大淵何油油。吾觀五千言，精意良可求。孝文尚清淨，我人以和休。紱冕事上帝，几杖懷諸侯。輕税道則豁，偃兵世如周。雲門雖未作，函夏憺忘憂。誰與用趙張，網密仍吞舟。

瓦注自然巧，金注自然昏。注者豈有異，外重亡其存。智略逢世資，利欲汩本原。貧賤生富貴，富貴入禍門。君子遠凶德，小人惑讒言。不見楚春申，晚節困李園。

氾水據帝圖，功高意已怠。患此爭功人，而難盡菹醢。草草叔孫生，彌縫雜鄙猥。遂令鞅斯毒，流漫亘千載。漢在井田亡，漢亡族誅在。卓哉魯兩生，抱經竄山海。

白起善合變，首身乃分離。蒙氏制險塞，骨肉遭參夷。李斯非先王，門誅矺其尸。王翦滅六國，三世禍隨之。此人徇功名，快意無不爲。斫斬恬飴蜜，頭顱積丘坻。謂天如覆奩，天道竟有知。宣尼戒餘殃，曲逆悔六奇。明明周與召，秉德千載師。

章邯將烏合，禽滅數諸侯。蹉跎竟失計，刎首於廢丘。泣河不溢水，負薪無完裘。韓白諒不支，斯人復奚尤。不見陽和至，蒼鷹自化鳩。

皇漢傳八葉，殃源始椒房。五侯連甲宅，旌節夜有光。大角纏逆氣，三辰失天綱。便便文墨士，桀犬攻中央。勢重賢爲佞，權移陰脅陽。史臣謹災異，可以告明王。

燕昭昔下士，樂毅何賢哉！雲龍欻然合，豈必駿骨媒。一説連五國，長驅盡東來。殘兵哭濟西，青社遂成灰。戰伐天未厭，仁義我所裁。明王忽不御，貝錦入寧臺。鴟夷待國士，駃騠賜庸才。再拜黃鵠舉，遺書使人哀。

季子過洛陽，買臣還會稽。當時路人心，盡是嫂與妻。勢利散淳源，陰權生禍梯。達心亮先見，寡識至今迷。上蔡犬可牽，牽之若龍驪。華亭鶴可聽，聽之若天雞。

建光失神阿，桑雍遂盤據。根株連紫房，日夜興黨錮。慷慨二三公，奮髯欲收捕。虹蜺揚其輝，牢獄竟填聚。殄瘁憂邦國，烽煙逼王輅。小人亦剥廬，曝骨紛無數。清議死不泯，劇賊尚瞻顧。浸潯娛九錫，未敢移漢祚。至今襄城野，突兀李膺墓。憤景入空蒼，蕭蕭殺狐兔。

淮陰萬少年，王孫獨鵲起。貪狼絆京索，批亢無堅壘。燕趙既探囊，三齊復折箠。假王化爲真，晝繡榮閭里。呴嫗命亭長，爲德何當爾。再拜謝君王，小人誠自耻。豈知平生言，怲怲猶在耳。窮鳥空入懷，竟負鍾離子。明朝走狗烹，公亦隨亡矣。咄咄魯朱家，匹夫猶隱死。

閼于帳下卒，泜水賁軍將。立談獻奇策，決勝良足尚。外黄一小兒，燕壁一厮養。全君與活國，傑立萬夫上。相馬遺玄黄，相士收倜儻。十步有芳草，斯言詎云妄。

威獸未入漢，郅支方挽强。子公仗劍怒，一戰殪戎王。捷書纔視草，劾奏已成章。大臣衡與顯，摇筆侍巖廊。臂詘妨射虎，聲頽坐貪狼。何人泣李廣，永毒壯士腸。

吾觀哀平間，二士心相於。一士耽荒宴，一士敦詩書。一士醉投轄，一士貧掩廬。若云任運妙，一士良恢疏。若云立德善，一士守其初。寧知天下亂，性命咸崎嶇。虎咥不擇人，鷇飢不擇魚。方信古人言，亂邦難〔二〕可居。

猛虎踐機牙，封屠在鸞刀。須臾決躋去，百夫不敢要。伯慎固名士，義真亦人豪。持節臨中州，奮劍清黄妖。仲穎小豎子，殺之如燎毛。時來坐猶豫，事往空鬱陶。一變萬歲塢，再變當塗高。

飾媵爲嫁女，飾櫝爲賣珠。女棄珠亦投，我賤彼反須。鄒生述神怪，本與仁義俱。王侯駭談端，擁篲爭先趨。古道委榛莽，淫詞濫笙竽。遂令燕齊士，拭舌談怪迂。鮑魚腥沙丘，巫蠱亂鼎湖。哀哉一言失，臚傳多賤儒。

高岡至神鳳，此迹曠千年。明穆豈不會，要非彼所賢。伯鸞初處室，耕織咏遺編。容裔來上京，超遥觀八埏。道消謝尼父，心結求魯連。避地固知幾，賃舂亦中權。五噫滿天地，散入皋亭煙。

雲屋豔神仙，垂羅隔煙霧。玉階夭桃花，無情亦見妒。婉彼管與趙，故年將薄姬。逝存貫霜心，恥鬥朝日姿。雙飛既連娟，獨立猶低垂。珠玉語塵沙，餘光莫照之。君前咥咥笑，此笑甚於悲。蒙恩相顧問，貴賤隨聲移。感此一寸心，爲誦王睢詩。後世逞淫昏，燕燕吁堪危。

陶公經世士，擁懷在田疇。如彼江湖濱，頗代濟者愁。人無訪諸葛，我亦傲檀侯。寄此醉醒間，以聽時運流。如何噉名子，捷徑横山丘。

神龍非騰蛇，伸屈繇我身。天飛苟無時，曠世藏其鱗。龐公生漢季，道與唐虞鄰，堂堂劉荆州，可望不可親。揭來床下客，乃是隆中人。太息三分畫，而後知其因。

五馬既南渡，亂流何滂滂。離石方虓闞，鄴都復猘狂。符開關陝竟，李割庸蜀疆。魚羊歌慕容，五將識老羌。時來互驤首，運去爭履腸。南北斷如礪，漂流逮隋唐。彼以無道得，宜以無道亡。生靈獨何罪？天問莫能詳。

葦籥本伊耆，玉尺傳周鎬。化與陰陽流，樂由和平造。鄭女若飛鸞，秦宫象蓬島。此時聞正聲，覺淡不覺好。寶常師古雅，妙達逞妍巧。同奏楊廣前，何人蒙絶倒。

槐柳羅甲第，松柏蔭丘園。丘園長寂寂，飛蓋自過門。朝遊子威宅，暮入聖卿里。結托要路津，自謂長如此。繁華如激箭，禍患無停波。衣裾一輕撇，悔來常奈何。始信蔣詡徑，求羊可以過。

越王戰笠澤，兩翼分精兵。還憶會稽時，此曹多未生。丁年懷大辱，白首定雄名。蚩蚩燕太子，剋期遣荆卿。

【校勘】

〔二〕「難」：康熙丙辰本、康熙癸未本、乾隆辛巳本、四庫全書本均爲「難」，光緒己卯本改爲「不」，今據上述諸本改爲「難」。

次韻和東坡岐亭詩五首并引

坡公岐亭詩五首，其第二首爲勸陳季常戒殺而作。近代和者頗多，友人張子瀨語予曰：「子姑現老齋公身，而爲説法。」予勉應其意如坡詩之數。

罟師貪得魚，不惜魚化汁。屠伯嗜殺牛，不見牛眼濕。嗟彼殺業多，所以遭汝得。彼債既已償，汝憂差獨急。微性憐朱朱，愚仁赦鴨鴨。三品戒庖厨，百籩謝巾羃。獸炭與松明，入爐平等赤。象髓與韭葅，入喉平等白。深坐不横參，大歡不洿幘。敢邀天公憐，庶免佛子泣。靜念古賢人，飢驅食常缺。今我餘草蔬，猶堪饗嘉客。推此告同心，暴殄非雅集。

昔有愚小兒，垂死思肉汁。世人與彼同，談食口常濕。大罰方後隨，無肴汝猶得。胡然一晌甘，易此八難急。列栅囚雞豚，排籖戮鵝鴨。驅驅黑業中，何由發其羃。我喜周生厨，堆盤葵蓼赤。我念隋帝庖，剖蛤毫光白。爲生雖有累，如僧但加幘。爲帝苟推心，何異下車泣。所嗟願力微，不救世界缺。鸞刀啓烝嘗，折俎供賓客。大哉食時觀，觀彼諸苦集。

煉炭辟炊煙，屑玉煮微汁。此人快意時，有如魚在濕。苦樂更共之，麤糲安可得。明者勇持戒，不異救頭急。憐魚如金魚，惜鴨比花鴨。心心生慈雲，大地爲之羃。念有天地來，川原屢殷赤。人肉賤於狗，斫斬無黑白。及今全盛時，嬉遊多岸幘。當思酒肉臭，足感鬼神泣。魯叟昔彌縫，瞿曇補其缺。悲憫共因緣，門庭相主客。永然舍老饕，來同蓮社集。嘗酌醍醐漿，不貪鲊甕汁。嘗挹朝夕池，不戀涔蹄濕。五戒空外空，十善得無得。放者尚云非，殺者獨何急。惜蟲翻縛雞，絞狸因飯鴨。顛倒生愛憎，何異蟹行羃。今人遇勞瞪，目眩成紫赤。及其視根還，唯餘鼻端白。悟茲空萬緣，如風墮輕幘。無生自無殺，無笑自無泣。大明懸三光，下照諸陷缺。殺心如一塵，衆塵合爲客。暴然冰釋時，酒肆許汝集。張生靜者流，初亦好米汁。偶然逢佳賓，澆灌必取濕。以予淡蕩人，開懷忘失得。敲詩銅鉢殷，談禪箭鋒急。禪頌舉斬貓，詩歌追射鴨。殺活不可拘，俊氣固難羃。近知鯨飲非，久厭鸞刀赤。箴規同周何，唱和謝元白。願令禽集掌，無取獸抱幘。緬然識浪中，悵矣楊朱泣。誓將一指微，堙彼河江缺。因舉岐亭詩，恬吟諷豪客。客勿笑其迂，編剗已成集。

秋日過子灝再次岐亭詩韻

秋堂展舊題，長嘯呼茗汁。清吹高寥寥，新桐翠猶濕。幽居懶可恕，萬事忘亦得。看君掉塵鞅，學道心最急。高天瞻龍鸞，破竈遠鵝鴨。留客酒滿盆，蔬果不用羃。坐久林月生，半酣雙脚赤。微吟昔年句，俯仰慙虚白。似僧餘鬚髯，爲儒負巾幘。漫興無風雅，取代四生泣。蟲葉鐫窗陰，蝸涎篆牆缺。念唯酬故人，何當問辭客。多謝張長公，斯文乃遥集。長公謂張元里。

再疊前韻寄張元里

新詩海上來，拍案翻墨汁。颼飀清風生，泱漭元氣濕。想見含毫時，妻孥笑相得。龐公不解事，度物何急急。村社散雞豚，比鄰斷鵝鴨。落筆無端倪，追虚破蒙羃。嗟予苦吟多，不見龜眼赤。何當舉偏師，背城搏韓白。高談落塵毛，大笑墮巾幘。一洗萬古懷，不恤真宰泣。秋風注糟床，瓶罌幸無缺。尚有無味禪，差足飽嘉客。心與德操期，鹿門斯可集。

和坡公歲暮三詩

饋歲

秋禾頃不登，糠覈忝爲佐。村中需半菽，市上騰百貨。風俗有往來，饋遺無小大。衮衮迫歲除，禮失安敢卧。嘆世者賤儒，憫默鶩獨座。民窮如抽裂，官急甚舂磨。憂汝雙手空，坐看佳節過。蘇公在今日，鄉風不忍和。蘇詩落句云：「亦欲舉鄉風，獨唱無人和。」

別歲

酒人方卜夜，顧景患其遲。魯戈挽頹陽，西逝不可追。夙予肆娛弄，心情蕩無涯。紛然憂患并，欻爾移歲時。攬鏡瘦如鶴，遥羡雞鶩肥。霜日到簷宇，攪我三春悲。悲來未能遣，歲復與我辭。念念不停住，能無催早衰。

守歲

春風破殘臘，溪壑驚龍蛇。有如胸中物，芒角不可遮。感此芳歲遒，健者夫如何？呴嫗命兒童，我靜汝勿嘩。椒酒未盡傾，街鼓已三撾。微吟杜陵句，可怕暮景斜。杜守歲詩：「四十明朝過，飛騰暮景斜。」予今年三十矣。勖哉今夕心，十年豈蹉跎。一笑問三彭，此語將無誇。

書懷寄奉常張篤棐先生

昔公理吾吴，我首未弁冕。雕蟲出試席，公見爲一莞。謂此龍之媒，可使受羈翦。我時先其儔，色喜心内赧。文章足波瀾，經史異關鍵。修途恐喫蹶，欲到須重繭。退復自思惟，公言敢不勉。況今科目文，堂奥甚蹇淺。丹雘變空質，青紫堪立搴。蹉跎遂錯料，搰足無可揃。踏事防觸蠆，閉門學卷纘。一鬼笑不休，三年涕常泫。念彼荷殳者，丁年備蒐獮。

致果敵王愾，足使微分踐。不然農扈春，竭力事畎畎。田毛供粢盛，亦免顔狀覥。嗟我敦詩書，所得較彼鮮。邪徑羞偪側，古道守巉嵃。捧檄者何人，心焉痛如剸。側聞公南來，車牛已加羈。終如被凍蠅，奮翅隔門限。仰視滄浪天，飛鴻落我眼。再拜寄一言，心勞未能展。

暑日見耕者嘆之

我行適田野，火雲何盤盤。農夫荷鋤過，揮汗流食簞。側身還讓畔，敬我儒衣冠。見此發深愧，我何良自安。憶昨經高門，涼風韻琅玕。八珍將九醖，暴殄非一端。席間行炙人，也復沾盤飧。豈知力耕者，秋至有飢寒。鞭朴晝夜加，骨肉晝夜剜。驅驅六合内，數步殊悲歡。天豈賤稼穡，此人難復難。誰爲撫循吏，偕之隴上看。

乾隆辛巳本按：「此篇見公辛未自鑒録。」

遣興三首

雷殷后土濕，八表何濛濛。草芽青未已，麥爛多生蟲。老農坐咨嗟，糠覈漸不充。願爲蒿下雀，飛去空倉中。飢死情雖難，追呼迹已窮。三嘆語府主，昔歲何其豐。

憑高送春目，氣霧何霏霏。軍書頻點行，健者皆不歸。奔鯨駭中州，鑿齒窺天畿。蕭條楚豫間，人瘦烏鳶肥。昔年豪俊人，喜見海水飛。豈知東山客，惻側心多違。著書茨簷下，花落滿窗戺。雙履懸一壁，二儀翫十指。雖慙王霸略，幸悟損益理。古之閉關人，心尚或如此。有客笑咥咥，寂寞徒爲爾。不若看雲霄，黃鵠去何已。

陳烈婦詩九首并引

烈婦者，吴江士人張士柏妻。夫死守志，依中表以居。夫兄與市魁徐某善，逼令易節，不從。徐乃篡取至家，欲污之，烈婦以死拒得免。訟於邑令章某，某先受徐愬，且有高下其手者，遂誣烈婦曰：「若適徐三日，徐已定情矣，今復欲背之耶。」婦恚憤，以語觸令，令繫烈婦獄，欲逼使歸徐。度終不可，乃出之。會御史路公振飛按吴。烈婦偕其父赴愬松江，路仍欲下其牒吴江。烈婦曰：「若然者，吾節不白，不如死公前。」乃出白刃自刭，路亟命救之，血已滂然流矣，視其衣皆縫紉百結，蓋先爲必死計也！予聞而哀之，爲製陳烈婦詩。

嚴雪秀松柏，芳風扇桃李。結根兩不移，貞脆互相鄙。婉婉吴江婦，束身事君子。端音夙所尚，淑貌詎敢毁。永言同二儀，作配齊終始。

歡來無遐期，感至乃兼常。翩翩翰林鳥，失一難爲翔。金鏡掩虛室，瓊琴謝高張。抱命死有歸，故雄安可忘。六親既單微，匹婦易周章。

釁生蕭牆邇，義動金石固。有狐來綏綏，無梁速我渡。頫爾致素辭，爾言何乃酗。雨絶無還雲，河流豈西注。疾風振微綃，可裂不可污。

共姬方待火，公孫强委禽。篡取歸其家，昏夜相陵臨。抗憤呼昊天，天高鬱沉沉。如葵終衛足，匪石豈轉心。欲揕讎人胸，而奈力不任。

握蘭墜鮑肆，懷芳復歸來。摩娑金錯刀，微命待汝裁。所未明貞堅，默然良獨悲。甘棠有陰訟，鈎距聞良才。匍匐愬邑宰，激涕成瓊瑰。

節義喪世久，群醜憎孤妍。曾史誣以盜，蹻跖目以賢。矧兹幽闥中，没齒誰相宣。簡墨置我旁，伍伯夾我前。舉頭竟戴盆，欲雪何因緣。

盛夏飛嚴霜，清晝鳴鵂鶹。大家問新婦，爾志可改不？一齊空有言，二庭乃良謀。答言微志存，至死明薰蕕。挾長復持短，餘哇通大幽。

味旦起徬徨，徬徨復躊躕。煩攔及衣衫，縫紉連裙襦。側聞繡衣使，持斧來東吳。薄言偕吾親，赴愬百里餘。懷哉報所天，行矣畢賤軀。

厲厲心如丹，皚皚氣成雪。峩峩堂上冠，渫渫庭下血。妾身既分明，一瞑從兹决。貞風非外奬，哀響繇中切。聳此道路觀，愧彼萬夫傑。

偕子宣子灝啓霖德符入西山看梅六首

漾舟清川涘，山氣一以佳。朝暾射谷口，蕭蕭生煙華。左林積繁霜，右渚揮白沙。客心大無賴，耳目生豪奢。

躧步虎山橋，平湖白浩浩。霧斂遠峰出，風輕片帆好。感彼鴟夷皮，我生何草草。濟勝亦不慚，芒屩足幽討。

山徑坼蛇腹，花深行每遲。籬落互開遮，松栝相蔽虧。挺挺大夫間，秀此冰雪姿。獨立信有鄰，晚芳詎無時。

日高飢烏囀，谷静疏鐘度。梵宇壓孱顏，欲上仍倚樹。山僧拙逢迎，茁草爲客具。佛日誠可貪，奈爲春色誤。

班荆羅酒漿，選石坐奇偶。四顧萬瓊瑶，一朝落吾手。山農日住山，真賞不能有。輟耕觀狂夫，彼此笑開口。

巖洞有佳名，躋攀生崎嶇。相顧儔侶間，清冰戛眉鬚。樂幽未云遠，歷險良已愚。稽首告山英，留我雲一區。

望廬嶽

我生癖山水，蠟屐饒幾兩。十載思匡廬，髣髴勞意匠。揚瀾左里間，歸棹今始漾。大澤收煙虹，青天削屏障。堂堂韓白軍，落落侯伯狀。變化根虛無，尊嚴合雄放。朝昏無端倪，欲語但惆悵。三日經潯陽，一雨助清漲。雨止生白雲，山山氣騰上。劃然蹲巖腰，綿亘億千丈。如彼萬國琛，明堂受無讓。旁豁四五峰，偃蹇失背向。一峰獨中立，肅穆類圭瑒。忽見白龍飛，乃是巖瀑飀。想像萬壑雷，壯夫色彫喪。羈遲千里外，心迹兩遭妨。近愧猿鶴幽，遠慚仙釋曠。名山如故人，欲別手難抗。夜夢騎茅龍，陵歷頗奔壯。晨興獨長謠，懷哉未能暢。

泊舟行江北村落

确确田中牛，飛飛田上鵲。老農分稻針，仰視雲影落。荷蕖引桔槔，麥路通略彴。鄰里更叫呼，山歌應林薄。客本江南人，厭聞江北惡。牛犢化刀劍，雞犬遭殺掠。茲焉偶盤礴，幽意了可攫。舉策數堤柳，褰衣弄場藿。佇鳴丘中琴，靜想林下酌。始知干戈地，別有耕稼樂。居者焉得知，悠悠向寥廓。

送友人會試三首

坐君新堂中，餐君脱粟飯。不語知將離，浩思一以滿。悠悠西笑多，渺渺朔塗遠。櫪馬嘶有聲，青陽近將暖。丈夫憂黎元，攬轡安得緩。悵望東山雲，無心已過巘。

燕雀從風飛，劃見孤鳳皇。竹實未肯食，矧云謀稻粱。空名滿東海，一金不盈囊。魯肅既指囷，鄭公方治裝。拔劍爲爾舞，飢寒亦胡傷。高歌隗臺酒，彎弧射天狼。

交知滿我前，有懷未敢吐。與子平生言，慺慺豈無故。古調辭巧彈，直躬羞跼步。惆悵梁父吟，中宵各狂顧。白日曜陽林，商飈吹海樹。隔我雲與泥，相思夢中路。

再和坡公歲暮三詩

饋歲

呼童賒歲酒，酒至無可佐。有客能分甘，闖如到奇貨。承筐兔首尖，挂壁豬肝大。旋祛釜上塵，聊免雪中卧。念自飢荒來，怪事傳客座。樹皮塡腹腸，人肉出舂磨。安得中山醪，頹然千日過。感嘆故人情，獨謡仍獨和。

别歲

六驥馳九衢，驥駛影反遲。如何歲月徂，有驥莫能追。曰予結髮來，意廣心無涯。下言砥媚學，上言匡危時。鼎鼎三十年，不慕輕與肥。所以濩落久，亦無老大悲。我如主人留，歲如行客辭。願同松柏堅，庶免蒲柳衰。

守歲

火辰曀明暉，歲乃在龍蛇。我持人子身，聲影兩藏遮。此夕飲藍尾，親歡復如何？座隅有季弟，覓棗聲喧嘩。一腳跳虎子，兩頭持鼓撾。家督顧之笑，起視斗柄斜。幼者行復長，長者已蹉跎。詩成中弟書，聊與僮僕誇。

題娱拙齋〔一〕

禽巧莫如鵲，巢成鳩得居。人巧莫如匠，身蔭他家廬。謂此二物巧，斯言豈誠歟。拙莫於愚公，巧極於衆狙。狙詐明所避，守拙樂有餘。君家黄山中，先世多藏書。載書到畽水，一廛寄菰蘆。尊有濁酒香，瓶有脱粟儲。胸中謝機利，日覺心神舒。拙用何嚣嚣，拙效姑徐徐。我吟娱拙詩，詩拙復如何？

【校勘】

〔一〕此詩光緒己卯本補入，出處不詳。

送侯豫瞻銓部〔一〕

賢達不妄出，忠孝從所務。靜爲南陔咏，春暉滿庭樹。遲回乃北征，摇裔復南鶩。曠野臥秔稻，嚴城墜霜露。舟車奔王命，晨昏難久駐。大哉豐沛都，建立甚完固。天塹浩呼洶，龍虎鬱盤互。選部貴清通，英僚接鵷鷺。明明水鏡姿，觸事展心悟。天下今未平，此邦困征賦。識者推其源，頗謂舉劾誤。夫子敬王猷，秉哲佐當路。既精山公鑒，彌深康樂趣。遊盤值休浣，灑落命毫素。況聞迎養期，斑綵及春煦。衮衮長安客，此樂誰敢妒？蹇予方闚觀，崢嶸守章句。躊躇十年心，豈其雕蟲故。赤霄奮鸞鳳，白水困鯢鮒。雖然異賢愚，敢不懷散聚。天海莽空闊，飛沉終一遇。此意緬縱橫，驪歌歌日暮。

【校勘】

〔一〕此詩光緒己卯本補入，出處不詳。

送雍瞻赴南都五首〔一〕

天馬有逸步，大鏞無卑音。志士懷令猷，穆哉兼濟心。俶裝迎修景，遊矚帶陽林。驅驅指京洛，文物鬱崟岑。

崟岑晉城闕，窈窕吳山水。東南富形勝，環海同書軌。王風被中區，大雅方盈耳。義心纂古調，神聽唯君子。

君子共情素，結言在貞堅。攜持申篤好，如彼軫與弦。營道賞彌真，遭物心詎遷。嗟予集於蓼，端憂望雲天。

雲天既開豁，雪雰亦回互。悠悠俗化訛，睊睊疲當路。紛吾漆室憂，佇子金門步。磨治晁賈言，滌蕩鄒枚賦。

鄒枚固懷禄，晁賈亦昧時。時哉無卷舒，安用賢傑爲。磷緇既云謝，温潤宜有施。攬轡良自今，古訓以相貽。

【校勘】

〔一〕此詩光緒己卯本補入，出處不詳。

釋褐後以詩代書寄舍弟偉恭

崇禎十六載，南宫開選場。當春寇未退，計車頗徬徨。詔用秋八月，廣額登俊良。帝御皇極殿，發策垂天章。揆日唱甲乙，釋褐遵典常。予忝平流進，法得授曹郎。休假未獲請，思親淚滂滂。今晨南雁飛，數行寄汝旁。念與汝别時，熠爍侵衣裳。斯文蘇陳輩，鵷鷺互攜將。前登三詔巖，慕彼鴻鵠翔。既讀客城詩，永懷百煉鋼。帆力疾脱免，欻忽過維揚。淮水方暴漲，訇哮雷聲長。長年盡股栗，前有覆水航。河伯匄我命，奪食飢蛟腸。亭堠孤屹屹，河之水湯湯。上有團團天，下有古戰場。捩舵漕河口，十里一澤梁。下流若地窖，上流若天倉。毫髮一失勢，叩頭不可禳。漸近梁山濼，飢民惡如狼。進退正惶惑，聞賊破武昌。故相伏劍死，烝黎墮沸湯。中夜仰天嘆，星月無晶光。我行將安之，魚爛四海瘡。稍前過任城，濟陰遥在望。水木類江表，幽探暫相羊。傳聞寇搪突，獨畏孔子堂。想見絲竹聲，魯壁尚洋洋。上嘉魯連子，下思馬賓王。一矢誠倜儻，萬言亦琅琅。陳迹鬱連連，清源接幽滄。大都焚蕩後，物色難具詳。入都秋蕭騷，疾風卷高岡。挂壁略見蠍，鳴籬絶無螿。予病懶終試，誰使强激昂。友生劇天倫，可惜遽分張。座主山陰公，風神照巖廊。清冰絶汁滓，大珪不斫方。賞我金石韻，協以宫與商。知我負烈氣，勉以桂與薑。顧予慙曩賢，公乃韓歐陽。伏睹天子聖，自責如禹湯。共吺〔一〕伏四罪，熒惑移災祥。臨軒徠茂異，皇盼爲悦康。惕息朝内士，曷以贊虞唐。眠食今粗安，酒醑三四觴。赤側漸辭去，借貸聊充囊。最苦羸馬頭，蹀蹀塵沙黄。閉户學磬折，出户旋已忘。顧惟倔强姿，不耻溝壑僵。安得棄生平，如彼轉糞蜣。所以公卿門，干謁竟未嘗。餘外順坎流，不用强論量。親前雖奉書，苦語總遮藏。汝爲從容説，慎勿使憫傷。時方掄史才，儲國之梠〔二〕梁。爭門或迮指，此態豈可當。我欲拂衣歸，齎持一月糧。舊路不可行，匹馬從東方。吳雪雖苦寒，不敵薊北霜。預畜明燈檠，照我髭鬢蒼。一言先語汝，努力學佐王。黥刖謀補息，知我事已忙。泚筆再三嘆，霑襟涕淋浪。

【校勘】

〔一〕「吺」：康熙丙辰本、康熙癸未本、乾隆辛巳本、四庫全書本均爲「吺」，光緒己卯本改爲「驩」，今據上述諸本改爲「吺」。

〔二〕「梠」：康熙丙辰本、康熙癸未本、乾隆辛巳本、四庫全書本均爲「梠」，光緒己卯本改爲「棟」，今據上述諸本改爲「梠」。

補入

夢松五株

五松何磊砢，只在射堂東。黛色參天□，真濤入夜空。

黄淳耀黄忠節公甲申日記，民國十四年留餘草堂刻本。

陶菴集卷十九

七言古詩三十一首

閻立本畫鎖諫圖歌

松圓詩老鑒別殊，視我唐人鎖諫圖。誰其畫者閻立本，絹素完好精神俱。畫中髣髴在離石，雄姿風氣鍾佳雛。白日雷霆縱遊獵，青春臺殿收名姝。刺天甲觀不時起，老臣元達昧死趨。一陳蒼生愛膏血，再陳先業由勞劬。三陳兵疲及人怨，皇矣漢祖誠師模。殿上頩然變顏色，横眉力士來虎貙。扶將下殿赴砧几，速令鼠首懸高衢。可憐此臣亦狡獪，鋃鐺先貫腰膂粗。攀樹情知勝攀檻，震威不得撓其膚。怪事宫奴傳入内，蛾眉冉冉來椒塗。口吟舌話未及竟，遥看霽色浮眉鬚。我觀此畫三嘆息，筆之所到與史符。畫手生年亦奇士，淩煙曾貌英衛徒。貞觀致治前代少，魏徵直諫天下無。田舍老翁恨欲殺，明德一言天笑愉。厥後賢妃諫薄伐，疏草質直如盤盂。惜哉弦在矢已發，毫釐一失千年徂。玉關西開瀚海沸，馴至邊鎮生逆□[一]。乃知進圖寓譎諫，近憂[二]遠慮皆區區。使知僭國重補闕，何況聖朝疏廟謨。小臣賤妾蟣與虱，務令一一盡其愚。粉墨丹青向千載，城傾國破如斯須。陵空想隨金碗出，迹真不比蘭亭摹。何當持此獻密勿，萬有一補良非迂。萬有一補良非迂，丈人收藏姑自娛。

【校勘】

〔一〕「逆□」：康熙丙辰本、康熙癸未本爲避時諱，「逆」後删去一字，乾隆辛巳本、四庫全書本、光緒己卯本均作「憂虞」，今據康熙丙辰本等改回。「□」，實當爲「虜」字。

〔二〕「憂」：乾隆辛巳本、四庫全書本、光緒己卯本均改爲「思」，今據康熙丙辰本改回。

周文矩嵇康彈琴圖歌

蕭蕭摵摵萬木聲，月落未落餘古檠。窗中一人天骨清，好鍛以外琴理精。素手明徽相與善，彈出生平廣陵散。本是孤音世不知，未經形解仙猶遠。風磴漠漠山精寒，聳肩縮頸來路難。子期師曠索儔侶，凝冰焦火生愁嘆。影逼窗前復靡徙，一燈吹滅去如水。他年魑魅晝含沙，與子爭明非此鬼。君不見孫登有琴唯一弦，彈時響象然不然。

少年走馬行

秋風入城秋草黄，秋天如水秋郊長。少年跨馬蹋煙去，楚製短衣身手强。榼榼銀鞍行道左，人馬安閑見者惰。側身忽若雕翅翻，纏結鞍韉無不妥。城南古水横匹練，劃見晴空飛紫電。去驚白日追四蹄，來羡長風牽一線。玉鞭雖長不及催，無塵有影真龍媒。杜陵野老色惆悵，見此何殊天下材。去冬萬騎抵京室，官軍馬遲渠馬疾。大冠修劍不枝撑，血流有似陳陶澤。今年邊騎捆載歸，諸將論功更不疑。青禾白豆豢駑馬，飽食只怕邊風吹。安得少年不愛死，驅此萬匹向燕市。直出榆關發三矢，走馬歸來只如此。

首春將之江右張子宣德符拏舟相送入郡西諸山游陟數日因爲醉歌

春風作花滿江縣，行子衣裳帶冰霰。默默舟鼓不可止，朋舊相逢懶相見。張郎十載論膠漆，一門國士歡遊衍。念我遠適勞筋形，攜我山中百壺餞。山浮濃翠染肌膚，花亞繁枝明縞練。二儀風霧變斯須，已下峰巔猶目眩。連夕燈明酒灩灩，夢中不憶身貧賤。大旗十丈卷樓船，銅弩千群驅驛傳。卻看夢醒餘孤舟，一望平波去如箭。

小孤山

大孤猖披如屨脱，小孤崢嶸如角出。兩孤爭奇吾取小，直上千尋有雄質。九江東下雷殷殷，九天忽落真將軍。舟如單騎偶突過，回看樓櫓穿層雲。舟人指點煙鬟峭，翠羽金支出祠廟。仰天大笑是虛無，卻望彭郎還一笑。彭郎磯與小孤山相對，俗稱「小姑嫁彭郎」，蓋誤「孤」爲「姑」也。

送侯氏五子赴省豫章

雲山漫漫起座隅，千里卻向庭闈趨。東辭建業上湖口，遠勢欲與青天俱。大江簸蕩驪龍珠，一水一雲皆可娱。白鷗驚飛入寒霧，中流擊鼓吹笙竽。路經匡廬少躊躕，彩翠可與來時殊。撥雲直上問五老，丈夫與爾同崎嶇。湖亭轉柁江樓聳，一卷奇文歷裝重。弛裝再拜嘉慶畢，細數合離顏色動。此時江海遥相望，孤城愁見落日黄。天涯應上滕王閣，指點浮雲何處長。

野人嘆五首〔一〕

野人嘆息中原亂，戰〔二〕馬憑陵歲將半。燕齊杳杳無信來，但聞官吏多逃竄。東南財賦如山丘，漕河一帶真咽喉。無計滅之仗天力，春深濕熱留不得。野人嘆息王師勞，秦賊楚賊如蝟毛。攻城掠野官吏死，大江以北民嗷嗷。昨聞死賊劫財貨，分與官軍作賄賂。亂斫民頭挂高樹，黎明視賊賊已去。時章疏皆詛賊爲「死賊」。野人嘆息年歲惡，池中掘井井底涸。飛蝗引子來蔽天，辛苦將身事田作。朝廷加派時時有，哭訴官司但搖手。歸逢吏胥狹路邊，軟裘快馬行索錢。野人嘆息朝無人，朝中朋黨如魚鱗。十官召對九官默，篋中腰下皆黃銀。不知何人理陰陽？頻年日食四海荒。我欲上書詆朝士，又恐人呼「妄男子」。野人嘆息江南苦，遊手奸民勇虓虎。跳向湖心作群盜，公然持兵劫官府。四海已有微風搖，鼎魚幕燕防焚燒。城中富兒不憂恤，村童名倡留上客。

【校勘】

〔一〕此詩四庫全書本未收。

〔二〕「戰」：康熙丙辰本、康熙癸未本作「戎」，乾隆辛巳本、光緒己卯本作「戰」，皆爲避諱改，原當爲「胡」。

三弦曲

世上三弦聲促促，最愛陸生彈一曲。良朋珍重君肯來，卻似風前拾珠玉。有時藴拽吴歛聲，含商換羽圓而明。百萬金鈴一時旋，兩三黃鸝相鬥鳴。有時正宫出具口，鐵柱冰車偏得手。塞草秋枯雕鶚飛，關榆夜落風沙走。忽然幽咽不可言，憶在秋浦聞清猿。一一鶴聲叫明月，珊珊環佩遊湘魂。忽然愁絶變爲喜，如在吴趨萬花裏。笑懶歌慵螓首娘，口吟舌話鳶肩子。我問陸生十載前，此技誰擅君誰傳。答言少小愛入骨，千生萬熟夜不眠。弦調手敏曲能訂，以譜爲師以心聽。學成彈向大江南，翻怪異雛無敢應。我聞生言嘆息多，萬事真須自琢磨。我有一弦挂在壁，世無鍾期當奈何？

江南春二首和倪元鎮作

緑芒如粟抽蘆筍，綵鴛泛泛金塘靜。美人同上木蘭舟，弱袂長鬟嬌弄影。春風滿把春妝冷，落紅欲没胭脂井。碧桃花下紫綸巾，澹粉樓頭颭素塵。鶯歌遲，燕語急，雙袖能知淚痕濕。落花遊絲互相及，搖蕩春光入空碧。六代興亡變陵邑，青山無言向人立。眼看柳絮飛爲萍，有酒不飲將何營？

二月輕花兼嫩筍，楊低柳合林中靜。春思能生綺陌煙，春風吹動西山影。濁酒蒼苔山店冷，眼花不識吴王井。昔時富貴烏銜巾，今作靈巖山下塵。世事多，流光急，競雨爭風遊騎濕。一片花飛追不及，寂寂横塘春草碧。烏啼只在舊吴邑，勸君秉燭花間立。年來物變如轉萍，二豪在側徒營營。

云渡上人别久過訪並示近詩喜而有作

筏師别我歲屢改，勇割天親住南海。黑風羅刹不得侵，一片袈裟作重鎧。今年瓢鉢來叩關，乃知筏也歸吴山。爲言海浪大如屋，金毛玉髻何時攀。卻到吴山訪耆宿，有茅可誅筍可劚。巢烏聒聒競棲簷，猛虎依依來暖足。以兹卓錫在山腰，忽憶遺民是故交。一宿人間桑樹下，他年候汝虎溪橋。我聽師言深感嘆，老我猶歌白石爛。欲依佛日未離家，空誤儒冠難靖亂。師言此事且勿論，留詩一卷清心魂。詩心禪骨良有以，待似冰梨沁牙齒。江南昔有泐季潭，君步前人從此始。

北客行（一）

皇帝十二年三月，□□稇載仍北突。中樞疏請貶街亭，督府欣同繫南粤。草間有客匍門來，問之欲語仍低徊。徐言去年霜草白，□□闌入曹牆隈。□□騎駝遍山野，雜種崩騰失真假。箭飛柳水不得停，礟架紅夷幾曾打。畿南山左五十城，城城糜爛如魚羹。高陽老羆舊當道，格鬥死帶喑嗚聲。可憐儒將身姓盧，十年横槊膽氣麤。欒羊名下謗書滿，鉅鹿城南身首殊。東省何人逗留久，百年青社俄失守。朝聞露布揭天來，莫見橫尸遍地有。隆準共識高皇孫，金枝化作煩冤根。白刃無聲腦塗地，盡驅紅袖齊東門。介馬馱馱項領破，一線青山容□過。官軍向後展黃旗，拾得銀章如斗大。傳聞寶坻收難民，卻有德王宮裏人。龍子龍孫盡相失，城南城北空傷春。是時北客言未畢，我謝此人休再述。鼻歕瓜蒂盡嚅唲，血污遊魂豈倉卒。雒陽地震生白毛，保定空中聞鼓妖。□□□去兩愁絶，天下何日聞咸韶。民說官軍能殺我，羅尚李特皆不可。北門騸馬聞更騎，大劍長槍向□□。

【校勘】

〔一〕此詩康熙丙辰本、康熙癸未本、乾隆辛巳本、四庫全書本因觸清廷時諱，均未收。光緒己卯本收入，山處不詳，刪字較多。

何孝童詩有序

孝童名萬京，字叔鴻，松江俞塘里人。幼穎異，日誦數千言。其父以貧故，不能延師教之。然萬京孝友性成，不待教督，而自合於善。父有疾，萬京爲衣不解帶，久之不瘳。萬京告於母曰：「兒將請於天，以身代父之死。供養二親有兩兄在。」其母切禁之，然亦不慮萬京果死也。萬京每晨興則向日而拜，語刺刺不休。如是者數日，父忽謂曰：「吾疾不可爲矣，天方炎熇，亟求布殮我。」萬京即號哭出門走，家人咸謂其求布也。會天大雷雨，萬京薄暮不歸。其母忽憶前言心動，出至溪上。得萬京遺履，乃知其赴水死久矣。善泅者没水得其屍，腹無勺水，衆驚異焉。其宗人學憲君萬化爲作傳，惜不載萬京年，或曰年十四五矣。予惟萬京之志近乎愚，萬京之行近乎小過。使居聖門漸染禮教，其爲高柴之流無疑也。或疑萬京死，未幾其父亦死，何請代而不得耶。夫以周公之聖，史稱其齋祓爲質請代武王。武王有瘳，後而崩，是周公亦終不得代武王也，何疑於萬京。蓋萬京之所能爲者，人也；萬京之所不能爲者，天也。予哀其志，爲賦何孝童詩，將以愧世俗之不顧父母者焉。

何家有童子，其年方十餘。朝出采樗聊作食，暮歸畫荻聊作書。白日高，黄泉深，郎罷有疾傷兒心。淚向黄泉傾，身向白日拜，郎罷不痊兒請代。走煢煢兮舍西東，翻身投水如投空。江魚有情河伯泣，孤燈青凝阿母立。精衛亡，愚公死，百身莫贖何家子。趙苞温嶠是何人？千古煌煌照青史。

贈萬寰中煉師

南昌真人天骨奇，虬鬚直視面有威。十三工文隸博士，二十仗劍遊京師。金師不能留，儒服不可羈。丹霄路縹緲，萬里登峨眉。峨眉老翁憐爾誠，天皇一卷披青冥。縑帳風葉葉，玉鸞聲琤琤。職授星中官，名書不死庭。朝檄南箕電父下，暮持秘咒龍神驚。伐狐破古冢，返魂通上清。只今蹤迹遍南國，綸巾赤舄人人識。或過社樹鬼先逃，或立醮壇神被劾。有病不求盧扁醫，回天那許京焦測。上谷書生吾所賢，生平異事如羊權，一符一水俄寂然。我驚此事夜無寐，明日從師求學仙。

書懷寄侯廣成學使

廬山蒼蒼戛南斗，吐雨泄雲無不有。公行校士此山前，三見江風變楊柳。公堂晝坐如冰壺，鵠袍雅拜爭先趨。手植梗楠作梁棟，人言大匠天下無。嗟今國風久哀息，場屋空聞日五色。剪綵鏤脂也可憐，大鸞鸝塊何由得。文章世變兩滔滔，坐看奴僕擁旌旄。赤丸夜探文吏死，白羽晝插旄頭高。卻憶成弘比三五，政化清平文簡古。丘王文樣出詞林，劉謝時才居政府。此日英靈可車載，豈唯江右生賢輔。雖然皇祖新樸棫，要是有司持矱矩。我今思得公輩數十人，參錯天下如星辰。一爲斯文斡元氣，再爲海内清風塵。

虞山喫虎肉作

猛虎入山山氣惡，腥風倒射巖石落。兩三村甿不識虎，謂是旄牛未生角。扼虎之吭擥虎尾，虎驚不及施牙觜。東海無煩赤刀制，南山已報白額死。老夫羈旅春盤空，短衣匹馬行山中。坐分羹臛飽欲死，拔劍四顧吾何功。村甿村甿莫倉卒，儒冠爲爾頻衝髮。人間真有猛於虎，勸爾拔身依虎窟。

贈武林陸麗京

昨識陸子面，今同陸子遊。落花一片飛巖幽，青壁矗起撩雙眸。飄然長袖凌飛樓，風急天高如凜秋。前望五湖後鉅海，元氣欲與胸中流。君不見山中舊有巫咸墓，突兀至今應有故。又不見山中舊有言公祠，弦歌寂寞令人思。嗟今世路紛如此，卧石飲泉翻可恥。古人似此山中雲，去到人間即爲雨。而我刺促胡爲爾？書劍無成困泥滓。窮廬悲嘯但聞雞，故里浮沉空牧豕。以兹來往深山裏，鳳歌欲覓桃花水。卻憶西湖上，曾躡南屏巔。湖山秀色染肌骨，緑蘿蒙羃生紫煙。東望錢塘一水不可以徑渡，中有巨魚奮鬣摩蒼天。山川雄傑人磊砢，陸子坐秉文章權。一門國士互唇齒，天下俊傑爭差肩。風塵泱漭隔君面，愛而不見心茫然。即今羈旅歡相索，大笑高歌露齦齶。百軸新文未入秦，滿堂傾蓋如遊雒。看君畫地成江河，立談真作九邊圖。看君抵掌論文物，衆星在天明者月。乃知君負英霸才，釣魚荷畚暫徘徊。嵩華拔地差足擬，羅立小山何有哉？攜我琴，爲君撫。拔君劍，爲我舞。酒酣耳熱山影摇，共作歌辭歌猛虎。

康熙癸未本按：「此篇得之麗京子冠周，又序一書一皆爲麗京作也。時公下帷虞山，麗京來遊，相與訂交，遂有贈答手書尚存也。」

諸同人攜榼來就吾家賀予舉子戲成雜言一章

庭樹婆娑生意發，一寸春枝出槎枿。龐眉書客報添丁，酒社詩朋日來聒。長腰米斗五百錢，破竈濕葦寒無煙。煙生爐中正拔簀，搖酒三瓶攜到宅。長魚細菜堆滿席，塞破茅齋惜不得。君不見潯陽五柳翁，又不見杜陵詩瘦客。名父聲名滿人耳，通子驥子無顏色。我今老大困泥滓，落落長身唯牧豕。後進爭呼丈人行，先生祝作商瞿子。以茲懷抱惡無比，不望石麟兼鳳觜。但求郎罷穩稱呼，便覺阿囝勝蟲豸。侯生張生心相於，謂我老蚌真生珠。傾筐代作湯餅集，折簡遍致高陽徒。坐中夏生吾畏友，四十明珠爲我壽。上言嘉慶溢門閭，下謔瓊枝映蒲柳。我笑酌君一大盆，阮咸與宗人共酌，以大盆盛酒圓坐。君家虎子已飛奔。燒燈共持蓬箭舞，洗掌獨少犀錢捫。忽憶小時劇作惡，騎殘竹馬留牆角。三十年來駒過隙，又以生男煩合醵。生男似我已蹉跎，他年男大當如何？三間老屋須教守，十角耕牛未厭多。與吾玄意表事，攜鹿門太早計。阿翁懶惰信天公，且向醉鄉謀一醉。

邑中團練士著侯雍瞻要予偕諸人往觀因集仍貽堂即事有作

黃塵直上猛士呼，將軍講武城西隅。蛇蟠鳥翔八陣圖，籠鎗跪坐翼以趨。方圓變化爭斯須，惜哉卧龍今世無。長刀直立數十夫，一臂能盤丈二殳。白棓手搏無贏輸，校射還持金僕姑。蹋踪分騎生馬駒，捷若槁木懸鼪鼯。當軒下馬意躊躕，似惜好手不可孤。龐眉書客嘆且吁，毛錐一把何爲乎？連年闖賊窺楚吴，中州百姓遭刲屠。闌入城牆有羯胡，懸軍萬里逋天誅。我非閨中靜女姝，安得暇豫如鳥烏。侯生長笑撚髭鬚，顧謂公等何區區。即今轅門乍援枹，雕青惡少劇虎貙。提此十萬蹂匈奴，叩囊底智成哲謨。坐中徐卿勇略殊，藏身簾肆同槩株。是時技癢不可拘，一躍欲攫天狼弧。侯於江左稱夷吾，徐也夙將無豪麤。我偕三四高陽徒，頗解痛飲提壺盧。仍貽堂中櫻筍厨，春燈照映紅珊瑚。酒酣仰面看金樞，作詩記事傳通都。

白鸚鵡歌

西苑中百鳥房，有白鸚鵡一隻，潔白如雪，其首微帶雜毛，慧而善舞，唯不肯言耳。旁有飼鳥人曰：「至萬歲前，則言矣。」

出自西域遥遥之壠坻，來處上林密密之樊籠。翠衿紅觜非伴侣，鶴鶴白鳥輸光容。一語一言能默記，聰明學得魚龍戲。舞如縞帶亂翻風，停似雪花輕委地。我來索語貌閑閑，不是瘖聾不是奸。只知天子賜恩澤，肯爲旁人轉舌關。多少公卿羞見汝，帝前不語人前語。

豪鷹歌

有鷹在百鳥房，意氣肥滿，蓋久不出獵，日飼以肉而然也。此物利在搏擊，今既喪厥勇，又靡彼肉，於事有足感者，因賦豪鷹歌。

豪鷹見鳥如見血，一雙老拳能劃鐵。宫監擎來過細柳，伏兔翔烏那得有。不出獵，閉深房。條鏇一條磨欲斷，鸞雀滿簷戲汝旁。旁人嘲鷹是凡鳥，不道養鷹病仕飽。飽鷹鎖著無風威，不如縱去天外飛。

虎圈歌

西苑有虎圈，昔神廟憑圈而觀，誤墮圈中，虎皆驚伏。左右入圈掖上出，虎乃起。今圈中無虎數年矣。

虎圈滿圈外，此時平坦坦。虎鬚可料尾可履，玉輅飛龍虎如豕。奇獸珍禽來九州，朝朝西苑望宸遊。玉林瑶雪妝臺迹，苑有故遼蕭后梳妝臺。菡萏靈波太液舟。自□之反豺狼遍，奔鯨鑿齒來畿縣。今皇旰食在深宫，圈中虎去嗇夫空。虎來何偪側，虎去還生翼。我願虎歸此圈食豬羊，不願虎銜人肉食。

賣棗兒

北棗味佳，北人顧嗜南棗。有黠者取北棗製以爲脯，詭曰：「此南棗也。」北人售之，其價什倍北棗。

燕山棗樹深，棗生纂纂懸赤心。懸赤心，人不喜。謂言南方棗如瓜，仙種傳來勝於此。市兒狡獪生大貪，即將北棗呼爲南。劙皮脱核開生面，他人得棗皆稱善。賣棗兒謂言爾黠爾更癡，安得終身挾詐不使旁人知。

燕姬嘆

北人多蓄女子，飾其姿首，教以歌舞彈棋陸博諸雜技。仕宦者以多金買爲侍兒，兒或不樂其主，輒用秘術殺之，因轉而之它。

燕中姹女顔如玉，腰素盈盈纔一束。翠翹寶靨試新妝，皓齒蛾眉矜豔曲。工迷下蔡城，解貨成都酒。盧家小字有人知，陌上使君爭索偶。十斛明珠許换歸，只言松薿比心期。流蘇帳開珠箔掩，破盡工夫與畫眉。何知覿面成捐棄，只買朱顔難買意。北邙蕭瑟白楊風，盡與春宵酬秘戲。東家寒女方待年，眼看琵琶過别船。古井波瀾誓不起，齗唇歷齒無人憐。

廟燈二市歌

京師有廟市、燈市，一月各兩開。開則市聲嘈嘈，自朝及夕，予欲購杜工部集，遍索乃無有，暨求它物亦然，因笑曰：「彼固妄有其名也。」

東城燈市聲闐闐，西城廟市爭摩肩。燕姬利屣立不定，御史青驄難著鞭。經旬盼望只一日，明日市門仍寂然。東吴儒生羈旅客，欲貨珍奇雙手赤。那知市貨也尋常，只有貂皮與狐腋。歸來太息向僮奴，東西狂走何其愚。憶過豪門真可羨，天琛海怪相輝眩。遮藏不許路人窺，識氣賈胡遥望見。

續麗人行次坡公韻題美人照水圖

金塘灩瀲秋波長，紅蘭葉葉裙帶香。美人照水如照鏡，自見清眸自斷腸。畫師何處傳深意，一點曆黄新破睡。矯如天際下飛鸞，水面落花羞靡靡。他時日映桑枝寒，東方千騎停金鞍。在地願爲池沼水，只與蛾眉對面看。相看脉脉情無底，相對終成路旁子。君不見漸臺水深鵲駕齊，浮槎無路空悲啼。

陶公歸來圖詩次劉静修先生韻

典午昔年逢革除，濛濛八表沉康衢。陶公歸來手荷鋤，一辭足叱騷爲奴。致身本期元凱俱，滄海漂蕩無黄虞。武陵之人有與無？柴桑幻出桃源圖，容城韞璧不肯沽。千載二士遥相呼，哀哉赤狐還黑烏。

陶菴集卷二十

五言律詩 一百零二首

京口舟中〔一〕

微風山磬落，小艇與煙平。棹發魚龍氣，人隨日月行。四維形勝辨，一作在。一葦古今爭。擊楫知何向，一作誰是。洪濤薄暮一作日夜。聲。

【校勘】

〔一〕乾隆辛巳本按：「京口泛舟，載本集題作京口舟中，第五句『四維形勢辨』作『形勢在』。第七句『擊楫知何向』，作『知誰是』。八句『洪濤薄暮聲』作『日夜聲』。兹考其字句稍異者，列如右，詩不更録。」然查康熙丙辰本、康熙癸未本、乾四庫全書本，詩題均爲京口舟中，餘不詳。

螢

旅夜風燈滅，疏螢亦有情。對飛開更闔，獨坐晦還明。書卷如憎少，房櫳只益清。井闌相似處，歸夢最能生。

朱魚

爲與凡魚異，翻令尺水藏。數頭成伴侣，半豹具文章。遠害身長活，娱人趣暗傷。好投空闊去，爾我本相忘。

登石湖諸山

春水渾無際，吴天總欲浮。花疏時近眼，柳弱不依洲。醒酒山風急，看碑野寺幽。提攜佳侣在，吾豈負雙眸。

半塘寺

半塘禪寺古，屈鐵變樛枝。白業三生力，蒼煙六代思。法衰龍象至，經妙鬼神悲。寺有勝國善繼上人血書華嚴經。一悟真空理，滄江月上遲。

四檜

在虞山道院，本七檜，今存四焉，相傳有方士役鬼神移至。

碧殿陰風入，蒼蒼金檜存。雷燒爭拗怒，鬼見盡驚奔。雲氣生高蓋，龍蛇守直根。只愁移卻去，何物鎮山門。

舟行九峰道中

漾舟蒲葉内，聒聒水鳴溝。緩棹知魚樂，看山散客愁。漁歌風外接，農務雨前修。野色紛如此，吾行任去留。

乾隆辛巳本按：「此篇見公辛未自監録。乾隆辛巳本補入。」

登泖塔作

拾級上秋□，中流勢不群。地擬吴會遠，山似潤州分。納納歸於海，茫茫但　雲。滄桑傳舊事，風外悟聲聞。

乾隆辛巳本按：「鶴溪王廷謂藏有先生墨迹，因抄寄時詩集已經鐫版，故補載之。」

松陵晚眺

日暮登臨眼，孤城也自聊。湖多天在水，邑小市侵橋。芳草嘆前路，緑楊驚舊條。望中唯燕子，與客共飄飄。

登堯峰寺

石壇幡影落，一徑入堯峰。竹暗雲生壁，沙虚水應舂。鶴聽林外梵，猿赴食時鐘。風雨天南黑，陰崖有伏龍。

夜泛鴛湖

積水月涓涓，月斜舟稍前。歸漁摇艇火，宿鷺定湖天。遥指塔相對，暗尋花滿煙。峰巒無一點，吾醉獨蒼然。

水勢

水勢沄沄大，峰文午午浮。春風隨處著，花氣逼空流。曲岸斜陽轉，長天去鳥愁。十年疲物役，俯首愧滄洲。

泛舟西湖

碧水風吹皺，朱塵雨浥清。纖歌何處接，慢舸不知行。駿馬盤堤疾，珍禽坐樹輕。夕陽何淡淡，山氣莫能名。

鷲嶺〔一〕

鷲嶺摩天碧，峰峰虎豹文。蛟宫楠木蔽，僧竈水筒分。石迸林中雨，江飛海上雲。高樓吟復笑，倘有駱丞聞。

【校勘】

〔一〕鷲嶺：康熙丙辰本、康熙癸未本、乾隆辛巳本均爲「韜光寺」，乾隆辛巳本在詩尾有注「見公手書題作『鷲嶺』」，光緒己卯本因之改詩名爲「鷲嶺」，今從。

石屋

蘇子曾遊處，留題剥蘚花。春蒸崖腹潤，石迮履痕窊。童子憂深入，山僧許暫家。經奇聊一嘆，脚脚近龍蛇。

謁于忠肅公祠堂

澶淵非禍宋，代邸本安劉。力竭山河在，功成骨肉憂。草銜寃血碧，江挾怒潮流。雪涕荒祠下，乾坤正可愁。

渡錢塘江

伍相鴟夷去，錢王畫錦空。英雄如昨日，陵谷自春風。白鳥沉煙外，蒼山立雨中。布帆輕轉怒，長嘯對魚龍。一作「空濛」。

富陽城晚眺

浙西天漠漠，片雨富陽城。遠嶂千鬟妙，長江一掌平。風檣爭薄暮，煙柳報清明。鄉思縈覃葛，萋萋草又生。

桐君山

桐君丹室在，天下幾人閑。碧瀨長歸海，清風獨滿山。花開遊子路，雲泊野僧關。嘆息鐘聲内，仙禽自去還。

登釣臺

石壁漢時煙，嚴祠風颯然。雨流巖下釣，一作雨添松頂瀑。星動澤中天。地坼芝英瘦，山空鳥迹玄。一丘難濟世，不敢慕前賢。

七里瀨

孤舟落何處，一作逆流方緩緩。山水四一作忽。周遭〔一〕。水門瀠洄急，山含寂寞高。中流明彩蛤，夾篠墜蒼猱。遊者非康樂，長吟亦自豪。

【校勘】

〔一〕「孤舟落何處，山水四周遭」：乾隆辛巳本按：「他本起二句云『逆流方緩緩，山水忽周遭』，此刻以公遺稿訂正之。」

蘭溪道中

莽莽蘭溪雨，孤帆迷所之。斷崖爭榜急，逆水打灘遲。身世占風幔，山河老鬢絲。垂堂聞有戒，淹泊迕心期。

龍遊驛前大樹數十章美而賦之

龍蛻千年骨，何人擲道旁。合圍猿臂短，穿穴兔絲長。布葉千家靜，交柯六月涼。丈夫存節目，愛爾亦昂藏。

山村

麥秀先吴地，花開類楚源。農冠裁竹葉，山井破桑根。斫漆猿爭樹，燒林虎決蹯。一村驚客過，蠻語共喧喧。

停舟

停舟屢近山，尋步夕陽間。流水將心去，空煙與目還。對飛沙鳥白，低去竹雞斑。幽絶無人領，峰巒只自閑。

草萍驛有感

百年孫燧節，一決守仁功。箕尾歸天上，麒麟入畫中。暗苔詩壁古，大樹驛亭空。無限胸中氣，時危哭向風。

玉山道中

懷玉山邊路，蕭蕭離越中。百層嵐挂眼，一雨翠連空。鳥道危城旆，人煙占驛風。子規終日響，憶殺是江東。

衢州

山店依城斗，官橋繫艇齊。嵐光含野淡，灘響隔春低。雨暗虬龍宅，春濃橘柚堤。三衢風物好，坦步不煩藜。

過廣信聞鉛山寇警

十年關陝亂，江表不聞兵。税急農臣苦，年荒米賊生。斧柯誰在手，牛犢漫多驚。失涕蒼生内，何時見太平。

月夜與諸子泛舟章江

闔閭城外月，帝子閣邊舟。悵望前人去，經過爛醉休。春陰收大澤，元氣滿中流。勝絶驚飄泊，狂歌緩白頭。

過彭蠡湖七首

推篷收宿雨，送眼入巉巖。慢水雙摇櫓，横風兩使帆。緩行凫得侣，疾走馬辭銜。落落中流坐，匡廬大不凡。

梅天風不正，白雨一喧豗。長日春春去，扁舟個個來。波紅漁火重，月黑蚌珠開。堅坐看江表，湖山亦壯哉。

牛背飢烏立，槎頭戲鰷跳。投竿鷺欲亂，丸飲啄還驕。白處拳飢鷺，青邊掣怒雕。無心成搏擊，偷眼避風飈。

逆曳風帆過，湖中拍浪兒。輕儇沙鳥似，獰惡海童爲。百斛舟何重，連晨槳未移。閑思强弩手，一破巨魚鬐。

楚俗尊祈賽，龍神氣色殊。分風勤客子，割肉醉師巫。笳吹殷膠輵，雲車颯有無。康山遺廟在，血食想雄夫。

大湖流不盡，盡處夕陽平。山遠皆遺夢，天多不覺行。高帆吹嶽影，鼕鼓發江聲。曳曳薰風至，南雲一半晴。

水分南紀盛，山挾大湖雄。舟楫三苗俗，鳧鷖萬里風。豫章元自合，江漢已先通。禹貢猶沿誤，書生莫鑿空。

五月端午

三年端午日，兩度客中過。酒憶金陵美，山看彭澤多。枕欹書斷續，囊久艾消磨。莫笑鄉心勇，黃魚壓子鵝。江右風俗，是日飲蒲酒、噉鵝炙。因憶吾鄉石首魚，了不可得。

泊舟二首

單舸時時泊，浮雲故故長。浪兼凫拍岸，風引燕回檣。穀雨罷收艾，田歌聞插秧。江南好風景，留眼看吾鄉。

久客知風信，江豨善倒奔。報晴銅角響，占雨紙燈昏。官舫人看熟，孤村井汲渾。東流山縣近，往往識方言。

反憶

漸遠江西道，吟詩反憶渠。長徽黏巨鯉，小甕破浮蛆。黄潤絺堪著，青匀紙愜書。客遊難唾井，無奈是匡廬。

舟曉

曉帆風力正，秋浦望何長。飛鳥沉空翠，初暾似夕陽。江開紫磨鏡，山湧白毫光。指點煩舟子，王城一氣傍。

舟晚

落日明雕錦，山光不可圖。青冥隨遠近，飛動入虛無。漸背津亭小，微分水樹孤。船窗招月看，江色漾驪珠。

舟夜

大風摇獨夜，遠夢斷孤舟。不盡江濤湧，分明此際愁。長身艱負米，柔翰想封侯。掩盡窮途涕，無端更一流。

烏江望霸王廟

英雄垓下盡，尺土占江濆。虎失關中勢，龍嘘霸上雲。人憐公百戰，鬼閲漢三分。薄暮風濤惡，疑崩鉅鹿軍。

自建業至京口或行或泊即事成詩六首

憶昨龍潭驛，山櫻繫馬紅。事隨風雨過，身復畫圖中。白日園陵氣，青天江浦烽。向來憂樂地，草草愧萍蓬。

龍吟江漠漠，疊浪隱巒雷。繫纜吹還解，崩沙過復回。蘆人收網去，水母劃波開。一葉投何所，顛危亦甚哉。

有岸皆相似，無端復一留。風蘆藏小店，山火伴孤舟。隔夜占雲氣，從前數傳郵。遥遥京口市，吴酒滑如油。

江上復江上，盡知洲渚情。颶風兼日泊，羈思一舟盈。夏木蚤蟬細，夕陽歸鳥明。臨流聽吹角，古堞有餘清。

中土奔封豕，抽兵及四方。西江驚旱魃，殺稼到吾鄉。士喜交綏免，農憂齩骨忙。旅懷元易感，聞此一徬徨。

金山勢不群，中流蹴浪分。石鏡千帆影，浮圖一握雲。潮通僧井出，鐘過海天聞。幾度登臨客，長歌又水濆。

舟雨

小雨蠲炎燠，因風灑舳艫。鷗喧聽欲亂，江碧看如無。岸榜遥知重，溪漁近覺孤。泊舟疑蚤晚，鄰舫更相呼。

康熙癸未本按：「此詩見公手書册子。詳見卷二丙子季夏詩稿跋。」

舟過梁溪

昨路邅回甚，兹晨一鳥過。汲泉人語雜，陶器野煙和。山近城含黛，江清水映羅。臨風想形勝，僞將昔横戈。

康熙癸未本按：「此詩見公手書册子。詳見卷二丙子季夏詩稿跋。」

登惠山椒望太湖

新晴宜縱覽，薄暮勇躋攀。湖迴浮餘地，雲垂接斷山。征帆殊不動，落日勢將還。擬放扁舟去，人今且未閑。

康熙癸未本按：「此詩見公手書册子。詳見卷二丙子季夏詩稿跋。」

梁溪道中喜雨

旱乾逢好雨，客路轉清新。山碧蛟龍見，江渾鯇鮒伸。病輕霑手足，裝改潤衣巾。緩我歸舟樂，看他插蒔頻。

發自段橋至龍潭三首

溪谷風何緊，濃陰亦未收。炮車雲出大，銀竹雨來稠。木末猿呼侣，泥中客掉頭。人煙一蕭瑟，稍喜似涼秋。

衝雨橋難上，捫幽徑别穿。偶逢雲過嶺，一似釜生煙。鳥白林邊識，榴紅澗底然。旅懷悵觸甚，吟穩向江天。

積鐵崖根擁，噴瓊地脉侵。江山生處僻，車馬入來深。虎落三家店，漁磯萬柳陰。小安成旅次，風半復幽尋。

康熙癸未本按：「此詩見公手書册子。詳見卷二丙子季夏詩稿跋。」

冒雨入石頭城宿廣成銓部邸中

棧車行石罅，急雨勢多端。方午戎戎暗，如春側側寒。來逢闗吏識，别喜故人安。酒緑燈明裏，羈魂尚未乾。

康熙癸未本按：「此詩見公手書册子。詳見卷二丙子季夏詩稿跋。」

送張介茲會試二首

公超辭下邑，平子入西京。賦就人爭寫，經傳市輒成。花濃春走馬，風急夜論兵。自送雲霄去，窮交意氣生。

十年長帶甲，滿野自蜚鴻。林草寧無嘆，當途便不同。靜知天下事，貧見丈夫雄。莫負生平意，臨軒答至公。

水仙花

小徑誰曾踏，寒芳已著花。氣清春自遠，姿淡月難加。不采憐幽素，盈畦任整斜。彼姝貞未嫁，持贈豈云差。

康熙癸未本：「此篇見菊隱陸氏手抄。」

鶴

天外一垂翅，風霜奇水湄。近人猶見野，得性未安卑。苔雨穿林滑，溪冰啄月遲。高人將縱汝，謀食亦何爲。

康熙癸未本按：「此篇見菊隱陸氏手抄。」

晚鐘

落日下巖阿，疏鐘動夕波。一從心地省，如向此中過。響盡諸天肅，緣空半偈多。杖藜猶佇立，涼月滿煙蘿。

康熙癸未本按：「此篇見菊隱陸氏手抄。」

王昭君

蛾眉應受妒，畫手獨何人。一見能生悔，君恩此最真。微軀甘出塞，大計惜和親。試向邊城問，長纓是漢臣。

康熙癸未本按：「此篇見菊隱陸氏手抄。」

宿南有堂有感賦呈龔儉化

林黑更初遞，牆高月欲沉。長眠留化雨，半榻印同心。夢憶他年火，聽殘屋後禽。堂爲我師行之先生講學處，淳耀昆季嘗弦誦其中。遺編憂墜絶，相與慎追尋。我師易解六脱稿，淳耀極爲服膺。

贈龔得初

世澤君宗久，暻城第一家。傳經擁臯比，奏議著清華。啓秀文章貴，持躬孝弟嘉。繼承須努力，先業耀青霞。

元日席上咏瓶梅二首仍貽堂誦瓶梅〔一〕

小院初萌莢，深堂已報梅。揀枝將畫比，留蕊入瓶開。林遠香微接，燈摇影忽來。已拌雙鬢似，催取百花杯。

獨笑知無侶，頻移惜未安。雪留殘歲白，春共一窗寒。色借蘭筵静，香連柏葉乾。醉來渾爛漫，髩髴在林端。

【校勘】

〔一〕「仍貽堂誦瓶梅」：六字各版本均無，今據嘉定博物館藏黄淳耀仍貽堂誦瓶梅墨迹補入。

送許子位再遊江右二首

章門一水通，此去又春風。嶽翠疑新長，江光只舊空。客愁醇酒外，鄉夢落花中。一路山櫻熟，君應馬首東。
三載南州別，翻如憶故鄉。風前送知己，事後惜流光。山雨鈴齋泠，樫花驛館香。祇應題墨處，雲木日蒼蒼。

壽王煙客太常五十三首

曼容辭爵禄，疏廣入丹青。户映珠三樹，家傳帶萬釘。漁樵新友社，猿鶴舊山靈。料得金門裏，時時望歲星。
已成洪上築，都棄漢陰機。拂席山皆響，開厨晝欲飛。玉蕤纓蒻笠，金碗醉漁磯。比較牆東老，人今遁更肥。
百歲方强半，其如難老何。黑頭明鏡滿，頳玉輭顔多。上客吟叢桂，幽人送好鵝。坐翻花萼集，樂事許誰過？

遊王氏園亭

入門朱夏改，取徑緑溪長。有地陰常合，無風竹亦香。獨行前侣誤，緩坐後遊忘。愛此不能住，驅車九陌黃。

康熙癸未本按：「此篇見公手書册子。詳見卷二丙子季夏詩稿跋。」

李舜良拏舟相送

衮衮行相聚，愔愔惜此離。片帆前日雨，斗酒大江湄。新漲千里盛，孤雲薄暮奇。心懷各有以，佇子秋風時。

康熙癸未本按：「此篇見公手書册子。詳見卷二丙子季夏詩稿跋。」

虎疁待濟

帆落非難上，舟輕不易過。漢家財賦重，吴市賈人多。細雨漁張網，斜陽客綻簑。大江前去闊，鼓枻聽勞歌。

康熙癸未本按：「此篇見公手書册子。詳見卷二丙子季夏詩稿跋。」

晚泊示彦舟

吴趨今古道，江上往來舟。泊處皆如昨，予心那不愁。雲山瞻北極，烽火戒南州。與子觀垂釣，臨淵亦有謀。

康熙癸未本按：「此篇見公手書册子。詳見卷二丙子季夏詩稿跋。」

自疊前韻示彦舟

童僕吾何得，親知子共舟。翻因同好聚，唤此越鄉愁。躍馬輕千里，遊山慕九州。平生出處意，思共曩賢謀。

康熙癸未本按：「此篇見公手書册子。詳見卷二丙子季夏詩稿跋。」

冬　日

我生勞造化，尸寢未云寧。東帶先朝日，褰幃荷早晴。同分簷隙照，獨見野人情。陽氣冬春遍，冰霜亦暫生。

乾隆辛巳本按：「此篇見公辛未自監録。」

静　夜

寂然生衆動，風緒到寒林。虚室不離我，明燈欲照心。杯香無晤語，書擁信謳吟。觸物天機内，何須問淺深。

乾隆辛巳本按：「此篇見公辛未自監録。」

病起書懷二首

閉户彫群木，渺然歲月過。自憐爲疾久，不復使情多。倚樹暮禽集，曝簷初日和。本無閑散意，聊此慰蹉跎。

舊厭書籤少，新知藥味多。就閑慚子職，因病貴天和。道欲依平澹，言先戒沓拖。樂幽初見性，不獨避風波。

乾隆辛巳本按：「此篇見公辛未自監録。」

閑居

木落芙蓉笑，端居習卧遊。好風催展卷，清旭照梳頭。淡蕩操文筆，蕭森激素秋。劍纓俱未請，吾黨自應羞。

康熙癸未本按：「此篇見公手書册子。詳見卷二丙子季夏詩稿跋。」

壬午長至日送陳世祥省親常山

省覲仍遊學，天涯只似歸。交新移舊雨，寒盡接春暉。瀧急風帆怒，鶻多客思微。鈴齋如憶我，霰雪滿征衣。

寒月和嚴式如韻時寓京邸

坐訝一庭雪，起看星斗横。難窮千里目，未減九秋明。高燭剪無焰，濁醪吟有情。隔簾風不起，空際自多聲。

鄭超宗月夜過予旅舍有詩見贈次韻二首

芳鄰兼夙好，晨夕互敲門。共被時人笑，彌令古道敦。清冰凝素簟，寒月湛空尊。中夜聞高咏，猶疑謝朓存。

論心同永夕，勸影各三人。平子愁何甚，嵇康懶是真。訐疏慚澗壑，交淡得松筠。莫負尊前意，相期立此身。

超宗見示憶家山橼樹詩次韻二首

惟南有珍木，想象一林霜。日映金膏重，風吹蕣葉香。丹青圖不到，闌檻護多方，擕取雙柑比，應輸氣味良。

枝枝存緑縟，顆顆結崢嶸。月地看無隙，風窗撼有聲。采山通遠夢，譽樹感嘉名。忽憶江梅發，鄉心亦暗驚。

題李太白象

空梁月色流，八極想神遊。妙手傳遺象，清風灑素秋。鑾箋七寶榻，紗帽木蘭舟。一去人間世，茫茫飯顆愁。

白日

白日公然瘦，青天不復高。頹垣無鼠立，廢壘有狐嗥。亂過民生賤，兵殘賊勢牢。遺黎相對語，毛髮尚騷騷。

過石門作即子路宿處

石門投宿處，冠劍想當年。時事有今日，津梁無此賢。蓬飛陰雪上，草立勁風前。去去逢摇落，楊朱涕泫然。

雪中過丹陽不得泊有懷葛蒼公

契闊遠相望，回舟一笑妨。孤城深雪閉，寒雁暮情長。世亂羞刀筆，人高想釣璜。可憐雙鐵硯，靜倚一繩床。

銀山寺

古寺山之隅，天然好畫圖。步隨雙白鳥，忽遇一僧雛。木落齋鐘遠，煙清雪嶼孤。不知鄧開士，倒立半空無。

得鄭超宗嚴式如寄懷詩次韻四首〔一〕

溪翁來栗里，鷗鳥識斜川。丈室饒容膝，低垣甫及肩。無文仍學豹，有口不言錢。嚴鄭知吾意，相思坐隔年。

一昨長安酒，如鯨吸百川。權門爭迮指，爾輩肯摩肩。世事如談虎，行藏等意錢。山中漏茅屋，小住足經年。

天畔雙魚至，春風緑滿川。獨吟悲舊雨，對聳憶詩肩。雪片飛千里，行囊剩一錢。離歌如昨日，彈指已新年。

燕地風吹雪，黄河冰塞川。雲山一蒿目，朋友兩隨肩。待詔應長餓，吟詩好賣錢。天涯懷二字，吾道屬寒年。

【校勘】

〔一〕康熙丙辰本、康熙癸未本、乾隆辛巳本、四庫全書本均刊前二首，光緒己卯本補入後二首，出處不詳。

送李廣文改任靈壁

函丈移何處？秋風到宿州。戰爭新壁壘，弦誦古風流。怪石連齋圃，清淮繞郡樓。獨知濠上意，莊惠羡斯遊。

送徐君遊燕

吴苑新歸客，春風又薊門。毳裘經雪暗，玉劍插腰温。樓護一言重，陳遵四座喧。男兒意氣在，莫漫受人恩。

痛哭三首〔一〕甲申三月

舉首天如夢，傳言痛人心。九流真混濁，八表竟平沉。弓劍橋山遠，虹蜺帝座深。少康今播越，何國是斟尋。

妖狐陳涉黨，□□禄山兵。□□才猶下，蟲沙變偶生。盜糧齎□□，民命賤牢牲。將相謀如此，皇天豈有情。

天子十五葉，皇朝三百年。陷床驚玉座，失涕到銅仙。李賀金銅仙人辭漢歌：「憶君清淚如鉛水。」僞詔公然草，南冠且望全。真成書種絶，江海重潸然。

【校勘】

〔一〕此三首，康熙丙辰本、康熙癸未本、乾隆辛巳本、四庫全書本因觸清廷時諱，均未收。光緒己卯本收入，出處不詳，删字較多。

補入

中秋無月

歲在秋之半，月華此最宜。非宵驚宿畢，今夕但然藜。竹密山魈走，雲黄湘女悲。碧翁憐瘦影，明鏡不教窺。

明嘉定黄淳耀墨迹，上海市文物保管委員會一九六二年編印。

陶菴集卷二十一

七言律詩八十七首

蚤春柬友人

東風乾鵲噪簷牙，步愛青天好日華。心似蚤梅能不放，事如春水漫無涯。文章漸老看飛動，朋好相諳恕過差。欲共論詩無美酒，聞君稚子最能賒。

歲暮閑居十首

燕坐高齋也自聊，長檠短晷兩蕭蕭。簷梅背日遲開坼，窗竹含風細動摇。事外琴書長有寄，閑中苜蓿倍難消。丈夫豈忘流年嘆，欲向何門敝黑貂。

朔風烏鳥噪江村，裋褐看來衣線繁。獻賦十年思捧檄，翳桑三日欲何言。雪埋北户驚萱草，春遠南陔續斷魂。中夜五情還剥裂，可憐綿絮定奇温。

攤書曝背小窗中，閑研冰開宿火融。偶好器之真鐵漢，兼評龐統半英雄。道存一室安能掃，世亂歧途只益窮。棄置牆東君莫問，年來笠易總成蒙。

睡美茶甘合有魔，蘇端酒好亦慵過。世情久怕驚蝴蝶，病體難移疥駱駝。夢少卻占心正定，腹便唯爲飯摩挲。書籤把出風簷讀，野馬塵埃日日多。

見説年豐百穀成，四方窮苦更無名。錢刀滿地騰魚米，銀海何時洗甲兵。烽照劍門天下險，地爭襄漢古今情。聞賊有窺蜀之志，又近寇鄖襄。東南王氣蟠龍虎，金翅防江莫漫輕。

風破林垌野望長，故人小隱在寒塘。貧來蹤迹如溪友，老去詩篇似漫郎。大布每縫諸弟被，天吴近坼小兒裳。何時買宅成鄰並，十畝春陰共課桑。

行過宿草也堪悲，白水青松好爲誰？排難祗今無籍福，論交自昔長袁絲。刺留懷底都忘滅，膝炙車中不耐追。莫怪書生偏鈍直，君房未易許相知。

頭顱三十但離經，多愧吾生見寧馨。玄未就時堪笑白，藍當出處已爲青。三年煉賦耽香草，一畫忘言想負苓。安得百原山雪内，破除聞見坐空冥。

昨夢深山杖短笻，羽人飛步亦相從。峰巒拔地九千仞，雲霧攙天五鬣松。覺後晨鐘餘几席，起來啜粥數遊蹤。東南名勝何曾領，布韈青鞵枉自縫。

花外欣欣獨撚髭，角巾行拂屋簷欹。欲尋凍蕋鶯先發，暫數飛鴻覺暗移。藥裹茶巾隨臘換，山樓水檻與春期。此心自信無拘束，天命由來不我欺。

同侯雍瞻沈彥深張子宣鄭希孟時聖昭泛舟有作〔一〕

春晴酒熟信經過，陶峴移舟蕩緑波。雍瞻一舟名「峴仙」。飲痛豫拌三日病，杯行同作十分多。岸花半發如人笑，溪鳥爭鳴似曲和。夜自欲闌歸自緩，羅衿玉佩奈君何。

【校勘】

〔一〕此詩光緒己卯本補入，出處不詳。

贈徐將軍

奇材劍客古無儔，晤語從容即道流。塞外聲名傳卧虎，吴中結構比蝸牛。萬金良藥隨人乞，一卷戎韜爲國留。我亦生平懷片氣，與君高處望神州。

人日集沈彦深齋次韻

臘酒開嘗勝老春，春盤縷切鬥鮮新。已邀名飲娛佳日，旋咏清詩向醉人。高院張燈延素月，廣庭積雪禁微塵。儵然似泛虛舟去，況對長魚憶釣緡。

次韻酬別張子石

百丈牽江一線平，勞君客裏念歸程。即看去住誰能料，可是分離莫漫輕。白鳥背飛星子驛，朱旗遥颭石頭城。船窗日把詩篇坐，香草含風處處生。

遊石鐘山二首

步追飛鶻過山頭，俯見青黄正合流。山下爲湖江合處，水分青黄二色。崖劈十尋天色夜，江含萬籟客心秋。風清陡覺虞韶作，石怪頻疑禹貢收。五百年來輕李渤，只因蘇子夜深遊。南音函胡，北音清越，渤言亦不可忽，蓋石質如此，故遇水則異聲也。

高皇親此將元戎，百萬紅船落掌中。高皇帝征僞漢，康郎既捷，移師湖口〔一〕，駐蹕此山。時我用白船，僞漢用紅船。絶壁雲煙動奎藻，大江波浪起天風。英雄不復歸三户，草木猶能助八公。獨對洪流玩吞吐，月明山響怖漁翁。

【校勘】

〔一〕「康郎既捷移師湖口」：乾隆辛巳本、四庫全書本、光緒己卯本均删，今從康熙丙辰本補入。

采石磯

采石磯邊飛櫓下，斜陽淡淡水粼粼。山形怒處蟠龍虎，風力强時過鬼神。天塹舊知南北限，夕烽新動楚吴塵。一生心事中流楫，愧與朝廷作外臣。

遊甘露寺

老木陰森作夏寒，岡巒深擁一雕盤。日邊帆去東流盡，天末雲移北望難。三國旌旗連夕照，六朝臺殿壓風瀾。英雄去後江山在，輸與殘僧抱膝看。

張貞白有離世之志作四别詩示予予反其意作四留詩以尼之四首

代廬舍留

瓜廬小結在塘坳，城市翛然即遠郊。谷爲愚公寧避辱，亭因揚子不辭嘲。鳴蛩秋盡猶緣砌，舞鸞春深亦認巢。莫愛雲松棲絶壁，山中依舊要誅茅。

代花木留

曾因一擊悟香嚴，翠竹黄花不受嫌。空際繁華隨意掃，閑中色相逐時拈。經春抱甕新條長，隔日窺園惡木添。莫向狙公分橡栗，尋常山果共酸甜。

代友人留

雨雲翻覆世情新，晚節松筠轉合親。老語脱疏應恕醉，濁醪遷次不嫌真。蔣生自是憐求仲，支遁由來契許詢。莫入深山友麋鹿，人非麋鹿恐傷神。

代眷屬留

諸門可入是清涼，有酒何須强散場。丈室已空華鬘影，蒜根難損麝臍香。天親無著元相友，靈照龐公各坐忘。莫視怨親成一概，西歸隻履太踉蹌。

送張子石再遊江右二首

章門憶我别君時，欻見君歸又解維。茅屋閉來春草合，鈴齋夢去子規知。舟過曲瀨青山擁，天近長湖白日遲。珍重南州懸一榻，少留莫賦四愁詩。

江介鶯花自接連，峭帆何處認歸船。瀧分上下元同歷，月照悲歡已再圓。時侯生文中新殁，其尊人雍瞻將歸，取道浙溪，即子石往豫章路。孤舫雨聲温昔夢，高樓春思入新篇。憑君莫憶離群者，慙負匡廬又一年。

正月三日飲爾宗齋留宿次韻

飲遍屠蘇歲尚新，籃輿衝雨競良辰。花香酒釅深更坐，弟勸兄酬古屋春。閑覺篇章渾跌宕，醉逢旗鼓益精神。夜闌獨對王戎語，木榻翛然布被親。

夏日錢牧齋先生攜同泛舟尚湖[一]

永日扁舟在碧潯，停舟往往得園林。一川魚鳥如相識，百態湖山合賞心。竹澗静通棋局響，荷花閑笑酒杯深。紅燈白月城隅晚，剩伴先生有醉吟。

【校勘】

〔一〕康熙丙辰本、康熙癸未本、乾隆辛巳本詩題均同，四庫全書本諱改爲「夏日與同人泛尚湖」。光緒己卯本恢復原題。

九日登虞山遇雨宿興福禪院二首

每到林巒覺眼明，登高況是客中情。山當木落先疑雨，院有僧期不願晴。欹枕靜聽鐘鼓報，推窗遥指澗泉生。可憐一夜清無寐，心在前峰夢未成。

潭影悠悠日夜空，一霄雷雨失乖龍〔二〕。啜茶共説無生話，禮足還瞻蓋世雄。僧出紫柏老人象。烏帽白衣真往事，黄花翠竹想遺風。出門獨向秋山笑，身在曹溪一滴中。

【校勘】

〔二〕「失乖龍」：乾隆辛巳本、四庫全書本、光緒己卯本等均改爲「氣鴻濛」，今據康熙丙辰本改回。

送嚴式如遊武昌

楚中風物待清詩，君去樊山問酒旗。天外振衣黄鶴遠，水心題畫白鷗遲。禰衡詞賦留殘照，陶侃功名入斷碑。吟向郡西休感慨，柳條不似折來時。

次韻寄酬侯生雲俱見懷二首

英遊絶境兩無窮，南郭煙雲左里風。天際一帆如隔世，崖巔雙袖欲凌空。漏巵飲處思曹植，釵腳題來逼魯公。老我閉門仍距躍，詞壇角逐羨群雄。

章門舊雨知予憶，吴會浮雲見汝心。愁裏側身堪涕淚，夢中識路暫登臨。鴻當急景飛如昨，草入離亭緑至今。擬代黄花與君約，滿城風雨遲車音。

新晴訪桂

西顥晴回積氣開，江皋肅肅下疏槐。共傷秋草迷天路，且折芳椒向水隈。池面日翻寒影去，園心風遞古香來。興闌歸掩空廬暮，獨對烏皮一寸灰。

康熙癸未本按：「此篇見菊隱陸氏手抄。」

訪隱者郊居

隔溪高士坐危亭，客有棲尋户不扃。花以嬋娟邀俗賞，松因磊砢受天刑。林間密果藏飛鳥，窗外疏梅亂曙星。最是道心能及物，庭陰病鶴長新翎。

康熙癸未本按：「此篇見菊隱陸氏手抄。」

張母七十壽詩

百年嘉慶及芳辰，愛子持觴冢婦親。董氏樵漁方養志，茅容蔬果更留賓。管彤自接青氈舊，機杼常隨白髮新。萱草榴花相對發，霓裳冉冉下飈輪。

康熙癸未本按：「此篇載清河家乘，其墨迹尚存。」

壽陸春園六十

已去風塵未住山，暮年幽事滿荆關。家居萬户侯封内，人在西京儒俠間。青玉案邊椎髻古，黄金花下舞衣斑。祇應便與林泉約，賒盡清娱占盡閑。

康熙癸未本按：「此篇見陶圃陸氏家藏墨迹。」

贈時用咸入泮

國士門風邁等倫，明經童子豔旁人。文從試席看叉手，書向前生憶等身。出穴長離光照灼，食牛乳虎膽輪囷。吾衰浪附通門雅，恐與寧馨作後塵。

康熙癸未本按：「此篇書用咸便面，尚存。」

壽潘汝躍六十〔一〕

鶡冠何意老邱園，祭酒諸生衆所尊。皇甫已尋高士傳，仲長豈羨帝王門。一經注就留兒讀，儋石空來不自言。見説琴書咏三樂，只應秋月滿閒軒。

【校勘】

〔一〕此詩光緒己卯本補入，出處不詳。

和龔儉化寄懷原韻二首〔一〕

午夜熒熒對影寒，客心輾轉思多端。甘拋松桂周旋久，自識風霜閲歷難。蝸殼壁枯殊失笑，羊腸路轉且爲安。忽來嶺上梅花信，驚起挑燈仔細看。

歸與欲賦托空言，生計羝羊困觸藩。滫瀡未能怡白髮，泉臺無計慰黄昏。雞鳴似欲回殘夢，柝擊頻教亂旅魂。若問羈愁何處劇，夕陽影裏望江村。

【校勘】

〔一〕此詩光緒己卯本補入，出處不詳。

和龔仲和登高原韻二首〔一〕

征帆十里挂澄湖，摇曳斜陽遠欲無。鶱去長空隨鸛鶴，浴來同伴問鷗凫。不嫌日蔽交陰重，偏愛臺虚趁客孤。回首登高餘興續，那知前路已荒蕪。

生涯漁釣滿江湖，千古升沉事有無。何限溪山群覆鹿，不妨天地任歸凫。臺高獨向蒼茫立，目極空涵意象孤。落木洞庭波澈底，蕭蕭汀畔盡荒蕪。

【校勘】

〔一〕此詩光緒己卯本補入，出處不詳。

新春喜葉石農至二首

冬杪相期及首春，春風送到剡溪人。門經積雪寒猶在，酒出貧家味較醇。高士有懷觀物變。賤儒何力救時屯。一尊坐對釭花落，消盡胸中十載塵。

鶯語知春劇可憐，簷梅索笑亦幽妍。客來扃户如逃債，君至論詩似學仙。大雅千秋幾寥闊，故人今我兩周旋。醵金鑄得鍾期否？商到遺文共惘然。時料揀閔裴村遺稿。

春風

柳向西偏一線斜，東風嫋嫋自天涯。捲開白日初消凍，閣住輕陰爲養花。駘蕩祇堪嬉燕雀，顛狂莫遣動泥沙。陌頭吹得韶光去，獨有羅敷最嘆嗟。

春雨

幾日春光到眼明，鳴鳩聒聒又嫌晴。霏微自潤花間色，沾灑虚聞葉上聲。蚯蚓上階如得意，筍萌穿地欲妨行。底須把滑登山去，小艇横波也有情。

讀鄭思肖心史

一夕厓山卷陳雲，百年吳會泣斯文。人間再見陶徵士，地上元無滄海君。心入漏泉終化鐵，氣填溝壑亦成墳。千秋萬古靈均意，只有西川杜宇聞。

送張子石遊燕二首時朝議嘉定復漕，子石以伏闕入京。

紫芝一曲舊菰蘆，又入燕京問狗屠。卿相未堪呼作友，流民只欲繪爲圖。清談藝苑摧黃馬，長策中原獵短狐。他日平臺訪遺逸，應知世上有郇謨。

荒城百里絶炊煙，累繭煩君獨籲天。轉漕更無韓滉米，治裝惟釀沈郎錢。空江蟹斷孤舟外，長路魚星匹馬前。見説南司新抗疏，不須張目向時賢。壬午中夏，子石先生以漕事入都，爲一邑請命，嘆美之餘有詩贈别二首，淳耀。〔一〕

【校勘】

〔一〕「壬午中夏」至「淳耀」：此跋原書各版本均無，今據上海翥雲藝術博物館所藏手迹録補。

過露筋祠口占

白鳥猶疑點露光，青松長與作幃房。玉埋地底終辭污，菊死枝頭尚抱香。虀臼有碑詞黯黯，投金無瀨水茫茫。翠旂明滅知何處，巾幗如林最可傷。

京邸送龔智淵南歸二首 時智淵就選爲秀水教諭

總是劉蕡迕選場，也應庠序有輝光。袖歸綾刺投官長，擊碎胡琴出帝鄉。家似朗陵傳孝友，學依安定舉條綱。昔賢畹晚猶卿相，況爾虬鬚亦未蒼。

書劍偕君客上京，還憐客裏送君行。梟盧得失元無據，雨雪雱涼共有情。關山穆陵黃葉暗，驛逢清口白波明。新詩好爲題茅店，我到應知隔幾程。時予將請假南歸。

喫黄芽菜作

留滯京華噉菜根，調治火力似蒸豚。芳鮮花乳堆磁碗，滑熟油酥沁瓦盆。食罷總令腸胃實，味回無復筍蔬存。山中舊業曾爲圃，屬饜清風是國恩。

南還至杜生村阻雪王孟衍見示所和坡公鹽字韻詩次韻八首

車中集霰尚廉纖，茅店俄驚朔氣嚴。似兆豐年將比玉，如憂旅食故堆鹽。林丘掩冉通孤寺，燈火青熒隔小簷。郤憶君家三泖上，竹巾芒屨看峰尖。

欲去仍回舞態纖，斷篷高卷助威嚴。隨車剡剡鋪成席，捏虎晶晶變作鹽。吹面未消欺薄酒，壓巾能折湊卑簷。無人肯學袁安卧，説向東風馬耳尖。

簾幕爭投不厭纖，閉門聊復阻深嚴。解將燕市虚堆麪，未與吴蓴實下鹽。擁被陡驚寒折絮，攬裘誤喜月生簷。明朝大地陽和動，掃出坡陀放出尖。次日爲長至。

闊劍長鎗勢不纖，蛇蟠鸛舞陣方嚴。黄池夜噪天如墨，白帝朝屯峽似鹽。墮指竟須憂絶塞，映書誰復耐風簷。天邊賴與王猷值，收拾瓊琚付筆尖。

亂散天花密且纖，坐來塵界得莊嚴。不留色相仍生豔，能舐虛空盡是鹽。寒氣帶暄回土室，暮光連曉入冰簷。泠然萬玉吾肝肺，鼻白何勞看一尖。

融融皓皓月華纖，禁斷微塵亦太嚴。妙染誰能勝摩詰，妍辭終類刻無鹽。棗林冰散花千樹，檉柳風團絮一簷。天遣吳儂看朔雪，等閑裁剪出新尖。

謝庭高唱脱穠纖，坡老還爭筆陣嚴。愁至咏詩挑朔雪，興來酌水味吳鹽。燕城冰柱衝騾馬，破驛風枝瀉屋簷。戲問屠沽能解否？百層錦繡裏山尖。

郢唱非同下里纖，吳歈也復亂清嚴。詩工不值一杯水，人好應酬幾兩鹽。君奮白鬚籌朔漠，我歌黃竹盼窮簷。相期躍馬收淮蔡，肯負風斤運鼻尖。

孟衍有詩見和復疊前韻

牛腰雖怯管城纖，綺語終輸白戰嚴。若也浪題詩是錦，何殊誤指雪爲鹽。寒吹宿火燃衣帶，靜寄歸心算屋簷。勞動灞橋驢背客，批風抹月用毫尖。

雪晴早發杜生村至李家口疊前韻三首

指直難抽韈系纖，僕夫湯沐已晨嚴。冰生欲助鬚如蝟，氣出堪憎笑似鹽。一徑鴉叉迷古埭，萬條鵝管插荒簷。關河凍合酸風緊，仿佛沙場射鏑尖。混合路岐埋映日，凝明魯縞纖，兼霜的皪劍花嚴。藍田煙去唯存玉，滄海潮枯盡煮鹽。喜尋黄獨愁棘刺，分疏雞犬認茅簷。遠山誰是華不注，我欲飛身石筍尖。

一陽生處力猶纖，陰氣憑陵忽解嚴。高岸白消撞玉斗，凍河青出散形鹽。無逕，苦憶江梅笑滿簷。關塞漫漫誰奈汝，聳肩不覺似山尖。

臨朐道中微雪復疊前韻

晴林霏雪故纖纖，裝點齊城氣色嚴。已障高丘成白壤，將消嗷日作紅鹽。吟垂鼻涕冰衣袖，睡放頭風宿帽簷。稍喜征車入圖畫，穆陵關外數峰尖。

遣　興

萬里霜風笑凍蠅，一囊詩句類遊僧。新添袍笏兒童喜，漸忍飢寒僕隸憎。車裏炙瘡狂趙壹，樓頭湖海老陳登。自知合受東山誚，便濯塵纓也未能。

道旁見出獵者

楚製衣衫個個輕，晴雷知是拓弓聲。塵當駿馬來時住，風向豪鷹怒處生。繞出林叢齊掩抑，搜開原野各紛爭。雞棲車裏回頭望，一道飛毛雪片明。

觀逐兔作

黄蒿白葦遍齊東，兔窟經營在此中。野老側身來似鬼，韓盧點首去如風。材高並騖難空返，敵狡窮追易見功。立馬縱觀悲世事，平陽血戰亦英雄。

宿遷入舟作

笨車羸馬倦歸程，乍入舟航似醉醒。天落黄河無日住，雲浮吴會有時停。馮夷縹緲親椒酒，風伯招摇過塔鈴。目送波瀾成獨笑，一杯吟與白鷗聽。

瓜洲阻風遇雪復疊鹽字韻

東風五兩白纖纖，浪急沙鳴萬騎嚴。訪泊正逢山似畫，計程爭奈食無鹽。衡門翳翳陶潛洒，江樹垂垂杜甫簷。不見古人唯見雪，塔鈴遥語一峰尖。

哭程孟陽先生次金爾宗韻二首

生死茫茫總別離，魚書纔到訃音隨。彫零耆舊今方盡，談話風流轉合思。羸博祇將魂氣接，枌榆先與首丘期。大招何事偏稱宋，唐景由來悵所師。

西州陳迹黯悠悠，淚滴遺文不自收。譏評小詩如法律，提攜晚進勝同遊。松圓閣在苔應滿，花信樓空月自流。獨有禪心將得去，幻形真作渡神舟。真誥：形爲渡神舟，泊岸將辭去。先生晚年棲心禪那故云。

過魯獨遊沂水上慨然有作

清沂映雪晚無波，閑咏思偕點也過。落葉覆橋沙路細，夕陽平岸野煙和。巢烏歷歷飛鴻盡，獵馬蕭蕭脱兔多。水鏡似將行客笑，兩行蓬葆一青騾。

寄懷鄭超宗同年

郭隗臺前客少雙，雄談清夜接麾幢。詩分稿草長留篋，酒挈瓶罌屢過窗。歸騎聯翩真似雁，春愁浩蕩有如江。因風爲問山齋樹，多少新陰覆石缸。予嘗和君憶櫞樹詩。

偶棲卓錫菴次程偈菴壁間韻

松門荻岸老僧居，到此心除境亦除。塵夢已隨風籜遠，慧香長與日光初。沿溪自試撑船手，布席分看鬥草書。宛是林棲向居士，東山何用再躊躕。

長至日再疊前韻

舊貧長戀子雲居，不與門庭共掃除。風颭幃燈蕉破後，雨飛藥院草生初。看多世變如春夢，憶到詩篇似誤書。剩有清愁消未盡，日長一線倍躊躕。

甲申除夕感懷次廣成先生韻二首

風雪南轅憶去年，河山北望淚如泉。戈揮白日真無力，扇隔黄塵也自賢。事業雲臺新宛洛，畫圖督亢古幽燕。山中老宿閑談話，擬續離騷一問天。

廊廟江湖事百端，侵尋已覺歲華殘。長鯨自合翻溟渤，倦鳥何心刷羽翰。家計總輸漁具穩，侯封那敵醉鄉寬。海翁舊話君知否？一與鷗盟更不寒。

乙酉元日次廣成先生韻兼呈雍瞻

薄陰微雪晚開天，輭語深杯互接聯。懶嫚那能拘禮數，飛騰只合餞流年。煙吹小墢梅香動，露濕平皋蕙葉眠。獻歲有懷誰賦得，謝家兄弟擅新篇。

六日對雨再疊前韻

破屋朝來仰見天，生憎兩腳太綿聯。龍蛇脉脉知春氣，花柳遲遲識閏年。閱盡後生相次老，看多世事只思眠。從今會得逍遥義，別著南華内外篇。

眉聲座上見翼王和元旦詩復疊前韻二首

淮左軍書欲揭天，江南風物尚蟬聯。黄塵一涴燕山雪，絳幘重瞻建武年。張鎬已甘窮谷老，陳登肯作下床眠。知君興寄椒花外，大筆摩厓有頌篇。

酒人跌宕欲忘天，興至聊賡一兩聯。潦倒未須憂白髮，亂離猶得見新年。臨流白帽清堪畫，帖地籃輿倦即眠。山鳥山花日堪惱，春遊還有杜陵篇。

新春喜陳嘉自婁東至三首

春江容易拔船頭，小艇東來恰順流。草色苔痕門徑淺，葱湯麥飯主賓幽。清言斐亹晨將夕，古意蕭條樂更愁。梱載卻看垂橐去，停雲靄靄思悠悠。

海上扁舟棹月還，踏歌曾叩野僧關。文章屢見知精進，歲月頻移覺等閑。鶯喜新年聊出谷，猿尋舊侶故依山。春風似識潛夫意，點注簷花盡破顔。

語及君臣涕淚俱，上床堅卧欲何須。風塵澒洞驚幽獨，衿佩春容凝走趨。野飯雕胡收滿屋，水田藷蔗種成區。山中鄭敬飄然往，將子能從亦可娱。

送陳元晉分教歙縣

澤國春生水接連，鶯花相送上瀧船。青山障日如過峽，黄海鋪雲欲亘天。地雜騂剛從教速，官饒紙墨著書便。綱常腐爛嗟今日，經義還應仿昔賢。

陶菴集卷二十二

五言排律六首

歸自南都咏懷四十韻寄呈侯豫瞻銓部

壯齡疏世務，早歲慕文章。跌宕三冬久，僵佪百畝荒。燃松明夜火，斫蘗拓晨窗。未睹玄文就，空令白〔一〕業妨。老親憐疾病，良友念行藏。勸勉趨場屋，支持裹〔二〕糗糧。放船梅雨緑，問店麥秋黃。陵寢瞻佳氣，溪山醉雜光。書時頻嘯咏，壓韻互雄强。稍就秦淮月，俄依漢署香。羈愁渾撥棄，新語得商量。炎厲何其甚，微軀未覺良。帖經殊漫漫，對策頗琅琅。刺滅禰衡袖，錢羞杜甫囊。梟盧隨六博，聚散各參商。下瀨〔三〕征帆峭，徂秋客貌蒼。避人行故里，排草入深堂。已報劉蕡罷，誰知趙壹傷。同心贈丹棘，閏歲厄黃楊。去去懷吾道，寥寥恨未央。秦中坑并沸，塞上肉猶瘡。米賊終殃漢，花門必〔四〕禍唐。民生半豺虎，國論一〔五〕蜩螗。濟物吾何有？憂時意漸忘〔六〕。舊貧唯錦里，新好亦柴桑。易卦編仍摘，戎韜卷在床。調治丹竈熟，芟翦葛覃長。飲用恒常醉，愁須澹泊湯。更看時溷濁〔七〕，所恃鑒〔八〕精詳。求瘼聞當宁，知人總大綱。妖氛應蕩滌，雲漢佇光芒〔九〕。日者偕吾友，論文及令郎。著鞭驚〔十〕士雅，閣筆嘆元常〔十一〕。星聚連三月，蓬飄遂一方。慵魚腮既曝，健鶻翅徒張。游想竹林興，景看萸菊芳。劍鳴龍虎在，風卷〔十二〕鶺鴒忙。醉否登高日，歸歟舞綵將。玄除霜欲〔十三〕落，烏榜〔十四〕氣先涼。惆悵觴難御，裁詩報〔十五〕夕陽。

【校勘】

〔一〕「白」：光緒己卯本下按「一作『素』」。

〔二〕「裏」：光緒己卯本下按「一作『共』」。

〔三〕「瀨」：光緒己卯本下按「一作『水』」。

〔四〕「必」：光緒己卯本下按「一作『恐』」。

〔五〕「一」：光緒己卯本下按「一作『久』」。

〔六〕「意漸忘」：光緒己卯本下按「一作『氣暫降』」。

〔七〕「溷濁」：光緒己卯本下按「一作『喪亂』」。

〔八〕「鑒」：光緒己卯本下按「一作『道』」。

〔九〕「雲漢佇光芒」：光緒己卯本下按「一作『大角必光芒』」。

〔十〕「驚」：光緒己卯本下按「一作『憂』」。

〔十一〕「常」：康熙丙辰本、康熙癸未本、乾隆辛巳本、四庫全書本均作「嘗」，二字通。

〔十二〕「卷」：光緒己卯本下按「一作『蹙』」。

〔十三〕「欲」：光緒己卯本下按「一作『漸』」。

〔十四〕「烏榜」：光緒己卯本下按「一作『白下』」。

〔十五〕「報」：光緒己卯本下按「一作『對』」。

孫母沈宜人六十壽詩三十二韻

忠孝清門事，悲歡壽母筵。皇天心似鑒，良史筆如椽。夙昔蘭閨内，經承姆教先。緹縈情最苦，德曜志何堅。箕箒歸袁隗，柴車挽鮑宣。蘋蘩供婉嫕，機杼出煩撋。夫子方憂國，單車獨首燕。箸籌南越系，筆換祖生鞭。躍馬金源塞，笞兵木葉川。危城嬰雉堞，飛炮貫狼煙。此日聲名大，將差管葛肩。身留天北角，家在海東邊。辛苦憑閨範，艱危寄奉錢。桁懸新翟茀，裝斥舊金鈿。食淡踰甘蔗，懷清戒盜泉。豈唯成閫外，亦以奉堂前。廟社雙晁錯，疆場一李全。毒摇齊魯境，氛合□□天。戰壘啼妖鵩，忠魂泣杜鵑。竟聞歸樸馬，不見賜犀軒。青海銘誰勒，蒼生涕盡漣。未亡那忍此，地下欲從焉。念有尊章在，兼爲子姓牽。花明長濺淚，髪白不由年。盥浣儀無闕，丸熊教屢遷。手封三馬鬣，家剩一青氈。坎窞時還過，松筠算合綿。蟹絲開甲子，鸞鶴降神仙。楚楚思前事，踆踆看後賢。白華方有述，銀管遂成編。事久公評見，誠存善慶延。吾從世講末，長語謝雕鐫。

壬午元日對雪二十韻

正旦存餘臘，同雲比慶霄。半明先應朔，萬玉下崇朝。入户方沾葦，侵盤恰點椒。輕輕仍作片，密密故封條。柳動俄爲絮，梅新轉學嬌。秦韜玉雪詩「縈叢自學小梅嬌」。放鳩同豔曳，映綵各招摇。客至還披氅，尊開更索貂。雞須銀畫帖，燕合粉圖綃。漏泄春光甚，句留朔氣饒。形鹽妝富貴，市麪笑虛囂。比屋袁安卧，彌天穆滿謡。銜枚誰入蔡，墮指獨思遼。占驗因三白，憂愉判此宵。追蝗過糞壤，積穀賤瓊瑶。有喜祥風至。漢天文志：東北風爲上歲。是日，風從東北至。無心六律調。披雲斜景見，吹面薄寒消。漸放松枝直，真如鶴毳飄。青邊煙起爨，潤處麥生苗。呈瑞思玄造，勤民荷帝堯。賦詩慙郢倡，歲盞或堪陶。

座上賦得石壓筍斜出二十四韻

山骨誰能斫，龍孫氣力殊。遮藏千仞厚，迸坼一雷龘。抵隙爭分寸，乘時利走趨。風吹難解籜，雨溜易垂珠。蔓草低相掩，垂藤誤見拘。安排成列桷，攕掖象交蘆。角立牛羊觝，牙磨虎豹軀。題書斜架筆，飲羽倒抽砮。踧踧高山仰，蕭蕭逐北徂。循牆正考父，棄甲鋭司徒。葭倚誠非伍，蓬生嘆有扶。冠峰皆秀出，拔地獨崎嶇。因勢資奔峭，潛身避剔刳。折來猶負直，遜去或如愚。月射雲根遠，泉回洞府迂。爬梳稚子拙，揠進野人劬。詎有驅山鐸，難求叱石符。圓仍慈母並，大與衛丘俱。歷落尤多矣，檀欒有是夫。變蛇終矯尾，爲馬定過都。偃蓋古松敵，當門香草輸。高須名菌簵，短亦異王芻。物理存貞正，人情積嘆吁。上番來竹下，睨視極形模。

孫孝若招同諸人觀梅卧雪亭次瞿給諫稼軒二十韻

寂寞書空久，經過唾地傭。東皋移勝事，北郭散幽蹤。載去扁舟好，攜來百末重。盍簪諧語笑，傾蓋忝遊從。初旭浮波彩，殘冰綴岸容。白邊明一徑，青處失群峰。入户無留屐，巡簷乍倚筇。房廊新蝶領，茶鼎野猿供。望遠能生思，收春并入胸。折來知影瘦，飄去使心忪。搔首煩花匠，埋憂對酒龍。人偕山崒嵂，樹倚玉玲瓏。坐愧琅玕贈，談增琥珀濃。長城尊五字，名飲敵千鍾。披豁良朋意，疏狂野客蹤。再三唯譽樹，百遍踏纖茸。林表凝高晝，庭陰報下舂。艇摇藤澗影，風遞頂山鐘。興異剡溪盡，詩如灞岸逢。相將留片月，卻挂草堂松。

弘光改元感事書懷寄錢宗伯五十韻〔一〕

禾黍宗周輸，衣冠建武年。寅清三禮貴，耆艾五朝賢。聽履楓宸迥，循陔萸葉遷。瞻依同日下，淹卧自江邊。昔歲登龍忝，郎君麗澤專。南坨燈火屋，北浒宴遊船。奉手評毫素，開厨出簡編。文瀾增拂水，詩壘壓松圓。酒發公明氣，談鈎向秀玄。賞音存寂莫，延譽許騰騫。精舍留三載，陰符練幾篇。厭貧將嫁衛，躡蹻遂摩燕。刺滅禰衡袖，囊空杜甫錢。未信腥臊〔二〕名字播，崩迫世情偏。憶鱠秋風起，騎驢暮雪旋。方期遊緑野，仍擬借青氈。丸泥秦事壞，吾何仕，知玄意必傳。睽違丁喪亂，悵望阻階緣。家國雙胡廣，疆場一李全。戮辱彼巾幗，奔亡相首鼠漢臣愆。御膳供糜粥，京城墮紙鳶。陷床驚玉座，失涕到銅仙。荆榛陵廟泣，烽火蠟書遄。馬鞭。地將翻黑海，鬼欲立黄天〔三〕。代邸蓍龜協，韓原怒氣填。屢前宣夫子纓冠往，蒼生屬目先。波難摇砥柱，日遂夾虞淵。慷慨紆籌策，雍容委事權。禮樂今僵仆，瘡室席，始踐玉堂旃。北斗南唯一，東山出偉然。從繩資直木，調瑟待安弦。若爲凝化埋，欸爾正垓痍夙蔓延。三微危欲盡，萬姓厄堪憐。寂寂思鳴鳥，滔滔泣逝川。組帛人胥給，租庸户得蠲。埏。逆骨春爲粉，凶臍炷作煙。驅除北虜難，滌蕩版圖遭〔四〕。

浯碑文刻畫，淮雅筆雄妍。此志終成矣，明公道在焉。不材慚樗櫟，無意忝班聯。款段聊騎馬，槎頭漫釣鯿。條桑春社靜，抱甕夏畦痡。對物全寧澹，從心得靜便。稍能窺浩浩，豈敢守戔戔。碧草無情極，青門有夢牽。五雲飛晻靄，獨鶴舞蹁躚。問訊憑書驛，關心是杜鵑。休論出與處，萬事荷陶甄。

【校勘】

〔一〕此詩四庫全書本未收。

〔二〕「腥臊」：光緒己卯本改爲「艱辛」，今據康熙丙辰本改回。

〔三〕「地將翻黑海，鬼欲立黃天」：乾隆辛巳本刪此兩句，光緒己卯本刪「黑海」兩字，今據康熙丙辰本補入。

〔四〕「驅除北虜難，滌蕩版圖邅」：康熙丙辰本、康熙癸未本刪「北虜」、「邅」三字，乾隆辛巳本改爲「驅除塵宇難，滌蕩版圖邅」，光緒己卯本刪「北虜」二字，今補入。

陶菴集卷二十三

五言絶句八首

月下口占二首

愛此金翠光，招月到林薄。昨朝桂花開，今朝桂花落。

海上碧雲盡，秋天開素屏。懷中餘綵筆，無處著丹青。

過彭澤

滿目傷時運，何心傲督郵。南昌有梅尉，同是挂冠休。

座上咏弓

擬處秋毫準，彎時二石强。木心元正直，持汝獻文皇。

坐友人園中偶題二首

蒼蒼緣溪去，竹樹自深淺。好風如有情，回復不知返。
燕子繞林戲，啄將紅杏飛。春風吹去緩，接著更銜歸。

對　雨

天拭遠山貌，湖添欹樹痕。移床就殘菊，醉此蒼煙根。

乾隆辛巳本按：「此一首得之陸氏故籍中。」

補入

棕櫚花滿院

棕櫚花滿院，苔蘚入閑房。燈影照無寐，心清聞妙香。

明嘉定黄淳耀墨迹，上海市文物保管委員會一九六二年編印。

陶菴集卷二十四

六言絶句六首

無題六首

放誕風流卓女，細酸習氣唐寅。人間再見沽酒，市上爭傳賣身。

片雲曾迷楚國，一笑又傾吴宫。花底監奴得計，鸞篦畢竟輸儂。

人言北阮放達，客誚東方滑稽。情不情間我輩，笑其笑處天機。

子美詩中伎女，岑參句裏歌兒。彼似青蠅附驥，我如斗酒聽鸝。

千春不易醉飽，百歲貴行胸懷。羨馬爲憐神駿，燒桐亦辨奇材。

鯨鏗已肆篇什，鰲咳從教詆訶。百斛舟中穩坐，千尋浪裏無何。

康熙癸未本按：「此六首六言絶句，得之陸氏故籍中。」

陶菴集卷二十五

七言絶句八十二首

田家三首〔一〕

溪南柳古麥風吹，跨得烏犍入草遲。手挂漢書牛角上，縱談劉項與人知。
鋤瓜打麥半成閑，社案中間有往還。頭白不曾離畎畝，只疑城市勝田間。
田泥深處馬蹄奔，縣帖如雷過廢村。見説抽丁多不懼，年荒已自鬻兒孫。

【校勘】

〔一〕查黄淳耀「溪南柳古麥風吹」一首屏條墨迹，落款有「田家詞四首之一，淳耀」，可知原應有四首四屏條。康熙丙辰本上已刊名「田家三首」。

竹枝歌三首

鵁鶄鸂鶒飛無數，紅白江花開滿煙。十歲吴兒會摇櫓，一江春水碧於天。
東湖西湖蓮菂開，一日摇船採一回。蓮葉田田無限好，只因曾見美人來。
闔閭城邊月照人，真娘墓上草鱗鱗。英雄兒女皆塵土，忍放香醪不入唇。

閨　思

柳條不繫玉蹄騧，拗作長鞭去路賒。春色也隨郎馬去，妝樓飛盡别時花。

馬當山感王勃事

鬥雞檄就海南來，猶有雄文對客裁。一日長風千里閣，世間唯有鬼憐才。

夏日戲畫三扇因題三絶句

蝴蝶莊周兩不知，涼風吹夢出虬枝。料應熟得圖南訣，睡到山中暑退時。畫山中偏袒睡者。
松下風吹酒不酣，鐘籠一曲正孤拈。馬融去後知音少，對月停杯只有三。畫對月吹笛，旁置酒鎗。

壺蘆酒盡過村墟，腰腹寬如合抱樗。睡眼騰騰君莫笑，從來牛角不安書。畫醉士騎牛出林薄中。

田家

五月桑梯傍屋斜，蠶絲抽盡響繅車。長腰紅女誇身手，織作還兼吉貝花。

康熙癸未本按：「此首得之陸氏故籍中。」

竹枝歌

吳酒傾盆色若無，河豚味美壓秋鱸。狂夫得醉且須醉，十五小姬花下扶。

康熙癸未本按：「此首得之陸氏故籍中。」

塞下曲四首

關榆落盡雁聲稀，一望龍堆雪亂飛。軍士向南呼萬歲，天家八月賜寒衣。

黃雲如岸壓孤城，邊騎千群夜紮營。衣帶自書忠藎字，健兒雖死貴留名。

匹馬沙場喚鬥來，三時殺氣貫重圍。翻身一箭穿雙鶚，追騎如雲盡卻回。

雁門秋曉角聲長，湩酪新開酥酒香。邏沙東頭無牧馬，騂弓白羽射黃羊。

康熙癸未本按：「此四首得之陸氏故籍中。」

宫詞四首

金輿行樂泥光輝，風揭雲韶天上飛。怪得御前優諫少，内庭章奏有賢妃。

十三供奉掖庭中，天子親知筆札工。近試守宫曾作論，銀章三品賜梅紅。

盤龍高綰麝煤光，暈淡雙蛾半額長。生被六宫傳學遍，别翻妝點侍君王。

日南天北拱長安，一統車書際會難。馴象火雞新入貢，宫監傳寫畫圖看。

康熙癸未本按：「此四首得之陸氏故籍中。」

閨思三首

苜蓿峰邊明月秋，玉關常照古時愁。男兒腰下須黿組，切莫加封定遠侯。

斷鴻殘月夢金微，横笛聲中怨曉幃。塞上胡笳應更切，狂夫自是不思歸。

錦段回文窄窄裁，多時鸞鏡不曾開。侍兒忽訝調鉛粉，昨夜漁陽有夢來。

康熙癸未本按：「此三首得之陸氏故籍中。」

除夕戲占

爐火微紅臘酒香，笑攜詩卷坐空堂。文章自古無憑據，閑與三彭細細商。

康熙癸未本按：「此首得之陸氏故籍中。」

哭閔裴村四首

家世耕畬海岸東，半拋田畝爲詩工。死時幾米存倉内。笑倒村南襏襫翁。

篛笠遮頭雪片麤，長年妝點夜歸圖。裴村自畫己像，作風雪夜歸圖。不知地下稱才鬼，可有陽春得到無。

白頭吟咏没蒿萊，身後名成也可悲。一卷殘詩終在手，心肝嘔出欲遺誰？裴村臨没，手持其所爲詩不釋。

黄河碧海更難言，溪澗潺潺總一門。莫道光燄歸李杜，便驅郊島出乾坤。

哭侯生文中十首

吴苑别來花蕚背，章門望處白雲屯。可憐鄉黨淒其日，正是天涯語笑辰。

箕尾妖氛累月纏，北來千里斷人煙。多君清夜看乾象，只在玄冬屬纊前。

夜闌燈燼落虛堂，細雨疏花引話長。半醉起爲鸜鵒舞，燈陰鬼伯笑人忙。

待汝如炊五斗黍，逢人那得一刀圭。卻想冥途夔魍魎，聞君秘咒等聞雷。先是日者謂文中云：「木石之怪，爲孽憂在此冬。」其言竟驗，而歿時則端坐持梵語。

友生伏地盡悲啼，蘭艾彫枯等作泥。書策自留兒子讀，銘旌卻付老人題。

書籤藥盎不曾閑，淡泊儒門合斬關。萬死得來終有用，六塵飛處坐如山。

偶呼君字作文中，天比河汾尚不同。再得十年仍是夭，玄經或可耀無窮。

詹尹拂龜曾再卜，令威化鶴已頻遊。刀亡利滅成何語，火續燈燋各自謀。

一昨秋風病未蘇，汝曾憂我幸無它。比來哭汝添心疾，不見人憂可奈何。

遮須何必生曹植，蓬島應難舍戴洋。欲賦招魂無準則，樂和終竟在何方？文中見夢於其家云：「今方在樂和之境。」

與金爾宗許子位即事聯句二首〔一〕

東墅西城見蚤花，爾宗。相逢同調破年華。蘊生。不禁春草依人綠，子位。故把風情托酒家。爾宗。

春光欲半始梅花，爾宗。況復窗前見月華。藴生。不是翦燈同一醉，子位。可能無負野人家。爾宗。

【校勘】

〔一〕此二首詩光緒己卯本補入，出處不詳。

西山看梅和老杜江上尋花七絶句

黄師塔是吾家有，恰有蘇端是酒狂。一朵花開儂亦看，不分樵逕與僧床。

棕亭藥院繞湖濱，山鳥山花占斷春。湖上老人亦可笑，梅花不看看遊人。

萬條寒玉裹山家，兼有棠花與杏花。淡白竊丹隨賞愛，初英晚節異生涯。

山家土銼冷疏煙，瀹茗留賓也可憐。笑指軒窗最高處，傾銀注玉好華筵。

香溪橋西鄧尉東，千樹萬樹摇春風。料得李生難寫染，花光豔豔日初紅。

蒼藤翠木暗深谿，崖腹花高水口低。新蝶領風隨意舞，怪禽爭樹不成啼。

久與梅花成息壤，凝也拏舟俶也催。至竟避花如避債，祇應花爲老夫開。

吕公堂

夢醒來看夢裏身，百千億夢指爲真。黄粱自是藏烏喙，五百餘年更誤人。

高　郵

雕横平野盼風塵，馬蹀殘冰逐路人。一曲清淮古城下，漁翁搔首看斜曛。

客中與龔智淵登高〔一〕

一肩襆被值途窮，忽漫登高逆旅中。千里暮雲飛不住，故山同指雁聲東。

【校勘】

〔一〕此首光緒己卯本補入，出處不詳。

長安與龔智淵聯句二首〔一〕

萬里中原付夕陽，江東雖小足稱王。虬髯自向扶餘去，珍重臨安當汴梁。

楊花飄泊嘆無家，燕子依人感歲華。同向東風嗟薄命，傷心原不爲琵琶。

【校勘】

〔一〕此二首詩光緒己卯本補入，出處不詳。

庭中有胡桃樹一株方夏爲細蟲食葉濯濯可念既而有萌至秋反成新緑他樹憔悴此獨蓊然因題三絶句

已訝飢蟲似雪霜，俄回寒露作春陽。道人戲撫庭柯笑，疾病真成卻老方。

譽樹從來譽緑陰，婆娑也復見陰森。如聞老樹爲人語，賴是蟲來不食心。

一番摇落一番愁，轉眼須遭兩度秋。不見南山霜雪幹，火雷燒後似青虬。

題宋明之畫

深山客至草亭空，只有春雲滿谷中。白鷺對飛看不見，一時溪雨響潨潨。

康熙癸未本按：「此首得之陸氏故籍中。」

乙酉仲春同侯廣成先生入郡西諸山探梅遊陟三日勝處略盡舟夜與研德雲俱共讀坡公梅花詩因次韻十首〔一〕

噉噉日氣乍晴和，嫋嫋東風拂面多。萬樹梅花君不看，一聲啼鴂奈春何。

曲池行盡見高臺，無主梅花次第開。種得此花成樹後，幾人白骨變青苔。

遊戲人間老萬回，口如布穀不曾開。眼前指與梅花看，不負千山得得來。指剖師。

空香冉冉落匏尊，花氣霏微夜氣昏。冰雪不留姑射色，陰陽難定洛妃魂。

老幹如虯懶作花，清波白月共疏斜。阿誰取次能描貌，鐵石心腸有宋家。

雪勒冰欺合晚開，千聲羯鼓未能催。海紅一樹花如繡，牽惹紅裙拂地來。

鈎輈路畔茸茸樹，合沓峰前細細枝。狂發衹應先乞命，詩窮不獨要尋醫。

日射湖光寶汞飛，清冰的皪散瓊枝。夕陽芳草煙中路，記取藍輿過去時。

侵陵謝院雪花輕，刻琢唐昌碎月明。料得雪消兼月上，亭臺高處不勝情。

溪橋踏月過山家，風露離披斗柄斜。半醉半醒疑夢寐，剩留清影付梅花。

【校勘】

〔一〕此詩光緒己卯本補入，出處不詳。

咏蘭十首〔一〕

一叢花氣自清新，七碗茶香互主賓。水裔風來疑有雪，林中月上更無人。
橘刺藤梢更不除，穿林渾忘繡衣裾。自無九畹滋芳澤，縱使當門亦不鋤。
露裛風吹繞砌開，剪刀裁取向妝臺。左家嬌女憨生□，鬥草還拈緑葉猜。
離披花葉總無多，風半奇姿畫得麽。一段幽鮮還比似，湘君渺渺洞庭波。
昔日吴宫罰采香，館娃人去艾蕭長。清貧仲蔚開瑶圃，高卧矜他南面工。
寒梅有格終非俗，修竹無香也自真。三徑羅香雖小草，一編趺坐是佳賓。
一莖一葉拒浮埃，風蝶娟娟不敢來。手引石泉清見骨，花根日灌兩三杯。
衆草同生最不平，水邊林下任無名。浣花詩老幽尋得，不向階前嘆決明。
春入芳洲發舊根，放臣千古淚猶存。卻看野草迷天路，嘆息歸來欲樹萱。
有客曾攜孔子琴，猗蘭一操古猶今。折芳未贈盈懷袖，薺麥青青只自深。

【校勘】

〔一〕此詩光緒己卯本補入，出處不詳。

補入

過塘西二首

誰知仲蔚蓬蒿徑，卻有瑶花無數開。縱是不堪相折贈，也勝清影月中來。
封侯不愛愛瓜畦，草樹扶疏竹屋低。試理扁舟學垂釣，東風一夜過塘西。

明黄忠節公行楷册頁，嘉定博物館藏。

歸田二首

歸來種秫已無田，藝得秋花滿徑妍。門外何人催酒債，就籬吾但擲金錢。
燕坐空亭席屢移，風篁嫋嫋水差差。即今再薦君堪任，長日難忘一局棋。

明黄忠節公行楷册頁，嘉定博物館藏。

思君

簾衣風靜月痕圓，水咽銅龍漏不傳。此夜定知君入夢，思君其奈妾無眠。

明黄忠節公行楷册頁，嘉定博物館藏。

偶書

澤芝水上應堪折，風筱林中更可棲。物色每留人興在，且扶殘醉過鄰西。偶義扶説顔書信筆書此一絶。

明黄忠節公行楷册頁，嘉定博物館藏。

附録

一、序跋

序

陶菴集序　吴偉業

黄陶菴先生死忠之五年，其門人陸翼王收其遺文，得所論著百餘篇，屬予爲之序。嗚呼！陶菴之文止於此而已乎？當其城陷引決，投筆絶命，搤吭而死，翼王訪求搜購於流離煨燼之中，遺編斷爛，什不一存，此可爲流涕嘆息者也。

陶菴深沉好書，於學無所不闚，居常獨坐一室，不交當世，遷、固以下諸史，朱黄鈎貫，略皆上口；其於考據得失，訓詁異同，在諸儒不能通其條要，陶菴頓五指而數之，首尾通涉，銖兩歷然，雖起古人面與之讎問，莫能難也。其爲人清剛簡貴，言規行矩，蚤有得於濂、雒之傳，嘗謂人曰：吾比來爲文，初無所長，然皆折衷大道，稱心而立言，質之於古，驗之於今，其不合於理者亦已少矣。此其一生讀書之大略也。

當先皇帝初年，海内方鄉古學，一二通人儒者，將以表章六經，修明先王之道爲務；乃曲學詭行則又起而乘之，依光揚聲，互相題拂，剽取一切堅僻之辭，以欺當時而誤流俗。論者不察，乃比其始事者同類而訾之。噫，此亦不思之甚矣！世之降也，先王之教化既熄，法度既亡，人奮其私智，家尚其私學，秕謬雜糅，蟠戾於天下，雖有高世之君子，欲整齊而分别之，其道無繇。惟夫忠孝大節，皆出於醇正博洽之儒，其似是而非者不一見焉，然後天下後世瞭然知異學之當誅，而大雅之可尚。以觀我陶菴，非其人耶？

陶菴爲諸生二十年，與其弟偉恭、其徒侯幾道、雲俱，其友夏啓霖輩，晝夜講性命之學。晚而後遇，不肯就官，城破之日，師友兄弟同日併命，今其書雖不全，使讀之者愾然想見其爲人，益足以徵於今而信於後無疑矣。翼王以五年之力，掇輯散亡，其功於斯道不細，固不專爲陶菴已也，吾故表而出之，俾後之人知所習焉。己丑秋九月，太倉社弟吴偉業題於梅村舊學菴。

清吴偉業陶菴集序，陶菴集順治絳雲樓刻本。轉引自吴梅村全集卷二七，上海古籍出版社一九九〇年出版。

陶菴集序

錢謙益

嘉定黄陶菴先生，諱淳耀，字藴生，舉崇禎癸未進士，卓然爲命世真儒，抗節致命乙酉之難，聞者皆斂色正容，以爲今之顔清臣、文履善。殁後十餘年，而其徒侯子玄泓作爲行狀，文直事核，無愧良史。陸子元輔、張子懿實、侯子玄汸、張子珵輩，相與排纘遺文，録爲全集。諸子以陶菴於予有知己之言，屬爲其序。

予頃者屏居江村，追念平生師友，輯高陽孫文正公、吉水李忠文公之文，手自撰次，以示來者。又得陶菴之集而卒業焉，乃喟然而嘆曰：孟子有言：「誦其詩，讀其書，不知其人可乎？」予於此三君子者，既得而師之友之矣，請因其文以知其爲人。高陽之爲人，奇偉沉塞，如高山深林，龍虎蟠伏，嘘雲吸風，變化莫測。是故盤紆隱深，彌望儻莽，重巖增起，波瀾灝溔，使人可仰不可跂者，高陽之文也。吉水之爲人，莊嚴易直，如苞鳳角麐，不鷙不搏，音中鐘律，行應規矩。是故正色讜言，指事陳理，如藥應病，如坊止水，使人可用而不可狎者，吉水之文也。陶菴之爲人，清真高簡，如圭瓚黄流，不雜瓦缶，冰壺玉衡，宜懸清秋，是故凛凛懷霜，眇眇臨雲，懸匏衆清，朱弦三嘆，使人可愛而不可求者，陶菴之文也。有志於尚友者，讀三君子之文，而知其鬚眉如在，謦欬不遠，吊碧血於同時，激丹心於終古，其亦可以無憾矣乎？

嗚呼！賢人君子，其身既與社稷終始，而其文章，則有鬼神護呵，側出於劫灰煨燼之餘，然吾循覽其文，志意發越，元氣鬱盤，求其彫傷殄瘁之象而不可得也。既而歌陶菴之詩，出風入雅，含宫咀商，有鶴鳴沔水，殷勤諷諫之志，而無大東、正月哀思噍殺之詞。亂世之音無之，而況於亡國乎？古之善琴者，秋而叩角，則温風徐廻，草木發榮；冬而叩徵，則陽光熾烈，堅冰立散。當斯時也，而賢人君子之文無恙，比律協吕，激夾鐘而發蕤賓；造化其能舍諸？吾竊疑卜子夏之論詩，與孟子之論世，殆至於今而有驗有不驗也。

予老學耄忘，撫卷而茫然自失。陶菴之徒，鄆傳其師之緒言，於天人之際審矣，故推言之以發其端。如以文而已矣，陶菴固不待文而顯，而其文亦不待序而傳，序雖不作可也。庚子冬十月，虞山錢謙益撰。

清錢謙益陶菴集序，陶菴集順治絳雲樓刻本。轉引自錢牧齋全集有學集卷一六，上海古籍出版社二〇〇三年出版。

黄藴生經義序　錢謙益

嘉定黄藴生，金聲而玉色，規言而矩行，韓子之稱李翺所謂有道而文者也。兒子孫愛，自家塾省余山中，奉其文三十篇以請曰：「幸一評定之。」余曰：「吾何以定而師之文乎哉？而師之學，韓子之學也；其文，韓子之文也。口不絶吟於六藝之文，手不停披於百家之編，記事必提其要，纂言必鈎其玄，焚膏油以繼晷，恒兀兀以窮年。而師之爲學之勤也，不若是乎？沉潛乎訓義，反復乎句讀，礱磨乎事業，而奮發於文章，沉浸醲鬱，含英咀華，張惶幽眇，閎其中而肆其外。而師之爲詞之富也，不若是乎？處若忘，行若遺，儼乎其若思，取於心而注於手，惟陳言之務去。而師之爲文之專也，不若是乎？偃仰一室，嘯歌古人，耕於寬閑之野，釣於寂寞之濱，玉固未嘗獻而足固未嘗刖也。而師之爲道之勇也，不若是乎？雖然，有本焉。行峻而言厲，心醇而氣和，昭晰者無疑，優遊者有餘，養其根而竢其實，加其膏而希其光，仁義之人，其言藹如也。此而師之所以爲學爲文者也。」

孫愛起而拜曰：「小子朝夕在函丈之間，服膺吾師，不知吾師即今之韓子也。請以斯言授簡，以爲吾師近藝序。」

清錢謙益黄藴生經義序，錢牧齋全集初學集卷三二，上海古籍出版社二〇〇三年出版。

黄陶菴先生文鈔序　錢謙益

當嘉靖之季，天下之詞章浮華，剽賊互相誇詡。昆山歸熙甫以通經師古之學起而正之。晼晚不遇，聲華寂寞，獨與二三學者微言高論於荒江老屋之間。其爲制舉之文，根極理要，與王濟之、瞿師道馳騁上下，他未嘗而問焉。熙甫既没，其門人之在嘉定者，能守其師説，流傳而不變。故嘉定雖小邑，其人士多能通經學古，不汩没於俗學，則得之熙甫之門牆者爲多。以制舉之業言之，萬曆初年，吴中習於浮靡腐爛，嘉定則有李茂實、張伯隅、金子魚一輩，以爾雅清虚爲宗，而婁東、虞山應之。既又降而爲軋茁吊詭，則吾友徐女廉、李長蘅、鄭閑孟又以其雄深淡蕩之文出而樹幟，吴風爲之再變。迨於近日，詖淫交作，鬼怪横行，而侯豫瞻、雍瞻，李緇仲、黄藴生後先奮筆，昌明雅道，當榛蕪充塞之日，不爲俗變而能變俗，尤可尚也。

蘊生之文，余爲叙而行於世，其推尊蘊生之文甚至，而海内咸以余言爲允。今蘊生亦既登於賢書，將進而列於承明著作之庭，其制義之業，與王、瞿、熙甫輩馳騁上下，不足道也。今天下俗學益熾，古學浸微，人皆以通經師古爲言，而淪胥沉溺，日以益甚，則枝柱廓清之責，豈能無望於蘊生乎！

傳聞熙甫上公車，賃騾車以行，熙甫儼然中坐，後生弟子執書夾侍。嘉定徐宗伯年最少，從容問李空同文云何，因挾空同集中于肅愍廟碑以進。熙甫讀畢揮之曰：「此亦無他，只因文理不通耳。」偶拈一帙，得曾子固書魏徵傳後，挾册朗誦，至五十餘遍，聽者皆厭倦欲卧，而熙甫沉吟咏嘆，猶有餘味。宗伯每嘆先輩好學深思，非後生所能窺也。蘊生將昌明古學，障狂瀾而東之，其必自熙甫之緒言始。

余向序蘊生之文，擬於唐之韓子，由熙甫之學，進而之於韓，又進而之於六經，所謂不爲俗變而能變俗者，不獨制舉義而已也。蘊生勉之矣。虞山錢謙益序。

清錢謙益黄陶菴文鈔序，黄陶菴文鈔，雍正十二年映旭齋梓。

黄蘊生先生文集序　歸莊

嘉定黄蘊生先生殉難後九年，其門人陸元輔翼王爲刻其遺集，吴宫詹爲文序。余與先生交六七年，年在肩隨兄事例間，而實心師之。余爲詩、古文，必質諸先生，每辱奬許誘掖；亦竊聞先生立言之指歸。則序先生文集，無如余宜，故不自量，亦爲題一言以貽之。

文章之道難矣！世之爲詩、古文者，多患才短；才贍矣，又患體雜；體醇矣，又患旨卑。立言之士，必有瓌異卓絶之才，得雅馴正大之體，而又議論關於名教，意旨合於聖賢，然後可以名世而傳後。若此者，固已難矣，然而文章之道未盡也，蓋有本原在焉。立德者，立言之本原也。苟但求工於文辭，而不思立德，考其行事，有與文辭不相似者，雖下筆妙天下，不過文人而已，君子不貴也。

先生忠孝出於天性，而温醇沖粹，規模氣象，居然儒者。於書無所不讀，貫穿經史，浸淫百家，平日論文，必本六經，宗史、漢八家，而要於自得。詩愛潯陽而宗杜陵也，必以人倫忠孝爲主。蘊積日久，本原深厚，於是發内文章，一言片辭，皆由中出，肖其爲人。文如擬管幼安書，詩如釋褐寄弟，樂府如許氏客、惠風嘆、石頭城諸作，皆自爲寫照，不獨辭之工也。

嘗答余書，謂雅不發持粱齒肥之願，又深知文人之可耻，不欲濡首於文章，方期習静空山，悟明性理，以庶幾於古人之因文見道者。其絶命辭有曰：「讀書寡益，學道無成。」蓋先生之意，惟恐其流於文人，始而夷然不屑，終而幡然自悔，猶懷望道未見之心；其實先生之詩文，往往皆見道之言，絶非文人之詩文比也。

使先生得永年，必卓然爲碩儒大賢，守先生而待後學。不幸遭禍變，而僅以節義見，以文章傳。然今讀先生之詩古文，知先生之不盡於詩古文也；豈惟文章不足以盡先生，節義亦不足以盡之也。蓋德修於己，道積於躬，節義則以殉道，而非匹夫之小諒；文章則以載道，而異於區區雕蟲繡帨之爲。讀先生之詩古文而得其本原，立言之士，亦宜知所重矣！余與翼王，皆將以文字鳴者，於此可以交儆焉。

清歸莊黄蘊生先生文集序，歸莊集卷三，上海古籍出版社二〇一〇年出版。

陶菴全集序　蘇淵

陶菴先生之文，一序於婁東，再序於虞山，自虞山之序出，置其人於高陽、吉水之間，若三精之麗天，殆猶季子陳樂所謂觀止矣，蔑以加矣。然陶菴所以爲文者，即於人而得之虞山，猶有引而未發者乎。世之論文者皆知剽販塗澤之爲病，不知子雲之法言，猶剽販也，元和之雅頌，猶塗澤也，爲其離文與人而二之也。昔宋景濂譏退之經訓菑畬之説，以爲學經而止爲文章之本，陋之乎學經矣。誠哉是言，千古文人能免斯陋者有幾。若陶菴斯可謂能學經也矣。

陶菴生於有明之季，其時慕功名者溺於富貴，工蓺文者汩於詞章，不復明聖賢之學，昧於利義之辨。陶菴矻立於狂瀾之表，即所爲帖括皆粹然儒者之言，況所謂詩古文乎。此合文與人而一之者也，故其原本經術，穿貫史學，可與景濂相匹，而天資清灑，脱略塵穢，曠然寵辱之外，又有陳公甫之風。是以論其學問、詩文在濳谿、白沙之間。若夫涵養完粹，即當致命遂志之時，不異春風沂水之境。此其内外澄澈，唯侯子研德作狀，能言其人與文之所以然。蓋研德爲陶菴入室弟子，其學問指授得之有自，故能表裏綜括，虞山稱其「文直事核，無愧良史」，殆有以也。惜研德遽逝，安得有吴立夫其人者，序滄海遺録，使研德之文同龔聖予之傳文、陸二公，並垂不朽乎。

窮老如予，方退耕荒浦，雖陶菴有子能讀父書，然貧不自振，覊予甥館，採稆養母，瘠子羸妻，煢焉一室，又遑問前人所著之書乎？今陶菴遺文，捃摭編輯者始於陸子翼王，而研德實贊之。顧初刻未竟，又二十年，而張子德符復貿産以竣之。若其始終維護，卒使成於及門之手，則侯子記原之心，有獨苦者，唯予知之。於戲！青簡雖新，化血已碧。記原猶謂景濂爲吴立夫門人，以淵穎謚其師，今陶菴之學，實同景濂，而夫子之門，曾不得以景濂之事其師者事夫子乎？考諸謚法，清白守節，曰貞；道德博聞，曰文。夫子實無忝焉。遂與張、陸諸子告謚「貞文」。

予不禁憮然太息，慨自東京故家文獻彫零，三十餘年，琬琰〔一〕奚寄？今陶菴既得裒刻其文，復有狀以詳其行，謚以節其，惠師生存殁，於焉無負。視世之依附門牆，生榮則親，殁則已焉者，又何如也。書成，謹識數言，附錢、吴兩公之後。時康熙丙辰春二月晦日，同邑年弟蘇淵拜撰。

清蘇淵陶菴全集序，陶菴全集康熙丙辰刻本。

【校勘】

〔一〕「琰」：光緒己卯本因避嘉慶帝顒琰諱空，今據康熙丙辰本補入。

陶菴全集序　陸隴其

予自束髮受書，即讀陶菴先生之文，見其精深純粹，高者可以羽翼經傳，下者可以凌轢韓歐，心竊慕之，以爲是何如人，而其文之超軼絶倫如此。及聞先生從容就義，慨然太息，謂先生於死生之際，不苟如此，志與日月爭光，而行與天地同久，宜其發爲文章精純超絶，協金石而中宫商也。既又思之，自變故以來，平日談忠孝、講仁義之徒，臨利害而喪其所守者，何可勝數。而先生獨毅然不變，人之所隱忍徘徊而不能決者，先生視之若渴飲饑食之不容已，夏葛冬裘之一定，而不待擬議也。此豈可以强至而卒辦哉，蓋其所積者厚而所養者深矣。及待罪先生之鄉，見其遺老，訪問先生之平生，則群以爲先生平日孝友忠信，取與不苟，泊然於富貴，而發憤於正學，孜孜矻矻，惟以聖賢爲己任，而世俗之塵埃不足以入之。嗚呼！此其所以能臨利害而不變也歟？

自世教之衰，士不知以廉隅自飭，謂正學爲迂闊，謂功利爲不可已。遇小利害則攘臂而起，蠅聚蟻逐，無所復顧平日之志氣。如此，欲其臨大節而不可奪，豈不難哉？由是發爲文章，不入於卑陋，則病於雜駁，雖欲彌縫潤色，自附前賢，如窶人之裝爲富貴，非其所有，張皇支吾，百病俱見，無怪也。故予以爲先生之文本乎行，先生之行，所以能卓犖於臨變者，本於平日之養。士苟能以先生之養爲養，自然險夷如一，履變則爲歲寒之松柏，處盛則爲高崗之鳴鳳，皆是物也。區區文章之焜耀，何足道耶。不然，雖文如先生，猶不足貴也，而況乎其必不能哉。因先生之門人裒集遺文以傳，而爲之推論其本，俾世之學先生者，知所取則焉。當湖陸隴其撰。

清陸隴其陶菴全集序，陶菴全集康熙丙辰刻本。

黄陶菴先生制義序　陸隴其

予既序陶菴先生之詩文，而推論其平日之養。或曰：先生之制義何如？予曰：先生可謂得制義之意矣。何謂制義之意？以其出入班、馬，馳騁韓、歐耶？曰：不然。以其旨必濂、洛，法必成、弘耶？

曰：不然。以其法乎古不戾乎今，得乎己不駭乎人耶？曰：不然。然則何謂制義之意？曰：子亦知制義之所自起乎？此宋、明以來取士之具也。蓋自公卿大臣以至於都邑之長，是天子所以寄股肱耳目者也，所以共社稷民人者也，所以爲治亂安危之分者也，而皆於制義一途取之。其間非無英君哲相，計深慮遠，辨别人材，鄭重名器，而卒不廢此者，何也？亦曰：是制義者所以發揮聖賢之理也。能言聖賢之言者，必能行聖賢之行，以若人而寄之股肱耳目，托之民人社稷，則必有安而無危，有治而無亂，是取制義之意也，是五六百年來所以行之而不廢也。自士習壞而制義爲虚文，方其執筆而爲之，所言者無非仁義也，而孰知言仁義者之背乎仁義也；所言者無非忠信也，而孰知言忠信者之背乎忠信也。舉世滔滔，以爲是取爵禄之具耳，而忘其爵禄之何以必歸乎此也，苟可以悦於人而僥倖一第焉，斯已矣，遑問其言行之合與不合哉？嗚呼！士習如此，而欲得真材以期治安，豈可得哉。是無他，則失乎制義之意也。今觀先生之制義，與其養於平日而從容於遇變者，可謂言與行合矣。言與行合者，是朝廷所以重制義之意也。

惜先生不幸而特以節見耳，使其生當明盛而任股肱耳目之寄，受民人社稷之重，其所樹立豈可量哉。若夫不能學先生之行，而徒學其文，以之欺世取榮，常則不足以翼休明，變則不足以衛綱常。於是群焉罪之曰：制義之不足得人也。嗚呼！是制義之咎耶？抑失乎制義之意之咎耶？

先生之制義傳者頗多，間有非其手筆而僞托者，亦有非先生欲存之作，而未及删者。用是定爲若干篇，天下學者誠讀其文而想見其人，無失乎制義之意焉，則庶幾矣。

清陸隴其黄陶菴先生制義序，三魚堂文集卷九，光緒三年湖北崇文書局刻本。

陶菴全集序

朱彝尊

君子之學，一於誠而已，以之治心而心正，以之決事，而事無可疑。察乎幾微禍福之萌，信諸進退出處死生之際。孔子曰：「篤信好學，守死善道。」夫惟誠立乎中，斯毅然有不可奪之節，冡難不失其正，順道而死。蓋雖圭璧析於前而不顧，刀鋸鼎鑊懲於後而視之若無物也。齊之虞人招以旌不往，孔子取之，孟氏以爲枉己未有能直人者，則聖人之所守可知。已接淅而去齊，不税冕而去魯，是豈肯應公山不狃、佛肸之召者。故曰：可以止而止，可以處而處，孔子也。顧後世躁進，若揚雄之徒，每援聖人以自文其過，其進也不以禮，其禄也非其道，幾微禍福之不明進退，出處死生之未能信善。道之謂何？無他，誠未立於中，宜所守之易奪矣。

嘉定黄先生，諱淳耀，字藴生，别字陶菴。平居講聖賢之學，躬行而不倦。崇禎十六年秋，賜進士出身，未授官歸。越二年，殉難以死同里。門人陸元輔輯其詩若干卷，雕刻行之，又搜其遺文，僅四十餘首藏之笥。元輔請彝尊序，受而讀之，其言和以舒，其析理也審以辨，其援據經史博而不誣，所謂修辭立其誠者，非與？於是先生歿三十年矣，誦其文，恍若覿其容而聆其謦欬，信夫有道之言之入人心深也。

嗚呼！以先生大節如彼，其學業文章又如此，宜其於人，少可而多怪。今觀集中論學書，絶去儒者黨同伐異之習，是尤恒人之所難能也。講學莫盛於宋，然汴京、臨安之陷，道學諸臣以身殉國者不數見。

至於明，死靖難，則有若方公孝孺；死閹禍，則有若高公攀龍；而山陰劉公宗周、漳浦黄公道周，與先生後先自靖，咸以道學兼忠節，即宋儒有未逮焉。而元輔以兵戈俶擾之餘，能集其師之遺文，俾無失墜，亦可謂篤信之君子已。秀水朱彝尊錫鬯撰。

清朱彝尊陶菴全集序，陶菴全集康熙丙辰刻本。

序 葛芝

君子之立身、持世，首重乎識而已。其人有深沉之識者，當創制顯庸之代則出。而建經國之大業，退保其身，有明哲之頌焉，若蕭何之買田宅，張良之辟穀從赤松子遊，鄧禹之令子弟各守一業，賈復之闔門養重，皆是也。不幸而涉亂世，則鴻蜚鳳舉，以遊於絶迹無人之地。昔之人如管寧、袁閎、申屠蟠、孫登、蘇雲卿之屬，其尤著也。雖然，號爲君子，而皆從事於全身遠害之術，曾無履虎蹈冰之懼，則大易之繫，龍可以無亢，而龍逢、比干將不得爲志士仁人歟。余謂君子之處世，惟其時之所值而已，或尤不幸，而當戎壘在郊，自顧甚重，既不屑辱於奴隸之手，況世當改革之運，身爲指目之人，試處其間不能忼慷赴義，以盡全歸之道，吾恐進退維谷，免若濡之愠也。

蓋余自少壯以至於今，所見名流盛族自謂篤忠貞而食舊德者衆矣，一旦身列啓事，流涕登車，遂至一跌不振，爲世嘆息者，何可勝數。由斯以觀申、酉之間，蘊生黄先生從容引決於城南僧舍者，抑何幾先而見審也。曰：然則所謂至人無死地者何歟？曰：所謂至人無死地者，言死生患難，曾不足以入其中，故能履患難若康莊，而視死生如旦暮，而非果不死之謂也。夫之生而生之，生而死之，非也；之死而死之，死而生之，非也。譬之夏之日不忘御絺，冬之日不忘挾纊，君子之於生死，如冬夏之各安其絺纊而已，何容心焉。

陸子翼王近出先生遺集，貽余讀之。先生之文諸體咸備，而其志之所存，尤在論史諸篇，余觀其盱衡千載之間，益嘆其幾先而見審也。先生之識，稽古之力也。陸子曰：「甚哉，子之知吾夫子也！夫子平日常以識自命，子未得聞吾夫子之言也，何其知夫子之深也。幸爲吾序其文。」遂次第其語，歸之陸子。陸子少壯而棄諸生，今帶經而荷鋤於野，倘亦所謂識時務者歟。

清葛芝卧龍山人集卷八，康熙九年自刻本。

題黄陶菴稿　俞長城

本世之陋，仕學分爲兩途，讀書者志在揣摩而無當於用，居官者習爲巧宦而不衷於理。是以學校無奇士，廟堂鮮淳儒。陶菴先生館錢牧齋家，日閲邸報，見朝政得失、時事廢興，作爲文章，皆本經濟。既成進士，嗜學不衰，國步既移，即以身殉。故吾謂有制義以來，他人可言者未必可行，陶菴可行。他人能言者未必能行，惟陶菴能行。癸未名士如林，而皆出於浮飾。大節既虧，文亦鮮傳。陶菴發於至情，體於實踐。故身名並烈，昔人云舉業不患妨功，惟患奪志。盡如陶菴則勵志莫如文，又何患乎？桐川俞長城題。

清俞長城題黄陶菴稿，黄陶菴稿康熙三十八年可儀堂刻本。

黄陶菴先生集選序　李良年

往者先生盡節之歲，予未有知識，其後從時文中稍稍習其姓字。每手一篇，輒慕思不置。維時先君子顧而命曰：「童子欲知若人乎？」乃詳示先生殉國狀，且曰：「是嘗有古文辭，卓然成一家言。今存軼不可知，惜汝未及見也。」良年識之，不敢忘，比歲無事，發故篋得有明文章數十家，次第甲乙之，取其言之不悖於道，可傳於後者，類爲一書。自遜志齋集，迄震川集，纔五家而止，最後乃得先生文五十首，於白下主者，索本甚急，即日繕寫，掇其尤十有七篇。蓋自先生盡節以來，思其文而不得見者二十有五年，而所得止此。然先生遺稿實未盡也，當明之季，士大夫寡廉鮮恥，即平日自號爲能文章，侃侃議論，而臨事濡靦，貪禄苟活，其末路有不可言者。先生成進士甫二年，國亡，義不獨生，於城破之日，慷慨自裁。非有刀鋸之迫於前，而視死如歸，何其偉也！

及觀先生集中當諸生時所作，已惓惓君父之際，至甲申哭友文，則曰「庶勖將來，公步亦步」然後知先生之能辨大節於一旦者，其期許有素，而非出於慕尚矯激之爲矣。予既録先生文行，且博蒐散軼，以成完書，而輒署其册曰明第六家文選，以次於熙甫之後。嗚呼！明二百七十年中，著述之家可謂極盛，而予以六人者盡之，論者不譏其見之不廣，即疑其取之太刻，而抑知以正學始，以先生終，節義文章，並垂於不朽。此往代所希覯，而有明之文洵不可謂非盛也已。

清李良年黃陶菴先生集選序，秋錦山房集卷一四，乾隆刻本。

重刻黄陶菴先生全集序　沈德潛

從來君子立言，貴乎言與行合，未可徒工於言，祇自命爲文人也。蓋其發之乎言者，一本乎平日讀書窮理之功，初不必艱深其旨，塗澤其辭，而析天人、明倫紀，和平通達之中，使人可愛可敬，而知爲正人君子。故際時之常，則輔君澤民而兼善天下；遭時之變，則致命遂志而不惜一身。宋之文山文公、明之正學方公，讀其書，即可知爲志士仁人也。乃堪與二公爭光日月者，斷推陶菴黄先生。

先生接濂洛薪傳，羽翼經傳，辨析史書，凡於人材邪正、政事得失，一本至公之心。嘗著吾師録以律身，作自監録以省過。觀其上王登水、答柴集勳書，而知心性之學；觀其科舉論、君道吏治策，而知經濟之學。至其立身授命之大節，見於寄弟偉恭書云：「人不爲數千年一人，而必欲爲二年　人，殊不可解。」何其見之高也！見於答侯雲俱兄弟書云：「身無濟世安民之才，亦無全軀保妻子之志，當養晦十年，至舍我其誰而後出。」何其養之純也！至見之韻語者，如寄弟詩、野人嘆、井中心史諸作，皆一一以忠義哀傷自許。故一聞國破君亡，而從容赴義，如飢渴之赴飲食，寒暑之服裘葛也，斯豈計無復之，慷慨決命於一時者，可等量而並觀也哉！

或者謂先生境地，視文、方二公異：文公身執朝綱，方公位爲文學博士。先生未食升斗之禄，蹈海入山，保全軀命，誰復議其非者？不知先生於進退出處之幾，禍福死生之介，素有定識。使生當開國之初，自能以文章黼黻皇猷，與詹同文、宋景濂諸公爲一代典型。生當熹廟之際，自能直諫盡忠，與東林六君子填尸犴狴。乃運丁陽九，通籍雖遲，業已解褐，凛君臣之義，即同既字集中所謂出身之士，猶許嫁之女，殉節其分者。安肯隱忍苟完，讓楊維斗、劉公旦諸先生含笑地下耶？

先生遺集綴輯於陸翼王、侯研德兩先生，兹因舊版漫漶，且漏略尚多，陶廣文澹泉與寶山同學諸生廣爲搜討，補其未備，細加編次，並偉恭先生詩鳩工重刊，以慰天下願見之思，屬予爲序。嗚呼！先生忠義大節不待文而傳，然有文而先生所行，皆先生所言，儒者讀書窮理，固非虚語，而先生之忠義大節益彰明於天壤。況當兵燹劫灰之後，又歷百二十年，而先生詩與文盡出，亦可知造物之於志士仁人，其苦心有不可泯没者矣。乾隆辛巳孟秋，長洲後學沈德潛謹序。

清沈德潛重刻黄陶菴先生全集序，黄陶菴先生全集，乾隆辛巳寶山學藏板。

重刻黄陶菴先生全集序 王鳴盛

昔人謂東漢人尚氣節，唐宋人重文章，然讀顔清臣、文履善、謝疊山、方遜志諸公遺篇，嘆其撐雷圻電，爛然與日月爭光，而致命遂志，臨大節而不可奪又如是，洵乎間世偉人節義與文章未嘗不合也，若陶菴先生者真其人矣。

先生鍾日星川嶽之英，肩天綱地維之任，釋褐僅逾年，城破之日，與難弟偉恭先生同縊於西城僧舍，其事載於明史及先生門人侯掌亭行狀；其詩文亦詳於錢牧齋、吴梅村、朱竹垞、陸稼書諸先生序中。

憶予髮未燥時，稍知辨聲韻，即雒誦先生詩及散體諸篇，愛慕不忍釋手。嘗與同學論詩文各有派別，即如勝國初，吴中則宗高青丘、袁海叟；浙東則宗劉青田、王烏傷；他如林子羽之於閩，劉子高之於豫章，孫仲衍之於粤，各樹標幟，承學者類有攸歸。而吾疁則師法最正，故其詩渾古蒼鬱，高者似少陵，次亦在隨州、東坡之間。自唐、李、婁、程四先生而外，繼起者唯陶菴先生一人。牧齋嘗謂嘉定多讀書嗜古之士，而推挹陶菴先生不置口。至其古文，出入唐宋八家，而尤以荆川、震川爲圭臬，不爲僞體所靡也。吾輩生先生後，瓣香有在，不學先生而誰學哉？

顧自先生没後，全稿散佚，雖一刻於國初而未全。後及門陸翼王徵君，侯秬園、掌亭昆季，張方瓢諸公，蒐輯校勘付梓，而板今藏於槎溪陸氏，未獲風行。會溧水澹泉陶君來司教寶山，深惜先生之集，當公諸海内，使後學家有其書，非重付剞劂不可。於是，邑之紳士欣然竭數月之力，凡題跋、札記、隻字、剩墨，悉補緝無遺，更益以前集未刻之自監録，鳩工開雕，將不日而潰於成。陶君以予卒業於兹集者有年，郵寄京師，屬爲之序。

予唯先生之文，實先生之正氣凝聚、鬱結而成者也，積之深而後發，則渾淪磅礴，充塞宇宙而不可遏，將與唐宋死事諸君子之遺編後先輝映，所謂節義、文章全備於一身，而流傳於千百世者也。雖殘編斷簡，得之如碎金片玉而不肯棄，況兹集蒐討之宏富而繕寫之精良如是耶。予不敢序先生之集，而深嘉陶君之能集其大全也，因書其梗概如此。時乾隆辛巳夏四月，後學王鳴盛謹撰。

清王鳴盛重刻黄陶菴先生全集序，黄陶菴先生全集，乾隆辛巳寶山學藏板。

黄陶菴文鈔序　王步青

陶菴先生經世之文也，爲諸生時館虞山宗伯家，每閲邸報，欷歔時事，輒見之於文，其於世運之凌夷，朝政之舛逆，君子小人之道消道長，因題發論，慷慨切深，蓋聖賢語言，雖百世可知，故不我欺也！世每謂時文無益，嗟乎！彼自爲其無益耳。先生嘗自謂求義理於六藝，求事迹於諸史，求萬物之情狀於騷賦詩歌，求載道之器於漢唐宋諸家所爲，涵揉隳括以得於心者，亦已至矣。及其放而之於文辭，則又能達於治亂之源，以通之世，故而可以施於爲政。文如先生，其得謂之無益乎？惜乎甫釋褐而明遂亡。以明體達用之身，爲致命遂志之烈，則亦世之不幸，而非文之無益於世也。雖然，世固有揣摩帖括，弋取顯榮，而平生大節，至不可問，是又非徒無益也矣。已山後學王步青。

清王步青黄陶菴文鈔序，黄陶菴文鈔，雍正十二年映旭齋梓。

重刊黄忠節公陶菴集序　周文禾

陶菴集之重刊也，經始於己卯，蕆事於辛巳，童君式穀、宋甥道南實經理之。缺者蔛補，訛者是正，又將年譜及諸家感慕詩文悉爲附入，因序之曰：先生忠節文章彪炳天壤，且聞道甚早，洵爲勝國純儒，以視薛敬軒、陸桴亭，無多讓焉。豈僅爲一鄉一邑之表率哉。夫士君子處太平無事之時，讀書養氣，窮達一節，斯爲聖賢之徒。若丁陽九百六之會，則見危授命，此遇變而出以常經，非素有定識、定力者，不能也。

吾嚶自南宋建縣，地處瀕海，民物樸質，其以忠節著者，有孫氏察、高氏鏊以下若而人。以文章名者，有黄氏聰、秦氏輔之，及王宗常彝、徐太室學謨、殷無美都以下若而人，均載邑乘。而以忠節兼文章者，則侯廣成峒曾而下屈指可數，而尤以先生爲最。或曰：先生既成進士，未官於朝，即不死而終身稱「前進士」，寂居家弄棲隱如徐侯齊、王而農，亦何不可者。不知先生既徇邑人守城之請，遂赴「城亡與亡」之義，是益合乎孔曰成仁、孟曰取義之旨，益以見適道之勇也。禾生先生鄉，讀其書，熟悉其行事，固知先生之爲人，如日、星、河、嶽，焯然不可磨滅。又考四庫全書提要於是集極爲推許，而朱檢討、陸清獻、王光祿諸公序文類，能闡揚盡致，禾又烏庸贅言。惟是兵燹疴經，流傳日尠，鄉邦後進，懼其散佚，鳩資重刊之，爰識簡端以述厓略云。

光緒八年，龍在辛巳仲冬，邑後學周文禾敬撰，時年七十有五。

清周文禾重刊黄忠節公陶菴集序，黄忠節公陶菴集，光緒己卯刻本卷首。

跋

陶菴全集跋　侯玄汸

張子德符刻先生集竟，遣子用良挐舟迎予，予攜猶子滎過方瓢，悉出翼王所輯原本，合新舊版，一一子對讀，疑義相析，其聲琅琅，二老人倚聽之，宛然先生脱草吟諷時也。凡四日夜，既終卷。予喟而告二子曰：「若知是刻之非先生意乎？」

先生平生不立專稿，所爲詩文多散見於每歲日記中。乙酉夏四月，先生遜迹北郭之卓錫菴，手選古文一卷、詩一卷，大抵起丙子，訖乙酉。十年所得，其删去者蓋什之八矣。予往觀之，先生因言：「吾所存，未謂必可存也。然以見吾志所立，從此而進可矣。古文近代自以荆川、震川一派，爲學唐宋大家之津筏，以唐宋大家，爲學秦漢之津筏，而必經經緯史，爲之淵源；詩直以陶、杜爲津筏，風、雅爲淵源，然不明心見性，立其根極，即無所爲詩文也。吾識趣久定，閲歷未廣，向來涉筆猶是經生本色，未遇大題目，亦未有大文章，惟史論差近。古詩則咏史、樂府及和陶諸什，吾稍寓意耳。」復舉示用意用筆之所以然。

予請持歸録副，先生翻視良久，哂曰：「姑待之。」不三月，而先生殉節，此本遂不可問。今其詩仿佛，十符八九矣，文則十僅四五，祇以翼王勤苦收録，片紙隻字不敢闕遺，授梓已半，今日補綴塵而成卷。

嗟嗟，翼王之皇皇裒輯，所願豈止此哉。先生之不與録副，亦豈願吾徒之遽以是傳哉。知此意以讀是編，庶乎其可矣。門人侯玄汸謹跋。

清侯玄汸陶菴全集跋，陶菴全集，康熙丙辰刻本。

陶菴全集跋

張懿實

先生乙巳生，懿實少先生八歲。先生十七八時，先大父邀先生，命子灝叔以下六七輩事之師友之間。懿實既就傅先生，輒教以學文之法。至辛未，先君迎之南城别墅，予始得專受業者二年。癸酉，先生館侯氏，予負笈從焉。又七年，侯文節公送之虞山錢宗伯所，壬午還邑，立「直言社」，予與侯氏兄弟復從遊如初。於是翼王諸子並列門下，謭劣如予，瞠乎其後矣。時先生連掇巍科，益泊然功名之際，當其里居，社事彌勵。不二年，而先生殉節，直言諸子同歸者半。予不忍没先生之志，仿直言爲「砦社」，群賢復聚，研德侯子實爲領袖。

未幾，吴門慎交之會，諸子相率應之，予漸懶酬酢，退耕虬江之野。是時翼王遍搜先生遺稿，次第剞劂，予與同志力贊之，而未成也。其後，或以先生殉節之故，並諱其文，或以先生文章因節義而增重，亟謀卒業。皆侯子記原持之。至今乙卯季秋，記原語予：「兄之欲繼直言者，爲傳先生，不以其文也。陸子求傳其文，而吾弗之急者，將有待也。今翼王遊京師五年不返，而吾年六十有二，兄又長二歲，直言之不可復續也，吾亦何待哉？盍姑就翼王所輯以卒其業，聊見吾三人所以事先生者，各有其心，白首如一，勿留闕陷，俟之不可知之人。其亦先生所許乎！」予感其言，蠲産鳩工，三月竣事，酹酒以告先生曰：懿實不材，今日報先生者如斯已乎！非輔也五年薈萃之勤，汸也九年維護之力，不至此。自今以往，流傳是書，使讀者因以志先生之志，學先生之學，先生其如生矣乎！懿實雖老，奚敢辭責矣。門人張懿實謹跋。

清張懿實陶菴全集跋，陶菴全集，康熙丙辰刻本。

陶菴全集附記　張懿實

兹集鋟工始於己丑，後安亭張珵以私淑之故，取先生詩，同其先世公路集，别爲小板，校讎頗精，乞序於牧翁，牧翁遂舉此序以應。先已行世，今此集中有數詩爲先生子蛩所闕者，不敢復補，可以參考行狀，亦載安亭本中。俟與墓表及鄉賢録、私謚議彙刻附後。丙辰二月，方瓢張懿實識。

清張懿實陶菴全集附記，陶菴全集，康熙丙辰刻本。

陶菴全集跋　侯　棨

先子十四歲從先生學，十年而聞道，先生嘗謂：「入室弟子，莫之先也。」故默菴夫子暨秬園世父，以非先子不克傳先生，屬作行狀。虞山公〔一〕所謂文直事核，無愧良史者也。安亭張氏遽刻詩集中，先子請歸而藏之。兹校閲之役，世父感先子之不及見也，命棨撮其闡微之論。

曰：夫士之所以自立者四，曰文章、曰功名、曰節義、曰道德；所以用之者三，曰才、曰學、曰識；所以辨之者二：曰真、曰僞。先生嘗稱曰：「學者，以識爲主，故斷然知文章功名節義，其真必出於道德。自少至壯，志之純，而守之確，雖風靡波蕩之餘，而元氣渾噩，猶立虞夏而指羲皇也。」癸未中第後，研究益切，遂豁然悟心性之真體，繇是略門庭，探堂奥，捐枝葉，務本根，盡撤諸家之藩，而岿乎獨得焉，動静一如也，窮達不變也，夷險無眩，死生不二也。

又曰：先生知道德之指歸，如百川之趨巨壑，衆星之環辰極。無心於文章，而大音鏗鏘，無心於功名，而臨難激發；無心於節義，而從容成仁。四者之樹立，並出於真，何也？其識定也。天下之知先生於文章節義功名者易，而知先生之道德難；知先生之學與才易，而知先生之識難；知先生之爲宿儒名德易，知先生之爲一代完人難也。後學侯榮謹跋。

清侯榮陶菴全集跋，陶菴全集，康熙丙辰刻本。

【校勘】

〔一〕「虞山公」：光緒己卯本改作「牧齋先生」。

陶菴全集跋　黄垐等

自先君遭乙酉之變，垐方四齡，家室飄揺，藉外翁眉聲先生一椽棲止，母子煢煢，蕭然四壁。稍長，知求父書而散亡已盡，嗚呼，痛矣！所賴翼王、研德同力搜輯，得文八十有二篇、詩三百八十篇、史記評一卷、吾師録一卷。於是同邑諸世執，暨及門數君子相與謀付剞劂，翼王遂悉爲編次以出。不謂人事牴牾，未能卒業，垂二十年。今得記原，趣德符一舉而成之。顧念四子篤古誼於師門，續微言於既晦。垐也痛九泉之血碧，感手澤而如新，不忍以不識也。含毫欲下，心絶淚綆，又不能以盡識也。謹載名末簡，永世勿諼云爾。

丙辰三月朔日，男㚾百拜謹識，弟淵耀、流耀、洪耀，侄瑩，甥趙揆。

清黄㚾等陶菴全集跋，陶菴全集，康熙丙辰刻本。

重刻黄陶菴先生全集跋　黄正儒

曾王父詩文集，經諸前輩裒輯付梓，板藏南翔陸氏，未獲風行。正儒從事史館，服官楚郢，當道諸鉅公垂詢是書，俱未有以應。庚辰疾歸里，適澹泉先生將全集付刊，並增自監録暨詩古文遺編，補前刻所未及。嗟乎！曾王父理學、節義載在史乘，炳於千秋，所爲「三不朽」者，此其餘事。然流風餘韻，於此亦可想見焉。刻既成，謹附數言於後。乾隆辛巳仲夏，曾孫正儒百拜謹識。玄孫謙吉、彝倫。

清黄正儒重刻黄陶菴先生全集跋，黄陶菴先生全集，乾隆辛巳寶山學藏板。

重刻黄陶菴先生全集跋　陶應鯤

鯤執經家塾時，先子樫莊先授以前大家傳稿，嘗謂：「陶菴先生制義直接古文，不可僅作時藝觀也。」及予司鐸寶庠，見其詩、古語録，益嘆先生之學問博大深醇，有功名教，其節義之足以不朽者，蓋有所自來矣。按是集張子德符前輩向曾付梓，惜其板久而失傳，並有自監録，暨詩、古遺編未登梨棗。予弗忍其湮没不彰，因與諸紳士商訂重鐫，三閲月而竣厥事，計原存古文六卷、史論一卷、吾師録一卷、詩八卷，增刊詩三卷、自監録四卷，又以列傳、行狀載之卷首。庶讀先生之全集者，益以想見其爲人，有所觀法而興起歟。爰略附數言志其顛末，俾後來知是書之成，爲力非易，珍重而流傳之，毋致損失，實所厚幸焉。高平後學陶應鯤謹跋。

清陶應鯤重刻黄陶菴先生全集跋，黄陶菴先生全集，乾隆辛巳寶山學藏板。

重刻黄陶菴先生全集跋　汪嘉濟

世之仰止陶菴先生者，莫不重其文章節義，而不知文章節義之所出也。先生素有自監録，兵燹之餘，散佚無考，僅得辛未年間二册，惜未有刊布傳之者。陶子澹泉得之，慨然曰：「此文章節義之根柢，學者所宜循覽也。」因重梓詩文全集，並刊是録。猶念當日隨時筆記，寓目棼然，爰分類而編，共爲四卷。蓋澹泉之用心獨至，而黄先生之學問乃有門徑可尋矣。

夫曾子三省、程子四箴，爲語無多，而去私理以及盡性至命之功於是可見。矧是録之切近精實，詳悉言之，苟能反覆體驗，則上之可至於聖賢，次亦不失爲寡過，有志之士，亦可取以振聾瞽聵也已。吴門後學汪嘉濟拜跋。

清汪嘉濟重刻黄陶菴先生全集跋，黄陶菴先生全集，乾隆辛巳寶山學藏版。

重刻黄陶菴先生全集跋　張江霞

陶菴先生爲我鄉先輩，幼聞故老談先生殉節事，輒識之弗忘。長讀先生制義，卓然成古大家，益嘆其文與人合也。歲丙寅，與先生玄孫六皆同遊庠，欲求詩古文集，因版落他氏，數年弗得。庚辰冬，師尊陶夫子以先生全集相示，受而卒讀。於戲！先生之學問、文章與聖賢爲徒，故能從容赴義，名與日月爭光也。師尊雅意，表章先賢，嘉惠來學，商及重鐫，並搜補未刻遺編，匯爲大備，益快數年欲得之隱。遂與同學諸子力贊成之，跋此以志景仰先生志。同里後學張江霞謹跋。

清張江霞重刻黄陶菴先生全集跋，黄陶菴先生全集，乾隆辛巳寶山學藏板。

重刊黄忠節公陶菴集跋　童式穀

陶菴集，嘉、道時家置一編，皆陶刻本。咸豐初，板燬於兵燹，是集遂如吉光片羽，群以不獲習見爲憾。夫公之成仁取義，卓然爲吾邑第一人物，本不以區區詩文取重，而後學景仰前哲，往往讀其著作，想見其爲人，如集中自監、吾師、谿己諸録，雖公自道其進德之方，實示學者以修業之徑，乃知公之致命荒菴，從容就義，其讀書養氣，正非一朝夕之故矣。則是集重刊傳世，曷可緩哉！

光緒己卯春，爰糾同志搜羅校勘，就陶刻本增入谿己録，卷末仍以原本公弟谷簾先生所著附入。至辛巳冬而竣事焉。每一展卷，覺公之忠靈正氣弈弈行間，讀是集者，尚由立言而景其立德也可。邑後學童式穀菽原甫跋。

清童式穀重刊黄忠節公陶菴集跋，黄忠節公陶菴集，光緒己卯刻本卷首。

吾師録跋　張用良

後學張用良曰：先生輯吾師録時，在予家南城别墅。語家君曰：「初學入門，不得不如此。若到純熟地位，一徹盡徹，頭頭是道。此録猶筌蹄耳，子等勿輕傳也。」先生殁後，默菴陸夫子得而遂刻之。今附文集後，别爲一卷。頃偕侯大年表弟同事校閲，五日中竊聞秬園夫子與家君所述先生遺論，退而筆記，得十四則，題曰私淑識餘，時乙卯二月十日。

清張用良吾師録跋，陶菴全集，康熙丙辰刻本。

吾師録跋　侯　榮

後學侯榮曰：先子與先生講道，語散見累年日記中，已采入掌亭文略。所論吾師録及日曆諸書，不宜輕傳，皆與方瓢表伯言合。

清侯榮吾師録跋，陶菴全集，康熙丙辰刻本。

跋黄陶菴先生吾師録　謝庭蘭

先生是録，雜取古人傳記，分類志之，爲目三十有二。先生有志性命之學，而是録所記，自一節之善，無不録取，以爲法鑒。顧爲精微之説者，則無取於是書也。嗚呼！以彼其學，有能與先生較一日之所至耶？夫學而至於大節之無憾，亦庶地矣。顧騖高遠微妙者，則寧取彼而不取此也。悲夫！

清謝庭蘭跋黄陶菴先生吾師録，湘谷初稿，光緒十七年刻本。

謌己録跋　錢東垣

陶菴先生謌己録二卷，即日曆也。前卷分蚤及嚮後、午後、燈下。後卷分口、耳、身、心、讀書、睡夢，凡意念言動之是否，一一記載之。非者即痛加猛省，誓言不貳，古人云，過而能改，善莫大焉，斯得其道矣。間有論議，皆省身克己之學，直似宋元理學大儒語録，非如陸放翁入蜀記、郭天錫客杭日記之但記陰晴及遊歷吟咏已也。邑後學錢東垣謹跋。

清錢東垣謌己録跋，黄忠節公陶菴集，光緒己卯刻本卷首。

黄忠節公甲申日記跋　劉承幹

黄忠節公陶菴集舊有溧水陶氏澹泉刻本，咸豐初燬於髮亂。光緒己卯，嘉定童菽原氏重刻。迄辛已告蕆，增入《繇己録》二卷都十三則。童氏謂先生所著《繇己録》向藏邑中湯氏，原本二卷，乾隆時，陳氏以誦撰年譜，録入止四分之一，非足本。燹後無從得，乃姑就陳氏所録，分爲二卷，編入集中，異日得足本再補刊。是忠節此録久佚，搜輯之艱，匪自今日。乃數年前亡友太倉錢履樛太守，以所鈔《忠節公日記》一册見示，自崇禎甲申正月迄三月。而《繇己録》之名肇自三月十五日童氏所引《陳譜》中之十二則，具在無遺。其所無者尚數百則，展誦之下彌見先生滌慮之嚴，徙義之勇。凡日用動静，未嘗有絲毫放過，其得聖賢用功鈐鍵，斷非希風掠影，與夫鑿空談玄之徒，所能企仿於萬一也。自二月起，分身、口、意目檢。三月後，則分早起、粥後、午後、燈下、夜夢，刻刻提撕，不令稍懈。距公正命之期尚十六閱月，而用力精專已若是，宜乎臨危不亂，整暇成仁，斂逾七日，鬚眉奮然，膚肉鮮潔，口血噴入磚石寸許，迄今不滅。其灝氣英靈，其乾坤而不毁，在他人震其殉國之烈，在公則祇日用尋常，自循其素位而已。觀其書壁數語，非平日功深養定，真能盡心知性知天者，能若是耶？公所著《吾師》、《自監》諸録，皆少作，提要已稱其趨向淳正，無黨同伐異之風，足見所得之遠。兹編爲就義前一年所記，視以前諸録，尤可寶貴。惟鈔胥間有訛奪，一仍其舊，未敢臆改，亟爲付鋟，以餉後學。惜乎三月以後，尚在闕如，倘有如履樛之勤蒐見眎者，禱祀求之矣。甲子仲冬，吴興劉承幹跋。

劉承幹《黄忠節公甲申日記跋》，黄淳耀《黄忠節公甲申日記》，民國十四年留餘草堂刻本。

二、諸家評述

其一

柴荆宴起客來初，偏慰衰容久索居。盡日長吟才子句，多時勝讀古人書。牆頭新竹延高柳，門外清流映污渠。更約相從見披豁，只應扶曳掃庭除。

其二

移家門向竹林中，小院時聞松柏風。來往每思同長老，見知真愧自兒童。少嘗侍徐宗伯公、丘五丈於此。汪陂洵合稱顔子，樗散何由比鄭公。來詩謬獎三絶。久欲淨祛詩酒污，遠師龐藴了諸空。

明程嘉燧和韻酬黄藴生二首，耦耕堂集詩卷下，順治十二年刻本。

山莊水步傍春華，忽送歸舟起嘆嗟。唐老舍前三月路，沈郎闌畔一年花。近來句好看餘子，數去杯寬尚幾家。寂寂林塘寒食過，紙錢枯柳亂啼鴉。

明程嘉燧拂水值黄藴生清明歸省感懷一首，耦耕堂集詩卷下，順治十二年刻本。

泥金報至，爲之酌酒相慶。喜制科之有人，國家可收聖賢豪傑之用也。此番英俊鋒出，然必欲如先生與子壹者也，方可謂之真舉子，方可謂之真得士。此益之所以喜而不寐也。伯申傳佳卷至，真正經術大儒之文，所謂永嘉之後，復聞正始之音如此。猶以常格見收，南宫更不作第二人矣。預賀預賀。犬子童稚，不能登堂叩首，罪也何如？皋比之席，難乎其難，尚賴先生指示耳。一片奉申燕賀，幸哂存之。

清錢謙益賀黄陶菴，錢牧齋全集柒，上海古籍出版社二〇〇三年出版。

其一

四海分離百六年，團圞一室淚汍泉。紀元故主猶今夕，紆軫危時獨此賢。天塹可能雄虎豹，神州那陷復雲燕。處堂最是偷江左，機火誰家欲燒天。

其二

顧此茫茫集百端，水窮山盡又年殘。枯蝸祇合終粘壁，威鳳何當亦斂翰。此夜送窮文字懶，當年殘臘酒杯寬。天公亟報陽和轉，預有東風散曉寒。

明侯峒曾黄陶菴見和除夕復次韻二首，侯忠節公全集卷四，民國二十二年出版。

【清順治三年】丙戌四月初七。是日晴，孫勇迓翼王過此，兩兒俱有札。旋遣來壽倸母，作答去。羊玄回，得端木報章，亦寄觀。薄暮，翼王至，留宿。翼王至所手抄黄師詩，出共哦之。

丙戌五月十二。走力至江橋，德符病且貧，一札訊之。是日，攤飯以外，幸無它事，仍取舊書稿一爲緒正。是時，幾道、雲俱詩文、蘊生詩文尚在眉聲所。汸、瀞檢理已畢。

清侯岐曾侯岐曾日記，明清稀見文獻五種，人民文學出版社二〇〇六年出版。

黄子不偶生，大雅寡諧俗。羽儀乍高翥，結綬匪所欲。黄雲暗蒼梧，北風號大陸。烽火滿吴闕，下邑勢彌蹙。緬彼二三子，登陴自躑躅。城郢既已乖，號秦又誰告。處死良獨難，苟生何能淑。吁嗟烈士心，伯仲互相勖。威凰既在羅，耻與凡禽逐。未知没者悲，但見存者辱。存没兩茫茫，思君不可贖。

明夏允彝黄進士淳耀哀詩，朱彝尊編明詩綜卷七三，中華書局二〇〇七年出版。

陶菴初登第即知時事已非，不受職而歸，布衣徒步，蕭然高隱。後與侯豫瞻同守城，城破，偕其弟淵耀入僧舍自縊，仍題壁以不能謀國爲歉。生平美行尤多，異日史臣當爲立傳也。

明夏允彝幸存録下，光緒二十二年上海圖書集成印書局出版。

黄淳耀，字蘊生，南直嘉定人。母方娠，夢神授獨節竹一枝，警寤，舉淳耀。性恬易，與其弟金榜折節，讀書工文辭。崇禎癸未成進士，未授選，家居。

乙酉並起義，應侯峒曾協守嘉定，力敵城陷，淳耀以弟還，拜訣其父。詣城西僧舍，題數語於壁，略曰：進不能置力皇朝，退不能潔身自引，讀書寡益，學道無聞，耿耿不寐，此心而已。嚼舌噴血於壁間，因投繯自盡。至今僧舍血迹猶存。或以其母夢孤竹，此二子也！蘊生初與其內人三書〔一〕，有云：南信已不必言，新縣主到，決無見理。居山，用深衣幅巾終其身，遇冠婚喪祭禮，稱前進士某，即古之謝疊山輩，不過如此，吾等此以爲則可也。初蓋欲以智自全，自五月十七日以至七月四日，城亡與亡，卒完大節，不愧爲海内名士也！

清張岱石匱書後集卷三二，續修四庫全書，上海古籍出版社二〇〇八年出版。

【校勘】

〔一〕「與其内人三書」：查有誤，當爲黄淳耀與同年進士、邑人王泰際（字内山，號研存）的信，見卷四答王研存書。

豐草寒原瘞雙玉，白日無人自高獨。曠闕會葬數千家，素車白馬紛相續。知是墓表未山山，故惟平淺作兩丸。銘旌冠領日月字，榮於爵里食朱丹。我來瀝浦迷徑道，牧童樵子爭趨告。進士位昭茂才穆，地逼惜無可立廟。完髮香身雖入堆，劍氣沖天不受摧。勿以浩哭哀其氣，封之翻擬笑心開。後死於國無寸答，君家先得侍閶闔。豈比悠悠一棺土，告祭他時定簪盍。

清王泰際拜松崖偉恭二黄墓，王初桐纂嘉慶方泰志卷三墳墓，上海社會科學院出版社二〇〇四年出版。

素階秋月到，花光更燁然。留買春宵去，可否當金錢？
清毛晉夜落金錢花次黄陶菴韻，汲古閣集箋校卷二，東方出版中心二〇一九年出版。

豈獨畏炎威，偏從白露展。丹心依舊在，不逐秋蓬卷。
清毛晉秋葵次黄陶菴韻，汲古閣集箋校卷二，東方出版中心二〇一九年出版。

劒門拍坐兩湖明，頭上雲催片片情。龍破澗邊先布雨，鶴棲松頂尚梳晴。空潭花氣垂簾静，深夜泉聲傍枕生。一自常公題筆後，欲裁新句苦難成。
清毛晉和黄陶菴九日登虞山遇雨宿興福禪院，汲古閣集箋校卷三，東方出版中心二〇一九年出版。

嘉定縣紳黄淳耀破家結客，同侯峒曾、侯岐曾〔一〕等率縣民守城。城破，慷慨大呼曰：「結髮讀書有年矣，死無以報高皇帝、烈皇帝。」偕弟淵耀字偉恭者，至西清涼菴〔二〕。淳耀題壁曰：「弘光元年七月初四日，遺臣黄淳耀自裁於西城僧舍。嗚呼，進不能宣力皇朝，退不能潔身自好，讀書寡益，學道無成，耿耿不寐，此書而已。」同弟自經死。
清高承埏，自靖録，咸豐刻本。

【校勘】

〔一〕「侯岐曾」：查有關史料及侯岐曾日記，侯岐曾未參加嘉定守城戰鬥。

〔二〕「清涼菴」：即西林菴，又稱竹勝菴。

嗚呼江夏英，磊落青雲器。持此歲寒心，慷慨赴明義。晶瑩練水濱，碧血照天地。獨憐淺土中，四喪未歸瘞。夜臺遺恨深，耿耿目猶眡。有美見天倫，贔屭營所事。靈輴出郊原，執紼四遠至。鬱鬱京兆阡，宛宛延陵字。庶以答義昆，貞魂可稍慰。吊鶴空飛回，束芻阻迢滯。遥瞻隴雲高，攬筆發深喟。

清朱鶴齡《黄陶菴先生殉節乙酉兩世未葬懿弟上枝拮據舉襄賦此志》，《愚菴小集》卷二，華東師範大學出版社二〇一〇年出版。

陶菴先生行誼節概，卓絶千秋，四子經義，既爲有明三百年一人。其所作樂府，復旨遠辭高，義精響厲，真儒者之詩也。當甲申北變，聞金陵嗣統，謁選者麇集都下，先生獨不往。吾友包了問之，先生曰：「某公素善余，今方與當國者比。余入都必當與往來，往來爲彼牢籠矣。君子始進必以正，豈可爲區區一官捐名義以殉節之耶？」卒不往。

嗚呼！先生之律身如此，使之居大僚，持國是，苟意所不可，必當奮髯抵几，義形於色，甚則激烈，引分自裁，其肯委人之軍師國邑，甘爲劉功曹輩所笑耶？論先生之詩者，顧欲以四聲八病，二唐格調求之，過矣！況其按節抗音於三唐，亦並無不合也。

清朱鶴齡《題黄陶菴詩卷》，《愚菴小集》卷一四，華東師範大學出版社二〇一〇年出版。

余往在京邸與朱子竹垞商榷斯事，竊謂明代名家如宋金華之渾厚，方遜志之英爽，吴匏安之淳深，王文成之明達，唐荆川之紆徐，歸震川之簡潔，錢牧齋之雄博，黄陶菴之堅凝，是皆天地元氣，其專集行世，炳然與日星爭光，固不待選以傳。

清潘耒《明文英華序》，顧有孝輯《明文英華》，清康熙傳萬堂刻本。

錢受之謂黄蘊生嗣歸熙甫，非也。熙甫但能擺脱纖弱，以亢爽居勝地爾，其實外腴中枯，静扣之，無一語出自赤心。蘊生言皆有意，非熙甫所能匹敵，但爲史所困，又染指韓、蘇，未能卓立爾。

清王夫之《薑齋詩話》卷二，人民文學出版社一九六一年版。

通政司左通政侯峒曾建義於嘉定。城破，與其子玄演、玄潔，其友癸未進士黄淳耀、舉人張錫眉、龔用圓，諸生馬元調、黄淵耀、夏雲蛟、唐昌全等皆死之。

峒曾，字豫瞻。閏六月，北設官至嘉定，峒曾建義旗，城守拒之。北兵來攻，亡失甚衆。越三日，而城中人有爲北應者，城陷。峒曾時在城上，士卒皆曰：「吾曾受公厚恩，尚可衛公出走。」峒曾曰：「與城存亡，義也。」已而赴水。已而玄演字幾道，玄潔字雲居從之。峒曾曰：「吾死義也，夫二子者何爲？且有祖母在，不可。」對曰：「有玄瀞以奉祖母矣，何忍吾父之獨死也。」語未畢，有奴趨告曰：「賊至矣。」相挽而没。降將李成棟斬峒曾首懸之，大掠去，使別將守嘉定。有金生者，夜竊峒曾之首，藏之篋中。峒曾之叔某自野輿棺收其屍，方斂，聞有哭聲自外入者，則金生負篋而至也。

淳耀字蘊生。城破，避之西方菴〔二〕。問其從者曰：「侯公何若？」曰：「死矣。」曰：「吾與侯公同事，義不獨生。」乃書壁云：「讀書寡益，學道無成，進不得宣力王朝，退不能潔身遠引。耿耿不没，此心而已。大明遺臣黄淳耀自裁於城西僧舍。」其弟淵耀字偉恭者，謂曰：「兄爲王臣宜死，然弟亦不願爲清朝之民也。」淳耀縊於東，淵耀縊於西。

錫眉字介社，守南門，奸民導敵自北門入。峒曾與錫眉登陴而見之。錫眉曰：「事急矣，曷各自裁。」峒曾曰：「然。一辭家廟，行矣。」錫眉曰：「我無以返家爲也，即別公此所。」解帶縊於城樓。峒曾遥視，再拜而去。

用圓字知淵，分守城門，城陷，赴水死。二子從之。

元調字巽甫，婁堅之門人也。當建義時，元調年七十矣。以所善諸生唐昌全字聖舉、夏雲蛟字啓霖，助調兵食。城破，元調死之，相繼者十四人。

清黄宗羲弘光實録卷四，南明史料八種，江蘇古籍出版社一九九九年出版。

【校勘】

〔一〕「西方菴」：誤，當爲西林菴。

與君未夙昔，遥聞始相慕。契合在道術，不同世趨附。君言會當來，事務每回互。我亦欲驅車，嵇生懶成惰。盈盈一水間，耿耿不得晤。風塵天地晦，珠玉委埃霧。君死我不知，我哭君不顧。嗚呼一大儒，溝壑畢其遇。君死自君分，學者失恃怙。臨風動長號，淚盡西州路。

清陸世儀弔疁城黄藴生，原載桴亭集，轉引自黄忠節公陶菴集，光緒己卯刻本卷首。

文章至黄陶菴，真一代之冠冕，語語是本源中流出。古文制義，經濟理學，一以貫之，可與荆川並傳。

清陸世儀思辨録輯要卷五，景印文淵閣四庫全書第七二四册，臺灣商務印書館一九八五年版。

余聞嘉定黄子藴生名，數年始見其制舉之文，又逾年，得交其人，越今四五年，益得窺其學。世之爲制舉業者，淫詞詭説，陳言卑論，雜然並興，更相是非，於是文之門户立。士君子慷慨負氣，好議論時事，臧否人物，喜同而惡異，於是人之朋黨分。其有卓然論大道、明絶學者，群而附之，或競爲浮誕，言則是而行則非，於是學之名實淆。門户立，朋黨分，名實淆，此文章、人品、學術所以似盛而實衰，日競而益壞也。

蘊生沖和湛靜，言不妄發，又特立不苟同俗。博學多通，而以六經爲歸；雅工詩古文詞，出其餘爲制舉業，亦出入經史，無今日陋習。顧善自晦，若無所能者，於世俗之所爲皆反之。去年舉於鄉，知與不知，皆曰：「蘊生之文宜遇也。」從嘉定來者，每言蘊生得雋後，門庭僕從，不改於昔。余曰：「此無足異。使其他日爲爲顯官，食厚禄，將必猶是。我信其人也。」其門人顧文鴻，又言其師方絶迹郊外。蘊生於此，過人遠矣！今當治裝北行，持其出入經史之文，必且復遇於禮部，而人品、學術亦將有見於世。守其素履，以報國家，以奉君父，我知其必無負也。

抑今日所急者經濟，經濟之尤要者兵農。古云學而後入政。今之書生，目不睹壁壘之形，口不計錢穀之數，所賴博涉古今，略知經畫，而又多不究心。一日離草茅，或内管機密，外掌會計，以禦侮而生財，無怪乎其自誤而誤國也。

新例：進士上第，翰林之外，得授料道，餘乃爲部曹知推。有職守者，固不容不習其事，而言官思獻計於君上，亦無急於此者。前得蘊生書，謂志在立言，蓋不足於救時之略者，此蓋謙不自居，非果有所短也。然方今時處其窮，即此二事，有難於他時萬萬者。籌度究圖，誠宜精詳，中有成算，而身得爲，爲之；不得爲，爲天子明言之，庶有濟乎！若夫立言，則吾儕不遇於時者之所爲，非所期於蘊生也。

清歸莊送黄蘊生會試序，歸莊集卷三，上海古籍出版社二〇一〇年出版。

崇禎末，海内文社絶盛，士多馳騖名場，各立門户，文章節義之色，常見於面，徐而察之，往往名過其實。嘉定黄藴生先生，雅負時譽，而沉深沖静，穆然有道之容，與一時名流絶不類。余於知交中特愛敬之，故年僅在肩隨之例，而心實奉之爲師表。其試南宫也，余作序送之，以時方多難，期之以經世之業。先生答書，亦有耻爲文人之語。

乙酉之秋，先生竟以節義死，於自許之言合矣。然以先生之才，俾僅以節見，豈余相期之初意哉！乙未歲，舍館嘉定，過南門之僧院，見先生殉難之遺迹。其夜夢中哭先生，覺而有詩云：「故人宿草滿幽宫，何事魂交淚眼紅？忠義同心情特切，死生異路氣常通。愁瞻碧血荒菴裏，惜取遺文敝篋中。太息典型無復在，孔融何處想高風？」今又十年矣。黄公之壚，望之邈若；山陽之笛，入耳增悲。陸君永公，仰止前賢，收藏遺墨，屬余跋其後，有感而記之。至於書法，先生雖云臨東坡，然其骨力實得魯公之遺，非拘拘問藍於徐季海者也。

清歸莊《跋黄藴生書卷》，《歸莊集》卷四，上海古籍出版社二〇一〇年出版。

天地浩無涯，生人多碌碌。黄子不偶生，大雅寡諧俗。藝林久翩躚，誰識荆山玉。羽儀忽高騫，萬里翔尺木。汪汪叔度姿，温温公瑾目。慷慨揚馬倫，賦咏滄浪曲。感物别有懷，結綬非所欲。中夜望槐槍，心憂嘆無禄。攜手瞻上京，飲恨銅駝哭。黄雲暗蒼梧，北風號大陸。緬彼二三子，登陴自躑躅。城郢既已乖，薄秦又誰告。烽火滿吴關，下邑彌局促。處死良獨難，苟生何能淑。咄嗟烈士心，伯仲互相勖。威凰既在羅，耻與凡鳥逐。長寢都棄捐，忍痛塡箎篤。未知歿者悲，但見存者辱。存歿兩茫茫，思君不可牘。

清彭賓偶存草，順治九年刊。

今天下之知有陶菴先生也久矣！天下之知先生者，始以文章，終以節義，而不知其平日慎獨養氣，明體適用之學，粹然其爲儒者也。歲癸巳，其同年生陳瑚表於其墓曰：

先生名淳耀，字藴生，姓黄氏，蘇州府嘉定縣人。祖世能，任平涼府經歷，父家杙，生三子，長即先生，次淵耀，次流耀。先生生而敏不好弄，夜篝火讀書，父母憂其孱弱，先生微覘覺之，乃夜輟燭，伺寢息，更從鄰舍兒乞火，危坐默識，嘗逮戊夜，晨候寢門無倦色，人以是知先生非常人也。

年十七爲諸生，其制舉業博大醇正，小試輒第一，同里侯廣成先生兄弟見其文而嘆曰：「此人才識，吾遠不逮也！」遂定交甚歡。一時物望，若張西銘太史、夏瑗公吏部、楊維斗孝廉，莫不側席願交先生，先生泊然如不屑也。力學二十年，隱居教授，與同志十數輩爲「直言社」，以遷善改過相勸勉。蓋先生自弱冠即著自監録、知過録，後更爲日曆，晝之所爲，夜必書之，至是告諸友人廣其學焉。

崇禎壬午舉於鄉，上座主王登水先生書曰：「某嘗求義理於六經，求事迹於二十一史，求萬物之情狀於騷賦詩歌，求載道之器於漢、唐、宋數十家之文章，編劙規摹，涵揉㯳栝，放而至於詩若文之間。竊謂古之立言者，非其有得於心則莫能爲也；夫既有得於心矣，雖有言可也，遷、固、荀、揚、韓、歐之屬是也；夫既有得於心而有言者矣，雖無言可也，鄗宗之叔度是也。某之所見如此。比來斂華踐實，玩思性命，將求所以悟明其心而剛大其氣，以庶幾千古之因文見道者。尋繹久之，亦復超然有得於文字語言之外。世儒舍性命而言事功，舍事功而談文章，是以事功日陋，文章日卑，而詖淫邪遁之害，浸尋及於政事而不可救。蓋天下之壞，數十年於兹矣。某雖無知，其敢貿貿焉以文人自居，以富貴利達之習自陷也哉？」先生之志見於書者如此。

癸未秋，計偕入都門，手齊魯道中詩一卷質諸先生，先生感嘆，反復誦少陵「獨使至尊憂社稷」二語，相與流涕久之。予不第歸，先生成進士，出周太史巢軒先生門下。先生死李賊之難，諱鳳翔，謚「文節」者也。先生既釋褐，寓書其門人曰：「禄仕非吾志也，吾方績學修行，揣摩當世之務，使舍我其誰，始可一出耳。」又與弟淵耀書曰：「近見他人，品骨不如我，意思、見識不如我，不免有輕蔑時俗之意，坐此學力不進。然在寵辱場中壁立如鐵，則所謂辭爵禄，蹈白刃，吾自信無憾。過此以往，并心一向，終有一立脚處，不徒然而已。客中無可與語，買得唐詩數册、通鑒一部，窗虚月白，風急天高，誦詩讀史，自嗟自樂，恨千載上人不從吾遊也。天下事不可爲可爲者，唯有己分内事，勉之勉之。」

未幾，策蹇南歸，杜門不出，日與直言社諸子朝考夕稽，毅然以道自任。甲申春，偕年友陳義扶俶、蘇眉聲淵過婁江，遇予論學於舟次，不謀同辭，因示予同學姓氏，予筆而志之：如唐聖舉昌全、夏啓霖雲蛟、侯幾道玄演、雲俱玄潔，皆死剃髮，如陸翼王元輔、侯記原玄汸、研德玄泓、張德符懿實、高德邁凝、朱九初子素輩，次弟得交其人，咸恂恂乎篤行君子也。先生友教之功，亦可以見矣。嗚呼，聖學之不明也。自吾婁數人，束脩勵行，勉爲窮理持敬之學，而世有迂而笑之者，乃相戒儉德晦明，勿令人知。而先生獨身承其責於風俗頽蕩之日，禮樂彫敝之餘，其勇爲何如哉！

顧予交先生晚，又不數數見先生，然嘗與先生約，冀幸天下無事，當買山結廬，聚首一堂之上，纂修微言以待來者。何意此志竟不從哉。天之欲喪斯文甚矣。先生性純孝，家居不私畜一錢，丁母憂毁瘠骨立，蔬食終其喪，待其弟教愛兼至。讀書務根本，每涉一篇，首尾貫穿，成誦若流，爲詩古文辭妙天下，愛讀靖節詩，自號爲「陶菴」。所著詩集若干卷、文集若干卷、詩劄一卷、史記質疑四卷、語録三卷、吾師録一卷。有子一，曰坙。先生既葬之三年，予始得望而拜哭之於其死所，乃爲之表其一生言行之大略，以傳於後。若先生之兄弟死義，凜然大節與日月爭光者，婦人、孺子皆能言之，不待表而後見也，故不書。太倉陳瑚撰文。

清陳瑚《黄陶菴先生墓表》，《黄忠節公陶菴集》，光緒己卯刻本卷首。

春暮既望，翼王陸子迓予過嘐。嘐地多君子，夙奉陶菴之教，既見談道甚歡。越數日，將歸隱湖，適讀陶菴和淵明詩，多言性命之旨，因次其韻，贈别諸同人，匪和淵明，實和陶菴也。

我求友生，如暵瞻雨。誰哉同心，闢此榛阻。既見君子，天懷共撫。斯文在兹，勞我延佇。

陶菴有學，聿追鴻濛。紹我洙泗，軼彼姚江。春風在庭，明月在窗。爾其以歸，執鞭相從。

維木有華，燁燁春榮。當秋而實，乃見性情。各敬爾躬，與時偕征。無爲中道，負此生平。

魚潛於淵，鳥集於柯。孰爲尸之，扇以微和。嗒然忘言，一語爲多。春云莫矣，欲别如何。

清陳瑚和停雲四章，原載安道集，轉引自黄忠節公陶菴集，光緒己卯刻本卷首。

鈞天帝醉縱難回，氣作山河亦壯哉。碧血九京懸劍恨，素車雙淚束芻來。先生既没微言絶，後死誰將狂簡裁。還憶方舟江上語，曾於舟中論道。可憐絲鬢漸相催。

清陳瑚壬辰三月訪黄陶菴殉節處見壁間血痕縷縷向空拜而哭之，原載安道集，轉引自黄忠節公陶菴集，光緒己卯刻本卷首。

黄淳耀，字藴生，南直隸嘉定人。自少沉潛，好書博學，工文詞，爲諸生即名噪江東。每勵著書明道之志，著自監録、知過録後，更爲日曆，晝之所爲，夜必書之。崇禎壬午舉於鄉，癸未成進士，出周太史鳳翔之門。釋褐後寄弟淵耀曰：「吾廷試傳臚時，見鼎甲先上，人皆嘖嘖稱羡，吾此時嘆息無限。天地間自有數千年之一人，數百年之一人者，而今人必不肯爲數千年之一人，而欲爲三年之一人。」又曰：「近見他人品骨不如我，意思見識不如我，不免有輕蔑時俗之意。坐此學力不進。然在寵辱場中壁立如鐵，則所謂辭爵禄，蹈白刃，吾自信無憾。過此以往，并心一向，終有一立脚處，不徒然而已。客中無可與語，買得唐詩數册，通鑒一部，窗虚月白，風急天高，誦詩讀史，自嗟自樂，恨千載上人不從吾遊也。天下事不可爲，可爲者惟有己分内事，勉之勉之。」此書可以概其命矣。

蘊生見當時事勢已壞，遂無仕進意，杜門不出，窮交數子，砥礪益堅。天性純孝，家居無私財，所得廩既束脩，盡以歸之親，丁内憂，毁瘠骨立。自弱冠至登第後，不苟取一錢。其友人有　親戚以官事連染，屬蘊生白之，其親戚以五十金爲壽。友人懷之以饋，及覿面不敢出諸袖，潛置書笥中。經數日，忽檢出，大駭，亟還之。介操類若此。

乙酉兵至，訛傳父死，遂同淵耀自縊於西城僧舍。臨死神氣閑暇如平時，題壁有「進不能宣力皇朝，退不能潔身自隱，讀書寡益，學道無成，耿耿不昧，此心而已」等語，士林聞而悲之。所著有札記二卷、語録二卷、吾師録一卷、史記雜論四卷，詩文若干卷，藏於家。後人稱爲「陶菴先生」。淵耀字偉恭，邑諸生。同里有夏雲蛟者，字啓霖，奇貧力學，與蘊生同館於侯通政家講習相契，一時有「黄夏」之稱。篤行孝友，精研性理，以程朱自期。著有豫章遊、心學直指二編。乙酉秋，亦以兵死。

清張夏雒閩源流録，康熙二十一年彝叙堂刻本。

陶菴先生嘗夢謁孔林，四顧庭廡，雲木蒼然，思欲廁於弟子之列而不可得，泫然流涕，覺後淚猶承睫也。

三十二年前今日，爲直言社新歲集在眉聲家，諸子策勵，精彩一新。陶菴先生歸爲其日記云：「昔人有言，士别三日，當刮目相待，余自年二十三時，即知此事。今十五、六年，比昔無大相遠，再二十年，便成六十老翁矣，如此終不免懡㦬一場也。今乘色力强健時，日日提撕，刻刻鍛煉，成就世間一了事。」

清侯玄汸月蟬筆露，民國二十年鉛印本。

十七日丁酉，都察院觀政、進士黃淳耀亦偕其弟諸生淵耀入城。初，淳耀避兵石岡。丹陽葛孝廉，名麟，字蒼公，與二力士至疁，叩淳耀門。其封翁家柱出迎，見麟等貌甚雄武，殊不類文人，麟大聲問曰：「年翁安在？」答以在鄉，麟攢眉良久曰：「我憂之甚，年翁純儒，未諳世故，恐不免。思一相見，故紆道來，今不及矣。」家柱因止之，爲停留治饌。遂與淳耀兄弟訪吴志葵於雲間，共論當世事。出謂淳耀曰：「志葵庸奴耳，其言誇誕，欲使他人幹事，而彼坐享其成功，必誤國事，年翁何故信之？天下事尚可爲，然君儒者，非其倫，幸勿鹵莽。」因掉臂去，後不知所終，洵豪俊之士也。

十九日己亥，通政使司左通政侯峒曾入城，與紳士分部巡守。先是淳耀等令玄演作書，急趣其父峒曾入城，兵民亦列幟往迎。既至，集衆公議，畫地而守。東門峒曾爲主，邑諸生朱元亮、龔孫玹、金起士，及二子玄演、玄潔佐之；西門淳耀爲主，其弟淵耀佐之；南門嘉興教諭龔用圓、舉人張錫眉爲主，邑諸生夏雲蛟、唐昌全等佐之；北門亦峒曾爲主，太學生朱長祚、原任雲南按察司僉事唐咨禹佐之。處分已定，各率衆上城巡邏，疁人士爭縛袴執刀以從，人情頗勇躍。其大事專屬峒曾、淳耀處分。

方城破時，西門尚未有兵，城中男婦悉西走，街路俱爲亂石所阻，困頓顛躓，僅乃得達，號哭求啓關，淳耀堅握鎖鑰不聽。其同榜進士王泰際適至，爲百姓請命，語甚哀懇，不從，復以年誼動之。淳耀大怒曰：「若欲獻城，君盍自爲之！我頃刻死人，不知年誼矣。」泰際笑，急走南門，縋城逸去。俄聞東城已破，方聽啓關，城門爲巨石堵塞，僅容一人出入，然奔竄而出者，尚數千百人。及清兵至，悉從屋上奔馳，通行無礙，難民在下者，反阻絶不得路，盡投河死，水爲不流。巡司俞尚德解巾服投地，與百姓相向慟哭，乃去。淳耀兄弟知事不可爲，方下城。遇其紀綱僕，急問曰：「太老爺安在？」謬應曰：「死亂軍矣。」兄弟大哭，復問死所，曰：「南城。」時大雨後，濘甚不能行，淵耀控一馬至，趣淳耀急乘之，親爲執轡。至中途力竭，有王姓者掖之行，得抵南菴〔一〕，平日與友陳俶讀書處也。主僧無等尚在，獻茶，啜茶畢，索紙謂主僧曰：「大師急避，余兄弟即此逝矣。」遂鍵户，禮佛，取筆大書云：「大明進士黄淳耀，於弘光元年七月初四日，自裁於西城僧舍。嗚呼！進不能宣力王朝，退不能潔身自隱，讀書寡益，學道無成，耿耿不没，此心而已。異日虜氛復靖，中華士庶再見天日，論其世者，尚知予心。」書罷，顧視淵耀，已赫然梁間矣。仰屋長嘆，遂縊其左。

初，淳耀精心理學，於書無所不覽，著述甚富，既聯捷巍科，布衣徒步，不異秀才。時嚴飭家人，不與外事，居常鬱鬱，恨所志不遂。自聞國變，益復無聊，淵耀每譬解之。一日，淵耀自外入，見幼弟戲於庭，撫其背，泣曰：「六郎，汝豎子何無知？時事至此，汝大兄必死節，兄死，吾不忍獨生，汝將來不知流落何處？爾嘻笑耶。」時清兵未至，家人皆詫爲不詳，至是其言悉驗。

清朱子素嘉定乙酉紀事，中華書局二〇〇九年出版。

【校勘】

〔一〕「南菴」：即爲西林菴。

嘉定之破也，死節義者不一人。黄陶菴與其弟偉恭自經於西林菴僧舍，陶菴甚從容，偉恭猶激烈。陶菴未就死，偉恭促之曰：「阿兄何不速死？」遂同赴死。偉恭在東，陶菴在西，陶菴曰：「倉猝中不可失兄弟之序。」遂解其繫易之而上經。時暴暑，經六日後，余兄或齋名淵字眉聲入城收其屍，偉恭已腐敗不堪，而陶菴顔色不改，皮毛之間微潤而已。此從容與激烈，平日所養之徵也。

清蘇瀜嘉定之破，惕齋見聞録，民國二十五年校跋本。

黄淳耀，號藴生，崇禎癸未進士。弘光朝馬、阮擅權，淳耀耻不謁選，寄迹僧寮。既而與豫瞻父子，破家結客，死保殘城。城破，慷慨大呼曰：「臣結髮讀書，有矣死，無以援高帝。」遂入清涼菴〔一〕經死。弟淳友〔二〕亦死。

清錢肅潤進士黄公，南忠記，中華書局一九五九年出版。

【校勘】

〔一〕「清涼菴」：應爲西林菴，又名竹勝菴，此處係誤記。

〔二〕「淳友」：應爲淵耀，淳耀弟，此處係誤記。

心者惜之。藴生夙負雋才，早蜚俊譽，無何而跅跋名場，青衫潦倒。劉武陵之到處阽隤，郭櫟陽之所如枳棘，有心者惜之。癸未一第，旋避馬阮之塵，寄迹僧寮。蓋是時已定而學益老矣。尋而遘斯大故，哀笳攢夜，愬笛煮心，與廣成父子破家結客，死保殘城也。城破，慷慨大呼曰：「臣結髮讀書有年矣，死無以報高帝。」遂入清涼菴〔一〕經死。弟淳友〔二〕亦死。贊曰：白日悲風，人生實難；田光一死，以報燕丹。

清陳貞慧黄進士淳耀　山陽録　光緒乙未武進盛氏思惠齋刊。

【校勘】

〔一〕「清涼菴」：即西林菴，又稱竹勝菴。

〔二〕「淳友」：應爲淵耀，淳耀弟，此處係誤記。

陶菴先生理學、史論，皆據上流。詩諸體咸精，風格獨老。運際滄桑，身騎箕尾，高風峻節，尤堪俎豆千秋。

清鄧漢儀陶菴詩，詩觀三集，康熙刻本。

先生諱淳耀，字藴生，號陶菴，嘉定人。祖諱世能，平涼衛經歷，父諱家柱。先生生而淵穎，二歲能辯八書，就塾授經，輒兼習他生所誦，不喜玩，美醇然如長德大人。夜篝火讀書，父因憂其弱疾，禁止之，藏燭甕中，伺寢息，更出火，危坐默識，往往徹旦，其强學如此。年十七，爲博士弟子，旋補廩生。先時，故廩生汪某已給膳金，例應追歸先生，先生憫其孤寡，因請免追。學博某嘆曰：「英年能義讓，遠大器也！」白邑令額旌之，而給賞如膳金之數。

爲學務穿穴經傳，綜核性理，濂、洛、關、閩之書不輟於案。爲文博大光華，醇深典則，前後小試冠軍，凡二十四。或勸板歷試草行世，先生謝曰：「自衒以沽名，吾不爲也。」同里侯納言峒曾及弟文節先生岐曾，以文章道誼鳴江左，一見先生深服其才識，延爲師友，先生遂兄事兩侯。侯、黄之交，天下誦之，由是一時物望，若張庶常溥、夏考功允彝、楊解元廷樞，莫不側席願交先生，先生泊然如不屑也，隱居授徒，浮湛諸生二十餘年。

崇禎之季，文體沓亂，險譎淫豔，競名其家，後進輕薄者爭趨之，詆先生之學爲迂鈍。先生自信益堅，酒酣歌呼，牢落惋嘆，所與徵言高論者同志數人而已。逾壯不售，乃偕唐昌全、夏雲蛟、陳俶、蘇淵、高穎、高凝、張懿實、侯玄汸、侯玄演、玄瀞、玄泓、玄潔，弟淵耀及元輔等爲「直言社」，善相勸過，相規以面從爲戒。自先生弱冠，即效趙清獻公遺意，著有自監、知過二録，後更爲日曆，晝之所爲，夜必書之。凡語得失，念慮純雜，無不備記，以自省克，至是與諸子殫究心學，砥礪躬行，觀摩策發，其教寖廣，不復以科第爲意矣。壬午以親老勉應闈試，遂舉於鄉，藏稿一出，天下翕然，推爲近科之冠。

癸未春，清兵蹂躪齊魯間，京師嚴戒，秋始有會試之命。先生將北上，語元輔曰：「厚積德，深養晦，至舍我其誰！而後出此宿志也。今勢不獲已，復似馳馬入京、應不求聞達科者，陶公詩云『一形似有志，素襟不可易』，我之謂矣。」中進士第，出周太史鳳翔門下。廷式二甲出身，時名冠士林，縱横兩河，聲沸京師。先生達觀，趨者狂騖，方行館選，請囑公行，先生蒿目時艱，耻不肯預，常吟杜少陵「獨使至尊憂社稷」之句，以抒其忠憤。既知天下事決不可爲，遂請假南還，復與直言社諸子磨礲尋繹，日考月稽，隱几蕭條，恍然發悟，由此自治益嚴，毅然以斯道自任。

甲申三月，流寇入，北都陷。先生聞變，仰天慟哭，幾至隕絶，竟不謁選，隘巷敝廬，布袍蔬食充如也。乙酉五月，南都既覆，郡縣望風疑附，設官四出，士大夫競削手板求見紓禍。先生抗節伏匿，有以禍怵之者，必唾其面，嘗答同年王進士泰際書曰：「果有新縣正，必無見理，冠婚喪祭，但以深衣幅巾行禮，終身稱『前進士』而已，一事不與州縣相關，絶迹忍餓焉可也。」

六月初七，李成棟以水陸兵駐吳淞，過新涇鎮，大肆淫掠，民心怨憤。會剃髮令下，義兵四起，吳淞總兵吳志葵以海師入泖，規復蘇淞。先生與葛孝廉麟入吳軍，與夏考功允彝、陳黄門子龍、吳庶常易、侯文節先生等，共論克復之計。門人侯玄泓乘間問曰：「先生自處何如？」曰：「潔身之與任事，惟其事時耳。今衆怒不可復遏，而忍獨潔其身，非也。」然則義師成乎？曰：「能言拒楊墨者，聖人之徒也，夫斷七尺之膚髮，褫三王之禮樂，其與楊墨孰甚？今舉事誠不敵，然因人心之憤，亦一大機也。成則還三百年之江山，不成則以死繼之。」然則先生之死生一乎？曰：「一矣。」

未幾，嘉定鄉兵焚破成棟舟師於新涇鎮，先生偕侯納言入城，首議斬新令張維熙，以明天討，正人心。鄉兵初惑維熙反正之言，群起喧嘩。先生與納言歷疏維熙罪狀，榜揭通衢，逐之境外，衆乃曉服。於是挑募壯勇，激勵紳衿，分城而守，與昌全、雲蛟、玄演、玄潔、淵耀共計備禦。西規太倉，東扼吳淞，四郊回應。成棟數出兵攻城，爲義師擊敗，殲其兵師數十人，成棟登吳淞城東望濱海，西顧頓足曰：「我從清兵渡江，所向瓦解，今乃爲彈丸邑所困，此絶地也，我死於此矣。」乃大修攻具，驅民益兵，破婁塘，通太倉，攻圍益急。拒守旬餘，殺敵無算，矢石俱盡，乞師吴總戎，僅遣蔡遊擊戎以五百人赴，一戰不利，束甲宵遁，外援遂絶。

七月三日，大雨如注，城崩東角，先生兄弟身先，鄉勇捍應，萬方克服。淋漓晝夜不休息，至四日，雨益澍，城大崩。時先生分守西關，鄉兵倉惶乞開關避敵，先生叱之曰：「吾頭可斷，關不可開也！」衆知不可，奮爭斬關散走，清兵遂薄東關而上，從者四人欲掖先生兄弟遁，先生詭諭之曰：「爾輩不識時勢，未有城破而城外猶得獨全者。」淵耀見從者持先生，急大言曰：「阿兄主意須定。」攜手入草菴〔二〕，閉門拒從者，從者排闥入，求出不已，先生曰：「吾意素定，豈汝輩哀祈所能易耶。」淵耀曰：「汝輩不去，豈乏行齋耶？」出袖中遺金投之：「爾速去，同死無益。」從者泣而去。菴僧無等，素與先生兄弟爲方外交，問曰：「君，邑進士，猶未授職，可以無死。」先生曰：「城亡與亡，是儒家本分事，且出身之士，猶許嫁之女，夫死殉節，亦其所也，今托上人之庇，死此一片乾淨地，於心足矣。」軍聲益逼，淵耀曰：「此其時矣。」遂索紙書曰：「大明進士黃淳耀於弘光元年七月四日，自裁於西城僧舍。嗚呼！進不能宣力王朝，退不能潔身自隱，讀書寡益，學道無成，耿耿不滅，此心而已。異日寇氛復靖，中華士庶再見天日，論其世者，尚知余心。」點畫工楷，神氣休暇，與淵耀分長幼而縊，年四十有二。某年某月某日，葬於先塋之次。

淵耀，字偉恭，爲人剛正明決，是是非非，不苟雷同，與先生義兼師友。死時，年二十一。

先生妻沈氏，子男一人坓。先生爲人體貌魁秀，儀止安詳，始而夷簡深穆，訔笑有度；末而充和粹德，鬱鬱洋洋，吟風弄月，莫得而形容也。天性純孝，居母陳氏憂，毀瘠骨立，不飲酒食肉御内者三年。

事完初公先意承志，曲盡婉愉，義所未諧，亦不以從，爲孝善處人骨肉間，誠意所孚，凶人輒格。生平不二色，登第歸，秉夜獨坐，女奴來奔，先生正容拒之，不彰其惡，已而其夫有過，并婦逐之。讀書務求根本，每閱一編，首尾貫穿，涵濡咀嚼，成誦若流，時或銜杯劇論，引繩批根，四座屈讋。古文力追大雅，祖左、史而宗韓、歐；於本朝以方、宋、唐、歸爲則，何、李、王、李，心弗願也；詩綜百家，尤愛陶、杜，會其微妙，著古今諸體，程偈菴嘉燧、錢宗伯謙益、吴宫詹偉業極推許之。遺集若干卷，元輔等爲劇金鋟梓行於世。

先生行事，玄泓既狀之詳矣。元輔承完初公之命擬其梗概，並補一二逸事，勒石墓亭，次經歷公行略之後，庶使來者有考焉。善乎玄泓之論之也，曰先生爲人有嚴有和，不卑不亢，忠孝天真，表如洞燭，蟬脱濁穢，終始皭然，不改趣於榮者，不參功於雜伯。無道學拘牽之態，而有躬行；無門牆標榜之風，而有其特立。如良玉純金，婦人豎子能名其實也。文常咏康節詩，曰真樂攻心不奈何，則所得可知矣。

清陸元輔黄陶菴先生行略，陸菊隱先生文集，清代詩文集彙編，上海古籍出版社二〇一〇年出版。

【校勘】

〔一〕「草菴」：即西林菴。

陶菴先生以三事自誓：不妄取，不二色，不談人過。

清陸元輔，原載菊隱集，轉引自黄忠節公陶菴集，光緒己卯刻本卷首。

貞憲先生姓王氏，諱泰際，字内三，中崇禎癸未科進士。與黄陶菴先生爲同邑年友。陶菴集中有答王研存書，商略處患難爲隱身不出計者，即先生也。先生别以研存自號，黄先生答書在乙酉之五月，將去城而鄉，與先生偕隱。未幾，身在圍城中。城破之日，黄先生念不可復避，避則將受辱，遂與其弟偉恭往西城之僧舍作絶命詞，以其身同日而殉。天下莫不知黄先生之義烈。然而猶自謂可以無死者，與先生皆未受職，且黄先生有父，而先生有母，忠孝可以兩全也。其書中之言曰「吾輩埋名不能，而潛身必可得。冠婚喪祭以深衣幅巾，行禮終身『前進士』，一事不與州縣相關，絶迹忍餓，焉可也」又謂「此大關係處，不得不以真語就正。前世如龔君賓、謝疊山，及國朝龔安節」，而在其商略，不過如此。噫！黄先生與先生皆非畏死者，苟可以不死，而仍不失吾之所守，亦何必以其身委之一燼。士之有君，猶女之有夫也，其以身殉夫者，烈也；終其身守之變者，貞也。士不幸而遭國家哀亡之日，所出惟有兩途，與夫既嫁而孀居者，何以異哉？黄先生既所處在必死之地，而死之得其所矣。先生適當乎以無死而完其終身不改之節，一如黄先生書中之語，亦復何憾哉。使兩先生易地而處，皆能爲所當爲，志一而道同也。

吾邑黄陶菴先生天下無不稱其忠，而貞憲先生或未盡知，予故表而出之，使人知一死、一不死，同歸於仁而已。况乎先生所守，皆黄先生之夙約哉。

清張雲章貞憲先生傳，樸村文集卷一三，康熙五十三年刻本。

黄陶菴先生以文章模楷天下，邑中儒先皆節義磊落，經行修明。通政侯公廣成時以宦遊去其鄉，有弟曰雍瞻先生與通政名相埒，有子曰玄演、玄瀞、玄潔。陶菴有弟曰淵耀，以及夏先生雲蛟、唐先生全昌，相與結爲「直言社」。人置一册，日必札記其言動與所學之有疑有得，相見則出以相咨考，不以闇暗自欺，不爲軟媚之談以相取悦。而先生師事陶菴，勵志尤切，社中諸友咸敬憚焉。陶菴嘗語其及門曰：「翼王以敦篤之姿爲精微之學，惟日孜孜，常若不足，苟一言之不合於道、一行之不得其中，小經指摘，立自刻責，飲食都忘，甚至泫然垂涕，吾黨之能受盡言未有如翼王者也。」其見稱如此。明亡，兵至嘉定，城陷之日，陶菴以下相與抗節致命，其存者惟雍瞻與先生。

先生於師友之分最篤，陶菴既殁，圖其像懸之室，晨起必肅揖，言必稱先師，搜其遺稿於劫灰之餘而梓以行世。

清張雲章菊隱陸先生墓志銘，樸村文集卷一四，康熙五十三年刻本。

進士黄先生淳耀，與其弟諸生淵耀同日死嘉定之難，時乙酉七月四日也。後七日，里人收先生兄弟之屍，殯之於死所，所謂西城僧舍也。

又三年戊子，先生之尊人葬先生於守信鄉之某阡。又四年辛卯，其及門相與謀曰：「先生以道德文章，挺生混濁，至國亡君竄，奮起功名，致命戎旅，而終之以節義，蓋一代完人也。藐諸孤屬在襁褓，自非門人小子載筆以狀公事，學者其何以誦法，百世其何以考信。」乃謬以屬玄泓，遂次其略爲狀。

謹按：先生諱淳耀，字藴生，號陶菴，嘉定人。生而穎朗，二歲能辨八書，就塾授經，宛如夙記。自能言至成童，不習玩弄，醇然如長德大人。夜篝火讀書，父母竊憂其弱疾，先生微覘覺之，乃夜輟燭，伺父母寢息，更從鄰舍兒乞火，危坐默識，嘗逮戊夜，晨候寢門，亦無倦色。

年十七，補博士弟子，前後小試，凡冠軍二十四。先是，先文節兄弟與馬文忠世奇等以文章鳴江左，里中後進多所推挹，及一見先生文，則曰：「此人才識，吾不逮也。」先生遂兄事文節，由是一時物望，若張庶常溥、夏考功允彝、楊孝廉廷樞，莫不側席，願交先生，先生泊然如不屑也。隱居授徒，浮湛諸生二十餘年。穿穴經傳，綜核性理。爲文務醇正，推明濂、洛、關、閩之旨。崇禎之季，文體瞀亂，險譎淫豔，競名其家，先生深嫉之。後進輕薄，詆其學爲不適時用，先生自信益堅。酒酣歌呼，牢落惋嘆，所與偕者，唯先文節與及門二三子而已。

年垂强仕，不售，乃與唐聖舉昌全、夏啓霖雲蛟、陳義扶俶、陸翼王元輔、弟偉恭淵耀及玄泓兄弟等爲「直言社」。自先生弱冠，即著自監録、知過録。後更爲日曆，晝之所爲，夜必書之，仿古趙清獻、宇文諒遺意，如是省克，數歲不輟。至是與諸子殫究心學，砥礪躬行，觀摩策發，其教寖廣。

壬午，嘗語及門曰：「利禄之關，予自反已過之，親老祚薄，勉一再應。自此，南山之南，誓不入棘闈矣。」榜發，竟魁其房。藏稿既出，天下翕然，推先生爲一科冠。癸未中進士第，出周太史凰翔門下，廷試二甲出身。是時，名都再隳，兩河如沸，京師達官尚趨勢狂鶩。會館選請屬公行，先生蕭然京邸，晏坐朗吟，耻不肯與，時或迂之。按：釋褐後寄偉恭詩六百餘言，又寄書數百言，見集中。未幾，蹇驢輕裝，孑然南歸，歸而杜門，隘巷敝廬，布袍疏糲。與直言社諸子磨礱探索，日考月稽，久之積疑忽開，豁然自得，人莫測也。

弘光初，竟不謁選。乙酉五月，南都陷。安撫使至吴，士大夫競削手版求見紓禍，先生與先納言共誓行遁。時嘉定鄉兵起，紳士分門而守。守十餘日，城陷，師薄東閫而上。時先生守西門，從者四人掖先生遁。先生正色曰：「爾輩不識事勢，未有城破而城外猶得幸免者也。」偉恭在旁，見從者持先生，急大言曰：「阿兄主意須定。」攜手入僧舍，閉門拒從者。從者排户入，求出不已。先生曰：「吾意素定，豈汝輩哀祈能驟易乎？」偉恭曰：「汝輩不去，爲乏行齎耶？」出袖中遺金投之曰：「爾速去，同死無益。」從者慟哭而去。僧無等與先生兄弟爲方外交，問曰：「君雖進士，猶未授職，可以無死。」先生曰：「城亡與亡，是儒家本分事。出身之士，猶許嫁之女，大死殉節，亦其所也。今某托上人之蔭，死此乾淨地，於心足矣。」軍聲益迫，偉恭曰：「此其時矣。」先生遂索筆書，略曰：「進士某於某年月日，自裁於西城僧舍。嗚呼！進不能宣力王朝，退不能潔身自隱，讀書寡益，學道無成，耿耿不没，此心而已。」凡數十言，不盡録。書畢，與偉恭同縊焉，時年四十一。同日，先通政以水死，唐昌全家、幾道、雲俱以兵死，張孝廉錫眉以縊死，龔孝廉用圓兄弟亦以水死，夏雲蛟自縊不絶，復以兵死。其他伏節者不可勝數。

嗟乎！自中夏變革，而士大夫下者惕於利害，容頭屈膝，中者不恤事勢，冀非常之福，以爲民禍，上者以一死自成其名。唯先生確然知事勢之不足爲，而大義之不可没，因人心之公，盡一命之責，視成敗如幻影，歷死生如適然，震遽迫猝，宛然考死。暴死七晝夜，同殉者蛆蟲穿漏，膏血訌潰，獨先生之眉鬚翛然，肉骨不敗，里中仗義子弟與無等收而殯之，亦莫得其主名也。嗚呼！讀書學道之效，固如是哉。

先生爲人體貌魁秀，儀止率真，冠裳在身，飄然若寄。始而夷簡深穆，訔笑有度；末而充養和粹，德機洋洋，吟風弄月，無得而形容也。天性純孝，居母憂，毁瘠骨立，蔬食終其喪。庶母操楱，曲盡愉婉，敝箱故篋，不私畜一錢，館穀所入，盡以上其尊人。誠心懇懃，善處人骨肉之間。凶人僉夫，遇之輒格。待其弟偉恭義兼師友，恤愛純至。綜其爲人，有嚴有和，不卑不抗，忠孝天真，表裏洞燭，蟬蜕濁穢，終始皭然，不改趣於榮名，不參功於雜霸。無道學拘牽之態，而有其躬行；無門牆標榜之風，而有其特立，如良玉純金，孺子婦人能名其寶也。讀書務求根本，每閲一編，首尾穿貫，涵濡咀嚼，成誦若流，時或銜杯劇論，縱横指掌，引繩批根，四座屈讋。古文力追大雅，祖左、史而宗韓、歐；於明則以國初四大家，唐荆川、歸震川爲則，王、李、鍾、譚，心弗是也。尤愛陶、杜詩，會其微妙。寓海虞錢氏，作和陶詩，詞家以爲神似。今裒詩文集若干卷、詩札二卷、史記質疑四卷、語録二卷、吾師録一卷。末年詩文，若不經意，平淡春容，餘思滿衍，文如其人，所謂醇乎醇者也。

先生高祖野堂，庠生，妣某氏；曾祖諱發，蚤卒，妣夏氏，守節八十四歲卒；祖諱世能，仕平涼經歷，妣錢氏；父諱家柱，妣陳氏。同母弟淵耀，字偉恭，别有狀；庶弟流耀、洪耀。妻沈氏，子一人埅，壬午年生，聘同年蘇孝廉淵女。

夫古人之有行狀，凡以節行定謚，質之公卿，上之史館，光於當世也。今玄泓以是復諸子，猶將陳諸草莽，秘諸笥篋，以待論定於百世云爾，不禁夫言之長也，其又可悲也已。辛卯陽月日，門人侯玄泓謹狀。

清侯玄泓黄陶菴先生行狀，黄忠節公陶菴集，光緒己卯刻本卷首。

黄淳耀，字藴生，嘉定人。崇禎壬午舉人，癸未進士。弟淵耀，字偉恭，庠士。淳耀素與僧性如善，性如亦非淳耀不交。乙酉閏六月，清兵圍嘉定，淳耀居城中寺内，淵耀宿城堞，晝夜拒戰。七月，勢益急，淳耀語淵耀曰：「城破即馳信於我。」淵耀素文弱，城未破三日，兩目忽突出青鐵色，狀如睢陽，筋悉隆起。堞墮，實泥大袋中，重數百斤，用長木肩之登城，修訖，衆異焉。癸丑，城破，趨報淳耀，淳耀曰：「吾了紗帽事耳，汝若何？」淵耀曰：「吾亦完秀才事，復何言！」淳耀整袍服，淵耀亦儒冠，同縊寺中。淳耀題壁曰：「弘光元年七月初四日，遺臣黄淳耀自裁於西城僧舍。嗚呼！進不能宣力王朝，退不能潔身自隱，讀書寡益，學道無成，耿耿不昧，此心而已！異日夷氛復靖，中華士庶再見天日，論其世者，尚知余心。」時避難者悉趨寺中，清兵入寺俱殺之。次及性如，性如曰：「吾已閉關二十年矣。」兵問何人，性如告之，默然去。兵繼至，問答如前。兵索寶，性如答以無。有兵曰：「許大施主供養，豈無寶乎？」性如指地曰：「若此屍横滿地，假有寶亦逝矣，奈何坐守於此。」兵曰：「無寶殺矣！」性如曰：「殺則殺耳，寶終無有，此亦前世孽，奈之何哉！」兵問懼否，性如曰：「亦安避之。」兵曰：「遍地皆屍，汝畏乎？」性如曰：「殺尚不畏，而況屍耶。」兵曰：「倒好，吾給一箭於汝，以懸寺門，自此無有入之者矣。」乃去，兵果不入。及初七日，買二棺殮淳耀、淵耀，俱僵屍，絶無惡氣。衆屍積腐難聞，裹以蘆席焚之。

附記：順治丁酉，張能鱗督學江南，嘉定令入謁，張問曰：「黄淳耀子若何？」令茫然無以對。張曰：「忠義文學之後，乃不知耶？速訪之。」既而縣試，令爲黄子道張意。黄子亦以外侮欲赴試。將試之夕，夢父罵曰：「汝何不肖若此，不許考！」乃止。及案發，置第二，不應府試。府案發，亦置第二，遂至江陰。是夕，忽腹疾難以進院。家人進勸曰：「只須一進去耳，不必作文也。」勉赴之。及入轅門，恍忽見父前之怒罵曰：「汝尚不走去耶！」黄子驚問僕見否，曰：「不見也。」又進儀門，將唱名矣，被父向小腹下一踢，遂仆，口吐鮮血，昏迷扶出。未幾疾愈，咸以爲異。

清計六奇明季南略卷四，中華書局一九八四年出版。

黄淳耀，字藴生，嘉定人。祖世能，官平涼衛經歷，以爭死囚獄與推官忤，陰中以不懂法，罷官去。都御史顧其志怒曰：「經歷廉直吏，乃爲酷吏所陷耶！」亦劾罷推官。淳耀少力學，爲諸生，即以名行自勵。同縣侯峒曾、無錫馬世奇皆鄉先生名知人，一見淳耀嘆異，折行輩與交。舉崇禎十六年進士，未授官而歸。福王南渡，求仕者爭趨南京，淳耀獨不往。或問其故，應曰：「諸公多善予者，往則必爲所牢籠矣。君子始進，其可不以正邪？」訖不往。

淳耀體貌魁秀，讀書尤潛心先儒性命之説。每置日曆，有事必書其上，以驗所養。晚節尤多所自得，嘗爲書謝其鄉試房考官，因自叙曰：「某蹇淺下材，自十有七歲而入膠庠，今二十有一年矣。蓋嘗求義理於六藝，求事迹於諸史，求萬物之情狀於騷賦詩歌，求載道之器於漢、唐、宋數十家之文章，編劖規模，涵揉檃栝，放而之於詩若文之間。竊謂古之立言者，非其有得於心，則莫能爲也。夫既有得於心矣，雖有言可也，如遷、固、荀、揚、韓、歐之屬是也。既有得於心而有言之者矣，雖無言可也，如某家之叔度是也。某比來刊華踐實，玩思性命，將求所以悟明其心而剛大其氣，以庶幾古之因文見道者。尋繹久之，亦復超然有見於語言之外，始知近代河東、餘干、新會、姚江之學門庭雖殊，而歸趣則一。世儒舍性命而談事功，舍事功而談文章，是以事功日陋，文章日卑，詖淫邪遁之害及於政事，而不可救也。某麤有識知，其敢貿貿焉以文人自居，以富貴利達之習自溺也哉！」

王師下蘇州，淳耀偕諸大家率縣民城守。師既破入城，從容詣城西僧舍，將死，僧止之曰：「公未仕，可勿死也。」淳耀曰：「城亡與亡，此儒者分内事耳。」遂自經死。其弟諸生淵耀亦從死。淳耀嘗言：「學必以識爲主，惟其識到，故能斷然知文章、功名、節義，其真者一出於道德。」又言：「自唐、宋諸大儒以來，率以斥攘二氏爲任。後賢明道，不及諸儒，而獨師其排佛，如角力然，務求相勝。斯亦病矣。」其學所見率類此。縣中從遊諸生甚衆，經淳耀指授，皆有名於時。及其既歿，私謚「貞文先生」。淵耀，字偉恭。

清汪琬擬明史列傳二一儒林，鈍翁續稿卷五〇一，康熙十四年刻本。

豐生成絶學，一死爲衣冠。此日荒丘在，千秋碧血寒，清霜三樹老，白髮幾人殘。蔓草遺昏晚，知君淚未幹。

清陸元鼎謁黄陶菴先生墓寄公子望，周承忠侯黄蹤迹稿本，上海萟雲藝術博物館藏。

此等題最難用筆，太近則嫌俗，太空則嫌遠。看先生筆筆是枕，筆筆是題，卻筆筆與題在離即相望之間。只爲筆筆不是曲枕而枕，筆筆都是樂亦在中，與浮雲富貴耳。猶言富貴，蓋可忽乎哉。取樂字。真稱雅曲。只爲要取樂字，看他如此行筆，此豈文家恒路。敲動樂字。富貴。富貴人亦有曲肱時，妙筆；直寫到此，可謂盡情極致。

清金聖嘆黄淳耀曲肱而枕之評點，小題才子書，光緒十五年上海掃葉山房重刊。

一篇寫甲寫兵，寫棄寫曳，寫走寫止，寫百步，寫五十步，字字都寫到。問曰：字字寫到，是寫此題否？答曰：如何不是寫此題。然卻不是寫此題，只是寫笑不得。看先生一口氣趕出「粲然而笑」句。明明笑不得。發端巧合。折合爽健。風雅宜人，得之此題，更饒古趣。所以百步之故。如畫。所以五十步之故。如畫。是亦走也，趣甚。

清金聖嘆黄淳耀棄甲曳兵而走評點，小題才子書，光緒十五年上海掃葉山房重刊。

若但寫以王爲愛，復成何用？此段段是「皆」字，故足述也。此句胡齕未嘗言，孟子從何得來？如此插放，方不抛礙，眼明心細。「皆」字員光，透出頂上。空中展布，兼左氏傳、戰國策而爲此。「皆」也。「皆」也。著色古秀。妙。

清金聖嘆黄淳耀百姓皆以王爲愛也評點，小題才子書，光緒十五年上海掃葉山房重刊。

下文云「事親若曾子者可也」，未嘗云「事親若曾元者不可也」，可以悟不貶曾元之故矣。至於吾選此文，又不爲是。吾嘆絶其筆筆作步虚也，步虚則得題神，不步虚則得題貌矣。「令我驚」。「令我驚」。二語思之百遍。妙論解頤，曾子、曾元，神理畢現。如空中行雲，油然先起，並不與題爭到，而不覺已自到。其法閑雅。謂皆題所有，然題中偏尋不見。其妙如神。誰悟此語。一意有作兩意，筆妙如環。誰悟此悟。

清金聖嘆黄淳耀曾子養曾晳評點，小題才子書，光緒十五年上海掃葉山房重刊。

黄淳耀，字蕴生，號陶菴。生而敏，夜篝火讀書，父母憂其弱，止之，伺寢息，更從鄰舍乞火，危坐默識嘗達旦。年十七，爲諸生，其制舉業穿穴於經傳子史，博大醇正，每試輒冠軍。同里侯廣成兄弟極推重之。崇禎壬午舉於鄉，癸未中進士，出周太史凰翔之門。當釋褐後，寄弟偉恭書曰：「吾廷試傳臚時，見鼎甲先上，人皆嘖嘖稱羡，吾此時嘆息無限。天地間自有爲數千年一人，數百年一人者，今人必不肯爲數千年之一人，而必欲爲三年之一人。」觀此，可以知其自命矣。

天性純孝，窮居無私財，所得廩既束脩，盡以歸之親。丁内憂，毁瘠骨立。自弱冠至登第後，不苟取一錢，其友人有一親戚以官事連染，屬公白免之。其親戚以五十金爲壽，友人懷之饋，及覿面不敢出諸袖，置諸書笥中。經數日，忽檢出，大駭之，亟還之，介操類如此。

乙酉兵至，訛傳父死，遂同弟淵耀縊於西城僧舍中，臨死神氣閑暇如平時。蓋公之學問、名節，本於一誠，虞山錢宗伯序其文，以韓子爲比。而及其從容殉難、成仁取義，則得於孔孟之學爲多。嘉邑文章節義兼而有之者，必以公爲稱首。所著詩文若干卷，詩札二卷、史記雜評四卷、語録二卷、吾師録一卷。

清趙昕修、蘇淵纂康熙嘉定縣志卷一六人物，康熙十二年刻本。

陶菴先生始至拂水山莊，錢氏下榻衾褥皆用錦綺。先生不肯卧，曰：「吾父母皆布被，吾何忍用此。」其家人易以布乃已。

清侯㷆□□筆記一則，黄忠節公陶菴集，光緒己卯刻本卷首。

寒食初過雨乍晴，板橋攜手問佳城。經年不結浴沂隊，比日還同出郭行。一死已酬家國恨，九原真見弟兄情。瓣香拈處詒謀在，瞻持松楸亦自榮。

清侯永清明日率諸生謁陶菴墓，周承忠侯黄蹤迹稿本，上海翥雲藝術博物館藏。

「後四先生」起者，陶菴黄氏、研德侯氏，其文皆名一家後傳，吾友翼王陸氏、雲章張子，又爲其後勁。

清王士禛嘉定四先生集序，四庫禁燬書叢刊集部第一七八册，北京出版社一九九八年版。

按切所存，卻自本末具見，有體有用之文。

清王步青黄淳耀敬事而信評點，黄陶菴文鈔，雍正十二年映旭齋梓。

作此等題，無經學則議論無本。雖鋪設誇辭，不過奄寺之頌美，吏胥之謀猷而已。本之經矣，而不熟於史，則於成敗得失之故，人情物理機勢之變，不能發攄明快。惟先生兼攬其勝，故能言經卷所不能言。

清王步青黄淳耀敬事而信評點，黄陶菴先生全稿，乾隆四十二年重鐫。

論理則無信之不可，豈必至不行始知。夫子本自爲世間欲以權譎取濟者説法，故直爲打開後壁耳。文索性與他説個透，正使此輩對之。悔恨無地，世道其或有瘳乎。

清王步青黄淳耀人而無信評點，黄陶菴文鈔，雍正十二年映旭齋梓。

熟於史傳，見古來之情形。熟於世故，見今人之變態。要之聖人作易作詩之妙，亦只是此心此理透明耳。摸寫到至處，便是不朽文字。

清王步青黄淳耀人而無信評點，黄陶菴先生全稿，乾隆四十二年重鐫。

論事之文，出以簡肅，而情韻鏗然，自中古節。曩時評者謂集中最高之境，有以也。

清王步青黄淳耀子貢欲去告朔之餼羊評點，黄陶菴文鈔，雍正十二年映旭齋梓。

清王步青黄淳耀子貢欲去告朔之餼羊評點，黄陶菴先生全稿，乾隆四十二年重鐫。

乾淨老辣，脱化醇籍，此種文字於集中又高一格，惜不多見。

清王步青黄淳耀賜也何如評點，黄陶菴文鈔，雍正十二年映旭齋梓。

典切非難，難其逸氣横疏，生韻回出。

清王步青黄淳耀賜也何如評點，黄陶菴先生全稿，乾隆四十二年重鐫。

器與瑚璉，畢竟難下注脚，千難下處，要下得肖似。但從子貢全身想像，不得向夫子句裏穿鑿，秤停摹畫，斯稱工矣。

清王步青黄淳耀暴虎馮河評點，黄陶菴文鈔，雍正十二年映旭齋梓。

張元長作純用白描，最工事外遠致，此稍稍傅色矣，而古樸之趣，自覺洋溢楮間。若後來塗澤家，則并少此風格矣。

典瞻足以緯其思，古雋足以激其致，輕裘緩帶，羽扇綸巾，踞床談笑，無非名士風流。

清王步青黄淳耀暴虎馮河評點，黄陶菴先生全稿，乾隆四十二年重鐫。

只是眼前看情理，説來分外神奇，無筆人歷劫不能到。

清王步青黄淳耀曲肱而枕之評點，黄陶菴文鈔，雍正十二年映旭齋梓。

原評：卧而無枕，以肱代之，此注中所謂困極也。小學拈此，便作倘佯自適之狀。題理之淺淺者且不能辯，況其他乎？此文小中見大，似東坡海外文字。

在人情物理極淺近中，發出至工絶巧人不能道之文。可知不能文者只是目前家嘗日用事，不曾理會明白，更無處别尋奇妙耳。抵在人心不適意處，體會披求，樂在中意，更不煩敲起而起。

清王步青黄淳耀曲肱而枕之評點，黄陶菴先生全稿，乾隆四十二年重鐫。

説詩則有下節在，引詩則有下二句在，須從太位隱隱相涵。夫人所解，然一入時手，好弄閑情，殊傷雅道。此文一字不涉佻冶，而含毫邈然，恰與下兩重自相掩映。篇末所云，正襟讀之，便是作家高占地步處，讀者正須識得此意匠也。

清王步青黄淳耀唐棣之華評點，黄陶菴文鈔，雍正十二年映旭齋梓。

節下二句，方見詩人之意，次節乃見聖人之意，此二句止是詞，無論聖解，即詩人亦未知所指。能於無端語句中，使倡情治思與周情孔思同透露於行間，仍還他不了虚位，神於法矣。其一種靈機逸韻，惝怳纏綿，則又真得風人之遺也，非復經生家當也。王制，天子巡狩，太師陳詩以觀民風，市約賈以觀好惡，志淫好辟，此見先王采詩，未嘗貞而去淫也。孟子所謂「王迹息而詩亡」，正指此制之廢。詩亡然後春秋作。春秋與詩，甚麽相干？正謂善惡是非之不可揜不相假處，即天子之事，三代之直道而行，詩與春秋一耳。若孔子删詩，但存貞而去淫，則其作春秋，亦當揚善而隱惡矣。姜氏如齊野會，尤本國之醜，何爲炳然書之筆耶？不特詩與春秋然，陽明以易爲包犧氏之史，與五經事同、道同。然則易尤非記實事之比，盡可削惡事以杜奸，何爲老婦士夫之可醜見金。夫不有躬之無行，皆曲著其象耶，其意止旅。叛攻朱子之詩傳，而不顧其自悖於聖人六經之旨，惑亂後學，深可痛也。大結亦溺其説，故及之。

清王步青黄淳耀唐棣之華評點，黄陶菴先生全稿，乾隆四十二年重鐫。

原評：點綴左、國，規模賈、董。爲題蒙昧，竟不見生面，此文調法和氣，步步留卻。由也爲之，此是做題目文字，今人襲用時文，莫不耻笑，襲用古文，恬不知耻，何也？吾謂盜古文，與盜時文等盜耳。請以陶菴諸作思之。

看原評以盜襲古文爲可耻，今則對題抄時文，不惟不耻，且以爲妙矣。相去止三十餘年，而廉耻道喪，習俗日汚下至此，可嘆也！止請師旅、饑饉及二者並至之不堪，極意張惶，只得一皮情形耳。從間兩生出師旅，則其中之玉帛敝賦可知，纔見加字之苦，即「加因」二字，亦只得一皮情形。加有許多加，因有許多因，加因不止一件，是横寫法；不止一時，是豎寫法。如此方見勢處萬難，無人承當得。激出由也句，如雕盤努蹶，此之謂會做「加因」二字也。

清王步青黄淳耀加之以師旅評點，黄陶菴先生全稿，乾隆四十二年重鐫。

側重文上著解，看題極的，以子成欲去者文，子貢欲伸者亦文也，其議論頂天立地，小儒望之咋舌。特從文質相生之理，看出文質並重。「女媧煉石補天處，石破天驚逗秋雨。」殆爲斯文寫照耳。

清王步青黄淳耀君子質而已矣評點，黄陶菴文鈔，雍正十二年映旭齋梓。

文質二者，原不可相離，然必質立而文麗。但天地間氣勢自然，文易流而質易薄。故聖賢多牧過以反中，每重本而輕末。子成之論，亦自重本生來，然卻説得太偏，故子貢以並重之理正之。然本末不分，則語病亦不小。蓋文章竟不可與質同重也。今通篇竟重文説，則病又甚於子貢矣。不知此非重，乃輕文也，子貢雖失本末輕重之差。然看文質尚是同原一體上事。若文中所云，則文祗是抜飾點綴之具，與告子義外相似，但爲分别等差不可少，故可以治天下而不可治一身。此即佛老之見，與子成似反，而實合者，近代良知家言正如此。他窺見佛老之藴，以文爲外假，非本體所方，卻又窺見佛老之説不可以治天下，故又將刑名度數禮樂事功，另講出一番施設。道是良知中作用，以自别於佛老，不道内外打成兩橛，原非聖道之體用也。其病只看得文是外面事，則説重轉輕矣。

清王步青黄淳耀君子質而已矣評點，黄陶菴先生全稿，乾隆四十二年重鐫。

君民一體，切定行徹，徹法之善，切定對付魯哀。昔人謂：惟不切者爲陳言。看此文原本經籍，卻處處貼切，本指直是斬新日月。

清王步青黄淳耀百姓足君孰與不足評點，黄陶菴文鈔，雍正十二年映旭齋梓。

推柢至論，不事挑逗，而孰與之理，自然盤礴，卻正是對當魯哀盡國用不足話頭。不是通套論徹法利病一則，酌酌作家，度當時廢徹法，亦止是税畝加賦，與秦人開阡陌，壞井田不同，即入私家者，亦未必如後來兼并之弊。世業之説，恐不切情事。

清王步青黄淳耀百姓足君孰與不足評點，黄陶菴先生全稿，乾隆四十二年重鐫。

余於古文極喜先秦有一字句者，有數字句者，有對減於前者，有忽然而出者，忽然而落者，忽然而止者，有遥應者，有斷而不接者，有離而不必合乃恰合者，此等奇處，古文之絶妙，古文之絶無也。然先生文卻又一字一句不似秦文，每接入目，必爲抃舞不能置者，何也？明眼人須於此際覰見。魚魚雅雅，骨法穩重。

清王步青黄淳耀爲命禪諶評點，黄陶菴文鈔，雍正十二年映旭齋梓。

如評語，可知學古在神氣，不在友毛矣。其所稱先秦處，卻不離皮毛上著眼也。果能覷見此際，當不復云云耳。此作神氣，正於春容渾浩處取之。

清王步青黄淳耀爲命禪諶評點，黄陶菴先生全稿，乾隆四十二年重鐫。

俞寧世曰：「内有權奸，外有叛逆，當時之君，直寄生焉耳。故論者不但不識要字，並忘卻君字，提出要君，明誅武仲，暗斥季孫，斷制森嚴，以險而奇，以辣而潔。」

本欲坐實武仲要君，先之以曰不要君。此原評所謂反跌文法也。文卻緣曰不要君，揭出要季氏，自是以虚爲實。妙即仍就要季氏，勘出要君，見武仲巧於脱逃，正其無可脱逃處，是又以出爲入。武仲既不得辭要君之罪，並季氏亦不得居要之名，則處分愈密，義例愈嚴矣。辨論反覆，一字之成，固於金湯，真是辣手！

清王步青黄淳耀藏武仲以防求爲後於魯評點，黄陶菴文鈔，雍正十二年映旭齋梓。

原評：後世人臣舉兵以清君側爲言者，皆亂賊也。然當時有忘其爲賊者，以積怨發憤於君側之人也。將此對看，便知「武仲要君」一案，而夫子發論，亦覺有謂，從來無人見及。

不要君，本是反跌文法，此卻引證作實案，尋出季氏，承當要字去。專爲出脱武仲，卻正寫得武仲與季氏關通首尾，陰相鉗制，情事如生。則罔上行私之罪益著矣。回憶狼藩東犯，尾相南奔，江左陸沉，皆諸賢爭黨之力也。三復前評，可禁惋恨。論斷與驟，曲折相生，層層開放，路路擒拏，圓轉中見其緊峭，真史論辣手也。

清王步青黄淳耀臧武仲以防求爲後於魯評點，黄陶菴先生全稿，乾隆四十二年重鐫。

曹聲喈曰：「公羊傳云，南夷與北狄交，中國不絕如線，桓公救中國而攘夷、狄，卒帖荆，言一匡之功大也。文從此著解，提一時字作主，此中便有義在。豈荀彧、馮道諸人所得藉口。」

揭出救時，管仲身分自得，絶非溢許，入後功名節義之論，亦正以小諒對一匡而言，所謂言各有當，先生固非重功名而輕節義之人也。

清王步青黄淳耀管仲非仁者與評點，黄陶菴文鈔，雍正十二年映旭齋梓。

聖人此章，義指甚大。君臣之義，域中第一事，人倫之至大，此節一失，雖有動業作爲，無足以贖其罪者。若謂能救時成功，即可不論君臣之節，則是計功謀利可不必正誼明道。開此方便法門，亂臣賊子，接迹於後世，誰不以救時成功爲言者，將萬世君臣之禍。自聖人此章始矣，看「微管仲」句。一部春秋大義，尤有大於君臣之倫，爲域中第一事者，故管仲可以不死耳。原是論節義之大小，不是重功名也，惟誤看此義，故温公以篡弑之魏當正統，亦謂曹操有救時之功，遂以荀彧比管仲。蘇氏又以馮道傚之，此義不明，大亂之道也。文中亦多混説，須明辨之。

清王步青黄淳耀管仲非仁者與評點，黄陶菴先生全稿，乾隆四十二年重鐫。

題既截出，自合拈禮字聯絡，出以古雅，乃屬方家。

清王步青黄淳耀以杖叩其脛評點，黄陶菴文鈔，雍正十二年映旭齋梓。

原評：此𫐄尹試童子科題，諸後生請先生文爲式。所拈凡數十義，莫不窮工盡致，斯其一也。矩則之密，皆運於巧思靈緒。故天然映帶聯絡，有絮飛樓畔、燕度簾間之妙。然須知靈巧文浮，生於博雅。不博不雅，而徒講靈巧則但有俗想，徒講矩則則但成俗法，曠劫入驢腹，無出頭日矣。故欲作小品佳文，亦須從讀書大本領處用功夫，但於時文尋活套接，必不可得。

清王步青黄淳耀以杖叩其脛評點，黄陶菴先生全稿，乾隆四十二年重鐫。

欹側因題，神氣虚即，文境亦如山川出雲，變滅起伏，油然滃然，集中格韻之絶高者。

清王步青黄淳耀見善如不及評點，黄陶菴文鈔，雍正十二年映旭齋梓。

一氣渾浩流轉而出，不設欲俳欲散之意，天然谷深峻厲。述古語，傾己懷，有見有未見，夾和分疏，兩處安頓。他人費盡老力，此卻變化於起滅之中，立泰華之巔，俯視人間雲雨雷電，皆在腳下，斯亦壯觀也。

清王步青黄淳耀見善如不及評點，黄陶菴先生全稿，乾隆四十二年重鐫。

以空世之筆，寫淺人之狀。理趣横溢，故描畫處不落小家，此雅俗所由辨也。爲棄字取供，可發一笑。

清王步青黄淳耀道聽而塗説評點，黄陶菴文鈔，雍正十二年映旭齋梓。

道聽塗説，不但病其口快，爲他只當一場説話説過，全不去存考體會，使實有於心而行於身耳。然其所聽所説，原是正經道理，故曰：德之棄，若今之請師承襲邪學，更且道聽塗説。此人不當引棄字律，當引上章賊字律矣。要其輕躁妄之狀，則賊棄如一，被此作摹寫略盡。

清王步青黄淳耀道聽而塗説評點，黄陶菴先生全稿，乾隆四十二年重鐫。

俞寧世曰：「要知心腸鄙，面貌絶不鄙，直至勢窮力竭，方露本相，賢士大夫多爲所累矣。山巨源識王衍，李文正惡丁謂，全於此處試眼力。文爲鄙夫寫生，爲與鄙夫者示戒，識議俱到。」

任天下大奸大惡，聖人只以一「鄙」字蔽之，真所謂不直笑駡者。然聖人既鄙之矣，卻緣何復與臚列情狀，乃正爲與事君者早暢冰霜耳。聞先生亦有爲而作，其刻意摹寫處，非關冷齒，直是寒心，所宜敬録一通，置之座右者也。

清王步青黄淳耀鄙夫可與事君也評點，黄陶菴文鈔，雍正十二年映旭齋梓。

吾生所見士大夫傳授做官秘訣，與門户聲氣作用，大都被此章包括，又被此文細細摹寫。追憶當時情狀作爲，直覺面面如生，千年法派不斷。

清王步青黄淳耀鄙夫可與事君也評點，黄陶菴先生全稿，乾隆四十二年重鐫。

黄靜御曰：「此章耑爲微、箕闡幽，若比干之仁，誰不知者。行文頓挫離合，古意沉鬱，其於史、漢，可謂離形摘髓矣。」

江若度曰：「斷意在下，直侵不得，不照下文不得。文隨題布置，平靜叙述也，曲折頓挫，分看合看，早寫出三人一轍，下意隱然，卻是案不是斷，最爲得法。文氣古潔，神似龍門。」

同中有異，異中有同，史法森然，銀鈎鐵劃。

清王步青黄淳耀微子去之評點，黄陶菴文鈔，雍正十二年映旭齋梓。

先有三仁句在題前，而後設此案，記者例本如此，文即泛此得訣。句向下文逆入，意論之妙，俱在章法筆法中逗漏。不侵斷義，不亂案辭，而縱横馳騁，真蠶室神技也。

清王步青黄淳耀微子去之評點，黄陶菴先生全稿，乾隆四十二年重鐫。

大全饒雙峰、盧玉溪之説，皆不可從。蓋因誤看集注，遂以首節爲身不修，次節爲家不齊，實則兩節皆是身不修，下節乃證上語。而家之不齊意在言外，蔡虚齋、林次崖兩先生之説甚明。次節注云：「家之所以不齊耳，原非正言家不齊也。」末節此謂身不修，語脉自了了，文特清出麋眼，其深切事情，出以渾古，自是大家風格。

清王步青黄淳耀所謂齊其家評點，黄陶菴文鈔，雍正十二年映旭齋梓。

此謂身不修五字，總承上啓下兩節：不可以齊其家，亦總結兩節語，非半句配首節，半句配次句也。次節注云，是則偏之爲害而家之所以不齊。看所以二字，則次節未嘗指家不齊，而仍説身不修明矣。此正看注精細處，未嘗刺謬。章句也，其章法出落之高老，與議指之曉切情事，歸本義理，不愧爲古文大家。

清王步青黄淳耀所謂齊其家評點，黄陶菴先生全稿，乾隆四十二年重鐫。

王耘渠曰：「賈誼之過秦，遜其精純；陸機之辨亡，無其雄駿。」論常法，則上偏下全，箝勒回斡，好手自優爲之耳。先生擗脱一切，因題立制，恰得兩節回環，而傳者引言微指，倍覺精神飛越，雄深樸茂，風力在子政、子固之間。畢竟脱卻上節，於法爲疏，然終不思割去，作古文讀可耳。

清王步青黄淳耀詩云節彼南山評點，黄陶菴文鈔，雍正十二年映旭齋梓。

如是文，安得謂非古文，不足繼歐、曾、大蘇之後耶。故凡爲時文不傳之説者，必於此事个通不能，而謬自托於古文，要先不解古文也。

清王步青黄淳耀詩云節彼南山評點，黄陶菴先生全稿，乾隆四十二年重鐫。

妙用襯法，不可不慎意躍躍行間。

清王步青黄淳耀民具爾瞻評點，黄陶菴文鈔，雍正十二年映旭齋梓。

寫一句見全節之意，名手大約相同。此獨逐字開闢虚境，每一字透越全意，又復層出不窮，慶曆諸公，未知誰與爭席。

清王步青黄淳耀民具爾瞻評點，黄陶菴先生全稿，乾隆四十二年重鐫。

徐山琢曰：「貪發時事，不顧題位，此才人深弊。脉絡針線，一執於法，而議論時事，自來赴之，先生所以不可及。」

仁爲綱，好惡爲目，子孫黎民爲線，一氣鼓鑄，法度天成，古文之雄，今文之聖。

清王步青黄淳耀秦誓曰若評點，黄陶菴文鈔，雍正十二年映旭齋梓。

當先生之時，門户之鬥正烈，妨賢害國者，以詐忠要主眷；其攻之者，又多以傾軋爲事。先生蓋借題以抒其憂憤，故異嘗剴激雄快。其結構拗捩又自變滅不測，此氣生於情者也。

清王步青黄淳耀秦誓曰若評點，黄陶菴先生全稿，乾隆四十二年重鐫。

疏枝大葉之文，當是震川法嗣。

清王步青黄淳耀生之者衆評點，黄陶菴文鈔，雍正十二年映旭齋梓。

起收轉側，出没回翔，皆有大氣運旋其中，使天下好論頭、大套子、吉祥富麗詞句，皆屏置不敢擠其行間。自熙甫以後，久不見此體段矣。

清王步青黄淳耀生之者衆評點，黄陶菴先生全稿，乾隆四十二年重鐫。

原評：每於貞邪消長治亂倚伏之間，搜隱捕微，不遺餘力，足以知其志之所存矣。段落起伏，因題爲勢，每以低徊往復，曲傳言外不盡之神，不爲劍拔弩張，自爾驚心動愧。

清王步青黄淳耀長國家而務財用者評點，黄陶菴文鈔，雍正十二年映旭齋梓。

國家自將衰以迄亂亡，其間用與不用，總是君子喫苦，三復斯文，令人感嘆。原評謂陶菴每於貞邪消長治亂倚伏之門，搜隱捕微，不遺餘力，足以知其志之人所存矣。凡爲文能具此心此乎，又何時文、古文之分耶。

清王步青黄淳耀長國家而務財用者評點，黄陶菴先生全稿，乾隆四十二年重鐫。

活潑流形，正在眼前實地，又故不落玄虚。

清王步青黄淳耀詩云鳶飛戾天評點，黄陶菴文鈔，雍正十二年映旭齋梓。

從氣機交接生動處，指出道體流形竅，活潑親動，禪家所謂權實炤用，使虚空粉碎，始露全身。吾門權實正在糟粕煨燼，無非至教。後來説悟説修，總入鬼國。讀陶菴作，猶聞儒者鼻息。

清王步青黄淳耀詩云鳶飛戾天評點，黄陶菴先生全稿，乾隆四十二年重鐫。

原評：朱子論讀書法，謂當横看側看，又云聖人言語，皆枝枝相對，葉葉相當。今人只是心粗，不仔細窮究。讀藴生此文，則中庸一書文勢語脉，思過半矣。

題語是射似君子，章意乃君子似射，心苦爲分明，拈反求，承俟命作轉語，吃緊在失處着力，爲全章語脉歸宿，具見先生讀書精審。

清王步青黄淳耀子曰射有似乎君子評點，黄陶菴文鈔，雍正十二年映旭齋梓。

聖人絶大本領，止得一個反求，從人所不見，不愧屋漏，直到無聲無臭上事，更無别樣方法。蓋反求則循理，則步步著實，處處精細周到，與世間走空門捷之學，真是天淵。若不曾下些小功夫來，猝乍也難説得痛切如此。夫子自言射，射是主，中庸引古君子，射是實，兩邊交還，不倒亂夾雜有法。

清王步青黄淳耀子曰射有似乎君子評點，黄陶菴先生全稿，乾隆四十二年重鐫。

孫起山曰：「文無人不欲接得妙，惟陶菴則欲斷得妙。前半之休，聽其自止；後段之起，突如其來。上下如不照顧者，細按神理，又無不疾徐中節。神乎！神乎！」

中庸拈誠字作全書樞紐，卻於鬼神章道出，此豈可以拘文牽義之見求之。心凝形釋，騰天潛淵，忽起忽落，不疾不徐，殆所謂口不能言，有數存焉於其間耶。

清王步青黄淳耀子曰鬼神之爲德評點，黄陶菴文鈔，雍正十二年映旭齋梓。

就鬼神指出誠，不是鬼神即誠也。誠是理上事，鬼神是氣上事。賓主分明，循題出落，無非古人間架骨力。

清王步青黄淳耀子曰鬼神之爲德評點，黄陶菴先生全稿，乾隆四十二年重鐫。

官盛，舊主大臣所屬之官。然既爲三公冢宰，則内外庶司，何非所屬，第在人主能任使否耳。篇内統言之，於優之之義極得，且與上節注言信任，亦是一路上事矣。文極駿偉，則千人皆見。近日，江君若度刻先生全稿，於舊評多所駁正。以其語長，故不盡載，讀者當自悉之。

清王步青黄淳耀官盛任使評點，黄陶菴文鈔，雍正十二年映旭齋梓。

大臣之功在不眩，則自有職業；在庶司之上，必其體優崇，乃得其道。官盛任使專主尊敬義，乃大臣使令之官，非内外庶牧也。故總攬知人等論，尚隔一層。在文極昌瑋，其理則亦有駁雜。君相皆天所設以爲生民者，三公去天子止一等耳。自秦以後，遂相隔闊遠，而猜忌横生，至君臣不相保，皆尊君卑臣之説害之也。篇中尊王勢及擅權僭擬等語，猶是末世見識。

清王步青黄淳耀官盛任使評點，黄陶菴先生全稿，乾隆四十二年重鐫。

虚者實之，乃得此奇雋。

清王步青黄淳耀可以贊天地之化育評點，黄陶菴文鈔，雍正十二年映旭齋梓。

至誠實際到此已盡，此句只是從上句推擬品位之高，不是這上面還有事在也。然爲無事可映射，人但辦虚腔支衍，説來淺鄙無味，那得如此寵從。

清王步青黄淳耀可以贊天地之化育評點，黄陶菴先生全稿，乾隆四十二年重鐫。

風趣妙從細雅中出。

清王步青黄淳耀棄甲曳兵而走評點，黄陶菴文鈔，雍正十二年映旭齋梓。

總爲是亦走句佈陣，於未止之前，先將五十步者寫得狼狽，五十之止既非膽大，并意計所及，直不百步二句已躍躍言下。其思力之敏，運設之典雅古雋，一時無敵。

清王步青黄淳耀棄甲曳兵而走評點，黄陶菴先生全稿，乾隆四十二年重鐫。

論王道自不應作注下勢。然對時君説法，不如是不足以堅其信。章末所以揭明王請勿疑也。必謂無所爲而爲，則行仁豈必爲無敵計哉。看此文一線穿遞，不欲闊於事情，而節節歸根，要自占得地步在。

清王步青黄淳耀省刑罰薄評點，黄陶菴文鈔，雍正十二年映旭齋梓。

爲要注到制梃撻秦、楚，節節逼露此意，則竸是文種、商鞅生聚訓練之策，脱卻仁政字母矣。故此題最忌有國策氣。是文亦注末句，而意思自别講「心氣」二字。其義入微，歸重父兄，其道尤工，斯爲儒者本之説。

清王步青黄淳耀省刑罰薄評點，黄陶菴先生全稿，乾隆四十二年重鐫。

着着劫，卻留得轉身地。

清王步青黄淳耀百姓皆以王爲愛也評點，黄陶菴文鈔，雍正十二年映旭齋梓。

題中虚實，字字有思議，句句是爲齊王稱冤，卻句句爲百姓指實，靈心妙婉。曩與故友張佩葱閲是文，極贊其中比之「新風雅」。余謂後二尤佳，而次比更妙，佩葱問故？余曰：齊王本無仁心、仁術，平時暴殄之行，百姓所孚信，則舍牛而疑其貪吝，乃必然之理。前一比見王政衰而民風偷，故議論薄，此過在百姓，尚隔一層。次比見無仁政及民之實，雖有仁心而不感，仍是王心自取，又發得親切。佩葱後看或問，謂此義朱子果云爾？因相與嘆賞理真則文自高，不可以掩襲得也。

清王步青黄淳耀百姓皆以王爲愛也評點，黄陶菴先生全稿，乾隆四十二年重鐫。

王耘渠曰：「先生之神明於古，用於孟文尤長，要莫如此篇之能輕者，逸鶴任風，閑鷗戲海，此筆墨化境，非龍門以下所可擬矣。」

置文如陣，弄題如丸，奇絶之構。

清王步青黄淳耀莊暴見孟子曰評點，黄陶菴文鈔，雍正十二年映旭齋梓。

緣路結營，隨方佈陣，勢到則變幻自生，不復鳥蛇龍虎之迹。其熔煉之妙，令題目化於行間，何處更覓渣滓。他人以假古文奏題目，生吞硬嚼，中氣空虚，不能蒸腐運用，徒見其完穀不死。

清王步青黄淳耀莊暴見孟子曰評點，黄陶菴先生全稿，乾隆四十二年重鐫。

吴塗山：「其氣味之古不必言，尤妙在諧處不入機，刻處不傷雅，故爲大家。」

鋒穎似戰國，氣脉則西京。寓文囿妙用虚，得手卻置之實地。論齊囿筆筆出真實相，卻正善於擣虚，解此可以得文家虚實相生之妙。

清王步青黄淳耀文王之囿評點，黄陶菴文鈔，雍正十二年映旭齋梓。

戰國之刻峭尖雋，無秦人之雄厲，則不大；無漢人之寛閑渾浩流轉，則氣脉不高深。此種文，是唐宋大家摹秦漢之作。

清王步青黄淳耀文王之囿評點，黄陶菴先生全稿，乾隆四十二年重鐫。

昔人論制舉業，謂須十年讀書，十年養度，今人不解此作何語矣。試看此等文，舂容大雅，是何等氣度，讀書人更須著眼。

清王步青黄淳耀春省耕而補不足評點，黄陶菴文鈔，雍正十二年映旭齋梓。

讀書識大體，故典麗中風骨嶷然，此大臣氣象也。其起伏瑣結，法律精明，而從容閑暇，丰采煒煌，真有天神也。

清王步青黄淳耀春省耕而補不足評點，黄陶菴先生全稿，乾隆四十二年重鐫。

波趣故自因題，而風骨特異，入後末三字瀾翻不竭，尤妙崒然而止，爲善留得下節地也。

清王步青黄淳耀爲巨室則評點，黄陶菴文鈔，雍正十二年映旭齋梓。

通節注到則如何三字，又留不盡之勢以發下節，故一下打破便無味。將比賦兩下互相襯擊，到末句仍放遠境，其中洸漾洄漩處，步步領略不盡。

清王步青黄淳耀爲巨室則評點，黄陶菴先生全稿，乾隆四十二年重鐫。

機法亦出自慶曆間人，而骨骼老重，救纖醫俗，不得於機法求之。

清王步青黄淳耀是動天下之兵也評點，黄陶菴文鈔，雍正十二年映旭齋梓。

孟子此策，原是正著，即天下之兵不動，亦義當如此，只是大非齊王之所欲，故就利害上發論耳。語語從功利引到正誼，方是孟子方略，不然與策士何異。且其懦退，反出策士下矣。付看中三段與後束二比，正大愷惻，所謂仁義之言藹如也。故通篇佈置氣脉，是國策文字，卻不是國策法嗣。

清王步青黄淳耀是動天下之兵也評點，黄陶菴先生全稿，乾隆四十二年重鐫。

從寓兵於農立論，原本經術，深切事情，於題境倍得曉暢。

清王步青黄淳耀守望相助評點，黄陶菴文鈔，雍正十二年映旭齋梓。

在他處嫌生枝節别義，於此句卻正見王制精微。井田封建，聖人爲中國生民慮至深遠，井田壞，則兵法、地利、士氣、民情壞，不止農賦之病。儒者不講，則王者何田而知乎？文中條畫明切，亦可見一班矣。「守望」二字，俗手只作防衛混語看過，徑此一分疏，情事確然。故知天下義理，只是細細辨析不盡，卻被邪説以簡易直接蒙蔽者多也。

清王步青黄淳耀守望相助評點，黄陶菴先生全稿，乾隆四十二年重鐫。

夾叙夾議，佳在恰與題相赴，如水石曲折，隨物賦形。先生作孟文，每多以秦漢之雄深，運國策之奇峭，似此意度波瀾，游行自在，則尤得史公勝處也。

清王步青黄淳耀陳代曰不見諸侯評點，黄陶菴文鈔，雍正十二年映旭齋梓。

看他開發迥絶處，議論與章法綜引處，叙事簡煉不覺處，過接奄忽便利處，轉拗遊行白在處，件件得子長之筋節。

清王步青黄淳耀陳代曰不見諸侯評點，黄陶菴先生全稿，乾隆四十二年重鐫。

正喻錯綜，飄忽震蕩，奇矣。忽於題外引兩證，恰好爲題内推波助瀾，奇而又奇，真古文手也。

清王步青黄淳耀孟子謂戴不勝曰評點，黄陶菴文鈔，雍正十二年映旭齋梓。

魚龍沙石，流轉洪濤，銅鐵汞鉛，雜投丹竈，隨手變幻，自成一則古論。使題目融液其中，無復見糟粕煨盡之迹。及細按題目之腠理無不密，體度無不精，點綴無不完，又未嘗湧溢減外，此真奇觀也。

清王步青黄淳耀孟子謂戴不勝曰評點，黄陶菴先生全稿，乾隆四十二年重鐫。

直自作一則古文耳。振筆直書，適與題會，此即深得孟子文章之妙，柳州所謂「參之孟、荀以暢其文」，非個中人不解。

清王步青黄淳耀離婁之明評點，黄陶菴文鈔，雍正十二年映旭齋梓。

長題以剪裁高簡，而映帶不漏，稱妙手矣，然免不得一個「忙」字。如飛騎趲驛，未嘗不經歷州縣，然無一州縣入其眼中，看此文何其閑暇。所以能閑暇者，得題中理要，而以奇偉思議行之，不沾沾以牽聯點綴爲長，而自然牽聯點綴入妙。此用意與調文之不同也，至其筆法之高古雄勁，又當別論。

清王步青黄淳耀離婁之明評點，黄陶菴先生全稿，乾隆四十二年重鐫。

諧語耳。以莊論出之，卻自披剥得盡。

清王步青黄淳耀恭儉豈可以聲音笑貌爲哉評點，黄陶菴文鈔，雍正十二年映旭齋梓。

若寫聲音笑貌，而以不可爲恭儉足之，便與上句語氣復疊，而「聲音笑貌」四字，亦突無來歷。從恭儉轉出假爲，從假爲發揮，豈可不沍。論斷英快，語氣亦斷斷生動。

清王步青黄淳耀恭儉豈可以聲音笑貌爲哉評點，黄陶菴先生全稿，乾隆四十二年重鐫。

一幅李龍眠白描。

清王步青黄淳耀曾子養晳評點，黄陶菴文鈔，雍正十二年映旭齋梓。

有補處，有攙處，有斡旋處，用意甚精，不同泛然鋪演。養志養口體，下面批斷甚明。養口體亦庸俗之孝事，原不曾説壞曾元，今欲於上面周旋曾元一番，並謂曰「無有亦是誠信」，此太過。故作文只要體貼得本文意透自佳，才著些過火作意，便礙理。

清王步青黄淳耀曾子養晳評點，黄陶菴先生全稿，乾隆四十二年重鐫。

高處立，闊處行，四通六闢，卓識高遠。

清王步青黄淳耀子產聽鄭國之政評點，黄陶菴文鈔，雍正十二年映旭齋梓。

世亂澤竭，民不聊生，爲連師、方伯者，能搏擊貪暴。興舉廢墮，則民生實被其仁。若煦煦孑孑以虚餐爲德，平反爲能，而縱舍大奸慝食人而不問，此失大臣之職，雖清謹自守，口惠流傳，其實與朘民病國者同罪也。先生器識，真得古大臣本領。至後幅所云古制宜復而憚違流俗，今法宜變而惡咈世主。直中漢、唐以來諸名臣隱微深痼之疾，又無論庸臣情事矣。伊川先生稱范醇夫唐鑒云：「三代以後，無此議論。」若先生此文，豈與時文論傳不傳哉。

清王步青黄淳耀子產聽鄭國之政評點，黄陶菴先生全稿，乾隆四十二年重鐫。

作軟語出自雅人，豐骨亦自矯異。

清王步青黄淳耀而未嘗有顯者來評點，黄陶菴文鈔，雍正十二年映旭齋梓。

奔走貴人門牆，上之足致通顯，次不失讋喝爲閭左豪，是亦名士之終南捷徑也。先生一番描繪，竟可作各家行樂圖。其思致亦了不異人，然天然大雅，自不可及。昔友高亘中嘗戲謂：「乞兒弄蛇歌，若真讀書人，唱來須各樣。」吾云：「正苦近日讀書人，都作弄蛇聲耳。」一時噴案大噱。讀此文，信讀書人真是無所不可。

清王步青黄淳耀而未嘗有顯者來評點，黄陶菴先生全稿，乾隆四十二年重鐫。

以子之矛，陷子之盾。題妙，亦夫人所解以書卷氣行之，乃自天然腴雋。

清王步青黄淳耀彼將曰在位故也評點，黄陶菴文鈔，雍正十二年映旭齋梓。

描演口角，虛還活蜕氣脉，非時下所難，難其典則爲經，雋敏爲緯，合法外别有高華奇矯之妙。

清王步青黄淳耀彼將曰在位故也評點，黄陶菴先生全稿，乾隆四十二年重鐫。

王耘渠曰：「一肚皮書卷人作此等題不難，於激昂頓挫，須自有一番至性行乎其間，則真氣與題相入，而深淺皆得，使人忠孝之意油然而生，此故又不徒在筆墨間也。」

論詩不論人，看似定平王爰書，實乃爲小弁義疏，此正加一倍法。見得此詩非君子不能爲，則高叟之固更不待言矣。凡作文好立論，而與題竅不相入，雖警快亦難免支離。持此别裁，方是文家正法眼矣。

清王步青黄淳耀小弁小人之詩也評點，黄陶菴文鈔，雍正十二年映旭齋梓。

原評：先正論文章，順易而逆雜。又云子瞻或順或逆，此文循題寫大未嘗不順，而議論捭闔，一以逆勢行之，雲龍風虎絶迹耶，無行地耶。

只論詩不論人，論理不論事，處平王之地，作平王之詩，只有一「怨」字爲至，怨至便是舜之大孝，此論理也。小弁之可取，正在能「怨」，此論詩也。宜向非能怨之人，其傳亦未嘗導以處怨慕之事。此又當别論，不以小弁掩者也，將宜應與小弁分開看。則詩教史法，兩義樛發而不相礙矣。眼孔既高，手腕亦仿，起伏變化，神行自然，是傳世之作。

清王步青黄淳耀小弁小人之詩也評點，黄陶菴先生全稿，乾隆四十二年重鐫。

原評：上下數千百年，洞若觀火，取其淳意，發爲高文，令人浸漬其中，一日百回而不置。題句體平意側，申上不如之旨。篇中分合盡致，剴切閎深，可作千秋金鑒。

清王步青黄淳耀善政民畏之評點，黄陶菴文鈔，雍正十二年映旭齋梓。

意中實有其擘畫，實見其氣象，實得其源流利弊，故能言之條鬯閎深也。他人非不説合説分，卻都是混帳。

清王步青黄淳耀善政民畏之評點，黄陶菴先生全稿，乾隆四十二年重鐫。

孫起山曰：「止有一往，並無回護，得先生文，干城名教，叱退多少半截理學小就英雄。」

大言炎炎，都從大本大原，發揮天理人情之至。扶世翼教，懸之日月而不刊。

清王步青黄淳耀桃應問曰評點，黄陶菴文鈔，雍正十二年映旭齋梓。

以奇快雋穎之辨取勝，此題名作多有，總不及此文議論，俱從大本原來也。孟子謂豪傑之士，無文猶興，則豪傑正聖賢路上人。後世看錯此二字，於聖賢之外，另立一種放棄理法敢爲不道者曰「豪傑」，不知濟惡不才，乃無忌憚之小人，非豪傑也。因誤解二字，後世小人才欣然自以爲有此美名，何必聖賢門下，此漢、唐以後君相人品事功，必不能復返於三代之病根也。學者不可不辨，因文中亦誤用二字及之。

清王步青黄淳耀桃應問曰評點，黄陶菴先生全稿，乾隆四十二年重鐫。

陸稼書曰：「無信篇説得虚僞一輩通身汗下，此篇説得柔懦一輩通身汗下，皆有關人心風俗文字。」聖人就當下説個無勇，意在激發此輩之必爲文卻又從無勇推究個盡，婆心益切矣。清王步青黄淳耀見義不爲無勇也評點，黄陶菴文鈔，雍正十二年映旭齋梓。

不爲之根，總在利害上起脚。不爲之狀，又偏要在義上裝飾。凡人於利害分明，其氣便餒，故聖賢只在是非上斷定，不講利害則無欲，無欲則其氣浩然，所謂仁者必有勇也。鈎摘不爲病痛，刺心見血，令人渾身冰冷。清王步青黄淳耀見義不爲無勇也評點，黄陶菴先生全稿，乾隆四十二年重鐫。

俞寧世曰：「一變再變，只在治迹風俗上講。陳氏三桓，此又事權下移，不在此例。譬之病症，齊要先發散，後補理，魯則竟用補理，至於癰疽之毒，另屬瘍醫所治，中間撇下此二項，最有識。」此文喫緊處有二：一在提出周遭，見齊、魯之治，本自同原，不抹倒太公，卻就其中看出些小差别，繼世秉之末流益甚，以至去道愈遠。若果能一變至魯，自然斷不以至魯而止。一在别齊、魯之病，一在本，一在標，取譬於「鍼石」、「粱肉」二喻。鑿然各還他一變，而變之難易自見，但前一截人所共知，後一截則或以其近於策略氣而掊擊之。夫文到至處，豈能復顧肉眼。且無此，則一篇議論都無歸指，俗本删之，大謬。或又有云前輩文概不可删動一字者。愚謂删之果當，即先民有作，應亦莫逆於心，況取其便於後學，亦何妨稍稍更定。然須謹之又謹。至其命意所在，斷不容没，此則尤宜著眼耳。文極警快，然畢竟非制義體，雖所劇愛，而終欲乙之，大樽、陶菴兩先生文，鄙見以此別裁，頗有不能盡割者。然於諸家評論，亦已多所異同，俟知於文律者鑒之可也。

清王步青黄淳耀齊一變至於魯評點，黄陶菴文鈔，雍正十二年映旭齋梓。

史記云云，先儒亦多不言其説，朱子謂略有此意，但傳者過耳。程子謂齊繇桓公之霸，太公之遺法變易盡矣。則齊之難即至道，壞於管仲，不壞於太公也。齊初亦本周道，正與程子言合，第朱子云，太公治齊時，便有些小功利氣象，尚未見得被管仲以功利駁雜，其心大段壞了。然則管仲之變，亦太公顧有以致之。文於源流差別，能灼見其所心，然兩邊核駁處，亦切實可據，此史家帥子兒也。所欠者，於弊病盡信得徹而所以爲變，及至魯至道處，不曾著落，亦莫是辨才勝本顧鬆耶。

清王步青黄淳耀齊一變至於魯評點，黄陶菴先生全稿，乾隆四十二年重鐫。

凌仲遠曰：「論人論世，見得真，説得倒，故能推見聖心，羽經翌史。」

曹聲嗜曰：「老莊之後，變爲申韓，太史公以四家同傳，卓識千古。所以周末姑息，便起秦之殘刻。此子產之以威行惠，從救時起見，所以爲古之遺愛也。勘題的當，使子產婆心，夫子鐵筆，一并傳神，非老作家不能。」

持論斬斬，筆力絶人。原評云：「不是惠之道理，必須嚴猛爲用，子産之惠，卻必須嚴猛做成。」此語極剖析得透。題故是論子産，不是論惠也。

清王步青黄淳耀或問子産評點，黄陶菴文鈔，雍正十二年映旭齋梓。

原評：「馳騁數十年間，自以意會，不由町畦，具此手眼，方可知人論世。」

「惠」字從反面拓出，方是子産真身，方見聖人隻眼。有砭駁處，有出脱處，如老吏引例斷案，雖屠伯不能加，雖慈父不能釋，非聞名法高也，只是的當移易不得耳。此便是子長千古傳神手段也。不是惠之道理，必須嚴猛爲用，子産之惠，卻必須嚴猛做成。此意發揮得徹，便是不可移易處。

清王步青黄淳耀或問子産評點，黄陶菴先生全稿，乾隆四十二年重鐫。

江若度曰：「按趙岐〔一〕孟子注疏云：『舜誅四凶。』是明以殛與放流竄一例看。尚書孔傳云：『殛、竄、放、流，皆誅也，異其文，述作之體也。』孔疏云：『流者，移其居處；放者，使之自活；竄者，投棄之名；殛者，誅責之稱，俱是流徙。』玩此正與左氏傳云：『流四凶族。』相合。釋言亦曰：『殛，誅也。』蔡傳曰：『殛，則拘囚困苦之。』玩諸説，則鄭、陸之説誠是。舊説以殛爲殺，誤矣。即洪範『鯀則殛死』，孔傳云：『放鯀至死不赦。』孔疏云：『傳嫌殛謂被殺，故辨之云放鯀至死不赦也。』又按孔疏曰：『四者之次，蓋以罪重者先。共工滔天，爲罪之最大，驩兜與之同惡，故以次之。祭法以鯀障洪水，故列諸祀典，功雖不就，爲罪最輕，故後言之。』此論最是。鯀不過治水不成，亦非極惡大罪，況是四岳所薦、堯所舉，又用其子，苟加以極刑，亦非人情。罪較共、驩自輕，文中議論，與孔疏正合，詞義亦極警拔。」

此先生自作殛鯀辨，與書之本指無關，然自足以見前輩考據之精覈。

清王步青黄淳耀殛鯀於羽山評點，黄陶菴文鈔，雍正十二年映旭齋梓。

【校勘】

〔一〕「趙岐」：原文作「孟岐」，疑刊誤，改爲趙岐。

按蔡傳「殛則拘囚困苦之，亦未嘗訓殺」。然洪範云「鯀則殛死」，祭法云「鯀障洪水而殛死」，其非輕罪可知。蓋共、驩、三苗害在一官，禍及一方。鯀之禍害及天下，故共、驩、三苗曰流、曰放、曰竄，而鯀曰殛，則鯀罪重於共、驩、三苗，非輕也。故謂殛非殺則可，謂鯀罪輕而曲爲之出脱則不可。其所以必欲曲爲出脱者，以禹故也。不知殛禹與，皆天理之所當然。非若後世刑賞德怨之私，又何礙於禹而爲之曲説乎。近見論者以爲鯀若伏誅，則禹與舜讎，必不肯臣舜而服事，此説至悖。周官曰：「殺人而義者，令勿讎，讎之則死。」平人殺而義，且不可讎，況聖人而作君子乎。春秋傳曰：「父不受誅，子復讎可也。」以舜誅鯀，有不受者乎？舜之誅鯀，天道也。天可讎乎？凡君誅臣，臣之子必讎君，則天下君者不勝讎矣。父子之仁，君臣之義，並行天地之間，皆天也，故皆仁也。知有父而不知有君，是知仁而不知義，則並其所爲仁者，私心也，非仁也。告於外義以生爲性，釋氏本心，以理爲僞，皆不知天而無忌憚，此等説數，原出於此。自以爲仁孝之至，而不知其爲大逆不道之論也。

清王步青黄淳耀殛鯀於羽山評點，黄陶菴先生全稿，乾隆四十二年重鐫。

孫若士曰：「以文言之，通篇一老手間架而已。讀至後半聖人曰以下數行語，豈是文人所能訓正學術，主持世道，關係豈淺鮮哉。」

兩段合來，纔看得聖人身分盡。然自俗眼觀之，難在上半段，不信也在上半段。自智者觀之，卻難在下半段，並信得上半段過，也在下半段。此文截做側注，下截更發明得此旨有精神可見。後人疑程朱做不秉，先打孔孟疑心起，真看得下半段，是腐儒家當耳。

清王步青黄淳耀得百里之地而君之評點，黄陶菴先生全稿，乾隆四十二年重鐫。

以題之情事，發我之憤論悲刺；以我章法，化題之節次説詞，此是古人自立一家之妙，卻是古人脱化於前人規矩之妙。哀亂君臣，大約情相欺，過相委耳。孟子兩説，能使各正己罪，其義止在不相借處。大夫之罪本於王，推勘未嘗不是。然有失出處，不見聖賢義例之精細矣。

清王步青黄淳耀孟子之平陸評點，黄陶菴先生全稿，乾隆四十二年重鐫。

原評：精峭若三韓之師，綜覈如兩漢之吏。上下戰國百餘年間，盡在指掌矣。蘊生少作，已卓然可傳如此。

此二句乃楊、墨所以盈天下之緣起也。諸侯不放恣，則處士不敢横議，處士横議，皆揣摩諸侯以行其私。有横議而諸侯之放恣益甚，夫然後楊、墨得仿然立説而無顧忌。其原皆始於無懼，無懼非無法也，無天也。孔孟之懼，知天也。後世陸、王之横議，總不知天命而不畏也。故懼之一字，即千聖之心法，所以達天下之本。文中鑿斷昌明，足以消五百年中毒瘴之氣。

清王步青黄淳耀諸侯放恣評點，黄陶菴先生全稿，乾隆四十二年重鐫。

於先儒之説，堂堂正正處，無不洞達條貫，第其精奥未能盡，每欲而□□，别尋處未徹，疑一如栲栳矣。

清王步青黄淳耀乃若其情評點，黄陶菴先生全稿，乾隆四十二年重鐫。

於仁恕原頭所見未的，故講到道理至處多模糊。若情事推行之故，則可謂洞達而親切矣。

清王步青黄淳耀善政民畏之評點，黄陶菴先生全稿，乾隆四十二年重鐫。

王汝驤曰：有明制義，實直接史、漢以來文章正統，得先生文懸之爲鵠，其亦可以無疑也夫。

清梁章鉅制義叢話，咸豐九年知足知不足齋刻本。

俞寧世曰：「癸未一科，名士如林，而皆出於浮飾，大節既墮，文亦鮮傳。惟陶菴發於至情，體於實踐，故身名並烈。」

清梁章鉅制義叢話，咸豐九年知足知不足齋刻本。

先曾祖春圃公與陶菴黄先生有金蘭之雅，先曾祖六十時，先生壽之以詩云：「已去風塵未住山，暮年幽事滿荆關。家居萬户侯封内，人在西京儒俠間。青玉案邊椎髻古，黄金花下舞衣斑。祇應便與林泉約，賒盡清娛占盡閑。」手書至今珍藏，詩載陶菴集内。

清陸廷燦壽詩，南村隨筆卷四，壽椿堂藏板。

明末，吾邑嚴永思先生衍好古之士也，著資治通鑒補四百卷，竭三十年之力始成，與陶菴黄先生輩同學交好。黄先生曾爲分繕，今稿内手澤如新，令人肅然起敬。但其書卷帙浩繁，百餘年來尚未付梓，實爲恨事，未知將來遇合如何？桑梓中好古者所宜共爲留心者也。

清陸廷燦資治通鑒補，南村隨筆卷四，壽椿堂藏板。

遺山野史至今存，先生著爭先録。劉向傳經我道尊。處士八旬無愧處，卧雲菴裏死忠魂。菴，陶菴先生殉節處，先生爲公門人。

清張揆方陸菊隱先生集，米堆山人詩鈔卷八，乾隆刻本。

余不材，不能爲殉難諸公各立一傳，僅記姓氏，以期良史之制作，昭垂不朽。且浙東及閩、粤被陷時，在朝在野盡節亦不乏人。余歷其地而未忍悉其概，故先載兩都，餘俟備述也。

北都覆而殉難則有東閣大學士范景文，自投龍泉巷古井死，其妾亦自縊；左都御史李華自縊於文丞相祠；户部尚書倪元璐自縊，二妾隨縊；諭德馬世奇自縊，二妾隨縊；刑部侍郎孟兆祥夫婦及其子進士章明同死；中允劉理順自縊，其妻妾及四僮僕俱自經死；兵郎中成德自刎死，其母及妻及妹同自縊；簡討汪偉夫婦同死；副都御史施曜自鴆死。大理凌義渠、太僕丞申佳胤、庶子周鳳翔、吏科吴麟徵、户科吴甘來、考功郎許、宣府巡撫朱之馮、大同巡撫衛景瑗、御史陳純德、陳良謨、中書宋天顯，俱自縊；戎政尚書王家彦、御史王章俱駡賊死；樞司金鉉投御河死；勳臣襄城伯李國禎、惠安伯張慶臻、宣城伯衛時春、戚臣新樂侯劉文炳及其弟都督劉文耀，太康伯張國紀、駙馬鞏永固俱闔家自盡。庶常魏學濂、指揮李若珪皆死節。

南都覆，而都御史左懋第死於燕，督師閣部史可法死於師，靖南侯黄得功自刎營中，刑部尚書高倬、光禄葛徵奇、銓司黄端伯、中書龔廷祥盡節於官。吏部尚書徐石麒守嘉興城垂破自縊，二義僕從死焉。左通政侯峒曾與子玄演、玄潔守嘉定城，城破死。最勇而慘，進士黄淳耀與弟淵耀同侯氏守嘉定，自縊。左都御史劉宗周、應天巡撫祁彪佳、詹事徐汧、編修金聲、銓司夏允彝、樞司何剛、劉弼盛、王贊，行人陸培，欽天監博士陳于階，孝廉楊廷樞俱盡節於家。仁和知縣顧咸建殉難於杭城，文郎錢棅殉難於震澤，工員外吳嘉胤縊死於僧舍，金山衛守禦侯承祖父子血戰力竭被擒，不屈而死。

諸臣烈烈忠魂，見端皇帝，而不愧其姓氏，百世猶馨也。

清葉鈐明紀編遺卷二，清初刻本。

陶菴精於書義，融會九經諸史，審擇而出之。當崇禎之季，方以駢儷相尚，不知者以爲陳言，予叔父芾園先生獨賞心擊節，以其稿授予，讀之久之，而漸有稱焉者。如雅、頌得所樂有堂上堂下之分，又孔子未嘗刪詩，伯鯀未嘗誅死，皆至當之論。乃邇來選家，以其未盡合乎朱子之集注章句，痛加塗抹，是何異於下士之聞道乎。詩亦堅厚無懦響，由不惑於楚人之咻然也。

清朱彝尊靜志居詩話，人民文學出版社一九九〇年出版。

愚幼讀黃淳耀文，輒笑其不識字，或以爲過。予曰：凡字有體有用，如「枕」字，上聲體也，實也；去聲用也，虛也。此字集注明云去聲，奈何通篇俱作卧，而薦首者之物解。或曰：題雖去聲之枕，而文以上聲之枕伴講，亦自無礙。予曰：只緣承題云至曲肱以爲之枕，點題云稱此而爲枕，則枕必以曲肱矣。知其通篇俱錯認此字耳。須改卻題句，作曲肱以爲枕，以合此文，而後免不識字之誚。

清閻若璩黃淳耀曲肱而枕之評點，四書釋地三續，皇清經解本。

嘉定當吳郡東偏，濱大海，其俗勁悍，然頗以義烈聞。國初，王師下嘉定，士大夫多以身殉。前進士黃淳耀偕其弟諸生黃淵耀入城西南僧寮，麾其從人出，闔户，取片紙大書絶命辭，衣冠北向，再拜，就縊死，最烈。血漬壁磚入寸許，風雨莓苔，剥蝕漫漶，經久不滅。過其地者，猶髣髴見公精氣鬱勃，髯鬚戟張，精爽閃閃，從壁間出也。嗚呼，壯哉！登第初，同牓集都下者挾術以鑽，公行請托，公獨杜門不赴館選，貽書其弟，以千百年間一人自期許，論者偉之。

崇禎癸未八月，方舉會試。次年甲申三月，闖賊破都城，戎馬蹂躪，社稷丘墟，近在眉睫間。而當軸蒙蔽，新進浮競，耽榮罔利，積弊叢奸，牢不可破。士節墮敗，國運隨之，未嘗不嘆息痛悼，謂科目之無益於人國。而公名播華夏，傳及島國，大節炳於千秋，高文式於來者。翰墨之存，學者寶若天球；姓氏之芬，士人誇於鄰境。可謂與日月爭光，天壤相敝者也。夫非千百年間一見之人歟？公之志酬，而公之言信矣。向日之豔美於庸夫豎子之口者，豈可與公同年語耶？

公湛深六經，浸灌穿穴，務求心得，直究性命之旨。詩沖澹，仿陶彭澤。文師承荆川、震川。尤精於史學，凡學術醇疵、事機成敗、典章沿革、人物臧否，著論抉擿，悉中肯綮。間從制舉，發揮援古鏡今，沈著痛快，義藴畢宣，沁人心脾，凌跨前輩，海内宗之。然公之文，公之人爲之耳。文以人故重，非人以文故傳也。三百年來，以制舉名家者不乏，而光焰萬丈如公者，幾人哉？曾子固作顔魯公祠堂記，不一語及其法書，從其所重也。

雖然，世知公殉國之烈矣，余以爲知公猶未盡也。彼臨難苟免者，無論亦有迫於事勢、計無復之然者，要當觀其生平耳。公早歲立自鑒録、知過録，以檢身察心。又與同志起「直言社」，互相鐝礪。設日曆，晝之所爲，夜必書之。蓋公天分清剛，學養完粹，讀書細見，理真任道，勇飭躬密，而貫之以一誠，生平言行，無一不可告人者。德修於己，而道根於心，故窮達一觀，而險夷一致。其仗義死節者，時至事起，隨方順應，本分然耳。豈故爲激烈，以要後世之名哉？假使身際承平，公遂一碌碌無奇節之人乎哉？公自有所以爲公者在，非小夫感憤自殺者比也。由斯以談氣節，猶不足以盡公，而況於文章乎？然則天下之知公者，其淺也。學者由其應用求其本體，則慷慨赴義之勇，和順積中之發，其於公也，或庶幾矣。

公久俎豆鄉賢，而專祠未立，黄平王公蒞是邦，篤學好古，砥行立節，一以公爲師法，振興墜廢，百爲具舉，捐金若干兩，贖廢院之售劉姓者，葺以祀公及公弟偉恭。偉恭學行如其兄，死時互以大義相勖勉，士論並重之。

聖朝褒奬忠節，高出前古，而官斯土者，知所先務，而他政亦可推也已。

清趙俞二黄先生祠記，程其珏修光緒嘉定縣志卷二壇廟祠，光緒八年刻本。

疁城黄陶菴先生爲諸生時，即深究性命之學，晚年始達，以國事日非，不肯出就官。乙酉城破，投筆慷慨搤吭而死。陸翼王元輔，先生門人也，以博學鴻詞召試，恍惚見先生入夢，大書「碧血」二字示之。

黄陶菴先生少有盛名，館於同里侯氏，以道義相切劘。虞山錢宗伯有一子名孫愛，甫成童，欲延師教之，而難其人，商之程孟陽。孟陽曰：「我有故人子嘉定黄藴生，奇士也。與同里侯氏交三世矣，未可輕致。公雅與侯善，以情告侯，公可得也。」宗伯乃具厚幣，遣門下客李生，至嘉定延之。李生見侯，道宗伯指。侯力爲勸駕，黄意不悦，强而後可。遂與李偕至宗伯家，宗伯待以殊禮。

居浹月，孟陽出海棠小箋示黄。黄詢唱者爲誰。孟陽曰：「宗伯如君柳夫人作也。子於帖括之暇，試點筆焉。」陶菴變色曰：「忝居師席，可與小君酬和乎？」孟陽曰：「此何傷？我亦偕諸君子和之矣。」陶菴曰：「先生耆年碩德，與主人爲老友，固可無嫌，諸君亦非下帷於此者，若淳耀則斷不可。」孟陽慚退。

先是，曾館某撫軍幕府，有邑令聞先生在署，橐數百金，賂先生父，令致書，俾爲之左右。先生復父書曰：「父生男之身，尤望生男之心。若行一不義，取一非有，男心先死矣，尚何以養父乎？」忠孝大節，豈臨時激於意氣者所能爲乎！

清鈕琇觚剩壹吴觚上陶菴剛正，清臨野堂刻本。

黄淳耀，字藴生，嘉定人。少力學，爲諸生即以名行自勵。同縣侯峒曾、無錫馬世奇，皆鄉先生名知人，一見淳耀嘆異，折行輩與交舉。

崇禎十六年進士，未授官而歸，福王南渡，求仕者爭趨南京，淳耀獨不往。或問其故？應曰：「諸公多善予者，往則必爲所牢籠矣，君子始進，其可不以正耶？」訖不往。

淳耀體貌魁秀，讀書尤潛心先儒性命之説，每置日曆，有事必書其上，以驗所養，晚節尤多所自得。嘗爲書謝其鄉試房考官，因自叙曰：「某蹇淺下材，自十有七歲而入膠庠，今二十有一年矣。蓋嘗求義理於六藝，求事迹於諸史，求萬物之情狀於騷賦詩歌，求載道之器於漢、唐、宋數十家之文章。編劖規模，涵揉檃括，放而之於詩若文之間。竊謂古之立言者，非其有得於心，則莫能爲也。夫既有得於心矣，雖有言可也，如遷、固、荀、揚、韓、歐之屬是也。既有得於心，而有言之者矣，雖無言可也，如某家之叔度是也。某比來刊華踐實，玩思性命，求東林、程朱之道，所以悟明其心，而剛大其氣，以庶幾古之因文見道者，尋繹久之，亦復超然有見於語言之外。世儒舍性命而談事功，舍事功而談文章，是以事功日陋、文章日卑，詖淫邪遁之害及於政事，而不可救也。某粗有識知，其敢貿貿焉以文人自居，以富貴利達之習自溺也哉。」

我師下蘇州，淳耀偕諸大家率縣民城守，師既入城，從容詣城西僧舍，將死，僧止之曰：「公未仕，可勿死也。」淳耀曰：「城亡與亡，此儒者分内事耳。」遂自經死，其弟諸生淵耀亦從死焉。

外史氏曰：文章功名，不本於道德，斷非真者。先生之文章動一時矣，若城亡不與之俱亡，則檜、嵩之辭藻，讀者不耻之矣，其死也重於泰山乎？

清陳鼎東林列傳卷一一，文淵閣四庫全書本。

士君子舍生取義，殺身成仁，必先於自治其心。黄陶菴著自監録、知過録，又作日曆，晝之所爲，夜必書之。用自省改其心，固已惺惺然矣。及南都已破，偕弟入僧舍將自盡。僧曰「未服官，可無死」，曰「城亡與亡，豈以出處二心」。遂索筆書曰「進不能宣力王朝，退不能潔身自隱，讀書寡益，學道無成，耿耿不寐，此心而已」，與弟相對而縊。嗚呼！陶菴此心，即文文山之心也。文山言其用則曰「正氣」，陶菴指其體則曰「此心」，今從百年後，想見其視死如歸之時，何時不可與文山相上下哉！

清納蘭常安黄淳耀，班餘剪燭集卷一四，乾隆十四年自刻本。

先賢李文靖公及二黄先生祠。前令王橒於壬午夏，詳奉敕建專祠於拱二圖，額編祭銀二兩一錢八分零。又奉督院阿、撫院宋、學院張議定章程，於濬河夫束内歸撥五名抵辦朔望香火。兹奉禮部准襲衣頂，以奉祠祀，優免徭役，併牒儒學。春秋每祭，頒胙二斤，俾祠裔恭執祀事於文廟。爰勒諸壁，永奉勿替。

清馬化蛟李黄二祠祀額記，張建華、陶繼明主編，嘉定碑刻集，上海古籍出版社二〇一二年出版。

黄淳耀，字蘊生，嘉定人。爲諸生時，深疾科舉文浮靡淫麗，乃原本六經，一出以典雅。名士爭務聲利，獨澹漠自甘，不事徵逐。崇禎十六年成進士，歸益研經籍，緼袍糲食，蕭然一室。京師陷，福王立南都，諸進士悉授官，淳耀獨不赴選。及南都亡，嘉定亦破。慨然太息，偕弟淵耀入僧舍，將自盡。僧曰：「公未服官，可無死。」淳耀曰：「城亡與亡，豈以出處貳心。」乃索筆書曰：「弘光元年七月二十四日，進士黃淳耀自裁於城西僧舍。嗚呼！進不能宣力王朝，退不能潔身自隱，讀書寡益，學道無成，耿耿不寐，此心而已。」遂與淵耀相對縊死，年四十有一。

淳耀弱冠即著自鑒録、知過録，有志聖賢之學。後爲日曆，晝之所爲，夜必書之。凡語言得失，念慮純雜，無不備識，用自省改。晚而充養和粹，造詣益深。所作詩古文，悉軌先正，卓然名家。有陶菴集十五卷。其門人私謚之曰「貞文」。

淵耀，字偉恭，諸生，好學敦行如其兄。

清張廷玉等撰明史卷二八二儒林一，中華書局一九七四年出版。

東南半壁勢全傾，困守孤城有弟兄。四鎮熊羆戈已倒，一軍猿鶴死猶爭。魂歸蕭寺陰燐見，血漬空牆蜀魄鳴。粟主千秋奠芳藻，表忠誰復繼黃平。

清王爾達過西林菴吊黃陶菴偉恭兩先生，周承忠侯黃蹤迹稿本，上海翥雲藝術博物館藏。

淳耀初名金耀，字藴生，年十七補邑諸生。貫穿經史，爲文昌明博大，粹然儒者之言。崇禎壬午、癸未聯捷，以親老家居。乙酉秋，自縊僧舍，學者謚爲「貞文先生」，有陶菴集。東塘日札云：陶菴先生未第時，讀書虞山錢宗伯之塾，宗伯深重先生之識器，而先生亦盛推宗伯之文章。兩人者，交相敬愛也。甲申夏，先生家居，宗伯自金陵數爲書，强起先生，謝不可及。宗伯晉秩，先生之父令致賀，不得已，投以數書手卷，乃陶靖節去來辭也。宗伯見而嘆然。先是在京邸寄弟偉恭書曰：「吾廷試傳臚時，見鼎甲先上，人皆嘖嘖稱羡。吾此時嘆息，無限天地間自有爲數千年一人，數百年一人者。今人奈何不爲數千百年之一人，而止欲爲三年一人乎？」乃知先生不朽之節，早裕於讀書養氣之時，斯恂非誇大也！

清王輔銘明練音續集卷六，四庫全書存目叢書，齊魯書社一九九七年出版。

理確氣清，中二比可以覺寤昏迷，警發聾聵。

清方苞黄淳耀所謂齊其家一章評點，欽定四書文，四庫全書本。

沉雄激宕，已造歐、蘇大家之堂而嚌其胾。及按其脉縷，則兩節上下照管之細密，亦無以加焉。特變現於古文局陣，而使人不覺耳。

清方苞黄淳耀詩云節彼南山評點，欽定四書文，四庫全書本。

原評：四節成一片，多直道當時事。輝光明白，行墨間挾忠義貫日月之氣。

清方苞黄淳耀秦誓曰評點，欽定四書文，四庫全書本。

警痛之論，可使機變者捫心内慚，瞿然自失。時文中有此，亦有補於人心世教。

清方苞黄淳耀人而無信一節評點，欽定四書文，四庫全書本。

較金、陳、章、羅氣質略粗，而指事類情，肝膽呈露，精神自不可磨滅。金、黄二家之文，言及世道人心，便能使讀者義理之心勃然而生。是知言者心之聲，不可以爲僞也。

清方苞黄淳耀見義不爲無勇也評點，欽定四書文，四庫全書本。

於兩國源流本末，洞悉無遺。而讀書論世之識，復能斟酌而得其平，故語皆鑿然可據。評家云：「何以變齊？君君臣臣父父子子是也；何以變魯？人存政舉是也。」惜於此旨未能暢發。

清方苞黄淳耀齊一變評點，欽定四書文，四庫全書本。

此章之義，先儒訖無定論。獨提一「時」字，上下古今，雄情卓識，自可不磨。

清方苞黄淳耀管仲非仁者與評點，欽定四書文，四庫全書本。

射者之反求，失在己者也；君子之反求，不必己之有失，惟行有不得，皆反求諸己，此正己不求不怨不尤之實功也。文於射者、君子用心致力處見得分明，故語皆諦當，末幅尤寫得聖賢心事出。

清方苞黄淳耀子曰射有似乎君子評點，欽定四書文，四庫全書本。

直捷了當，步步還他平實。而遊行自如，若未嘗極意營構者，由於理境極熟也。

清方苞黄淳耀子曰鬼神之爲德評點，欽定四書文，四庫全書本。

以同民爲經，以古樂今樂、同獨、衆少、好不好爲緯，而以古文之法運掉遊行。如雲煙在空，合散無迹。隆萬高手，於全章題、數節題文，不過取其語脉神氣之流貫耳。至啓禎名家然，而於題中義理一一融會。縱筆所如，而題中節奏宛轉相赴，時有前後易置處，亦不得以倒提逆挈目之。一由專於時文中講法律，一由從古文規模中變化也。陳、黄二家，尤擄勝場。

清方苞黄淳耀莊暴見孟子曰評點，欽定四書文，四庫全書本。

縱筆馳驟，若自爲一則論辨，而與題之節會，自相融貫。

清方苞黄淳耀文王之囿評點，欽定四書文，四庫全書本。

順題直疏，間架老闊。時文乃代聖賢之言，非研經究史，則議論無根據；非有忠孝仁義之至性，雖依仿儒先之言，而不足以感發人心。學者讀金、黄二家之文，可以惕然而内省矣。

清方苞黄淳耀得百里之地而君之皆不爲也評點，欽定四書文，四庫全書本。

實情實事，皆作者所目擊，宜其言之痛切也。自趙夢白借題以摹鄙夫之情狀，啓、禎諸家效之，一時門户及吏治民情皆可證驗，足使觀者矜奮。其但結文之局陣，而使題之節目曲折由我，不復尋先正老法，則自隆、萬已然，不可以復相訾議也。

清方苞黄淳耀孟子之平陸評點，欽定四書文，四庫全書本。

反復推勘，深切明著，可與漢、唐名賢書疏並垂不朽，不僅爲制藝佳篇也。

清方苞黄淳耀孟子謂戴不勝曰評點，欽定四書文，四庫全書本。

原評：精峭若三韓之師，綜核如兩漢之吏。上下戰國百餘年間，盡在指掌矣。

上溯原本，推極流弊，無不盡之意，無泛設之詞。

清方苞黄淳耀諸侯放恣評點，欽定四書文，四庫全書本。

讀書多，則義理博而氣識閎，有觸而發，皆關係世教之言。不可專玩其音節之古，氣勢之昌。

清方苞黄淳耀子産聽鄭國之政評點，欽定四書文，四庫全書本。

原評：樸直老當，無一字含糊。此處「才」字，孟子從「性善」一滚説下，只在「理」上論，未曾論到

「氣」。程子之説，從言外補入，最合。一夾發便失語氣。

清方苞黄淳耀乃若其情評點，欽定四書文，四庫全書本。

原評：平王忘其親，而小弁之怨爲親親，此天理所恃以不盡亡，人心所恃以不盡息也。看題扼要，下筆縈紆鬱悶，可以感人。

清方苞黄淳耀小弁小人之詩也評點，欽定四書文，四庫全書本。

嘉靖以前人，一題必盡其義理之實，無有以挑拔了事者，況此等理窟中之蕩平正道乎？仁恕源流，推行實際，必如此勘透，才見作手。陳、章理文多深微而簡括，黄則切實而周詳，故品格少遜。然陳、章天分絶人，黄則人功可造；陳、章志在傳世，黄則猶近科舉之學。兹編於化、治惟取理法，正、嘉則兼較義藴氣格，隆、萬略存結構，而啓、禎以金、陳、章、黄爲宗，所録多與四家體制相近者。余亦各收其所長，不拘一律，俾覽者高下在心，各以性之所近、力之所能而自執焉。

清方苞黄淳耀强恕而行評點，欽定四書文，四庫全書本。

學識定，然後下語不可動摇。匪是而逞辨，必支離無當，墨守注語，亦淹淹無生氣也。

清方苞黄淳耀桃應問曰評點，欽定四書文，四庫全書本。

今夫人觀理未明，初不知捨生取義之大節。惘惘然沉溺於富貴利達之中，此小夫之戔戔者也。即或知捨生取義之爲大節矣，然臨難而無浩然之氣以行之，往往求生苟免，而盡反乎讀書説理之功，此完人之所以難也。惟見理真，通道篤，赴死勇，合乎居倉卒死生禍福而一之，斯共推爲日星河嶽，而無異辭。嘉定黄陶菴先生，真其人也。

先生生當有明之季，時爲學者獵詞華，工稗販，半入於駁雜荒幻之習；制行不以廉隅砥礪，趨圓競通，蟻聚蠅逐，而無所顧忌。先生原本六經，精研史學，務探聖賢中正之歸。而其立身行己，率其弟偉恭成自鑒録、知過録、吾師録，一以思誠主敬、懲忿窒欲檢束其身心。更成日曆，書晝行事，夜告天神，司馬文正所謂事無不可對人者，可以當之。宜其窮達一視，險夷一心，臨大節而不可奪也。崇禎癸未，先生成進士；明年，明社屋，王師南下，嘉定士民爲精衛填海。城陷，先生與弟詣城西僧舍，成絶命辭，北面再拜自經。時嘔血漬壁，百餘年不滅。人謂先生之死，由於慷慨激烈而成，不知未死之先，其立志堅確，涵養純粹，蓋有素矣。假使幸而處常，則經綸幹濟而不讓；乃不幸而處變，則殺身成仁而不辭。觀其與弟偉恭述：「臚唱日，衆觀狀元如登仙，我謂狀元乃三年一人。天地間有數千年一人者，人不能爲數千年一人，而羨三年一人。何耶？」讀先生書，可知其志矣。則其死也，豈猶匹夫憤恨，計無復之，而後出此言者哉？今藝林之重先生者，謂制義彪中弸外，理與法兼；古文清純簡貴，盡掃枝葉，異乎雉鳥之竄文囿者。夫先生之文，固足以凌轢一時，垂範後世，然同時以文與先生並名者，或爲詞章之士，或爲功名之士，皆離文與行而爲二；而先生合文與行而爲一，蓋胥本道德之真，忠孝之大，而成爲　代之文人，實爲一代之完人者也。即謂顏清臣、文履善二公復生，誰曰不宜？

祠建於康熙四十二年，距今五十餘年矣。日月既久，漸就傾圮。乾隆二十二年冬，里中紳士謀移建於學宫偏，鄰舊時死節地，靈爽儼在兹也。先生諱淳耀，字藴生；弟諱淵耀，字偉恭，從先生學，同死節，故得配祀云。

祠既成，拜人屬潛作記，潛幼即誦先生文，重先生行，寤寐如或見先生者，不敢以不文辭。是舉也，足以表正學，足以勵人心，足以風世俗。因舉先生之大節書之，而邦人三代之直，秉彝之好，亦不能没其公心也。因作記付之，並成迎神、送神之歌，以饗先生。其辭曰：

神靈降兮天闕，塤篪並吹兮來恍惚。城郭是兮人民非，堂宇敞兮陳牲犧。邀我神兮蒞止，神潔飲兮明水。鑒後進之悃忱，珍魯鄒之正軌。遥偭虞山，風流綿邈。給事幸其忠貞，尚書嗟其零落。考鐘鼓兮發浩倡，願高座兮樂康，毋悵望兮神傷。

神靈返兮忻忻，雲車風馬兮升天門，虎豹不守兮紛來同群。同里侯公，維兄及弟。誰歟偕行？黄門卧子。吴苑楊公，異人同揆。相逢並轡雲中行，諸公至今長不死。拊石兮揚枹，睇貞文兮還清都。慰嚶人之願望兮，他時馨祀其來乎？

清沈德潛重建黄陶菴先生祠堂記，歸愚文鈔卷八，乾隆刻本。

黄淳耀，字藴生。祖世能，官平涼經歷，參兵巡董國光軍事，命數百騎兵偵賊。世能曰：「偵賊不宜多人。」國光嘆曰：「經歷知兵，我不及也。」以爭死囚獄，忤推官楊某，陰中以不謹法，罷官去。都御史顧其志怒曰：「經歷廉直吏，乃爲酷吏所陷耶！」亦劾罷推官。

淳耀少即以聖賢自期，嘗作日曆，晝所爲夜必書之。緼袍糲食，不苟取一錢。試禮部時，有要人諭意，欲薦爲榜首，峻卻之。成進士，不謁選而歸。

逮嘉定被圍，偕弟淵耀與侯峒曾諸人固守。及城破，兄弟盡節城西僧舍。淵耀，字偉恭，諸生。幼學於兄，悉得其緒論。淳耀在，與之書曰：「傳臚時，人見鼎甲先上，皆嘖嘖稱羡，吾此時嘆息無限。天地間自有爲數千年一人，數百年一人者，今人必不肯爲，而必欲爲三年之一人，何也？」淵耀亦以品節自厲，就縊時見兄頭幘墮地，復下拾而冠之。淳耀所著詩、古文、制舉業，原本六經，旁通三史，規範先正，皆傳於世。卒年四十二，門人私謚「貞文」。淵耀卒時年二十二。其兄弟之死，口血噴壁間，其迹歷久不滅云。

清程國棟修乾隆嘉定縣志卷一〇上忠節，乾隆七年刻本。

二黄先生祠，東城二圖，新街基地五畝六分七釐八毫，國朝康熙四十二年，知縣王橒建，祀明進士黄淳耀、文學黄淵耀。

清程國棟修乾隆嘉定縣志卷二營建志，乾隆七年刻本。

黄藴生先生，原名金耀，後改名淳耀，號松崖，因讀書陶菴，又以爲號。祖籍嘉定，其子隱齋寄居於外翁蘇眉聲之室，遂家焉，地距楊行里許，今隸寶山縣境。賢裔近入寶庠，予司鐸於此數年矣。凡先生之嘉言懿行，心炙久之，其大節著於列傳、行狀諸篇，既已采入集中，登諸梨棗，而所見所聞，尚有逸事不敢遺也，爰並載之簡端，以志不朽云。乾隆辛巳仲夏後學陶應鯤謹識。

清陶應鯤記略，黄陶菴全集，乾隆辛巳版。

陶菴先生著自監録，凡其躬行而心得者，無不按日書之以自考證，洵有合於聖賢戒懼慎獨之深意也。先生所手録者初爲陸子翼王所藏。有浙士借之攜以遊楚，厥後，安亭張維垣遠方求得，疁城秦立爲録副本，往來兵火之中，不可磨滅，何其幸歟！按是書作於崇禎辛未，距乙酉殉節尚十有四年，而自命不苟早如此，則其造詣之精純，必更與年俱進者。雖以後諸録散失無存，而先生之沉潛理學，真積力久，即此已可想見焉。其從容就義，豈偶然哉。爰妄爲編次，自道德經濟文章以及嘉言格論，類爲四卷，欲其縷析條分，便於觀覽。學者家置一編，朝夕玩味，將展卷之餘，如臨師保。先生之自勉以勉人者，於以垂千古而不朽矣。後學陶應鯤謹識。

清陶應鯤陶菴語録記略，黄陶菴全集，乾隆辛巳版。

甲申鼎革後，先生兄弟志在殉國。一日，偉恭先生自外入，見幼弟戲於庭。撫其背首泣曰：「六郎，汝豎子無知，國至此，汝大兄必死節。兄死，我不忍獨生，汝將來不知流落何所？尚爾嬉笑耶。」

先生嘗云：「吾身如匹練，不可使墨汁稍污。」

甲申夏，錢受之自金陵招先生，先生謝不可。及受之晉秩宗伯，先生奉父命致賀，貽妻子柔書。開視之，則歸去來辭也。受之惘然。

清記略，黄陶菴全集，乾隆辛巳版。

先生之甥趙揆作教貴池，扶乩時先生降筆云：「周鐘在復社中亦錚錚傑出者，晚歲以進士入詞館，先帝每愛其才，而憐其遇。朝賀時，目送之曰：『此朕鹽梅選也！』迨先帝殉難煤山，鐘寓於前門王百户家，百户謂之曰：『太史身受國恩不爲薄矣，國事如此，請太史自爲計。』鐘漫應之曰：『國家以財賄，自取辱耳，我曾與之分利乎？』百户遂拔劍叱聲，欲以劍刃鐘，鐘急跪請命，竟於承天門外伏而降焉。百户遂題其門曰：『絶帶披襟强出降，半朝文字毒綱常。武夫不識詩書面，血劍隨君入帝鄉。』自刎而死。鐘於明日挾賀表入朝李賊，又上急下江南策，嗚呼！鐘獨非人類耶？何忍竟至此！吾與鐘作二十年交，不諒其污辱乃爾。吾願世之擇交者以我爲戒，吾願世之爲臣者以鐘爲鑒也。」此得之趙氏家藏，相傳實有其事。先生卒後，正氣如生，於斯可見。

清記略，黄陶菴全集，乾隆辛巳版。

二黄先生留碧於西林僧舍，老屋數椽，歷百餘年矣。予嘗遊其地，故老爲予言：「是室中每遇風雨陰晦，則先生之影鬚髯如戟，仿佛當年未斂時景狀，僵卧於荒牆碧蘚間。」予竊嘆忠義所激，致命於一旦，其不可磨滅之氣，固宜聚於斯而不散也。今牆屋就圮矣，招提之興廢靡定，況斯菴僻處城隅幽深，而荒寂久之，或化爲荆榛瓦礫之區，憑吊者欲問兩先生致命之所，茫乎莫知其處，是可憂也。

會邑人士修先生之祠，遂重葺是軒，而祀兩先生之畫像於其中。後有進而瞻仰者，想見當年從容就義，千秋碧血，凛凛如生，西林片壤長與日月爭光矣。而邑人士之崇尚節義，其風尤近古哉。顔之曰「留碧」，南華張宫詹所題也，舊額已毁，今爲長洲沈歸愚宗伯重書云。

清金洪銓重修留碧軒記，原載十一研山房集，轉引自黄忠節公陶菴集，光緒己卯刻本卷首。

西林菴在邑城西南隅，地頗幽邃，其前楹之東偏爲黄先生陶菴與弟偉恭授命之所，南華宫詹榜其室曰「留碧」，以當時投繯處，壁有血痕故也。舊有二黄先生祠在城之東南隅，歲久不治，乾隆丁丑邑人醵金修之，以其餘貲重葺是軒，留兩先生之畫像，而奉祀焉，方先生之寓書書友人也，謂當稱「前進士」，深衣幅巾，終身不入城市，是其初心，非必期於死者，何捐軀以殉，卒若是之烈也？夫未登朝受禄，則潔身自遠遁，大節已完，而不可責以必死，逮徇邑人之請而困守孤城，則城亡與亡，又天理民彝之正而無可逃者，況改正朔易服色，興朝定制，先生又烏能以深衣幅巾全其軀命乎？然則其究亦歸於不屈而死，特因城陷而速之耳。先生平日與其友夏啓霖講求性命之學，志之純而信之篤，其浩乎自得者，窮達不一，夷險如一，常則嗜仁義爲芻豢，變則赴湯火如同衽席。城破之日，師友兄弟同時并命，雖至性過人乎，亦養之者有素也。彼立人本朝而臨難畏葸者，固不足論，間有慷慨激發，與友共期必死而轉瞬負之者，亦信道不篤，而臨事回惑也，或曰先生之浩氣其長留宇宙者，燦爲星辰，鬱爲風雷，流爲江河，凝爲山嶽，夫亦安往而不在，且既有專祠矣，又何惜此區區留碧之地耶？是又不然。夫士之好古也，聞其風，慕其義，往往樂道其里居姓氏，況生其里，讀其書，拜其像，而忍令其遺迹湮滅歟！然則是軒之重葺，信不容已，而邑人士之於前賢，其用心亦可謂勤矣。今而後過斯軒者，當肅然生忠孝之心，以求盡乎倫紀之大，而無負此七尺之軀哉！

清張錫爵重修留碧軒記，原載鈍閒文鈔，轉引自黄忠節公陶菴集，光緒己卯刻本卷首。

山羞薦荒祠，肅拜生恭敬。迤邐尋僧廬，地僻軒窗靜。竭力守孤城，從客此畢命。成仁兄弟俱，蹈海師友並。豈能測天心，聊欲全我性。大節齊衡嵩，傭奴欽氏姓。碧血照夜臺，榮華視春凌。我來值深秋，日落村原暝。悲風起喬柯，寒泉咽危徑。吊古重徘徊，雲中一聲磬。

清張錫爵留碧軒懷古，原載寒竽集，轉引自黄忠節公陶菴集，光緒己卯刻本卷首。

程魚門云：「時文之學，有害於古文；詞曲之學，有害於詩。」余謂：「時文之學，不宜過深，深則兼有害於詩。前明一代，能時文，又能詩者，有幾人哉？金正希、陳大士與江西五家，可稱時文之聖，其於詩，一字無傳。陳卧子、黄陶菴不過時文之豪，其詩便有可傳。荀子曰，藝之精者不兩能也。」

清袁枚隨園詩話卷八，浙江古籍出版社二〇一五年出版。

黄陶菴先生，性嚴重，館牧齋家，不肯和柳夫人詩。然其詩，極有風情。竹枝歌云：「東湖西湖蓮莳開，一日摇船采一回。蓮葉田田無限好，只因曾見美人來。」「柳條不系玉蹄騧，拗作長鞭去路斜。春色也隨郎馬去，妝樓飛盡別時花。」

清袁枚隨園詩話卷八，浙江古籍出版社二〇一五年出版。

禮言：「内亂不與，外難不避。」如崔杼作亂，晏子不死；孫林父逐其君，蘧伯玉從近關出是也。然春秋於孔父、仇牧，皆大書特書，以矜寵之。何者？患難死生之際，人之所大懼，苟能扶植名義，捐軀截脰而不顧，雖揆之於道，或稍過焉，君子猶取之，況乎其合道者耶！

吾嘉定人士，類能通經學，尚節氣。自明初王常宗以古文提唱，後復有歸熙甫教授安亭里，邑之從學者數十人，最後乃有黄先生淳耀。先生以明崇禎癸未進士，在京師寓書其弟淵耀，謂諸進士見第一人及第者，嘖嘖口不置。士不爲千百年一人，而僅慕三年中一人，器識鄙陋已甚。先生自命素如此。頃之見國事日去，未除官歸。

越二年，嘉定城破，城西南隅悉荒原破冢，有廢寺曰「西林」，因偕弟淵耀入寺，東西並縊。倉卒弟反居右，未絶，遽呼弟不可先；兄復下，使弟居左，乃死。其安詳整暇，比於易簀、結纓靡愧焉。亂定後，家人得屍以葬，而血迹噴漬屋壁，灑之不能滅。迄今百年，每陰晦則血坌起，朱殷爛斑若新涅然。張太史南華因署其軒曰「留碧」。設此壁毁後，此數磚雖範土爲之，其入地猶當生丹砂竹箭，必不化爲朽壤也。

嗟乎！當啓、禎之際，草莽虚聲之士，分立門户，高自標置者何限。先生方以文雄東南，顧於一切立盟會、角同異，俱蕭然視若無有。獨與二三君子守常宗、熙甫之緒論，講誦於荒江老屋中。且時不可支，從容赴義。視平昔高談性命之學，而臨難或至顛蹶而喪其守者豈不相逕庭歟！先生殁後，有龔智淵先生之子元端出家爲僧於此，以奉先生香火。弟子陸元輔輯録遺文以傳。而予大父卓人先生實受經於元輔。雖以予譾劣，師友源流，亦得私淑其傳，用敢推明先生之大節，而信其爲春秋之所必許如此。

清王鳴盛西林寺留碧軒記，西莊始存稿卷一九，乾隆三十一年刻本。

余題先生墨迹凡數次矣，其文雖無所發明，亦必存之，以識不忘。蓋書不以跋重，而跋以書重也。此册爲先生臨顔清臣干禄字書，兩公大節，先後照映，洵堪寶貴。余不到故里已十三年矣，始因老懶，繼乃目疾，遂至雙瞽。悶坐三年，烈日中一無所見，自分已成廢人，不料七十乃獲重明。甲寅春，因送幼兒縣試，復至嘉定，雪樵出此見示，且喜拙稿中復得跋一篇，遂書於後。西沚後學王鳴盛，時年七十有三。

清王鳴盛題黄忠節公臨顔清臣干禄字書，原碑藏嘉定孔廟碑廊。

臣等謹案：陶菴全集二十二卷，明黄淳耀撰。淳耀初名金耀，字藴生，陶菴其號也，嘉定人。崇禎癸未進士，未授官歸，福王立不赴選，家居講學。乙酉南都破，大兵徇嘉定，淳耀與其弟淵耀入僧舍自經死。乾隆四十一年賜謚「忠節」，事迹具明史儒林傳。淳耀湛深經術，刻意古學，所作科舉之文，精雅純粹，一掃明季剽摹譎怪之習，天下皆傳誦之。而平日講求正道，孳孳不倦，尤能以躬行實踐爲務，毅然不爲榮利所撓奪，如吾師、自監諸録，皆其早年所訂，絶無黨同伐異之風，足以見其所得之邃。文章和平温厚，矩薙先民；詩亦渾雅天成，絶無懦響。於王、李、鍾、譚餘派，去之惟恐若浼，其立志之堅確如此。卒之致命成仁，垂芳百世，卓然不愧，其生平可以知立言之本矣。集爲其門人陸元輔所裒輯，見於明史者十五卷。文七卷、文補遺一卷、詩八卷、詩補遺一卷、吾師録一卷、自監録四卷，共二十二卷，乃後人續加增輯，以行者也。乾隆四十五年四月恭校上。

清紀昀等陶菴全集提要，四庫全書集部六别集類五明陶菴全集。

忠節文章見性真，慎哉可畏語驚人。公時文鄙夫篇有「吁慎之哉」、「吁可畏哉」等句，讀之懔然，蓋奉爲求友之法矣。何期足接先生里，也得香薰後死身。三載頻敲留碧户，公與弟名淵耀同盡節，西林菴今有「留碧」二字扁，沈歸愚先生書。一僧守寺，必敲門始得入。一朝暴有錫朋珍。從兹什襲如何可？古錦囊還日拂塵。

清程瑶田王生雪海以黄忠節公墨迹手札六番見貽詩以志喜，通藝録，黄山出版社二〇〇八年出版。

挾得侯黄墨妙來，忠臣手澤信難摧。請看名迹皆中聖，有李長蘅畫、張南華詩，周芷巖墨竹，陳其大小楷，無不浸濕。止酒樓能獨自開。二軸余將樓居之，題曰「止酒」。

清程瑶田買舟還歙舟人誤倒酒甕字畫一捆盡爲酒浸獨侯忠烈黄忠節墨迹二軸涓滴莫漬偶然耳良足矜異紀之以詩，通藝録，黄山出版社二〇〇八年出版。

嘉定城中西南方曰西林菴，四面以水環之。其水昔通内城濠，城濠淤塞，不見首受及流入處。菴前東偏小石橋，爲出入之道。面南數楹，陶菴先生讀書其中，曾題「放帚厂」額其上。其後，先生與弟淵耀皆殉難自經於此。

乾隆己酉二月廿五日，往遊焉，觀壁上記，言昔時每當風雨陰晦，先生之影，虬髯如戟，彷彿當年未殮時景狀，僵卧於荒牆碧鮮間。張南華宫詹鵬翀，題「留碧」兩字。久而扁字剝壞，戊寅歲，沈歸愚宗伯重書，今所懸者是也。而「放帚厂」三字，爲人攫去。見影之牆既圮，乃易之以木而壁之。

清程瑶田黄忠節公留碧處小記，通藝録，黄山出版社二〇〇八年出版。

不矜氣節與文章，性定工夫未可量。詩中有「文章不值一文錢，氣節徒爭蝸角間」二語，固是有感而發，然亦見先生工夫深處。好勝好名渾是病，決言歸去此真方。又有「歸去來兮歸去來」句。一簞食與一瓢羹，萬卷書能活此生。有「山蔬一盆粥一盂，萬卷圖書歡吾顔」二語。試看城西竹勝處，厂留放帚弟兼兄。先生兄弟同盡節西林菴，菴初名竹勝，有先生書「放帚厂」三字，今久失去矣。

清程瑶田錢生既勤以黄忠節詩墨迹見貽感而賦詩紙空處有其子雲沼跋，通藝録，黄山出版社二〇〇八年出版。

陶菴先生不以書法重者也，然即以書法論，則所謂「筆心常在點畫中行」者，先生有焉。「心正則筆正」，誠懸之言，雖曰「筆諫」，實有至理。先生之忠勇節義，與魯公先後同揆，故臨魯公書，惟其有之，是以似之。

瑶田至先生之鄉，訪先生兄弟盡難處。偉恭先生以諸生死節。於城西南隅之西林菴，令人想其得正而斃，如將見之。寺僧指敝屋數椽言：「即先生舊題『放帚厂』三字在此，其扁久不存矣。」思其書法，不可得見，欿歔者久之。

今得見先生書法矣，剛大充塞，足配道義，千載而下，猶凛凛有生氣，況後先生僅百五十年耳。斂容肅觀，奚啻步趨先步於几席間耶？

清程瑶田黄忠節公臨干禄字書墨迹書後，通藝録，黄山出版社二〇〇八年出版。

敬讀陶菴先生日記二册，多出入釋氏家言，或疑焉。瑶田以爲論古人，當觀其出處之能盡吾道，知其入處之必能聞吾道也。閲先生書，真百世師也，其所引録，蓋實有見於其言之不可廢，用以策勵身心，使修治工夫不間斷也，故於彼家坐香一事，見其非根本之計，便已之。三人行，必有我師，固有所取爾也。一切援儒入墨，及三教同源，函三爲一，諸説豈足以論我先生乎？謹成七律一首：

不問儒門與釋門，察倫明物道斯存。水流清極源堪溯，力到堅時骨自尊。稊稗何妨況每下，筌蹄終忘可姑援。聞風曠代能興起，吾黨於今仰弟昆。先生兄弟同盡節城西南隅西林菴。

清程瑶田敬讀陶菴先生日記，通藝録，黄山出版社二〇〇八年出版。

瞻拜遺容豈偶然？乾坤浩氣想當年。後凋棟幹柯難改，陶菴先生又號松崖，見練音王泰際詩。小弱書生志益堅。陶菴盡節年四十二，偉恭廿二。講習晨昏惟伯仲，讀陶菴日記，先生兄弟朝夕相策勵。從容義命莫留連。二先生同盡節時，陶菴幘觸繯墮地，偉恭望見，取爲冠之，乃自縊。可知聞道端宜早，取舍分明懔昔賢。

清程瑶田謁二黄先生祠請觀真容歸而賦詩紀之，通藝録，黄山出版社二〇〇八年出版。

順治二年五月，王師下江南，豫親王多鐸遣降臣前鴻臚寺少卿黄家鼒安撫蘇州，巡撫霍達遁走。適監軍道楊文驄率兵五百人至郡，家鼒方勞軍西察院，文驄直入，執家鼒及從者數人，盡殺之。副使周荃匿民間得免，歸報豫王，且請兵，吴郡被兵自此始。六月，兵部侍郎李延齡入蘇州，分兵徇諸縣，以張維熙爲嘉定知縣，以徐州總兵官李成棟爲江南提督，鎮吴淞。閏月，成棟前隊兵過縣東，大掠。己丑，成棟與副將梁得勝以戰艦百餘至，宿東關外。庚寅，成棟入吴淞，巨艦悉艤東關外，留得勝以三百人守之。

壬辰，始下剃髮之令，士民皆不願，遂謀舉事，諸鄉稱義兵者，不約而集矣。

是時，舉人王霖汝及弟諸生楫汝起六都，得七百人，號「王家莊兵」；監紀、知縣支益起石岡，得千人，號「石岡兵」；南翔大姓招募二千人，號「南翔兵」；婁塘、羅店、外岡先後競起。甲午，鄉兵大集，至東關外，攻得勝軍。得勝據高岡，令弩箭手自上射，鄉兵皆應弦而倒。南翔兵最先登，矢傷一人即退。石岡兵踵之，尋亦卻。獨王莊首領，都司許龍，奮勇直前，戰頗力，亦中流矢死，鄉兵幾潰。而外岡、婁塘兵接戰甚力，廿三都民素輕趫善鬥，殺獲最多。夜漏下數刻，各鄉兵齊至，舉火燒得勝船，四十餘艘，一時俱盡。成棟所掠金珠刀劍及婦女姝麗在舟中者，皆爲灰燼。得勝僅以身免。龍字雲美，有膽略，嘗在閣部史可法麾下，感其知遇，恨不從死，故視死如歸。丙申，成棟遣精騎赴太倉調兵，爲羅店鄉兵所遏，不得達。是夕月食，既占，曰：食盡無光，百姓死，城邑空。

丁酉，左通政侯公峒曾卧病蟠龍江，遣其二子玄演、玄潔入城，聚士民爲城守計。進士黃公淳耀與其弟淵耀亦至，勸玄演作書趣其父速至，鄉兵亦列幟往迎。戊戌，成棟悉鋭攻羅店，屯兵馬橋，與鄉兵接戰，而潛遣鋭卒繞出陣後，鄉兵遂潰。諸生唐景曜嘗檄數成棟之罪，至是被獲，磔於市。諸生唐培率兵巷戰，不勝被獲，大駡不屈，刃已加頸，尚呼：「豈有此理？」語未絶，身首異處矣。諸生朱霞、張小傘登屋鳴金，欲集衆復戰，身被數創，墮河死。己亥，峒曾入城，與士民公議，畫地而守。峒曾守東門，諸生朱元亮、龔孫玹、金起士及其二子玄演、玄潔佐之。淳耀主西門，淵耀佐之。嘉興教諭龔用圓、舉人張錫眉主南門，諸生夏雲蛟、唐昌全等佐之。北門亦峒曾爲主，而太學生朱長祚、雲南按察司僉事唐咨禹佐之。

處分已定，各率衆上城巡邏，衆皆踴躍，縛褌執刀以從。城上揭白旗，大書「嘉定恢剿義帥」。雉堞依地段分屬各啚，每啚擇一人爲長，日入後，當事者親自巡歷，以稽勤惰。其大事則峒曾、淳耀二人決之。庚子，邃新令張維熙，以前儒學訓導萬逵攝縣事。侯、黄又遣人齎名刺，訪境内拳勇少年，悉召致之，具賓主禮，假以辭色，令歸集衆，且勉之曰：「人孰無父母妻子，諸君能倡義，兼可自爲，不獨爲人也。」衆皆感激，思盡力，鄉兵益盛。癸卯，成棟遣其弟統精騎數十往太倉調兵，至縣北關，鄉兵逐之，殺其五騎。餘騎將過倉橋，城上連發大炮，殺三人一馬，其一黄纛紅線佩刀者，成棟弟也。餘騎遁歸吴淞，相謂曰：「吾等皆高鎮勁兵，自降大清，所過風靡。何物蠻子，赤身打仗，所至成群，未及十日，已損我副將六員矣。」時前總兵吴志葵駐兵泖湖，峒曾等累致書乞援，志葵不得已，遣游擊蔡喬以兵三百人赴之。乙巳，喬軍至，皆癃弱，又强半市人子，不習戰，唯喬頗勇健，使雙鐵鐧，右手重二十五斤，左手重二十斤。所攜火藥、糧儲在舟中，求姑置城内，身自率兵營於城外。議者皆曰宜許之，彼戰而勝，軍資在城，其心益固；不勝，留以爲質，勢不敢棄我去。當事者猶豫不聽，令泊舟南關外。丙午，成棟聞喬軍至，遣諸將銜枚疾馳，晨至東關，喬軍出不意，多赴水遁。喬卧舟中，聞變驚起，持鐵鐧躍登岸，奪一馬乘之，血戰良久，力盡幾陷。東門人徐福，躍馬深入，挾之以出。喬又與福衝入陣，以救餘軍之陷没者，遂引兵南歸。鄉兵見喬敗，不復能軍。大軍乘勝薄城，城上發大炮，傷二人，遂引去。

己酉，成棟悉兵過嘉定城北，入婁塘，駐營磚橋，鄉兵環聚攻之，步騎不敵，死者過半。日暮，成棟鳴金收兵入營，縱酒不輟。七月庚戌朔，鄉兵復集於磚橋，成棟縱兵擊之。杭文若者，杭家村民也，年少多力，執紅旗先進，其鄰毛玉佩繼之，殺騎兵三人。大軍攢矟刺之，皆死，鄉兵驚散。諸生徐文蔚率其徒血戰，大呼後隊速進，無有應者，文蔚猶不退，亦死之。大軍乘勝追北，鄉人奔走，自相蹂踐，死者無算，遂屠婁塘。成棟遣人持榜諭城中速降，誓不殺人。峒曾等夙以忠義自許，得榜寸裂之，督民運磚石固守。

壬子，大軍攻城，城堅，炮不能入，乃舁板扉置東北城外，伏健士，鑿大穴，垂陷。城中用巨木塞之，不得入。大軍轉攻北門，欲從水竇入。城中復下巨石塞竇，不能入。是夜，大軍攻城益力，炮如雨下。五更大雷雨，峒曾父子與諸紳士仗劍立雨中。見守陴士饑凍不能支，漸有散去者，亟往勸止，已不能禁矣。癸丑，大軍自東門斬關入，峒曾猶坐城樓，指麾自若，呼二子速去，行數步復還，峒曾怒叱曰：「我死，份也。祖母在，爾等應代我奉養，戀我何爲？」二子慟哭而去，至孩兒橋，皆見殺。峒曾倉卒投池水，騎兵引出，斬之。成棟命梟示西門，尋令懸於峒曾門左。越三日，大軍已去，忽懸絶墮地，鬚髮赫然如生。太學生朱之熙過之，亟捧歸，函送廠頭故居。求身屍不得，其僕號於路曰：「主人殉難時，著黃紗褌，以緑絲帶繫襪。」有童子知之，指其處，驗之良是，遂合而瘞焉。淳耀守西門，聞城破，乘一馬南行，弟淵耀親爲執鞍。至城南隅西林菴，主僧無等獻茶，啜畢，索紙筆，謂僧曰：「大師急避，予兄弟即自此別矣！」遂鍵户，取筆大書曰：「明進士黃淳耀，以某年月日自裁於西城僧舍。嗚呼！進不能宣力朝廷，退不能潔身自隱，讀書寡益，學道無成，耿耿不没，此心而已。」書畢再拜，顧視淵耀已赫然梁間矣，遂縊於左。張錫眉聞城破，先驅其妾溺水死，作絶命詞畢，自經死。龔用圓抱其兄用廣大慟曰：「我祖父清節自矢，已歷三世，今日苟且圖存，何以見祖宗於地下！」因共溺死。明日得其屍，兄弟猶握手不解云。弟用厚攜家出避，尋亦自溺。用廣、用厚皆諸生。夏雲蛟被執，堅卧不屈死。朱元亮、龔孫玹、朱長祚、唐昌全皆見殺。唯唐咨禹被脅，取金帛得釋，越六日，後爲軍人所掠，索金帛不得，攢槍刺死。金起士痛哭不食死。其餘諸生之死於兵者：王蘭、朱衮、趙維賢、陶恕先、孫和京、金堪士、龔元彬。貢士則王雲程。太學生則金德開，德開臨死，猶執家訓不去手。諸生吴躍夫婦被執，至死駡不絶口。諸生潘大綸聞難，縱火焚其家，飲大醉，自溺死。諸生陳師文亦自溺死。是日，成棟下令屠城，老幼無得免者。

乙卯，成棟還兵駐太倉，以州人浦嶂攝縣事，縣民猶未肯剃髮。嶂請於成棟，以二十七日再引兵屠城，於是廪生宣衷恂以留髮梟首東門。廪生婁復聞，嶂友也，被縛時呼嶂字曰：「君屏，幸釋我！」嶂不應，並其妻子及姊與甥皆斬之。

清錢大昕記侯黄兩忠節公事，嘉定錢大昕全集，江蘇古籍出版社一九九七年出版。

吾鄉黄忠節公，文章節義，彪炳古今，而字畫剛勁凛然，如端人正士，有不可犯之色，其於顔太師非徒襲其形貌，蓋并其性情而肖之也。嘉慶壬戌正月望日，蘭溪攜此册見示，留齋頭數日，展玩之餘，不勝企慕，因題數字於後。竹汀居士錢大昕拜手書。

清錢大昕題黄忠節公臨顔清臣干禄字書，原碑藏嘉定孔廟碑廊。

黄忠節公文章節義，彪炳兩間，字畫亦得顔魯公三昧。此四十幅，皆與子翼往還小牘，雖信手揮灑，全不經意，而交誼之真摯，居家之儉約，取予之不苟，皆可得諸語言文字之外。公生平不妄交，侯銀臺集中亦屢見子翼名，知其人必端士也。余婿瞿生安槎好藏前賢手迹，購得此本，重裝而新之，屬余識其歲月。

清錢大昕跋黄陶庵札，嘉定錢大昕全集，江蘇古籍出版社一九九七年出版。

公之文章，青天白日。公之心地，寒冰顥月。壁立萬仞，髮引千鈞。淵乎有得，藹乎可親。成仁取義，行所無事。儒者之勇，可師百世。

清錢大昕黄陶菴像贊，嘉定錢大昕全集，江蘇古籍出版社一九九七年出版。

古人稱「三不朽」，始於立德，終於立言，吾鄉黄忠節公則兼而有之。公自束髮受書，即以聖賢爲必可學，一言一行，晨夕點檢，務求不愧衾影，以與聖賢相印證。當時主持文社，號稱宗匠者，競招致之，公夷然不屑也。

鼎革後，貽書友人，欲遁迹，以「前進士」終老。未幾，有守城之役，乃引謀人軍師，敗則死之之義，從容畢命。蓋斟酌於平日，非感激於一時。此道義之勇所由，異於豪俠之勇也。公之德與言，海内師之，非一鄉得而私之，而生平行事則唯鄉人見聞最真。顧百五十年來，未有譜其事狀者，豈非吾輩之責乎？

今春，安亭陳君以誦以所撰次公年譜出示，考核精審，繁簡得中。公家方泰里與安亭最近，而以誦孜孜搜訪，博收而約取之，故信而有徵如此。又倡義欲復公墓田之侵於他姓者，事雖未果，然公之精爽未沫，當必默相其成，是可操左券以待耳。因牽連書之，冀當事者留意焉。乾隆甲寅三月十日，邑後學錢大昕書於孱守齋。

清錢大昕陶菴先生年譜序，黄忠節公陶菴集，光緒己卯刻本卷首。

黄淳耀，字藴生，一字松崖，號陶菴，又號水鏡居士。自幼家貧，遷徙無定，年二十三，始家於方泰之茭門涇。課徒自給，陸翼王、張德符、高德邁、侯記原、幾道、研德、雲俱、智含兄弟皆師事之。崇禎十五年舉於鄉，十六年成進士。

十七年，李自成陷北京，莊烈帝自縊於煤山。夏五月，大清定鼎京師，爲順治元年。二年夏五月，大清兵破南京。閏六月，王師徇地至嘉定。公與其弟淵耀率鄉兵守城。七月四日城破，公兄弟二人至城西僧舍自經死。五年，公之父完初自營生壙於鹽鐵塘之原，葬公兄弟於昭穆兩位，門人私謚「貞文」。乾隆四十一年，奉旨議謚「忠節」。

明史儒林傳云：黄淳耀爲諸生時，深疾科舉文浮靡淫麗，乃原本六經，一出以雅典。名士爭務聲利，獨澹漠自甘，不事徵逐。崇禎十六年成進士，歸，益研經籍，緼袍糲食，蕭然一室。京師陷，福王立南都，諸進士悉授官，淳耀獨不赴選。及南都亡，嘉定亦破，慨然太息，偕弟淵耀入僧舍。將自盡，僧曰：「公未服官，可無死。」淳耀曰：「城亡與亡，豈以出處貳心？」乃索筆書曰：「弘光元年七月廿四日〔二〕，進士黄淳耀自裁於城西僧舍。嗚呼！進不能宣力王朝，退不能潔身自隱，讀書寡益，學道無成，耿耿不寐，此心而已。」遂與淵耀相對縊死，年四十有一。

淳耀弱冠即有志聖賢之學，爲日曆，晝之所爲，夜必書之。凡語言得失、念慮純雜，無不備識，用自省改。晚而充養和粹，造詣益深。所作詩古文，悉軌先正，卓然名家。

清王初桐纂輯嘉慶方泰志卷二儒林，上海社會科學院出版社二〇〇四年出版。

【校勘】

〔一〕「七月廿四日」：誤，黄淳耀死於七月四日。

進士黄淳耀，墓在龍字號三十四圖劍字圩。弟諸生淵耀祔。順治十二年，公崇祀鄉賢。康熙四十三年，邑侯王棨捐俸題請建專祠於城東南隅，趙俞撰記。同年陳瑚撰墓表。綽楔上有聯云：「國士無雙國士，忠臣不二忠臣。」

陳樹德曰：余於己酉暮春，訪忠節黄公墓於鹽鐵塘之原。冢凡三封，土不盈箕。大榛蕪灌莽，鈎衣刺目，欲伸瞻拜之誠而弗能得。詢之土人，墓旁地盡屬他姓。其爲樵采侵伐，蓋已久矣。

清王初桐纂輯嘉慶方泰志卷三墳墓，上海社會科學院出版社二〇〇四年出版。

燕關鐵騎從天下，留都一蹴如崩瓦。鍾山山陵龍虎地，蕭颯秋風嘶石馬。江東二妙起菰蘆，一時才望騰高衢。叔子彈琴酒壚畔，太常奮臂揮螯弧。勁兵紛紛上游至，戰鼓沉沉動天地。賀蘭不救睢陽急，袁粲難防石頭潰。從容視死猶視生，兩公壯節何崢嶸！男兒報君合致命，豈爲青史傳高名。聖朝盛典古難同，忠孝千秋祀瞽宗。君不見漢家冠劍雲臺滿，誰向平陵問義公！

清錢塘二黄先生祠堂行，原載溉亭集，轉引自程其珏修光緒嘉定縣志卷二壇廟祠，光緒八年刻本。

順治乙酉，王師下江南。七月初四日，嘉定在籍通政使侯峒曾集衆守城。邀孝廉王某守東門，王曰：「以卵敵石，難矣。」公以大義責之，王唯唯。大兵將至，百姓仰城而哭。王遂開門而遁，傾城出奔。今王氏子孫，多有貴顯者。大兵攻之不能下，會大雨，城壞，遂入。侯公先驅玄演、玄潔沉後河，乃赴水死。進士黄陶菴淳耀，偕弟淵耀對縊於城西僧舍。甫投繯，淳居左，淵居右。淵急呼曰：「弟不可以僭兄。」陶菴氣將絶，噴血於牆，易位而斃。今血迹尚存，詹事張鵬翀表以「留碧」二字。黄公伯仲，皆理學名儒，故臨難有結纓易簀風。

清顧公燮嘉定縉紳死難，丹午筆記，江蘇古籍出版社一九九一年出版。

風雨危城夜誓師，傷心大廈竟難支。孤臣嚙齒捐生日，義士登山並死時。海水爭飛悲故國，靈旗怒卷返空祠。招魂誰作西臺哭，寂寞僧寮絶命詞。

清曹仁虎二黄先生祠，咏典堂集，清代詩文集彙編，上海古籍出版社二〇一〇年出版。

嘉定有三絶：邑宰得陸清獻公，後之循吏當蔑有過之；鄉賢得黄陶菴先生，後之人文當蔑有過之；國母得莊烈皇后，後之閨壼當蔑有過之。

清程攸熙，原載吹影編，轉引自黄忠節公陶菴集，光緒己卯刻本卷首。

黄淳耀，字藴生，號陶菴。嘉定縣人。少即以聖賢自期。嘗作日曆，晝所爲，夜必書之。緼袍糲食，不苟取一錢。崇禎十六年，試禮部，有要人諭意，欲薦爲榜首，峻卻之。成進士，不謁南都選而歸。初建，求仕者爭趨之，淳耀獨不赴。或問故，應曰：「某公素善余，今方與當國者比，往必爲彼牢籠矣。君子始進必以正，豈可損名義以徇之耶？」卒不往。迨嘉定被圍，偕弟淵耀暨侯峒曾、龔用圓、張錫眉諸人固守。及城破，兄弟並詣城西竹勝菴。將死，僧止之曰：「公未仕，可勿死也。」淳耀曰：「城亡與亡，此儒者分内事耳。今借上人一片乾淨土，死得所矣。」索筆書曰：「弘光元年七月四日，進士黄淳耀自裁於城西僧舍。嗚呼！進不能宣力王朝，退不能潔身自隱，讀書寡益，學道無成，耿耿不昧，此心而已。」遂衣冠北向再拜，自經死。

淵耀，字偉恭，年十五補諸生。幼穎異，甫就傅，即嚮學。既乃受業於兄，悉得其緒論，平居談道講德，往往啓伯氏所未及。性狷介，不妄交遊。淳耀登第後，與之書曰：「傳臚時，人見鼎甲先上殿，皆嘖嘖稱羡，以爲登仙，吾此時嘆息無限。天地間自有爲數千年一人、數百年一人者，今人必不肯爲數千百年之一人，而必欲爲三年之一人，可笑也！」淵耀得書，益以品節自厲。就義時，見兄頭幘墜地，復下拾而冠之，乃就謚於右。

淳耀所著詩、古文、制舉業，原本六經，旁通三史，規範先正，皆傳於世。卒年四十一。門人私謚「貞文」。淵耀卒年二十二，有谷簾學吟。兄弟死時，口血噴壁間，入磚寸許，其迹歷久不滅云。

清楊鳳苞秋室集卷四，光緒十一年刻本。

嘉慶昭陽作噩之歲涂月，練江盛蘭溪先生以其鄉先達黄忠節公所臨干禄字書勒石拓示，勁骨端嚴，毅力蟠鬱，楷模魯公，蓋由貞軌亮迹，神明相契，非在點畫波磔間矣。兆蓀近公之居，誦公之書，比復見公所著日記，悉公研幾克己之密，淵入聖域，兼精梵修，此中湛然，同符大化。其碩學偉辞，成仁授命，特性分發見之一端耳。展諦翠墨，如接光靈。再拜涑敬而作贊曰：

虹光燭霄，正氣出指。盈牘鋒棱，千尋壁峙。公文彪炳，公節雷硠。存養有本，心源微茫。大輪小乘，旁研洞鏡。歸諸孔顔，窮理盡性。無入不得，隨變所遭。鋸鑊飴視，靈臺弗摇。巍峨疁城，珍爍遺翰。亘歲綿齡，星芒雲爛。鎮洋後學彭兆蓀謹題。

清彭兆蓀黄忠節公書贊并序，原碑藏嘉定孔廟碑廊。

坊表巍然在，當年氣吐虹。興亡千載恨，兄弟一門忠。展持來榛莽，觀碑剔蘚叢。吾鄉有陳愛，志節共欽崇。

清陸時英謁忠節二黄先生，周承忠侯黄蹤迹稿本，上海翥雲藝術博物館藏。

百年海内誦高文，兄弟同爲死節臣。立品須從讀書出，盡忠何必受恩身。項周末路知難免，陳夏前頭好結鄰。吾爲此邦來守土，荒祠親與薦蘩蘋。

清陳文述楊行謁黄忠節公祠，頤道堂詩集，道光刻本。

黄陶菴先生館於常熟錢氏，主人納柳如是爲適妻，時作催妝詩者甚衆。先生曰：「吾不能阻其事，於朋友之義虧矣，尚可從而附和乎？」一日，程孟陽攜柳夫人詩箋乞先生和，先生不可。孟陽强之再三，且曰：「老夫已偕諸君和之矣，庸何傷？」先生正色曰：「先生耆年碩德，與主人爲老友，非淳耀之比，若淳耀，則斷斷不可。」孟陽慚沮而罷。

清嚴元照蕙櫋雜記，上海古籍出版社一九九五年出版。

進士黄淳耀，嘉定人，力學敦行，闇修自好。嘉定破，慨然入僧舍，索筆絶命詞，縊死，弟淵耀從之。

欽定勝朝殉節諸臣録卷三通謚「忠節」諸臣右甲申通殉節，乾隆四十一年頒行。

天地有正氣，磅礴爲忠義。登陴戰守窮，血濺孤臣淚。西林舊讀書，解脱得初地。俯仰留碧處，載讀豐碑記。從容爲拾冠，結纓成素志。噀血滿壁間，列序各以次。西山兩兄弟，至死亦正誼。夜窗磷火青，魂兮歸來未？

清姚承緒西林菴，吴趨訪古録，江蘇古籍出版社一九九九年出版。

吾邑侯、黄諸先生文章節義炤耀千古，翰墨流布人間，在在處處定有神物護持，片紙隻字非可幸獲。予留心十五六年，得通政先生衆弟季手帖十數通，太常先生則僅得此二焉。陶菴先生筆札當時已知貴重寶愛，故流傳尚多，予先後得先生手帖五十餘通，已選四十通裝潢成册，皆短札也。至令弟偉恭先生手迹，昔年於王雪海丈齋頭曾見一札，此外則未之見也，故獨未購得。壬戌長夏，檢舊笥所弃名賢尺牘，集諸先生手帖十通，合裝是卷，乞外舅少詹先生題其首。越二年甲子二月二日，重展一過，敬書數行，志其歲月。起東先生第二札與女廉者，乃徐公允禄也。徐公老於諸生，研精經學，人品尤清介不苟。豫瞻先生與雍瞻先生札，皆與鴻磐張公者。張公號子石，擅詩古文詞，與我族心疇公叩閽請折漕糧，厥功尤偉。陶菴先生前一札即與侯通政先生者。通政一字廣成，先陶菴先生成進士二十餘年，又齒爵俱尊，故先生稱之爲「丈」。後札則與侯孝烈公者。予得之寶山某氏，本獨裝一卷，後有上谷哲嗣壽、承手跋，序述極詳，故即附裝卷末，以見梗概云。後學瞿中溶謹識。

清瞿中溶明賢手札題跋，據藏家手迹整理。

雙忠留碧處，遺迹在西林。殉節偕昆第，成仁亘古今。四圍環白水，百世仰丹心。憑吊曾來此，同人蠟屐尋。

清蔣棫士西林菴，周承忠侯黄蹤迹稿本，上海朶雲藝術博物館藏。

城西僧舍號西林，雙忠遺迹足幽尋。致命遂志偕昆季，成仁取義亘古今。是處千秋留碧血，今人百世仰丹忱。我來憑吊作歌吟，文章氣節罔不欽。嗚呼！文章名節罔不飲，祇今血迹清牆陰，耿耿不没表此心。

清蔣棫士黄忠節公留碧處歌，周承忠侯黄蹤迹稿本，上海朶雲藝術博物館藏。

黄淳耀，字蕴生，一字松崖，號陶菴，又號水鏡居士。自幼家貧，遷徙無定，年二十三，始家於方泰之芟門涇。課徒自給，陸翼王、張德符、高德邁、侯記原、幾道、研德、雲俱、智含兄弟皆師事之。崇禎十五年舉於鄉，十六年成進士。

十七年，李自成陷北京，莊烈帝自縊於煤山。夏五月，大清定鼎京師，爲順治元年二月。夏五月，大清兵破南京。閏六月，王師徇地至嘉定。公與其弟淵耀率鄉兵守城。七月四日城破，公兄弟二人至城西僧舍自經死。五年，公之父完初自營生壙於鹽鐵塘之原，葬公兄弟於昭穆兩位，門人私謚「貞文」。乾隆四十一年，奉旨議謚「忠節」。

明史儒林傳云：黃淳耀爲諸生時，深疾科舉文浮靡淫麗，乃原本六經，一出以雅典。名士爭務聲利，獨澹漠自甘，不事徵逐。崇禎十六年成進士，歸，益研經籍，緼袍糲食，蕭然一室。京師陷，福王立南都，諸進士悉授官，淳耀獨不赴選。及南都亡，嘉定亦破，慨然太息，偕弟淵耀入僧舍。將自盡，僧曰：「公未服官，可無死。」淳耀曰：「城亡與亡，豈以出處貳心？」乃索筆書曰：「弘光元年七月廿四日，進士黃淳耀自裁於城西僧舍。嗚呼！進不能宣力王朝，退不能潔身自隱，讀書寡益，學道無成，耿耿不寐，此心而已。」遂與淵耀相對縊死，年四十有一。淳耀弱冠即有志聖賢之學，爲日曆，晝之所爲，夜必書之。凡語言得失，念慮純雜，無不備識，用自省改。晚而充養和粹，造詣益深，所作詩、古文，悉軌先進，卓然名家。

案：年譜，忠節公初名金耀，崇禎十七年辛巳，忠節年三十七歲，應科試，改今名。弟名金友，亦於是時改爲淵耀，補博士弟子。

清吴桓主修嘉慶嘉定縣志卷一五人物考，嘉慶十六年刻本。

二黃先生祠，在東城二圖新街，基地五畝六分七釐八毫，國朝康熙四十二年，知縣王樏建，祀明進士黃淳耀、文學黃淵耀。邑人趙俞作記。嘉慶九年，知縣許知璣重修，有碑記。

清吴桓主修嘉慶嘉定縣志卷一壇廟祠，嘉慶十六年刻本。

天下何來清淨土，交深方外老瞿曇。明王夢斷心難没，苦雨聲淒戰不酣。援絶孤城誰借一，師勞流涕樂歌三。忝名進士君恩在，索筆成書古佛龕。

清鮑瑞駿黄淳耀，桐華舸明季咏史詩鈔，同治三年刻本。

陶菴忠義，古文名家。鄉閭殉節，青史增華。朝政日非，顛倒黑白。仿佛五噫，野人嘆息。

清彭蘊章黄陶菴淳耀，歸朴龕叢稿卷一二，同治七年刻本。

其　一

野人嘆息賊氛惡，縱模幾輔來潁洛。民習承平不解兵，室家流散恣焚掠。土崩瓦解村爲墟，相如四壁今在無。吁嗟人命猶草草，蕞爾蝸廬安可保。

其　二

野人嘆息脂膏竭，咄咄養兵如養賊。怯於公戰樂私門，猶僅餘燼供饕餮。此日更聞破民寨，横行白晝尤無賴。嗟哉酷虐賊不如，倏見軍門飛捷書。

其三

野人嘆息民何辜，迭經兵篦與賊梳。鹿不擇陰旋走險，變生肘腋殊堪虞。明知發難王法誅，危途不履無坦途。將軍難使兵衛國，莫迫斯民盡爲賊。此句即明盧忠肅公不能使賊爲民，但「無使民爲賊」語意而出，更見沉摯。慶豐注。

清張擴庭效黄陶菴野人嘆三首，西園詩鈔第二册，同治八年版。

縱横出没，自成一則古文，其中有提綴，有頓挫，皆有法度可尋。

清張蘭陔莊綦見孟子曰點評，天崇百篇，道光九年寶華堂刻本。

西林菴在城之西南隅，地甚僻，爲黄忠節及弟谷簾先生讀書處。甲申七月，城破，忠節兄弟殉節於此。相傳自縊時，谷簾先生誤居兄右，復解懸易之，嘆血於壁庭際。有碑載公殁後七日，菴僧無等始與公之太翁殮之，屍肉不腐，凛凛有生氣。壁上血痕歷久不滅。沈歸愚書「留碧」二字，揭其側，余幼時曾見之。後邑中胡姓修葺菴廬井祠，供兄弟於室，而此壁毁去重築，大可恨也。

清程庭鷺西林菴，塗松遺獻録古迹，中華書局二〇〇九年出版。

黄淳耀，字藴生，一字松崖，又號水鏡居士。崇禎癸未進士，國朝賜謚「忠節」。陶菴集中有題自畫人物詩，吴䝰畫雅稱其有滿城風雨近重陽圖。案：忠節公文章節義爲一代偉人，區區藝事誠不足爲公重，明史列儒林傳中。據自題及吴䝰畫雅所載，補入是録。

清程庭鷺練水畫徵録，中華書局二〇〇五年出版。

陶菴：讀聖賢書，行節義事。千載一人，是其素志。自監維嚴，臨難不避。運持剥復，賴兹正氣。

偉恭：發穎髫年，名節蚤樹。則友其兄，師模道矩。終賈之儔，猶不屑伍。從容授命，伯仲踵武。

清程庭鷺二黄先生像贊，原載小松圓閣雜著，轉引自黄忠節公陶菴集，光緒己卯刻本卷首。

黄忠節陶菴先生書八紙，尚署原名。按年譜，先生於崇禎辛巳應科試，乃更名，時年三十七歲。又按，集中有張子翼救荒編序，末幅署款，當即是人。義扶，陳姓名俶，同在「直言社」中，先生爲撰文稿序，亦見集中。以先生文章節義，炳然宇宙，誠不藉區區翰墨傳，而寸楮尺縑因人益重，則是册洵足珍秘焉。咸豐紀元夏五月下旬，里後學程庭鷺，敬觀於小松圓閣并識。

清程庭鷺跋明黄忠節公行楷册頁，嘉定博物館藏。

先生名淳耀，初名金耀，字藴生，號陶菴，平凉經歷世能孫，崇禎癸未進士。自弱冠補諸生，隱居教授二十年。績學求道，以聖賢自期，著自監録、知過録，後更爲日曆，晝所爲夜必書之，偕同志爲「直言社」，以改過遷善相勸勉。

試禮部時，要人示意欲薦爲榜首，峻卻之。既釋褐，不謁選而歸。乙酉守城殉節，年四十一，學者稱「貞文先生」。

國朝通謚「忠節」，門人侯貞憲玄涵撰行狀，明史列儒林傳。葬龍號三十四圖劍圩，太倉陳安道瑚撰墓表。著有陶菴全集。

案：先生在京師與弟書曰：「臚傳時，人見鼎甲先上，皆嘖嘖稱善。吾此時嘆息，無限天地間，自有數千年一人，數百年一人。今人必不肯爲，而必欲爲三年之一人，何也？」

清程祖慶繪撰練川名人畫像，上海書店出版社二〇一四年出版。

雲光慘慘風颼颼，赤烏西墮來尋幽。西山高高人共仰，西林相與爭千秋。吾師自監信手録，立腳志不隨時流。幾復兩社謝勿踐，閉關理趣心潛搜。法聖賢書學何事，成敗早定胸中謀。譬如已字誓從一，國存亦存休亦休。厥兄成仁弟取義，環懸左右從容投。大書特書明進士，自裁僧舍偉恭侔。相傳血繕絶命詞，指力髣髴常山遒。至今天陰風慘日，壁間留碧幽光浮。亦知身殉國無補，身殉俾令綱常留。咸豐己未月孟陬，同訪者誰王與尤。

清浦文俊偕尤拙齋王甄仲過西林菴訪黃忠節公留碧處，周承忠侯黃蹤迹稿本，上海翥雲藝術博物

館藏。

黑雲夜壓應奎頂，城西古寺蒲牢冷。弟兄殉國古所難，五十四字光冏冏。陶菴先生真醇儒，書之所爲夜必書。知非頗似蘧伯玉，汲古還同董仲舒。區區制義乃餘唾，膏之沃者光自著。姓名豈借科目重，忠節自與山嶽固。崇禎壬午當末造，劍鋒躍出秋闈早。擇兵擇將凱切陳，積貯馬政言堪寶。是時張李方縱横，廟堂無策惟紛爭。金門再第遂不仕，欲傳絶學耽歸耕。運已去，祚不昌，燕京失，南都亡，死無益，心猶傷。吁嗟乎！千金之卻表素履，野人之咏憂時世。懷抱如君信卓奇，白鶴江清誰與比。君不見成仁取義孔孟心，聖賢千載同胸襟，試看碧血丹忱在，此卷流傳照古今。

清高錫恩觀黃陶菴崇禎壬午年房卷題後，友石齋詩集卷三，光緒十五年高氏刻本。

世人學顔字，每以多寶塔爲宗。其碑日經椎榻，頗覺過肥，或遂以此爲詬病。余所見「空王可法」數字尚存之，舊榻本不如是也。東坡言：「顔公變法出新意，細筋入骨如秋鷹。」魯公書原未嘗肥板。陶菴先生忠節彪炳，與魯公相仿，故所臨顔書直入其室，是二是一，不獨形似。蘭溪先生摹刻以嘉惠後學，與世俗之所臨顔書，奚啻霄壤邪！錢東垣識。

魯公楷書、行草爲大家，古今無異詞，不知其八分亦卓絶，今僅見東方先生畫像贊題額數字，因略仿其筆意作跋云。東垣再識。

清錢東垣題黄忠節公臨顔清臣干禄字書，原碑藏嘉定孔廟碑廊。

忠節公書字體端勁，風骨棱棱，令人肅然起敬。先生積學求道，以聖賢自期，著自監録知過，後更爲日記，晝之所爲，夜必書之。其立身大節，固不藉翰墨以傳。然予讀其手書數紙，皆詳述家事，委曲周至，而無一事不可對人言者。其光明磊落之概，亦可想見矣。

清潘曾瑩黄陶菴先生手書跋，小鷗波館文鈔卷二，民國二十六年刻本。

黄忠節殘牘，初疑僞作，置案頭十餘日，始見爲真。越一年，重觀，益信。敬爲稼孫藏者題字。趙之謙。

清趙之謙明賢手札題跋，李經國、馬克編過雲樓舊藏名賢書翰，北京聯合出版公司二〇二〇年出版。

七月初四日，明進士黄淳耀等死之。淳耀與其弟淵耀入草菴，索筆書曰：「七月四口，進士黄淳耀死此。嗚呼！進不能宣力王朝，退不能潔身自隱，讀書寡益，學道無成，耿耿不没，此心而已。」與淵耀分左右就縊死。

清徐鼒小腆紀年附考，中華書局一九五七年出版。

黄陶菴先生不肯和河東君詩，蓋賦性莊嚴。其詩卻極有風趣。如竹枝歌云：「東湖西湖蓮花開，一日摇船采一回。蓮葉田田無限好，只因曾見美人來。」「柳條不繫玉蹄騧，拗作長鞭去路斜。春色也隨郎馬去，妝樓飛盡別時花。」

清雪樵居士黄陶菴先生不肯和河東君詩，秦淮聞見録，世界書局民國二十五年印行。

魂騎箕尾，黍離麥秀之時；血濺螭頭，弓盡矢窮之日。三百年之王氣，江表告終；十六族之頑民，朝歌復起。追幽蘭既縊承麟，趙顯就封瀛國。魯城後下，猶聞弦誦之聲；王蠋雖亡，首旌忠義之墓。而一條衣帶，分伯仲於梁間；數架茅菴，現精靈於石上，何其神歟！南菴者，吾鄉黄忠節公偕其弟偉恭先生殉節處也。兵燹倉皇，禪關無恙。紅羊換劫，菩提之寶炬長明；白首同歸，棣鄂之駢枝已折。初，忠節以帶繫脖，踰時啓目，見弟居其上曰：「止，止。不可亂兄弟之序。」乃更次而斃焉。

垂簾海島，陸秀夫之講經；執燭床隅，曾子輿之易簀。慷慨赴死易，從容就義難，不其然乎！既而楄柎卜宅，野老扶輀，仙露招信國之魂，大雲設子美之位。慘慘白樹，黯黯黄沙，葺功德之支提，奉儒林之香火。百有七十餘年以來，其所就經壁上，陰雨之夕，衣冠鬚眉，隱然如畫。其足踐片石，血影若濡焉。卓天半之神旗，武穆控騎；現火中之素服，忠肅憑欄。自古石上精魂，雖婦人釋子，猶著靈蹤，況忠義名儒者哉。

余考血影石，見於稗野者，爲方正學鑿齒處砌石，今在上元縣庫中；一爲楊忠愍廷杖處砌石，今在刑部署中；與南菴〔一〕之石爲三焉。嗟乎！殿陛麻衣，且詰成王之弟；尚方寶劍，願斬張禹之頭。赤族一抔，丹心千古，而文節進則登陴，退則搤吭。杜鵑化去，仍完望帝之君位；薇蕨同甘，即是墨胎之伯叔。賢者遭際不同，其不負所學則一也。蘭成編集，愧銜宇文氏之儀同；枋得銘旌，大書寶祐間之進士。

清袁翼南菴黄忠節公碧石記，邃懷堂駢文箋注卷一，光緒十三年刻本。

【校勘】

〔一〕「南菴」，即爲西林菴。

萬曆辛亥，黄完初先生自南城徙居城西北濠。會大水，歲饑，家食不給，自食豆屑，而以精鑿飼七歲兒，兒泣曰：「父母攻苦，尚不得食，兒何忍食？」此兒即爲陶菴也。貧甚，不能就傅，年十歲入塾，嘗至戊夜。

黄忠節未第時，館常熟錢謙益家，程孟陽出海棠小箋示之，忠節問：「首唱爲誰？」孟陽曰：「宗伯如君柳夫人也。」子於帖括之暇試點筆也。」忠節曰：「忝居師席，可與小君唱和乎？」孟陽曰：「此何傷？某亦偕諸君子和之矣。」忠節曰：「先生耆年碩德，與主人内爲老友，固可無嫌，諸君子亦非下帷於此者。若某，則斷斷不可！」孟陽慚退。偶作鄙夫章題文，時推絶唱，謙益獨不懌。及甲申夏，福王立，謙益晉秩尚書，忠節遺以婁堅手書歸去來辭，謙益默然。

甲申之變，黄忠節淳耀避兵石岡門，有鄉榜同年丹陽葛鱗字蒼公，與二力士叩其門，會忠節他出。乃謂忠節父家柱曰：「年翁純儒，未諳世務，恐不免。思一相見，故紆道來訪。」家柱亟召忠節還，同往松江訪吴志葵，共論當世事。出謂忠節曰：「志葵庸奴，必誤國事，不可信也。天下事尚可爲，然君儒者，非其才，幸勿鹵莽。」明年，忠節嬰城固守，志葵擁兵不救，尋亦敗死。大兵未至，志葵入城偕蔣若來取縣庫銅銃數十去。及嘉定鄉兵起，又遣俞飛熊詭令環集城下，約閏六月十四日發兵助戰，卒無一人至者。

侯、黄守城，路塞亂石遏兵鋒。城既破，大兵升屋奔馳，難民顛越不得出，多投河死。相傳侯、黄守城，垂破，居民爭欲出城。王進士泰際泣請兩忠節開西門出之，不允。城破，啓關奔免者尚數千人。王亦遁迹六都，三十年不入城市。太倉吴祭酒偉業躬詣山莊，贈詩索和。王笑曰：「山農瓦缶之音，何堪與清朝明堂並奏耶？」祭酒默然。及殁，知縣陸清獻撰文吊之。

清程其珏修光緒嘉定縣志卷三二軼事，光緒八年刻本。

黄淳耀，字藴生，一字陶菴。爲諸生時，疾科舉文浮靡，乃原本經史，一歸典雅。當時主持文社者競招致之，夷然不屑。獨與及門陸元輔輩爲直言社，凡顯而威儀、微而心術、倫常日用之際，講論切偲，必求至當。崇禎壬午舉於鄉試，禮部時，要人諭意欲薦爲榜首，峻卻之。成進士，觀政都察院，不謁選歸。緼袍糲食，蕭然一室。甲申，京師陷，福王立，諸進士悉授官，淳耀獨不赴選。乙酉，南都破，邑城被圍，淳耀偕弟淵耀與侯峒曾集士民固守。城破，入西林菴，將自盡，僧無等曰：「公未服官，可無死。」淳耀曰：「城亡與亡，豈以出處貳心？」乃索筆書曰：「弘光元年七月四日，進士黄淳耀自裁於西城僧舍。嗚呼！進不能宣力王朝，退不能潔身自隱，讀書寡益，學道無成，耿耿不寐，此心而已。」遂與淵耀對縊死，年四十一。故明唐王遥授湖南道御史，贈太常寺卿。淳耀自少有志聖賢，爲日曆，書之所爲，夜必書之。語言得失，念慮純雜，無不備識。充養和粹，造詣益深。詩、古文悉軌先正，卓然名家。學者稱「貞文先生」，國朝乾隆丙申，通謚「忠節」。

清程其珏修光緒嘉定縣志卷一〇上人物志忠節，光緒八年刻本。

二黄先生祠。東城二圖新街，基地五畝六分七釐八毫，國朝康熙四十二年，知縣王橒詳請奏建，祀明進士黄淳耀、諸生黄淵耀。乾隆二十二年，祠圮，移建於學宫西隅。二十七年，總督尹題准撥帑重建舊祠。嘉慶九年，知縣許如璣修。咸豐十年，燬。同治六年，兵備道應寶時、知縣汪福安重建。十年，兵備道涂宗瀛增建祠門三楹。

清程其珏修光緒嘉定縣志卷二壇廟祠，光緒八年刻本。

西林菴，城西南八圖，始建無考。明崇禎二年重建，董其昌書額。黄淳耀、黄淵耀殉節處。國朝張鵬翀署其軒曰「留碧」，沈德潛重書。乾隆五十三年錢大昕，嘉慶五年知縣楊可春，邑人湯文雋等修。道光九年胡起鳳捐置田三十畝，菴廢田存。

清程其珏修光緒嘉定縣志卷三一雜志上寺觀，光緒八年刻本。

海内文章伯，如公復幾人。詞華傾後輩，得士契無鄰。感激張天步，騫飛報主身。脊令荒宿草，金石瑩逾新。

清李元植集杜哭黄陶菴進士，黄忠節公陶菴集，光緒己卯刻本卷首。

崇禎癸未科，文運剥蝕盡矣，獨吴江吴日生英偉浩翰，嘉定黄藴生博大嚴正。然二公不特異其文，其識見亦異。是科考選庶常，皆百計鑽謀，人有爲二公地者，二公棄之不顧，策騎出都。未幾變作後，大兵下江南，藴生城守死日，生起兵太湖，死其節義，又異。天生二公砥柱三百年文運，非僅一科生色也。

清李介，原載天香閣隨筆，轉引自黄忠節公陶菴集，光緒己卯刻本卷首。

殺運鍾瀕海，清流挺正人。文章開闢手，聲氣廟廊珍。刻燭詩無敵，臨池筆有神。凌雲紙價貴，承寵錦袍新。耆碩虚前席，英髦拜後塵。群黎塗炭日，國步戰爭辰。傳檄瘡痍起，登陴矢石親。艱危終授命，明哲豈全身。仗劍來香刹，懸梁整角巾。小民皆慕義，難弟亦成仁。不負蒼生望，何慚社稷臣。精忠垂汗簡，絶勝畫麒麟。

清李更哭黄藴生進士，原載自吟稿，轉引自黄忠節公陶菴集，光緒己卯刻本卷首。

字有以人傳者，人有以字傳者。若黄忠節公，則兩兼之矣。其人傳不因乎字也，其字傳不因乎人也。即其字可想其人，想其人□重其字，古先民與抗衡者，其惟魯公乎！甲子孟夏，潘侗拜書。

清潘侗題黄忠節公臨顔清臣干禄字書，原碑藏嘉定孔廟碑廊。

黄淳耀，字蕴生，南直嘉定人，崇禎癸未進士。自少沉潛好書，博學工文詞，爲諸生即有名，每勵著書明道之志，著自監録、知過録，後更爲日曆，晝之所爲夜必書之。

成進士出周太史鳳翔之門，釋褐後，寄弟淵耀書曰：「吾廷試傳臚時，見鼎甲先上，人皆稱羡，吾此時嘆息，無限天地間自有數千年一人，數百年一人者，今人必不肯爲數千年之一人，而必欲爲三年之一人。」又曰：「近見他人品骨不如我，意思見識不如我，不免有輕蔑時俗之意，坐此學力不進。然在寵辱場中壁立如鐵，過此以往，并心一向，終有一立脚處。」又曰：「天下事不可爲，可爲者惟有己分内事，勉之勉之。」先生見當時事勢已壞，遂無仕進意，策蹇南歸，杜門不出，與窮交數子砥礪益堅。

天性純孝，家居無私財，所得廪餼束脩盡以歸之親。丁内憂，毁瘠骨立。自弱冠至登第後，不苟取一錢，其友人有親戚以官事連染，屬先生白免之，其親戚以五十金爲壽，友人懷之以饋，及覿面不敢出，潛置書笥中。經數日忽檢出，大駭，亟還之。介操類若此。

清沈佳明儒言行録，臺灣商務印書館一九八六年出版。

乙酉兵至，遂同淵耀自縊於西城僧舍。臨死神氣閑暇如平時，題壁有「進不能宣力皇朝，退不能潔身自隱，讀書寡益，學道無成，耿耿不昧，此心而已」，士林聞而悲之。所著有札記二卷、語録二卷、吾師録一卷、史記雜論四卷、詩文若干卷，藏於家，後學稱爲「陶菴先生」。

同里有夏雲蛟者，字啓霖，居貧力學，與先生同館於侯通政家，講習相契，一時有「黄夏」之稱。篤行孝友，精研性理，以程朱自期，著有豫章遊草、心學直指二編。乙酉秋，亦以兵死。

清沈佳明儒言行録續編卷二，四庫全書本。

黄淳耀，初名金耀，字蘊生。爲諸生時，深疾科舉文浮靡淫麗，乃本六經，一出典雅。崇禎癸未京師成進士。歸，益研經籍，緼袍糲食，蕭然一室。

陷，福王立南都。諸進士悉授官，淳耀獨不赴選。及南都亡，嘉定亦破，慨然太息，偕弟淵耀入僧舍，將自盡，僧曰：「公未服官，可無死。」淳耀曰：「城亡與亡，豈以出處貳心。」乃索筆書絶命詞，與淵耀相對縊，死年四十一。

淳耀弱冠即著自監録、知過録，有志聖賢之學，後爲日曆，晝之所爲，夜必書之。晚而充養和粹，造詣益深，所作詩、古文，悉軌先正，卓然名家，有陶菴集十五卷。私謚「貞文」。國朝乾隆四十一年，賜謚「忠節」。殉節録明史列傳。

清吴山嘉輯復社姓氏傳略卷二南直蘇州府，中國書店一九九〇年出版。

湘芷表弟嘗客遊嘉定者若年，所寓居即陶菴先生讀書舊地，曰「濤閣」，以四周多松得名。惜先生自書額已毀，曾屬予補書之，蓋景企前賢久矣。一日過予齋，睹此手迹，輒愛玩不釋，因舉以贈。嘉慶甲子醉司命日，同書識，時年八十有二。

清梁同書贈殳湘芷明黄陶庵自書詩稿跋，陶菴忠節公墨寶，私人收藏。

吾邑陶菴先生，文章推重士林，忠節昭垂史册。即不善書，已足千古，况字畫兼魏、晉人之長，尤宜爲世所寶貴也。此册臨魯公書，筆迹與平時小異，然窺一斑亦可識全豹。余於辛酉歲購獲之，暇輒展玩，珍如拱璧。今夏刻右軍感懷帖竟，方謀上石，以公同好，而適有人攜先生遺像見示，不勝欣幸！因信緣之作，合有數存焉，遂借摹以弁諸簡首，俾海内之士師其法且炙其光儀，用伸景仰之意云。嘉慶癸酉孟冬，同里後學盛薰謹識。

清盛薰題黄忠節公臨顔清臣干禄字書，原碑藏嘉定孔廟碑廊。

癸酉孟冬，余省墓疁城，蘭溪弟以所刻黄陶菴先生手臨干禄字樣示余。憶昔甫握管，即誦先生時藝，後又通讀古文詩集，想見其爲人。今復睹先生遺墨，鐵畫銀鈎，直追劃沙印泥筆法，愛玩不忍釋手，因以企慕微忱，附志卷尾。古吴後學盛學度敬志。

清盛學度題黄忠節公臨顔清臣干禄字書，原碑藏嘉定孔廟碑廊。

訪古城西路，禪關拜烈光。盛名餘練水，遺墨照枌鄉。氣鬱霜華露，神飛斗宿藏。萇弘留碧處，珍重此巖牆。

清宋廷選訪西林菴黄忠節公留碧處見壁間所書絶命詞敬題其後，原載夢橋詩草，轉引自黄忠節公陶菴集，光緒己卯刻本卷首。

黄淳耀，字蘊生，號陶菴。幼好學，性中和湛靜，喜怒不形於色。至談古今忠孝名節，則持論侃侃，不少假借。登崇禎癸未進士，見天下已亂，而人猶營進不已，賦詩南歸。弘光立，不謁選。大兵圍城，佐侯峒曾調兵食。城破，淳耀與弟淵耀入草菴，菴僧無等，淳耀方外交也，謂曰：「君未受職，可以無死。」淳耀曰：「大明進士，宜爲國死，今托上人，死此淨土足矣。」索筆書曰：「進士黄淳耀死於此，嗚呼！進不能宣力王朝，退不能潔身自隱，讀書寡益，學道無成，耿耿不没，此心而已。」與淵耀分左右就縊，年四十七。暴屍七晝夜，面無改色。

淵耀，字偉恭，邑諸生。律己嚴格，與其兄相師友，誦講勿輟，至是怡然就死。

清凌雪纂修南天痕卷一七列傳二十八，宣統庚戌復古社刊行。

勝國偏安日，南中殺氣横。空江飛戰艦，落木黯孤城。正朔同時奉，訛言是處盈。乾坤仍浩劫，戎馬復連營。月暈金笳動，雲迷鐵陣平。拜鵑思望帝，銜石向滄瀛。力竭旌旗偃，時危膚髮輕。龍蛇曾有識，猿鶴亦堪驚。初地方投足，遺臣旋結纓。矢忠前進士，殉節一諸生。碧血淩晨灑，青磷入夜明。文章千古重，兄弟二難并。毅魄山河壯，丹心日月爭。藐孤依陸績，畢命有侯嬴。就義交遊志，捐軀師弟情。張鎮偏慷慨，龔楫自堅貞。刃蹈瓊瑶碎，淵沈波浪清。雲車同萬里，華表憶三更。高壟迷松櫝，空堂薦杜蘅。靈旗光閃閃，私祭意怦怦。祠廟昭今古，巫陽解送迎。蒼茫無限感，肅拜氣峥嶸。

清汪炤謁二黄先生祠，原載陶春館集，轉引自程其珏修光緒嘉定縣志卷二壇廟祠，光緒八年刻本。

大節素能講，臨危豈愛身。生難扶國是，死可勵人倫。殘血侵牆壁，遺言泣鬼神。孤城知不守，高帝有遺臣。

清王貞哭黄藴生先生，陶菴集卷首，光緒十八年刻本。

其　一

獨行暢夕霽，柳色涵秋原。迤城入叢薄，古寺藏蓬門。佛殿香燈息，閟閣几筵存。清風緬前哲，碩學此討論。

其　二

塵淨放帚後，神完埋血痕。百代式修士，志氣慚沉淪。暫慕覺中立，久依增重樊。何當效尸祝，寒沼盈蘋蘩。柳色，日將没色，本周禮疏。又，室懸「放帚厂」額，忠節於書也。

清張彥曾晚過西林菴，程其珏修光緒嘉定縣志卷三一寺觀上，光緒八年刻本。

祀故明進士黃淳耀同弟秀才淵耀乙酉殉城，寶山邑侯田聯芳創建西來鳳橋北堍，後邑尊彭元璟增祀餘姚前御史黃尊素，並祠祭祀。嘉慶元年，邑侯陳公及同邑士民捐建後廳，增建門道，餘仍舊制，永爲黃氏後裔石琔二君奉祭。

清黃程雲編楊行志賢祠，上海社會科學院出版社二〇〇六年出版。

乙酉暮春，偕孫子守中訪黃忠節公墓於鹽鐵塘，蓋自公死忠後三年，完初先生自營生壙於此，而以公及谷簾先生祔葬焉。冢凡三封，幾没榛莽，詢之土人，墓旁地已屬他姓，爲樵蘇侵伐久矣。予兩人不勝古墓犁田之懼，退而集同志謀購，復不果。嗚呼！以公之道德文章節義，足爲百世師。顧乃區區藏魄之地，百有餘年已不能保，是誰之責歟？先是戊申之春，守中手編震川先生年譜，越二載，新陽邑侯王公遂修其墓，豈年譜之成有足以感動者耶！爰不揣譾陋，摭拾舊聞纂輯成帙。異時得有力者復其地而重修之，未始非景仰曩哲之懷所日夜望之者也。乾隆五十八年癸丑十月既望，邑後學陳樹德謹識。

清陳樹德黃忠節公年譜序，黃忠節公年譜，乾隆六十年思遠堂刻本。

某既得黄忠節公詩、古文、詞序而刻之，又得讀陳君以誦所輯年譜，乃慨然曰：「凡事預則立，不預則廢。况出處死生之大節乎。」今人制一器，營一室，必審其力蓄其材，度其時與素善是者謀之，乃能成也。豈終身止此一二大端，而顧鹵莽從事耶？

古者小學教人自能食能言，以至入太學，皆有節次，既入太學，則皆有天下國家之責。所以講貫習復者，積日累歲，皆有程度以自考，是以出處進退無猝不及辨之憂。後世大小學不講，日以其歲月汩没於詞章帖括、揣摩奔競之中，一旦得志，典章不知，居臺諫不敢言，若付以禮樂、政刑、河渠、兵陣艱巨之任，則依違恇懼，鮮不誤人家國事。設有非常，茫然無所措手足，處不能立垂世之言，出不能樹經世之業。生也浮焉，死也休焉。此無他，不預故也。

明季，士大夫虛僞相高，卒以首鼠兩端亡其國，而忠節公乃一未仕之進士，從容就義，絶無回惑，讀其年譜，可謂較然不欺其素者矣。是宜校刊，以與公文章並傳不朽。若夫復前賢之墓地而封樹焉，邑宰責也，敢不急圖之。是爲序。

清唐仲冕黄忠節公年譜序，陶山文録，清代詩文集彙編，上海古籍出版社二〇一〇年出版。

陶菴其詩骨幹堅直，氣象深博，王、李、鍾、譚餘習湔除殆盡。

清潘德輿養一齋詩話卷三，中華書局二〇一〇年版。

殺身以成仁，亦曰義所在。人丁崩坼時，安得負真宰。即使隱菰蒲，誰病木之瘣。懿與忠節公，登第歲云晚。龍血戰玄黄，王步倏焉改。寂居家弄中，養晦異朝宷。殷頑逼守城，城亡更何待。遂禀精衛心，銜石填淵海。自經僧寮中，血痕沁幽塏。徇烈德不孤，競爽得元愷。見義勇以爲，枌鄉此模楷。節甘搘乾坤，志壹立鄙猥。彼哉脂韋流，謬將轉圜解。億萬士裸將，靜夜能無悔。因懷純儒風，瓣香薦蘭茝。

清周岱，原載笑翁類稿，轉引自黄忠節公陶菴集，光緒己卯刻本卷首。

氣塞乾坤内，魂留練水城。當時如不死，今日豈猶生。難弟能同志，孤兒忍割情。讀書懷古者，應識兩公名。

清俞嘉客悼黄陶菴谷廉兄弟，民國陳亮熙編楊行鄉志卷一二，上海社會科學院出版社二〇〇六年出版。

首陽千載後，今復見斯人。兄弟同時盡，君臣大義伸。但期心不負，敢謂事難泯。江左多遺老，端居痛此身。

清俞慈成吊黄陶菴谷廉兄弟，民國陳亮熙編楊行鄉志卷一二，上海社會科學院出版社二〇〇六年出版。

回首滄桑日，蒼茫淚欲潸。孤忠偕上谷，大義薄虞山。敗壁丹心照，荒祠碧草間。徘徊結纓處，斜日下叢菅。西林菴又名「竹勝菴」，亦名「祝聖菴」。

清陸珣過竹勝菴訪忠節留碧處，程其珏修光緒嘉定縣志卷二壇廟祠，光緒八年刻本。

誓守孤城力不支，驚看鐵騎繞隍池。從容一死攜同氣，慷慨留題報所知。素絹漫云無墨垢，大圭始信少瑕疵。此心到底終無味，不信看君絶命詞。

清申艇吊黄陶菴谷廉兄弟詩，民國陳亮熙編楊行鄉志卷一二，上海社會科學院出版社二〇〇六年出版。

先生自監録以借書不還況諸「攫金胠篋」，此即孟子所謂充無穿窬之心，而至於義之盡者也。今讀此跋，至倉皇避地，尚能檢點到此，是又夫子所謂「顛沛必於是」者也。文文山有言：「孔曰成仁，孟曰取義。惟其義盡，所以仁至。」即小以觀大，而謂先生之從容畢命，或出於一時之激，亦殊昧其平生矣。乙酉夏五，南都失守，而謂先生遜迹南郊之石岡，即此所謂云「南村」。先生與王貞憲泰際書，謂南訊已不必言，吾輩惟有去城而鄉。閏六月，創守城議，復自鄉而城。此數行書去，守陴皆哭，時殆無幾矣。詞氣浩落，字體俊逸，每一展誦，輒覺起敬。

清章樹經跋孔子廟置卒史碑尾，清章樹福纂輯黄渡鎮志，上海社會科學院出版社二〇〇四年出版。

嘉邑素稱文藪，代有聞人。若黄陶庵先生節義文章，垂光世宙。靡不家置一編，奉爲圭臬。踵其後者，亦隨時以名世。餘韻流風，由來遠矣。余忝蒞斯土，歷有年所。見夫士習，則彬彬爾雅，不隨風氣爲轉移。弦誦之功，于斯爲盛。宜乎都人士之登庠序，掇巍科，操文衡而習政柄，爲海内望邑焉。

清龍景曾題當湖書院課藝二編，清楊桓福、秦錫元、朱沄編當湖書院課藝二編，光緒丁亥刻本。

魯公書勁正悍峭，凛然難犯。陶菴先生臨此，澹厚中自具嚴正之氣，蓋二公忠義先後相望，故筆迹亦復神似。乃知柳誠懸「心正筆正」之語，是書家真實義諦，非詭辭也。嘉慶癸酉臘月上浣，沈宇謹識。

清沈宇題黄忠節公臨顔清臣干禄字書，原碑藏嘉定孔廟碑廊。

其　一

吾邑儒林望，公爲第一人。名高前進士，節小古遺民。日月光難蝕，雲霜遇感屯。鴒原有同志，弱弟亦成仁。

其　二

即以辭章論，王遵巖。歸震川。品頡頏。文心宗五子，詩格繼三唐。四庫搜羅備，重編校勘詳。後生師法在，一瓣爇曾香。

清周文禾書新刊黄忠節公陶菴集後，駕雲螭室詩集卷六，同治十年刻本。

奴驚翁氏石，帝惜蕩陰衣。不信胡安定，翻令此意違。（先生兄弟授命時，口血賤壁磚，深入寸許，禾少時曾見之，後胡明經起鳳改建西林菴，遂爲匠氏毀去。）昆池灰付劫，昧谷日旋輝。重泐臨終語，枌鄉表迹微。（庚申之亂，菴亦毀於兵燹，同人擬將絶命詞重書，泐石立諸遺址。）

清周文禾重有感再題一律，駕雲螭室詩集卷六，同治十年刻本。

大節完昆弟，江湖未仕身。乾坤留正氣，草莽殉孤臣。餘事文章重，斯人學養純。荒祠悲故里，無分作遺民。

清周兆魚黄忠節公祠，原載賓雲仙館詩録，轉引自黄忠節公陶菴集，光緒己卯刻本卷首。

先生所著谿已録，向藏邑中湯氏。原本二卷，陳氏録入年譜，止四分之一。非足本也。兵燹後無從搜訪，姑就陳氏所録分爲二卷編入集中，異日如得足本再行補刊。

清黄忠節公陶菴集卷十四編者按，光緒己卯刻本。

淳耀，初名金耀，字蘊生，蘇州嘉定人。崇禎癸未進士，家居。城陷，自縊於清涼菴，乾隆中賜謚「忠節」，有陶菴集二十二卷。

四庫總目：淳耀湛深經術，刻意學古，能以躬行實踐爲務，毅然不爲榮利所撓，如吾師、自監諸録，皆其早年所訂論學之語，趨向極其醇正而平易可近，絶無黨同伐異之風，足以見其所得之遠。文章和平温厚，矩矱先民。詩亦渾雅天成，絶無儒響。於王、李、鍾、譚餘派，去之惟恐若浼，可謂矯然拔俗。卒之致命成仁，垂芳百世，卓然不愧其生平，可以知其立言之有本矣。

自監録：近之爲詩者，承李、何七子之弊，或變而之郊、島，或變而之宋、元，險怪誕纖，無所不至，而竟陵二子起而矯之，學之者復將至於爲鑿爲俚。如唐之沈千運、孟雲卿其人，已不可得，況進而之李、杜耶。

自靖録：嘉定縣鄉紳黄淳耀，破家結客，同侯峒曾、侯岐曾等率縣民守城。城破慷慨大呼曰：「結髪讀書有年矣，死無以報高皇帝、烈皇帝。」偕其弟邑諸生淵耀字偉恭者，至西清涼菴，淳耀掃壁題曰：「弘光元年七月初四日，遺臣黄淳耀自裁於西城僧舍。嗚呼！進不能宣力皇朝，退不能潔身草野，讀書寡益，學道無成，耿耿不寐，此心而已。」僧亟止之曰：「公未仕，可勿死也。」淳耀曰：「城亡與亡，此儒臣分内事耳。」同弟自經死。

詩觀三集：陶菴先生理學、史論皆據上流，詩諸體咸精，風格獨老，運際滄桑，身騎箕尾，高風峻節，尤堪俎豆千秋。

田按：歸季思以陶菴名集，黄公亦以陶菴名集。二人古詩皆擬陶，然歸詩真率，黄詩俊爽，又各不同。大抵歸有忘世之意，黄有用世之意，遭時多難，殉節成仁，豈徒以詩人自命耶！

清陳田明詩紀事辛籤卷五，陳氏聽詩齋刻本。

黄淳耀初名金耀，字蘊生，崇禎癸未進士。爲諸生時深疾科舉之文浮靡淫麗，乃原本六經，一出典雅。後京師陷，福王立，南都諸進士悉授官，先生獨不赴選。及南都亡，嘉定亦破，慨然太息，偕弟淵耀相對縊死，年四十一。先生弱冠時即著自監録、知過録，有志聖賢之學，晝所爲，夜必書之日曆。晚而充養和粹，造詣益深，所作詩古文，悉軌先正，卓然名家，有陶菴集十卷，私謚「貞文」。國朝乾隆四十一年，賜謚「忠節」。後學吴起潛謹述。

清吴起潛明賢手札題跋，李經國、馬克編過雲樓舊藏名賢書翰，北京聯合出版公司一〇二〇年出版。

嚴修能蕙櫋雜記云：閻氏糾駁前人，遇有間隙，輒肆詆諆。如曲肱而枕之「枕」字，釋文音「之鴆反」，黄陶菴先生文讀作如字誠誤，然非大繆也。閻著四書釋地，於三續中兩存其説。糾繆可也，奚必兩見乎。且云讀黄淳耀文，輒笑其不識字，呼先哲之名，而加以惡聲，難乎與言謹厚矣。具悔陶菴學文書潛丘札記後一篇，論亦相近。

清文廷式純常子枝語卷九，民國三十二年刻本。

夫顔嗔謝笑，競傳文士之姿；珣短逵長，如睹經師之貌。樂賢則筆摹孝綽，慕義則絲繡平原，苟寤寐之欽遲，每鬚眉之慨想，況望崇山斗，節凛風霜，世閲桑田，生同梓里，有不結古歡於簡策，寄遐想於丹青者乎。陶菴先生學軌閩、洛，文紹唐、歸，直言結社，同岑聯上谷之交；歸去詒書，遠鑒郤虞山之聘，固已品偕嶽峻，行比銅堅。迨夫讖成白雁，變甚蒼鵝，梟帥戈投，孱王組繫，非不洞觀百六，深究天人；而迺恩酬養士，志矢回天。維大廈以一繩，呼虞淵之落日，淫霖溽暑，裹創而師友登陴；弦絶矢亡，喋血而弟兄就義，丹心照耀，結纓留信國之詞，墨瀋淋漓，絶筆吊魯公之迹。洵講求於平日，非激烈於一朝，宜乎千秋不朽，易名邀昭代之榮；非徒三絶爭誇，清議壯鄉邦之色者也。昔竹汀端尹，深企慕於潛研；篛菴詩翁，致景行於尊璞。榮派同江夏，族别練西。雖譜牒無徵，莫溯本支之誼，而典型宛在，敢忘尚友之心。檮昧良慙，蕪詞謹綴。贊曰：季明節士，實繁有徒。觥觥我公，斯曰「真儒」。新建白沙，弗染時趨。無意無華，默爾自娱。溢爲文章，攀韓方蘇。大雅有作，懇闢榛蕪。授命僧寮，德之一隅。於公何有，稱則已麤。道貌岸然，如在畫圖。是則是傚，千載勿渝。

黃世榮黃陶菴先生像贊并序，味退居文集卷三，民國四年鉛印本。

其　一

國破猶能乾淨死，巢傾寧有顧瞻情。屈原夷叔空相況，三百年前黃蘊生。

其二

峭陵風雨二年陰，豈有神州不陸沉。我比喪明痛十倍，寢門無淚爲沾襟。

民國陳衍追悼壽伯福兄弟，石遺室詩集卷三，民國十六年出版。

前半叙事清晰，入後推原畫意，頗得佛氏本旨。

民國王文濡李龍眠畫羅漢記批注，宋元明文評注讀本，民國五年中華書局出版。

國初，剃髮令下，檄至上海。上海之士紳期會於邑之學宫，衆以俟巨紳曹某至，決從違。曹，蓋邑之望族也。及曹至，衆趨前問意，則徐脱其風帽示衆曰：「某已表順從矣。」於是衆皆剃髮。檄至嘉定，嘉定之士紳亦期會於學宫，衆以俟黄陶菴至，決從違。陶菴至，則慷慨激烈，對衆宣言，謂：「頭可斷，髮不可斷！」於是衆皆涕泣，願共守城誓死。

民國徐珂編撰清稗類鈔異禀類黄陶菴不剃髮，中華書局一九八六年出版。

二惠齊競爽，雙丁魏俱良。千秋崇氣節，一代仰文章。碧血留牆石，名儒作國殤。練川風烈烈，祠並首山陽。祀黄忠節公淳耀及其弟淵耀，清康熙朝敕建專祠。

民國章圭瑑勤生堂詩存卷二，民國二十八年出版。

夫成仁取義之士，標其素忱，表微闡幽，後賢永其夙契。談常山之節，流涕遺縑；仰信國之忠，愴懷零墨。莫不馳芬來葉，掞銀籀而摛華；引契遐英，邈珠函而發慕。矧乎敬恭桑梓，揚先哲之風徽；松柏堅貞，勵後彫之節概。如陶菴黃先生，洵足稱致命遂志，立懦廉頑者已。先生既丁陽九之厄，更直元二之災，攖守孤城，冀安宗社。胡天不吊，俾民無遺。深衣幅巾，夙表霽月光風之度；素組白練，竟完高天厚地之身。大節無虧，英塵不沫矣。嗚呼！問殘山於南渡，大木疇支？訪斷碣於西林，荒苔未蝕。丹心終古，碧血億年。允宜俎豆流馨，與練水奎山而並永；綈緗焕彩，偕雲臺煙閣而俱新。式承英光，爰表芳烈。贊曰：

河嶽之精，日星之光。清臣履善，後先相望。結纓赴難，丕振人綱。匪曰處變，乃安厥常。文章氣節，一鄉所仿。東瞻祠宇，松梓蒼蒼。衣冠如在，弟量垂芳。穆然引矚，山高水長。

民國黃世祚黃陶菴先生像贊并序，退齋文存，民國四年鉛印本。

當明清易代之際，邑人奮袂而起，集義兵守孤城，以有限之疲卒，抗方張之敵師。忠義激發，城亡與亡，歷數百載猶凜凜有生氣。如侯黃兩先生者，非所謂民族英雄，堪爲後世所模範者乎！

侯先生，諱峒曾，字豫瞻，一字廣成，天啓乙丑進士。歷官左通政使，居官抗直不阿，而政績尤著。

黄先生，諱淳耀，字藴生，一字陶菴，崇禎癸未進士，觀政都察院。自少有志聖賢，學養深粹，詩文悉軌先正。弘光元年，清兵略地至邑城，兩先生集鄉兵固守，歷兩旬餘，外無援兵，士卒饑疲，城遂陷。侯先生趨歸，辭先祠，自沉於葉池。黄先生至西林菴，索筆大書於壁，曰：「進不能宣力王朝，退不能潔身自隱，讀書寡益，學道無成，耿耿不寐，此心而已。異日虜氛掃盡，中華士庶再見天日，論其世者尚知余心。」遂自縊。侯先生子玄演、玄潔，黄先生弟淵耀，皆同時殉節死。人稱爲一門忠義云。中華民國二十四年五月，嘉定全縣教育人員暨學生集資建立。

民國黄世祚侯黄兩先生碑記，張建華、陶繼明主編嘉定碑刻集，上海古籍出版社二〇一二年出版。

淳耀素與僧性如善，性如亦非淳耀不交。守城時，淳耀居城中寺内，淵耀宿城堞，晝夜拒戰。七月，勢益急，淳耀語淵耀曰：「城破，馳信於我。」淵耀素文弱，城未破三日，兩目忽突出青鐵色，狀如睢陽，筋悉隆起。堞墜，實泥大袋中，重數百斤，用長木肩之登城。修訖，衆異焉。癸丑城破，趨報淳耀。淳耀曰：「吾了紗帽事耳。子若何？」淵耀曰：「吾亦了秀才事，復何言？」淳耀整袍服，淵耀整儒巾，同縊寺中。時避難者悉趨寺内，清兵入，悉殺之，次及性如。性如曰：「吾閉關二十年矣。」兵問何人？性如告之，默然去。兵繼至，問答如前。兵索寶，性如答以「無」。有兵曰：「大施主供養，豈無寶乎？」性如指地曰：「若此屍横滿地，假有寶，亦逝矣。奈何坐守於此？」兵曰：「無寶，殺矣！」性如曰：「殺則殺耳，寶終無有。此亦前世孽，奈之何哉？」兵問：「懼否？」性如曰：「亦安避？」兵曰：「徧城皆屍，汝畏乎？」性如曰：「殺尚不畏，何況屍耶？」兵曰：「倒好。吾給一箭於汝，以懸寺門，自此無有入之者矣。」乃去，兵果不入。及初七日，買二棺斂淳耀、淵耀，屍俱彊，絶無惡氣。衆屍腐穢難聞，裹以蘆席焚之。案舊志，西林寺僧名「無等」。

朱子素東塘日札：黄淳耀，南庵即西林庵。絶命詞「耿耿不没，此心而已」之下，尚有「異日虜氛復靖，中華士庶再見天日，論其世者，尚知予心」二十二字。舊刻陶庵全集各傳中皆無之，年譜則塗抹「異日」至「天日」十四字，蓋慮觸文字之禍，而諱言之也。

民國陳傳德等修民國嘉定縣續志卷一五雜志，上海古籍出版社二〇一二年出版。

我們尤其喜愛的是明末烈士黄淳耀，他在清兵攻破嘉定之際，首先叫妻子和弟弟上吊，並説：「弟弟，你們先走吧！我隨後就來。」然後，自己也從容自縊以殉國。他有一篇以見義不爲無勇也爲題的文章，其中有這樣幾句：「巽懦出於性生……畏葸積於閱歷……若此者謂之無勇。世豈有無勇之人而可與之慷慨誓心、從容盡節者哉！」評者説：「此文大抵感甲申陷賊諸人作。」的確看到了它的深意。在明末的許多「名士」中，一方面有黄淳耀這樣的烈士，另一方面也有吴梅村這樣的懦夫，吴投降了清朝，後來，因怕被列入貳臣傳，而感到悔恨。

吴玉章辛亥革命，人民出版社一九六二年出版。

長虹碧血氣沖天，愛國英雄繼萬千。且喜紀元新世界，翻天覆地换人間。

吴玉章於一九六二年六月。

吴玉章重題陶菴留碧碑（陶菴留碧碑在西林菴舊址，今上海大學嘉定校區内）。

生長疁城練水邊，於今六十有五年。自幼仰慕西林菴，從未一至心殊慚。際此風和日暖大，信步直往城西南。獨行踽踽阡陌間，詢問野老纔至前。二黄先生古之賢，方諸夷齊可比肩。而今遺址無一椽，並乏殘壁及頹垣。但見蔓草與荒煙，何處再尋碧血磚。四周流水清且漣，窄小竹橋斷又連。欲渡不得又無船，隔河憑吊徒泣然。嗚呼！世界從來多變遷，古迹大半犁爲田。我欲問天天不言，惟有高歌麥秀黍離篇。

周承忠訪西林菴故址壬午二月，嘉定周孝侯詩文集，稿本。

萇弘化碧易千年，窗下空餘咏史篇。濤閣松聲如在耳，彌天一爲洗腥膻。淳齋出所藏明陶菴先生遺墨屬題，讀册中咏史、和陶詩諸篇，心神具肅。時久旱忽雨，因以起興。乙未十一月，躅叟。

馬一浮跋陶菴忠節公墨寶，私人收藏。

至清乾嘉間，此本先後爲董邦達、梁同書諸公得之，梁公跋爲贈殳湘芷黄陶庵自書詩稿跋一文，載頻羅庵遺集卷十一。民國三十有五年，又嚴君不黨書本傳於其首，秦君仲文補濤閣讀書圖，馬君蠲叟跋其尾。公有陶菴集傳世，爲其門人陸元輔所輯。初爲十五卷，刊於清康熙間。乾隆後乃删改爲二十二卷，然已非先生之本意。

佚名跋陶菴忠節公墨寶，私人收藏。

陶菴不肯和柳、錢之詩兩問題，稍論述之於下。關於第壹事，據王澐輞川詩鈔肆，虞山柳枝詞第三首云：「鄂君繡被狎同舟，並蒂芙蓉露未收。莫怪新詩刻燭敏，捉刀人已在床頭。（原注：吾郡有輕薄子錢岱勳，從姬爲狎客，若僕隸，名之曰偕。姬與客賦詩，思或不繼，輒從舟尾倩作，客不知也。歸虞山後，偕亦從焉。吾友宋轅文有破錢詞。）」范鍇華笑廎雜筆壹，顧苓河東君傳後附古梅華源木乂菴白牛道者題云：「柳氏幼隸樂籍，僑居我郡。與錢生青雨稱狎邪莫逆交。柳故有小才，其詩若書，皆錢所教也。已而歸虞山，錢生爲之介。」寅恪案：王氏所言之錢岱勳，當與白牛道者所言之錢青雨，同是一人。不過勝時稱其名，而道者舉其號耳。宋轅文之破錢詞，今未見得。故此人本末，無從考知。寅恪前論河東君與李存我及陳卧子之交好，已言及河東君之書法、詩詞皆受其影響。蓋河東君當日之與諸文士往還，不僅狹暱之私，亦得觀摩之效。杜少陵戲爲六絶句之六所謂「轉益多師」者（見玉勾草堂本杜工部集壹貳。）殆即此義歟？錢氏子或曾爲河東君服役，亦未可知。但竟謂河東君之詩文，乃其所代作，似卧子、牧齋亦皆不察其事，則殊不近情理。推求此類誣謗之所由，蓋當日社會，女子才學遜男子，忽睹河東君之拔萃出群，遂疑其作品皆倩人代替也。何況河東君又有仇人怨家，宋、王之流，造作蜚語，以隱密難辨之事，爲中傷之計者乎？至若其詞旨之輕薄，伎倆之陰毒，深可鄙惡，更不必多論矣。

關於第貳事，據鈕琇觚賸壹吴觚上陶菴剛正條（參牧齋遺事牧齋欲延師教令嗣孫愛條及顧純恩寓嘐雜咏注。）云：黄陶菴先生少有盛名，館於同里侯氏，以道義相切劘。虞山錢宗伯有一子名孫愛，甫成童，欲延師教之，而難其人，商之程孟陽。孟陽曰：「我有故人子嘉定黄藴生，奇士也。與同里侯氏交三世矣，未可輕致。公雅與侯善，以情告侯，公可得也。」宗伯乃具厚幣，遣門下客李生，至嘉定延之。李生見侯，道宗伯旨。侯力爲勸駕，黄意不悦，强而後可。遂與李偕至宗伯家，宗伯待以殊禮。居浹月，孟陽出海棠小箋示黄。黄詢唱者爲誰。孟陽曰：「宗伯如君柳夫人作也。子於帖括之暇，試點筆焉。」陶菴變色曰：「忝居師席，可與小君酬和乎？」孟陽曰：「此何傷？我亦偕諸君子和之矣。」陶菴曰：「先生耆年碩德，與主人爲老友，固可無嫌，諸君亦非下帷於此者，若淳耀則斷不可。」孟陽慚退。先是，曾館某撫軍幕府，有邑令聞先生在署，橐數百金，賂先生父，令致書，俾爲之左右。先生復父書曰：「父生男之身，尤望生男之心。若行一不義，取一非有，男心先死矣，尚何以養父乎？」忠孝大節，豈臨時激於意氣者所能爲乎！

嚴元照蕙櫋雜記云：黄陶菴先生館於常熟錢氏。主人納柳如是爲適妻，時作催妝詩者甚衆，先生曰：「吾不能阻其事，於朋友之義虧矣，尚可從而附和乎？」一日，程孟陽攜柳夫人詩箋乞先生和，先生不可。孟陽强之再三，且曰：「老夫已偕諸君和之矣，庸何傷？」先生正色曰：「先生耆年碩德，與主人爲老友，非淳耀之比，若淳耀，則斷斷不可。」孟陽慚沮而罷。

朱鶴齡愚菴小集壹肆題黄陶菴詩卷云：陶菴先生行誼節概，卓絶千秋，四子經義，既爲有明三百年一人。其所作樂府，復旨遠辭高，義精嚮厲，真儒者之詩也。當甲申北變，聞金陵嗣統，謁選者麕集都下，先生獨不往。吾友包子問之，先生曰：「某公素善余，今方與當國者比。余入都必當與往來，往來爲彼牢籠矣。君子始進必以正，豈可爲區區一官捐名義以殉節之耶？」卒不往。

光緒嘉定縣志叁貳軼事門「黄忠節〔淳耀〕未第時，館常熟錢謙益家，程孟陽出海棠小箋示之」條云：〔忠節〕偶作鄙夫章題文，時推絶唱，謙益不懌。及甲申夏，福王立，謙益秩尚書，忠節遺以婁堅手書歸去來辭，謙益默然。

寅恪案：陶菴雖館於牧齋家，以所擅長之八股文，課其子孫愛。然福王朝，不往南京與牧齋共馬、阮合流，則人品剛正高潔，可以想見。其不阿附孟陽和錢、柳詩之舉，乃自然之理，恐亦非牧齋前此所能料及。關於陶菴不肯和錢、柳詩之問題，鈕、嚴兩書所述，皆非無因，但俱有訛誤。兹先考陶菴館於錢氏之時間及孟陽於錢、柳遇見以後，留居牧齋家之年月，然後玉樵、修能二人所言之得失，可以決定也。今陶菴集附有陳樹德、宋道南所撰陶菴先生年譜，載陶菴自崇禎十二年至十四年館於牧齋家。其所記可信。據陶菴集壹陸和陶詩云：「辛巳杪冬客海虞榮木樓。」及同書貳壹弘光改元感事書懷寄錢宗伯五十韻云：

昔歲登龍忝，郎君麗澤專。南垞鐙火屋，北浒宴遊船。奉手評豪素，開厨出簡編。文瀾增拂水，詩壘壓松圓。酒發公明氣，談鈎向秀玄。賞音存寂寞，延譽許騰騫。精舍留三載，陰符練幾篇。厭貧將嫁衛，躡蹻遂摩燕。

則自崇禎十四年辛巳杪冬，逆數至十二年己卯歲首，共歷三年，即所謂「精舍留三載」者是也。「南垞鐙火屋」者，陶菴授孫愛書時，居於常熟城内牧齋家之榮木樓，即後來河東君自縊之處。陶菴集貳拾載夏日錢牧齋先生攜同泛舟尚湖詩。牧齋初學集壹柒移居詩集亦載「（庚辰）五月望夜汎西湖，歸山莊作」詩。不知是否與「北浒宴遊船」之句有關，更俟詳考。「厭貧將嫁衛，躡蹻遂摩燕」者，陶菴於崇禎十四年辛巳歲杪，辭牧齋家館歸後，遂中十五年壬午應天鄉試，次年癸未即成進士也。初學集二貳黄蘊生經義序云：

兒子孫愛，自家塾省余山中，奉其文三十篇以請曰：「幸一評定之。」余曰：「吾何以定而師之文乎哉？而師之學，韓子之學也；其文，韓子之文也。」

牧齋作此序文時，居於拂水山莊，「山中」即謂拂水山莊。「文瀾增拂水」之句，殆兼指此序而言，牧齋文中稱譽陶菴，比於退之。故此序辭旨，全取用昌黎文集也，陶菴人品、學問，當時推服。牧齋聘之爲其子授書，自是得人。但牧齋友朋生之中，人材甚盛。其所以特有取於陶菴者，蓋以蘊生最善長於八股之文，延爲塾師，使教孫愛，於掇科干禄，自有關係。世人謂八股經義之文，實溯源於王介甫，而荆公之文，乃學昌黎者，近代文選學派，鄙斥唐宋八大家及桐城派之古文，譏誚昌黎爲八股之始祖，所言雖過當，亦頗有理。牧齋此序殊有八股氣味，或作序之時，披閱陶菴經義，不覺爲所漸染使然耶？

「四庫全書總目」壹玖拾欽定四書文條略云：

乾隆元年内閣學士方苞奉敕編明文，凡四集，每篇皆抉其精要，評騭於後，卷首恭載諭旨，次爲苞奏摺。又次爲凡例八則，亦苞所述，以發明持擇之旨。蓋經義始於宋，宋文鑒中所載張才叔自靖人自獻於先王一篇，即當時程試之作也。元延祐中兼以經義、經疑試士。明洪武初定科舉法，亦兼用經疑，後乃專用經義，其大旨以闡發理道爲宗。厥後其法日密，其體日變，其弊亦遂日生。我國家景運聿新，乃反而歸於正軌。列聖相承，又皆諄諄以士習文風，勤頒誥誡。我皇上復申明清、真、雅、正之訓，是編所録，一一仰禀聖裁，大抵皆詞達理醇，可以傳世行遠。承學之士，於前明諸集，可以考風俗之得失。於國朝之文，可以定趨向之指歸。聖人之教思無窮，於是乎在，非徒示以弋取科名之具也。故時文選本汗牛充棟，今悉斥不録，惟恭録是編，以爲士林之標準。

欽定四書文卷首載乾隆元年六月十六日諭略云：

有明制義諸體皆備，如王（鏊）、唐（順之）、歸（有光）、胡（友信）、金（聲）、陳（際泰）、章（世純）、黄（淳耀）諸大家，卓然可傳。今朕欲裒集有明及本朝諸大家制義，精選數百篇，彙爲一集，頒布天下。學士方苞於四書文義法，夙嘗究心，著司選文之事，務將入選之文，發揮題義清切之處，逐一批抉，俾學者了然心目間，用内模楷。

同書凡例云：

唐臣韓愈有言，文無難易，惟其是耳。李翱又云，創意造言，各不相師，而其歸則一，即愈所謂是也。文之清真者，惟其理之是而已，即翱所謂造言也。

紅樓夢第捌貳回云：

黛玉微微的一笑，因叫紫鵑：「把我的龍井茶給二爺沏一碗。二爺如今念書了，比不得頭裏。」紫鵑笑著答應，去拿茶葉，叫小丫頭子沏茶。寶玉接着說道：「還提什麽念書？我最厭這些道學話。最可笑的是八股文章，拿他誆功名，混飯吃也罷了，還要說聖賢立言，好些的，不過拿些經書湊搭湊搭也罷了。更有一種可笑的，肚子裏原没有什麽，東拉西扯，弄的牛鬼蛇神，還自以爲博奥。這那裏是闡發聖賢的道理。目下老爺口口聲聲叫我學這個，我又不敢違拗，你這會子還提念書呢！」黛玉道：「我們女孩兒家雖然不要這個，但小時跟你們雨村先生念書，也曾看過。内中也有近情近理的，也有清微淡遠的。那時候雖不大懂，也覺得好，不可一概抹倒。況且你要取功名，這個也清貴些。」寶玉聽到這裏，覺得不甚入耳，因想黛玉從來不是這樣人，怎麽也這樣勢欲薰心起來？又不敢在他跟前駁回，只在鼻子眼裏笑了一聲。

寅恪案，清高宗列陶菴之四書文爲明代八大家之一，望溪又舉退之習之爲言，尤與牧齋之語相符合。今檢方氏所選陶菴之文多至二十篇，足證上引朱長孺「陶菴先生四子經義，爲有明三百年一人」之語，實非過情之譽。至林黛玉謂「内中也有近情近理的，也有清微淡遠的」，即四庫總目所謂「清、真、雅、正」及「詞達、理醇」者，如陶菴等之經義，皆此類也。噫！道學先生竟能得林妹妹爲知己，可視樂善堂主人（清高宗御製樂善堂文集，初刻原有制義一卷，後來定本删去，見「四庫全書總目」壹柒叁别集類御製樂善堂文集條），及錢、朱、方三老之推挹爲不足道矣。一笑！又顧純恩寓瞜雜咏「父命千金猶不顧，未須惆悵柳蘼蕪」詩注所言「〔河東君〕爲落花詩，諸名士悉知。程孟陽諷〔陶菴〕先生爲之」之事，則今存河東君詩中，固無「落花」詩。初學集耦耕堂存稿等，自崇禎十二年春至十四年冬，即陶菴館於牧齋家之時期，其所作諸詩，亦不見類似和落花詩之題目。懷祖之言，未識何據？檢顧云美河東君傳云：「宗伯賦前七夕詩，要諸詞人和之。」懷祖所記，或因是誤記。若謂孟陽諷陶菴所和者，即指前七夕詩言。則孟陽已身尚不肯和牧齋此題，豈有轉諷他人和之之理？故修能所記，似較近於事實也。

由此言之，鈕、嚴兩氏所記陶菴不肯私和詩，揆之情理，當必可信。但玉樵謂蘊生偕牧齋門下客李生（寅恪案，此「李生」疑是李僧筏杭生或李緇仲宜之兄弟。據有學集貳三張子石六十壽序云：「余取友於嘉定，先後輩流，約略有三。先爲舉子，與徐女廉、鄭閑孟掉鞅於詞科，而長蘅同舉鄉榜，鏃礪文行，以古人相期許，此一輩也。因長蘅得交婁丈子柔、唐丈叔達、程兄孟陽。師資學問，儼然典型，而孟陽遂與余耦耕結隱，衰晚因依，此又一輩也。侯氏二瞻、黄子蘊生、張子子石，暨長蘅家僧筏、緇仲，皆以通家末契，事余於師友之間。」蓋李氏兄弟與侯、黄二氏皆嘉定人，又皆通家世好。牧齋使李氏兄弟之一聘蘊生教其子，極爲可能也。或又謂此「門下客李生」乃毛子晉之舅氏李孟芳。檢初學集壹伍丙舍詩集上，載崇禎十二年己卯元旦後，立春前所作次韻答東鄰李孟芳詩云：「度阡越陌最情親，乞米分甘念我貧。」又，牧齋尺牘載與李孟芳書共十三通，可見錢、李二人關係之密切。其第壹通即托以料理先塋之事者，則知牧齋固嘗以家事托李也。耦耕堂集存稿詩下載和李孟芳山中話舊一題，列在「〔戊寅〕除夕拂水山莊和錢牧齋韻二首」及「〔己卯〕元旦和牧齋韻」之前。此詩有「十載相憐病與貧」及「殘臘詹梅初放萼」之句。故據時、地及人三者之關係言之，玉樵所謂「李生」，恐舍孟芳莫屬矣。但鄙意後一説較迂遠，仍以從前説爲是。）至錢氏家，居浹月，孟陽出受之如君柳夫人海棠小箋，屬陶菴和之，則殊不知陶菴實以崇禎十二年春間至常熟就牧齋家塾之聘，而河東君於崇禎十三年冬始過半野堂。「居浹月」之誤，自不待言。又，崇禎十四年六月，牧齋與河東君結縭於松江舟中，在此時以前，松圓便以「如君」稱河東君，亦未免過早矣。至於修能所記陶菴不肯和牧齋催妝詩一事，自是實録。蓋牧齋作催妝詩，在崇禎十四年辛巳夏間，此年杪冬陶菴始辭去牧齋家館，儻陶菴肯和催妝詩者，牧齋必收入於東山酬和集中矣。惟嚴氏述藴生不肯和河東君詩事，若在崇禎十三年庚辰冬季松圓在牧齋家之短時間内，則殊可能。不過，修能記此事於陶菴不肯和牧齋催妝詩之後，叙述次序，稍涉牽混，未免時限不明耳。至顧懷祖謂孟陽諷陶菴和河東君落花詩一事，則更失實，前已辨之矣。除東山酬和集中無陶菴和詩，可以證明鈕、嚴之説外，兹尚有一强有力之證據，即初學集壹捌東山詩集壹載冬至日感述示孫愛五古一首是也，此詩既與河東君無關，自不收入東山酬和集，但一檢其排列次序，則知有待發之覆。牧齋編列其詩什，本依作成時間之先後，此可據集中所載之詩，不分體，而依時之例推知者。今此五古在初學集中列於「寒夕文讌再疊前韻，是日我聞室落成」七律之後，（寅恪案，東山酬和集此題下多「延河東君居之」並附注「涂月二日」等字。）迎春日偕河東君泛舟東郊作七律之前。（寅恪案，鄭氏近世中西史日表崇禎十三年庚辰正月十三日立春，十二月廿四日又立春，十四年辛巳無立春，當日曆官定曆，絶無一年重復兩立春，及一年無立春之理。鄭氏此類之誤，可參前論河東君嘉定之遊節。牧齋詩中所指之迎春日，乃指崇禎十三年十二月之節氣也。）揆之牧齋編次其詩之慣例，殊爲不合。蓋冬至爲十一月之節氣，反列於涂月二日之後故也。究其所以致此顛倒失常之由，豈因此五古一首，實非十一月冬至所作，而爲較遲之時間，或在十二月所補成，追加入集，遂未詳察其編列次序先後之不合耶？此五古中牧齋引述禮經史事，以自解其不親祭祀，而遺孫愛代之理由，並列舉其平生師友，如楊漣、孫承宗、王洽、馮元飈、元飆兄弟之流，以忠義、孝友、功名、氣節著稱一時者，勖勉其子，義正辭嚴，即謂之爲錢氏家訓，亦無不可。然若考牧齋崇禎庚辰冬間，河東君來訪半野堂以後之心理情況，則知此五古不過牧齋之煙幕彈，欲藉之使孫愛轉示其塾師，庶幾可稍慰其拒絶松圓之意，並聊用爲自解之工具耳。檢初學集捌壹，書西溪濟舟長老册子云：庚辰之冬，余方咏唐風蟋蟀之章，修文讌之樂。絲肉交奮，履舄錯雜。嘉禾門人以某禪師開堂語録緘寄，且爲乞叙。余不復省視，趣命童子於臘炬燒卻，颺其灰於溷廁，勿令污吾詩酒場也。辛巳仲春，聚沙居士書於蔣村之舟次。

及錢曾有學集詩注壹肆東澗集下病榻消寒雜咏四十六首中，追憶庚辰冬半野堂舊事云：老大聊爲秉燭遊，青春渾似在紅樓。買回世上千金笑，送盡生年百歲憂。（寅恪案，涵芬樓本有學集壹叁「生年」作「平生」。所附校勘記亦無校改，餘詳遵王注。）留客笙歌圍酒尾，看場神鬼坐人頭。蒲團歷歷前塵事，好夢何曾逐水流。

則知牧齋此時如醉如癡，一至於此，陶菴之不以爲然，自無足怪，而牧齋編入冬至日感述示孫愛五古於其詩集，次序失檢，又所必致也。何物不解事之嘉禾迂儒及鈍根禪衲，同作此敗人清興之舉。其遭燒灰投廁之厄，亦有自取之道矣。今陶菴集貳貳有無題六言絶句六首，辭旨頗不易解。然必與當日陶菴所見之文士名媛有關。疑即爲牧齋、河東君、松圓及錢岱勳或錢青雨而作，又有謂乃指河東君嘉定之遊者，皆難決定。兹姑附録於下，存此一重可疑公案，以待後來好事者之參究，寅恪未敢箋釋玉谿生無題詩者之所爲也。陶菴詩云：放誕風流卓女，細酸習氣唐寅。人間再見沽酒，市上爭傳賣身。片雲曾迷楚國，一笑又傾吴宫。花底監奴得計，鸞篦畢竟輸儂。人言北阮放達，客誚東方滑稽。情不情間我輩，笑其笑處天機。子美詩中伎女，岑參句裏歌兒。彼似青蠅附驥，我如斗酒聽鸝。千春不易醉飽，百歲貴行胸懷。羡馬爲憐神駿，燒桐亦辨奇材。鯨鏗已肆篇什，鼇咳從教詆訶。百斛舟中穩坐，千尋浪裏無何。

陳寅恪柳如是别傳第四章河東君過訪半野堂及其前後之關係，上海古籍出版社一九八〇年出版。

黄淳耀，初名金耀，字蘊生，嘉定人，明亡城陷，自縊死。明史二百八十二卷儒林有傳，所著有陶菴集。四庫總目提要稱「淳耀湛深經術，刻意學古……尤能以躬行實踐爲務，毅然不爲榮利所撓，如吾師、自監諸録，皆其早年所訂論學之語，趨向極其醇正，而平易可近，絶無黨同伐異之風，足以見其所得之遠。文章和平温厚，矩矱先民，詩亦渾雅天成，絶無懦響。於王、李、鍾、譚諸派，去之惟恐若浼，可謂矯然拔俗。卒之致命成仁，垂芳百世，卓然不愧其生平，可以知其立言之有本矣。」（卷一七二）真的，明末一班成仁志士，大都是學者，而其學風又往往與以前不同，切實平正，足爲清學之先聲。學術上的門户、文學上的派别，到此將歸於銷泯。然而學士文人雖漸漸覺悟，而政爭黨爭到此已至不可收拾的地步，學風雖然轉變，而國運也竟以告終。

陶菴此種學風，正是明末清初共同的趨向。蓋一般人厭惡了文人叫囂之習，派别之爭，都想轉移此風氣。在陶菴以前，鄒迪光與胡元瑞書即已説過：「蜩螗沸然，蠅蛙雜出，風騷盡汰，大雅不存。乃皆意廣氣浮，軒然自命，千金敝帚，十襲鼠臘，目無中原，意陵上古，道喪久矣！」（郁儀樓集卷五十）在陶菴以後，黄宗羲范道原詩序也曾説過：「世風不古，今人好議論前人。四書才畢，即辨朱、陸異同；今古未分，即爭漢、宋優劣。至於言詩，則主奴唐宋，演之而爲北地、太倉、竟陵、公安……拈韻才畢，胸中空無一物，而此數者名目擾攘盤結，相詆無有已時。」（南雷文定三集一）他們都很憤恨於當時文人淺薄的喧呶與浮囂的詆駡，究其原因，全由空疏不學的關係。陶菴上房師王登水先生書謂：「應求義理於六藝，求事迹於二十一史，求萬物之情狀於騷賦詩歌，求載道之器於漢、唐、宋數十家之文章。」能如是，自然眼光放大，不致有門户之見、黨爭之私了。所以他要合詩與文而一之，合唐宋與秦漢而一之，合性理事功文章而一之，簡直再欲合文與人而一之。正因「世儒舍性命而談事功，舍事功而談文章，是以事功日陋，文章日卑，而詖淫邪遁之害，浸尋及於政事而不可救」（陶菴集卷四）。我們現在假使把明代亡國的罪狀，歸之於文人，固未免周納；然而文人之相互攻擊，不會予社會以好影響，則是無可疑的。

陶菴之學風如此，所以對於秦漢、唐宋之分，無寧傾向於唐宋方面。本來他是嘉定人，而嘉定徐學謨後，始終與秦漢派異趣。其後更有「嘉定四先生」傳歸有光之學，所以陶菴耳濡目染，自不能不受影響。他於答歸恒軒書中說：「試取遷、固諸人之文字讀之，又從而深思其意……然後知昌黎以下之諸公之善宗漢矣。……學漢人之文譬如學孔子，今生孔子之後而學孔子，其能不由師傳一蹴而徑至乎？抑必如孟子之私諸人乎？如不免私淑諸人，則昌黎以下諸公，固吾所私淑以學漢者矣。」（陶菴集卷四）這樣說，雖偏於唐宋，仍欲由一唐宋以學漢，即與秦漢派也不相衝突了。何況，由通經學古之說言，也以唐宋派所取的途徑較相近。陶菴又說：「漢人之文從六藝出，唐宋諸公之文亦從六藝出。……夫漢人之文與唐宋之文既同出於六藝，則不學六藝，又烏可以學漢哉！」（同上）此則所謂更高一著，合性理、事功、文章而一之了。

不僅如此，即所謂合文與人而一之者，也可於此看出。爲什麼？他上房師王登水先生書中即已説過：「古之立言傳世者，非其有得於心，則莫能爲也。」有得於心，則可以有言，也可以無言。有得於心而無言，如黃叔度，汪汪若千頃波，澄之不清，淆之不濁。學問與行爲能打成一片，即可以生活的藝術著稱。有得於心而有言，則如遷、固、荀、揚、韓、歐之屬，文與人合而爲一，又可以文學的藝術著稱。這是他比唐宋派更高一著，更進一步的地方。

郭紹虞中國文學批評史，商務印書館二〇一〇年出版。

黃淳耀，字藴生，嘉定人。體貌魁梧，潛心性命之學，於書無所不窺。性沖和湛靜，喜怒不形於色。案置日曆，有事必書，以驗所養。常言：「學必以識爲主。惟其識到，故能斷然。知文章功名節義，其真者一出於道德。」又言：「自唐宋諸大儒以來，率以攘二氏爲任。俊賢明道不及諸儒，而獨師其排佛，如角力然，務求相勝，斯亦病矣。」

崇禎十六年成進士，寄弟淵耀書曰：「吾廷試時，鼎甲上殿，嘖嘖稱羨。天地間自有爲數千年一人，數百年一人者。今人不肯爲數千百年之一人，而欲爲三年之一人，可怪也。」遂南歸。

清兵圍城，與侯峒曾日夜登陴守禦，邑人范伯翼及子光啓、光昭出財佐軍。城陷，與淵耀入西林菴。淵耀問淳耀曰：「何如？」淳耀曰：「吾了紗帽事耳。」淳耀問淵耀曰：「子何如？」淵耀曰：「吾亦完秀才事，復何言？」僧無垢曰：「公未受職，可無死！」淳耀曰：「忝名進士，宜爲國死。今托上人，死此清淨土，足矣。」索筆書曰：「遺臣黃淳耀死此。嗚呼！進不能宣力皇朝，退不能潔身自隱。讀書寡益，學道無成，耿耿不没，此心而已。異日寇氛復靖，中華士庶復見天日，論其世者，當知余心。」與淵耀冠帶分左右就縊。暴屍七晝夜，神色不變。弟子戴亮爲之殯葬。

子堡，字雲沼。工詩書。不試，不見當事。卒年七十五。

淵耀，字偉恭，諸生。律己嚴恪，與兄相師友。就縊時，見淳耀頭幘墜地，復下拾而冠之，乃引決。妻王，亦死。

淳耀，隆武時贈湖廣道御史，永曆時晉太常少卿。

錢海岳南明史卷九一儒林一，中華書局二〇〇七年出版。

吾邑黄陶庵先生係明末民族英雄，正氣凌然，舉世共仰，文章翰墨亦爲後人所珍重。此幀爲先生早年手迹，署款尚用「金耀」。原藏吾家有年矣，先高祖石渠公曾題耑六字。不幸幾遭兵燹，久經散失，後無意中得之於滬濱古書畫鋪。物歸原主，洵稱快事。不獨先哲遺墨得以永傳，而吾祖手澤亦可藉以保存。兹值吾邑偉大建設正在開始，博物館業經成立，敬以捐獻，俾供衆覽。一九六一年中秋，後學顧樹森敬識於吴門拜石齋。

顧樹森跋明黄忠節公行楷册頁，嘉定博物館藏。

在這裏我要特别補叙一下因抗清而犧牲的兩位鄉賢，那就是侯峒曾和黄淳耀。至今嘉定人仍尊稱爲「侯黄先生」，這也是很自然的。侯黄先生不僅已名彪青史，還在人間留下了不少足資紀念的實物和故事，使我最難忘的是舊校場的一方青石，名曰「碧血石」，據老人們説，只要一下雨，伸手摸石，掌心就會染上紅色。此話雖難盡信，但這兩位慷慨就義的民族先烈深受鄉親欽敬已可想而知了。

秦瘦鷗深潛在心底的鄉思，朝花作品精粹，漢語大詞典出版社一九九六年出版。

「乙酉嘉定城破之日，黄淳耀守西門，城中男婦請啓不允。研存與黄爲同榜進士，亦爲民請命，不從。復以年誼動之，黄怒曰：『汝欲獻城耶？我頃刻死人，不顧年誼矣！』研存急走南城，縋而逸去」，這雖然只見於筆記，但大抵不可能是捏造，也正像黄淳耀的爲人，讀了使人感到道學家的可怕，那許多無辜的男婦，就這樣變成了屠戮的材料。

黄裳明月詩筒，黄裳文集卷五，上海書店出版社一九九八年出版。

明鼎既遷，危城不守。孤忠殉國，名亦不朽（以上石碑文字）。黄淳耀，明朝賢士、學者。初名金耀，字藴生，一字松崖，號陶菴，嘉定人。治學爲文原本六經，處名士爭務聲利之時，獨淡泊自甘，不事徵逐。崇禎十六年進士。不受官職，歸而益研經籍。福王立南都，諸進士悉授官，淳耀獨不赴選。清兵南下，嘉定民衆奮起抵抗，共舉淳耀與侯峒曾爲首領。城破，偕弟淵耀入僧舍。索筆書曰：「弘光元年，七月二十四日〔一〕，進士黄淳耀自裁於西城僧舍。嗚呼！進不能宣力王朝，退不能潔身自隱，讀書寡益，學道無成，耿耿不寐，此書而已。」遂與淵耀相對縊死，年四十一。門人私謚「貞文」。淳耀弱冠即有志聖賢之學，至晚造詣益深。所作古文，悉軌先正，卓然名家。有陶菴集、山左筆談等。明史有傳（以上書籍文字）。

滄浪亭五百名賢像贊，古吴軒出版社二〇〇五年出版

【校勘】

〔一〕「二十四日」：當爲四日。

中華民國三十有五年乙酉十二月，偶得先生墨迹於燕市，因録明史列傳於册首。嚴群敬識。

嚴群跋陶菴忠節公墨寶，私人收藏。

黄淳耀，初名金耀，字藴生，一字松厓，號陶菴，又號水鏡居士，嘉定（今屬上海市）人。生於明萬曆三十三年乙酉（一六〇五）五月二十八日，卒於弘光元年（清順治二年）乙酉（一六四五）七月初四日，年四十一。崇禎十六年（一六四三）進士，未授官，在籍家居。清兵圍嘉定，與侯峒曾等率民抵禦，城陷，自縊死。私謚「貞文」。乾隆間予謚「忠節」。學問博洽，詩學陶潛。詩觀三集云：「陶菴先生理學、史學，皆據上流。詩諸體咸精，風格獨老。運際滄桑，身騎箕尾，高風峻節，尤堪俎豆千秋。」四庫全書總目卷一七三云：「淳耀湛深經術，刻意學古，能以躬行實踐爲務，毅然不爲榮利所撓。如吾師、自監諸録，皆其早年所訂論學之語，絶無黨同伐異之風，足以見其所得之遠。文章和平温厚，矩矱先民，詩亦渾雅天成，絶無懦響，於王、李、鍾、譚餘派，去之惟恐若浼，可謂矯然拔俗。」明詩綜卷七十三，明詩紀事辛籤卷五均録其詩。所著有陶菴集二十二卷及山左筆談等。黄氏爲錢謙益之子孫愛的老師。

黄淳耀死於鼎革時，其與毛晉的交遊在明末，崇禎十二年（一六三九）九月九日，黄氏登虞山遇雨，宿興福禪寺，賦詩以贈（隱湖上，和友），毛晉和之和友。此外，和今尚有毛晉所賦夜落金錢花次黄陶菴韻、秋葵次黄陶菴韻二首。

日本三浦理一郎著毛晉交遊研究第二章黄淳耀，華東師範大學出版社，二〇一二年出版。

三、陶菴先生年譜

邑後學陳樹德原輯、宋道南重訂

先生名淳耀，初名金耀，字蘊生，一字松厓，號陶菴，又號水鏡居士。明南直隸蘇州府嘉定縣人（今隸太倉州），系出江夏。南宋時，蒙古侵境，有黄一菴者，輸粟餉軍，理宗詔旌其廬。一菴八世孫起明，始居嘉定，以能詩名。起明生庠生清，清生庠生堂，堂生庠生發，發生世能，以掾史授陝西平涼衛經歷。西安土賊反，由軍功歷署崇信縣知縣，安定州知州。世能生家柱，是爲完初先生，娶陳氏，生子二。先生其長也，次偉恭先生淵耀。側室子二，流耀，洪耀。

明萬曆三十三年乙巳五月二十八日，先生生。

萬曆三十四年丙午，先生年二歲。所居壁間有石刻「水石」二字，家人抱至此，必蹁躚逐之，意若甚好者，因指以教之。先生時尚未學語，問水即指水，問石即指石，百試無一爽。

萬曆三十五年丁未，先生年三歲。完初先生教以千字文，過目即成誦。

萬曆三十六年戊申，先生年四歲。四月患痘疹，五六朝時驚搐煩熱，家人示以千字文，則煩搐頓解。

萬曆三十七年己酉，先生年五歲。其戚錢翁授徒里中，教以四書、孝經，諸兒乘師出，群起嘩囂，先生兀然端坐朗誦自若。

萬曆三十八年庚戌，先生年六歲。

萬曆三十九年辛亥，先生年七歲。吴中大水，米價騰湧。完初先生夫婦自食粗糲，而以精鑿食先生。先生涕泣不食，易以粗糲乃食。

萬曆四十年壬子，先生年八歲。

萬曆四十一年癸丑，先生年九歲。

萬曆四十二年甲寅，先生年十歲。從昆山顧先生學，攻苦不倦，篝火讀書逮戊夜。父母憂其得疾，乃每夜輟燭，伺父母寢息，更從鄰舍兒乞火繼之。

萬曆四十三年乙卯，先生年十一歲。顧先生辭館歸昆山，先生因在家温習，日讀通鑒廿葉。

萬曆四十四年丙辰，先生年十二歲。從邑諸生林襟宇先生學，日讀經二十葉，始習舉子業。即以爲代聖人立言，不徒爲弋取科名地。先生是時即耽玩載籍，家無儲書，每假借手鈔，雖腕脱不倦。

萬曆四十五年丁巳，先生年十三歲。

萬曆四十六年戊午，先生年十四歲。邑諸生尹伯衡先生授徒護國寺，先生從之遊。同門有陳義扶者，爲尹先生所重，擇爲婿。及得先生，謂義扶曰：「子雖速步，然黄生超子矣。」後義扶與先生同登賢書。是歲，先生縣試前列，郡試得疾歸。歸里夢生兩翼沖天而飛，旋折一翼，墮地驚寤，已而漸瘥。完初先生恐先生讀書作文耗費心血，乃授以唐人詩。先生遂工吟咏。父友葉石農命賦雪後初晴。先生援筆立就，有句云：「望遠疑無樹，聞香始覺梅。」極爲石農嘆。賞時經歷公罷官家居，詳其夢兆，與詩曰：「此子飛騰，可必得身後名爲多耳。」金貞度者，亦先生父執也，以僧院命題，限花字。先生口占一絶云：

「小院青苔幾曲斜，鳥聲寂寂翠陰遮。閑看一片空林石，法雨常沾數瓣花。」一時詩名籍甚。

萬曆四十七年己未，先生年十五歲。邑少司寇春陽歸先生見先生文，謂完初先生曰：「此子當大興君門，可使博通載籍。」先生遂從學爲古文辭。又，同邑進士陳舜道亦曰：「此君家千里駒也，追風逐電，餘人總不足當其後塵。」

萬曆四十八年庚申，先生年十六歲。縣、府試俱前列。（按行狀，先生前後小試，凡冠軍二十四次。）

天啓元年辛酉，先生年十七歲。二月補博士弟子。

天啓二年壬戌，先生年十八歲。讀書之暇，兼習書畫，於黄庭經、樂毅論及虞永興廟堂碑、顔魯公爭坐稿草，皆得其神理。山水人物，尤有逸致。

天啓三年癸亥，先生年十九歲。歲試第一，食廩餼。時武進龔思默先生司鐸邑中，知先生品學兼優，延教二子及婿。先是侯忠節兄弟與無錫馬文肅以文章鳴江左，及見先生文，則曰：「此人才識，吾不逮也！」相與訂交先生，遂兄事忠節諸公，同時若太倉張庶常溥、華亭夏考功允彝、長洲楊孝廉廷樞，皆側席願交先生。

天啓四年甲子，先生年二十歲。館同邑孫九實家，（九實，火東先生子。）母弟偉恭先生生。

天啓五年乙丑，先生年二十一歲。同邑張正甫延先生於家，令子宏元、宏憲、宏度、宏經與先生遊處。更令少子宏化、長孫懿實，師事先生。沈孺人來歸。孺人，邑諸生沈君敏長女，勤慎寡言，事舅姑以孝聞。

天啓六年丙寅，先生年二十二歲。受易於龔行之先生。（名欽仕，著易解。）時新安程松圓先生嘉燧寓邑之香浮閣，先生以詩文往謁，松圓甚推許之。

天啓七年丁卯，先生年二十三歲。著知過録。

崇禎元年戊辰，先生年二十四歲。館雲間，著史記質疑。

崇禎二年己巳，先生年二十五歲。館雲間，凡晝之所爲，夜必札記，以自省察。嘗自誦云：「筆記皆宜反覆參看，多有心氣不平時，記來不中理正，可查明己過。若束之高閣，不如無記。」

崇禎三年庚午，先生年二十六歲。館雲間，究心易理，嚴立課程，每日蚤起，看周易一卦，讀史、漢，及唐、宋以來諸大家文，再閲古人語録廿則，以餘力作文寫字。

崇禎四年辛未，先生年二十七歲。館雲間，著自監録。秋患疾，寒熱交作，醫藥罔效。忽憶古人語云：「曾於病中會得移心法，蓋移其心，如對君父，慎之、靜之，自愈。」遂一念不動，至四五日後而痊。

崇禎五年壬申，先生年二十八歲。館南城張氏，輯吾師録。

崇禎六年癸酉，先生年二十九歲。侯雍瞻先生延先生於家，命忠節之子玄演、玄潔、玄瀞，及己子玄汸、玄洵、玄涵師事先生。

崇禎七年甲戌，先生年三十歲。陳太孺人以疾卒，先生哀毀骨立。然恐傷父心，不敢慟哭，默自飲泣而已。時偉恭先生方十歲，亦動止中禮，無異成人。

崇禎八年乙亥，先生年三十一歲。憂居里門，館侯氏。

崇禎九年丙子，先生年三十二歲。夏四月服闋。六月，偕侯雍瞻先生赴南都。

崇禎十年丁丑，先生年三十三歲。館侯氏。

崇禎十一年戊寅，先生年三十四歲。侯忠節公視學江西，招先生往遊。與張子宣同遊郡西諸山，經浙東西縱觀諸名勝。秋歸里。

崇禎十二年己卯，先生年三十五歲。虞山錢牧齋欲爲子延師，商之程松圓。松圓曰：「嘉定黄藴生奇士也，與侯氏交，未可輕致。公雅與侯善，以請告，可得也。」牧齋乃致書雍瞻先生，敦請强而後可。是歲，與武林陸麗京訂交。

崇禎十三年庚辰，先生年三十六歲。館虞山。

崇禎十四歲辛巳，先生年三十七歲。館虞山。先生自至虞山，牧齋待以殊禮，序先生文稿，推尊甚至。然先生終心薄其爲人，因作見義不爲，及鄙夫題文示意，遂辭去。是歲，偉恭先生補博士弟子。先生作詩勖之。

崇禎十五年壬午，先生年三十八歲。舉「直言社」。入社者以學行互相諮考，不以闇昧自欺，不以輭媚之談相取説，得同志十餘人。秋舉應天鄉試。子埕生。

崇禎十六年癸未，先生年三十九歲。夏，讀書陳氏園。六月，計偕北行。秋八月，舉禮部試，廷試二甲，成進士，觀政禮部，不謁選而歸。

大清順治元年甲申（明崇禎十七年），先生年四十歲。三月，流賊李自成陷明北京。五月，福王自立於南京（順治二年改爲江寧府），改元弘光。以錢謙益爲禮部尚書。謙益馳書招先生，不赴。完初先生命致賀，乃賦感事書懷五十韻，並以妻子柔先生所書陶靖節歸去來辭長卷寄之。

順治二年乙酉，先生年四十一歲。五月，大兵渡江，福王出奔，先生貽書同年進士王泰際，將避兵南郊之石岡。會鄉兵四起，前令錢默逸去。我朝兵部侍郎李延齡、巡撫都御史土國寶莅蘇州，遣知縣張維熙至，明吴淞總兵官吴志葵撥兵，助縣人拒之。延齡委部將李成棟鎮守吴淞，過新涇橋，縱兵大掠，遠近大嘩，始謀舉義。侯忠節諸公迎先生入城議守。屯鄉兵於城外，城中則按户出丁，登陴畫地而守。先生兄弟主西門。成棟兵船駐城東，鄉兵夜起襲之，焚四十餘艘。成棟復自太倉調兵來。先生乞師於志葵，至，爲成棟所敗，外援遂絶。成棟連日攻城，城中悉力禦之，兵民死傷略盡，乃驅使老弱守陴。成棟復并力急攻，兵民凶懼。先生兄弟與侯忠節諸公慰勉之曰：「我與爾曹家室父子盡在，是少有蹉跌，萬家并命矣。」衆號泣應之，悲聲動地。會大雨如注，兵民舉體沾濕，漸有去者。先生兄弟仗劍立雨中，分馳勸勉，亦不能禁，唯連呼高皇帝、烈皇帝在天之靈，慟哭相向而已。成棟見城守漸弛，遂命陴將登城斬關而入，下令屠城。先生兄弟知東門已破，方下城，遇其僕，亟問：「我大人安在？」僕謾應曰：「死亂兵矣。」問何所？曰：「南城。」先生兄弟慟哭仆地不能起。從者掖先生遁，先生正色曰：「爾輩不識事勢，未有城破而城外猶得幸免者也。」偉恭先生見從者持先生，急乃大聲曰：「大兄主意須定。」趣先生乘馬至西林菴，兄弟攜手入。主僧無等奉茶畢，曰：「君進士，猶未服官，可以無死。」先生曰：「城亡與亡，豈以出處貳心。出身之士，猶許字之女，殉節亦其所也。」乃索筆大書於壁曰：「大明弘光元年七月四日，進士黄淳耀自裁於西城僧舍。嗚呼！進不能宣力王朝，退不能潔身自隱。讀書寡益，學道無成，耿耿不没，此心而已。異日虜氛復清，中華士庶再見天日，論其世者，尚知予心。」書畢，北向再拜，兄弟同就縊。偉恭先生見先生頭幘墜地，復下拾而冠之，乃引決。越七日，始斂，鬚眉皆赫然，膚肉不敗。兩人口血濺壁上，入磚寸許，歷久不滅。乾隆間，長洲沈文慤公德潛題其處曰「留碧」。

順治五年戊子，完初先生自營生壙於邑之龍號三十一圖劍圩，葬先生兄弟於昭穆穴。

順治八年辛卯，先生門人陸元輔輩，相與謀曰：「先生以道德文章挺生混濁，至國亡君竄，致命戎旅，而終之以節義，蓋一代完人也！」考諸謚法，清白守節曰「貞」，道德博聞曰「文」。兹實無忝，遂相與告謚「貞文」。

順治十二年乙未，知縣劉宏德詳請，以先生兄弟崇祀鄉賢。

康熙四十三年甲申，知縣王檩詳請，題建專祠於城之東南隅，額曰「二黄先生祠」。

乾隆四十一年丙戌，大學士舒赫德、于敏中等奉勝朝殉節諸臣録，先生議通謚「忠節」。

清黄忠節公陶菴集，光緒己卯刻本卷首。

四、山左筆談

濟河，在汶上北，云即大清河。禹貢：「出於陶丘北，又東至於菏，又東北會於汶，又北東入於海。」酈道元謂：「濟水當王莽之世，川瀆枯竭，伏地而行。」蔡九峰謂：「今歷下，凡發地皆是流水。世謂濟水經流其下，故今以趵突當之。然趵突又引入小清河，則大清河乃濟之故道，非濟之本流。世間水惟濟最幻，即其發源處，盤渦轉轂，能出入諸物，若有機者然。昔人以糠試之，云自趵突出。」

大明湖下有源泉，又爲諸泉所匯，當城中地三之一。古稱遥望華不注，如在水中。夏時荷菱滿湖，葦荻成港，泛舟其中，景之絶勝者。惜沿湖無樓臺亭榭，以助憩息。城中泉最多，如金線泉、南北兩珍珠泉、舜泉、杜康泉、趵突泉，總之趵突佳。入城與諸泉俱匯大湖，出北門達小清河。

山左士大夫，恭儉而少干謁，茅茨土階晏如也。即公卿家，或閘或堂，必有草房數楹，斯其爲鄒魯之風。

古稱封禪者七十二君，今遺迹不存。亭亭云云等，存其名而已。泰岱之上，惟日觀側有秦封禪臺。碑石列，秦無字碑最古，當萬年不化，大且重，故此石非大山物，非驅山之鐸，良不能至此。

泰山香税，乃士女所舍物。藩司於税賦外，資爲額費。夫既已入之官，則戴甲馬，呼聖號，不遠千里，十步五步一拜而來者，不知其爲何也？不惟官益，此數十萬衆，當春夏間，往來如蟻，飲食香楮，賈人旅肆，咸藉以爲生。視嵩山、廬嶽、雁蕩、武夷，士大夫車騎館穀，專爲邑中之累者，其損益何啻星淵。

大清河，濟水之故道。經流長清、齊河、歷城、濟陽、城東、武定、青城、濱州、蒲臺、利津，入海。小清河，一名濼水，即濟之南，源發趵突，東北經章丘、鄒平、新城、高苑、博興、樂安，入海。今亦爲鹽河，兼資灌溉。而淤塞流溢，久離故道，水利失而水害興。各郡邑乃自以意爲堤，而以鄰爲壑。如新城、博興、高苑之民，日尋干戈，以競通塞，非朝夕故矣。故爲山東者，必當興復河流，講求故道。使竹口不闢，則西民之水害不除；清河不修，則東民之水利不舉。恐田野荒蕪，終無殷富之日。

孔子廟前之檜，圍不四五尺，高與簷齊。而志稱圍一丈三尺，高五丈者，志所稱舊檜也。此非手植，乃手植之餘。蓋手植者，金時毀於火，此其根株復萌蘖者。志稱「晉永嘉三年枯，隋義寧元年復榮，唐乾封二年枯，宋康定元年復榮」，則所指手植者。「元至正三年復榮」，則指今檜也。今膚理猶然生意，第不知榮於何日耳？

洙、泗，洙水自尼山來，入沂水同流。今之洙水橋，亦非其舊也。泗水出陪尾山下，四源共會，故稱泗。其源清澈可掬，出地激駛，滾滾有聲。至曲阜，南洙北泗，中爲孔林。下濟寧，入徐州，會汴達淮。今會通河奪之。雷澤夏溢秋涸，涸時水入地，聲雷者經日，故云「雷澤」。汶水會七十二泉而成。至南旺分流南北濟運，南流短而北流長。

周公之後，有東野氏，有司復其庸調。世疑孔子萬世有土，而周公微不振？然孟子出孟孫氏，自是周公子孫。

山東東、兗二郡水患，不盡由本地。本地水乃汶、泗也，流漕河南北則已。惟中州黑洋山水，經澶淵坡，而東奔曹、濮之間。以一堤限之，堤西人常竊決堤。兼以黑龍潭諸水，泙湃汪洋，其初咸自范縣竹口，出五空橋而入漕河。邇來橋口淤塞，河臣不許浚之出，恐傷漕水，遂縮回浸諸邑，而濮尤甚。相其地形，正開州永固鋪一路，可開之以達漳河。竊恐開民未心肯耳。然東不開五空橋，西不開永固鋪，濮上左右，歲爲沮洳之場矣。

東、兗之間，郡邑大小不等。如滕，非昔五十里之滕也。西北可五十里，南則幾百數十里而遥，東亦不下百里，而岡阜綿連，盜賊淵藪，故治之難。而滕、嶧間，再置一邑爲善。若清平之側，又有博平；朝城之畔，又有觀城，則贅也。博平四隅鄉村，每方不出二十餘里。若觀城東西北皆不過數里，止東南去十里餘而已。此猶不及一大郡之城，何以爲邑？

鄒嶧山秦始皇所登，以立石頌功德處。一山皆無根之石，如溪澗中石卵堆疊而成。不甚奇峭，而頗怪險。禹貢：「嶧陽孤桐。」乃特生之桐，非以一樹爲孤也。桐必特生者，謂受風聲耑，故堪琴瑟。今則枯桐寺前，果只留一桐，足稱孤矣。

東平安山左右，乃盜賊淵藪，客舟屢遭劫掠。武德亦多盜之地。以北直、河南三界往來，易於竄匿。然其來也，必有富家窩引之。

青州人易習亂，禦倭長槍手，皆出其地，蓋是太公尊賢尚功，桓公、管仲首霸之地也。其走狗、鬥雞、蹹蹴、六博之俗，猶有存者。

登州三面負海，止西南接萊陽出海。西北五六十里，爲沙門島，與鼉磯、牽牛、大竹、小竹五島相爲聯。其上生奇草美石，遥望紫翠出没波濤中，足稱方丈、蓬壺。春夏間蛟蜃吐氣，幻爲海市，常在五島之上現。則皆樓、臺、城、郭，亦有人馬往來，近看則無，止是霞光。遠看乃有真成市肆，此宇宙最幻境界。秋霜冬雪肅殺時不現。而蘇子瞻乃禱於海神，歲晚見之，亦神愛其人，乃成此奇緣也。海舟度遼者，必泊諸島避風，然泊者不知。而登、遼兩岸，乃儼然覩形影，真不可以常理斷。

長山、沙門諸島，在登、萊外。大者延袤十餘里，小者二三里，皆有饒沃田以千萬計，猶閩、浙之金、堂諸山也。往者皆有禁，後鄭中丞因新兵乏餉，疏墾以助之，亦山左一益。此田皆當於農時搭廠以居，隙則毁之而歸。若架屋常住，恐竄引海寇，爲患浙、閩間矣。

海運。洪武十三年，糧七十萬石，給遼東。永樂五年，因都北平，部議糧運事宜未決。九年，以濟寧州别駕潘叔正言，命宋司空禮，發山東丁夫十六萬，浚元會通河濟寧至臨清三百八十里以漕，然猶海陸兼運。十二年，議於淮、徐、德、通搬遞爲支運，繼乃爲兑運，又爲改兑。其後河塞决不常，曾有疏請試海運者，非遂以海代漕也，不過欲爲國家另尋一路，以爲漕河之副耳，竟格於文網而止。只今朝鮮多事，恐此海道他日爲倭夷占用，而中國不敢行。今自登州東南大洋至直沽，詳其路道，以備摭采。自元真島始。元真島者，大嵩、靜海二衛之東南洋也。海船至此，轉杵䑓嘴，如收洋入套。一程北過成山頭。西北望威海山。前投劉公島，二百餘里。用南風爲順風，一日而到。内可灣泊十處，當回避十處。二程自劉公島西行，遠望芝罘島，約一百里，用東風、東北風，半日而到。内可小灣泊四處，回避四處。三程自芝罘島開船，西六十里，過龍洞直西，此備倭府外洋也。遠望長山島，西投沙門島，約一百八十里。用東南風，一日而到。内可小灣泊三處，回避六處。四程自沙門島開船，西南遠望三山島，約二百餘里。用東風，半日而到。内可小灣泊二處，回避四處。五程自三山島開船，過芙蓉島，直西投入西河口，約四百餘里。用東風與東北風，一日而到。内可小灣泊二處，回避三處。六程自大清河開船，投大溝河，約一百六十里。用西南風，一日而到。内可灣泊三處，回避一處。七程自大溝河開船，投大沽河，約二百餘里。望見直沽，俱無回避。此運船與倭船所同，謂大船灣泊避風也。若倭得志朝鮮，用小漁船、號船，偷風破浪而來，則旅順口一朝夕絶流抵登，溯遊三夕而抵天津矣。燃眉之急，又可忽乎？

膠萊河，與海運相表裏。若從淮口起運至麻灣，而逕渡海倉口，則免開洋。轉登、萊，一千五六百里。其間田横島、青島、黄島、元真島、竹島、宫家島、青雞島、劉公島、芝罘島、八角島、長山島、沙門島、三山島，此皆礁石如戟，白浪滔天。其餘小島，尚不可數計。於此得避，豈不爲佳？奈膠萊淺澀，開鑿之難，蓋自元至元阿合馬集議以來，傭費不貲，十載而罷。及今亦屢舉屢廢。或謂下有礓砂數十里，斧鑿不入；或謂鑿時可入，鑿後旋漲；或又謂開鑿原不難，第當事者，築室道傍。余觀唐、宋漕政，皆經六七更，水陸不常，舟車相禪。若可以此例舉，則南北用舟，於中以車輛接之，亦可存其説，以備臨渴之一策也。余觀黑龍江巖石廉利，陡峻尋丈，漢張湯尚欲於此通漕於渭，其與膠萊，又何啻十倍？

山東備倭府立於登州。癸巳、甲午間，倭方得志朝鮮，東人設備，往往於是。余謂客曰：此非山東之所謂備倭也。曰：祖宗不建府於登乎？曰：登州備倭之設，祖宗蓋爲京師，非爲山東也。海上艨艟大艦，乘風而來，僅可抵登郡東面而止。過此而入，則海套之元，大艦無順風直達。欲泊而待風，則岸淺多礁石，難繫纜。故論京師，則登州乃大門，而天津二門也。安得不於登備之？曰：然則山東備何地乎？曰：以山東籌之，則登乃山東東北一隅，猶人家之有後水門也，尚有前堂在。倭從釜山對馬島，乘東風而來，正對淮口。然淮有督儲部府，尚宿重兵在，倭不遽登岸也。其登必從安東、日照，此數百里無兵。然中國之殷瘠彝險，倭必有向道預知之。而泰山香税，外國所豔聞也，則必馳泰安州。既則濟寧商店，咸在城外，倭必覬之，而走濟寧；又進則臨清，大賈所必覬也，而馳臨清；掠劫既飽，然後入省城，此山東大廳堂，而倭所必由之道也。不備前門，而備後門乎？曰：然則當何備之？曰：總府立登州，既祖法不可改，當從倭汛議，以關中防秋例處之。登州至安東，惟膠州爲中，南北救援，咸相去五六百里。今遇汛時，當調登州總戎，駐膠州，以南援安東、日照、安邱、諸城一帶。而北仍不失救援，隨遉隨發，而調臨清參戎，於登州坐鎮之。如總督出花馬池，巡撫出固原例。汛畢仍歸本鎮。是於備京師、山東，經權兩不失也。曰：臨清不有糧艘巨萬當護乎？曰：此非倭所欲也。據臨清以給絶糧道，邱文莊以爲中原不逞者，倭隔海止利在掠金耳。曰：何以知倭不入登、萊也？曰：登，海淺，水行二十里皆淖途。前所云多礁，船不得泊，即起岸。而登州地曠人稀，鮮富室，若清野待之，一望蕭索，四五日必回舟。而大舟必漂去，又無漁船客船，可拿用之。故倭不走登州也。曰：登遂可無備乎？曰：不在今日也。倘倭得朝鮮，則登與旅順口，相對一岸，不用乘風，不須巨艦，只舸艫舴艋，一夜而渡，抵岸方知。此時難防又特甚焉，則非今日之比。故備寇者，須知我險，須知彼情，難刻舟以求劍也。後入與鄭中丞言之，設安東備倭。

明黄淳耀山左筆談，叢書集成，商務印書館，民國二十四年出版。

後記

我出生於嘉定西門外侯黃橋旁，這是一座以侯峒曾、黄淳耀兩位抗清英烈命名的橋梁。孩提時代，我就從大人的口中，知道了三百多年前發生的那場驚天地、泣鬼神的抗清鬥爭。侯黄先生爲國捐軀的悲壯故事，讓我從内心升騰起由衷的敬仰，他們身上體現了古代聖賢的品格，也是嘉定精神里要標志之一，總想爲他們做點什麽。

中學時期，竟在語文課本上學到了黄淳耀的李龍眠畫羅漢記一文，纔知道黄淳耀不僅是報國志士，更是文學大家，讓我更加欽慕他。也由此産生了强烈的好奇心，想找一本黄淳耀的著作，認真拜讀一下。然而，偌大的嘉定，踏遍所有的圖書館，都没能找到一部黄淳耀的詩文集，一直没有機會看到他的著作。

直到一九九三年，上海古籍出版社出版「四庫明人文集叢刊」，黄淳耀的陶菴全集，作爲其中一種，影印面世，讓我欣喜萬分，立即購買了一册。由於時代的隔膜，古典文獻功底不深的我，閲讀起來頗爲費力，看了無數遍，此書幾乎翻爛了。從生疏到熟悉，由淺入深，漸入佳境，我進入了黄淳耀的内心世界，感受到黄淳耀所處的那個激烈動蕩的時代，他壯烈的事迹與傑出的作品，深深地打動了我，讓我潸然淚下。黄淳耀殉節時四十歲，比現在的我小整整三十三歲，以他的勤奮和才華，如果當年不死，該將會有多少作品問世？入書深了，有時我會夢到黄淳耀，三百多年前的黄淳耀先生，常常會對今天的我，產生不可名狀的衝擊。

爲了更全面地瞭解黄淳耀，我按圖索驥，到國家圖書館、上海圖書館、南京圖書館、蘇州大學圖書館、明止堂字磚館、上海翥雲藝術博物館等地，查閱各個歷史時期出版的各種版本的黄淳耀著作、手迹和有關資料，得到了以上單位的熱情幫助。多虧如今已進入了互聯網時代，又有「孔夫子舊書網」等，讓我較爲方便地找到了不少相關文獻資料。二十六年來，我從網上購得的相關書刊，以及複印的文獻資料，堆成了一座小山，占有的材料漸漸豐富起來。

一九九二年，我寫了第一篇關於黄淳耀的文章明代的兩個「陶菴」，對明末兩位號爲「陶菴」的文學家黄淳耀和張岱，進行比較，刊登於同年第三期的蘇州大學學報上。當時，海内外刊物上尚無一篇研究黄淳耀的文章，以此我開始了對黄淳耀真正意義上的研究。

歷史上，最後一次整理出版陶菴集是清光緒七年（一八八一），距今已一百三十多年，適合今人閲讀的新式標點本，還是空白，更何況囿於當時的眼光和見識，黄淳耀尚有不少應該收進集子的作品没有被收入。我從而萌生了整理點校一部黄淳耀全集的想法，確切地説從一九九三年開始，我就動手做起來了，但碰到的困難始料未及，不可勝數，故這項工作斷斷續續，時做時停。

我整理出版黄淳耀著作的想法，得到嘉定區地方志辦公室的支持，他們將其列入了出版計劃，使出版黄淳耀全集在經費上得到了保證，並不時關心此書的工作進展。

陣陣秋風中，送走了己亥年的夏天，丹桂飄香，歲月靜好，瞟城大地迎來了一年中最佳的季節，離黄淳耀爲國殉節正好爲三百七十四年整，歷時二十六年的書稿終於殺青，沉甸甸近五十萬字，個中辛酸，不可名狀，而因此可以告慰我心目中最欽佩的先賢，使我情不自禁地舒了一口氣。在點校過程中，我得到了認識和未曾見過面的友人們熱情支持和鼎力相助，有夏咸淳、黄霖、周嘉、朱明歧、黄友斌、劉靜嫻、劉霞、陳文華、陳旻聲、陳國安、陳曉剛、沈潛、王健欣、王光乾、沈越嶺、張建華、宋振宇、顧建清、戴建軍、申衛瑾、林介宇、倪琦等，諸位同仁，在此一一鳴謝。

由於筆者學識水平有限，書中錯誤難免，熱切期待專家讀者的批評指正。

陶繼明二〇一九年孟秋於練水東濱菖蒲書屋